DAS DRACHENMÄDCHEN

Band 4 der Drachenschwestern-Serie

von

Virginia Fox

Dragonbooks

Bei Dragonbooks von Virginia Fox erhältlich:

Die Drachenromane

Die Drachenschwestern, Band 1

Das Drachenkind, Band 2

Das Drachenpferd, Band 3

Das Drachenmädchen, Band 4

Rocky Mountain-Serie

Rocky Mountain Yoga, Band 1

Rocky Mountain Star, Band 2

Rocky Mountain Dogs, Band 3

Rocky Mountain Kid, Band 4

Rocky Mountain Secrets, Band 5

Rocky Mountain Fire, Band 6

Rocky Mountain Life, Band 7

Rocky Mountain Race, Band 8

Rocky Mountain Lion, Band 9

Rocky Mountain Gold, Band 10

Rocky Mountain Crime, Band 11 (Juni 2017)

ISBN 978-3-906882-13-0

DIE AUTORIN

Virginia Fox, geboren 1978, war bereits im zarten Alter von vier Jahren mit ihren zwei Hauptleidenschaften infiziert: mit der Liebe zu Büchern und Texten in jeglicher Form und der Liebe zu den Pferden. Nach dem Lesen zahlreicher Bücher und dem Schreiben verschiedener Kurzgeschichten und Essays startete sie ihr bisher größtes Projekt: Die Drachenschwestern-Trilogie. Nach der Fertigstellung der Trilogie musste sie feststellen, dass sich der Schreibvirus nicht abschütteln lässt. Im Dezember 2014 veröffentlichte sie Band 1 der neuen Rocky Mountain Serie: Rocky Mountain Yoga.

Die Autorin lebt zusammen mit ihrer Tochter, ihrem Australian Cattle Dog und einem launischen Kater in Zürich. Wenn sie nicht gerade am Schreiben ist, widmet sie sich ihrer zweiten Leidenschaft, den Pferden.

Mehr über die Autorin auf facebook.com/authorvirginiafox, Twitter @fox_virginia oder virginiafox.com.

Für Lance, mit dem alles begann

Kapitel 1

Luna-Maie keuchte, als sie über die Wiese rannte. Ein schneller Blick über die Schulter verriet ihr, dass sie ihren Vater fürs Erste abgeschüttelt hatte. Nicht, dass ihr das viel nützen würde. Sie konnte ihm nicht für immer aus dem Weg gehen. Wollte sie auch gar nicht. Er hatte nur einen äußerst ungünstigen Moment gewählt, um mit ihr über die aktuellen Schulnoten zu sprechen. Sie verstand, dass er ihre Noten besorgniserregend fand. Ihr passte es auch nicht, dass sie die letzten zwei Prüfungen dermaßen verhauen hatte. Leider hatten sich andere Ereignisse, die ihre Aufmerksamkeit erforderten, in den letzten Wochen dermaßen überschlagen, dass sie einfach keine Zeit gehabt hatte zu lernen. Genau, wie sie heute keine Zeit gehabt hatte, mit ihrem Vater in Ruhe ein Gespräch zu führen.

Endlich bei dem Aussichtspunkt auf dem Hügel angekommen, wo der uralte Apfelbaum stand, streifte sie sich ungeduldig ihren Anhänger über den Kopf, den sie an einem langen Lederband um den Hals trug, und atmete tief durch.

Luna-Maie, erklang eine besorgte Stimme in ihrem Kopf.

Nicht jetzt, gab sie erbost und ebenso lautlos zurück. Hatte sie denn nie ihre Ruhe? Zwischen ihren Eltern und den anderen Freunden und Verwandten, die mit ihnen in einer Hofgemeinschaft auf dem Randen wohnten, ganz zu schweigen von den drei Drachen, die sich überall einmischten, war es manchmal wirklich schwierig, ein wenig Privatsphäre zu finden. Ein deutliches Hindernis für ihre Mission, die sie neuerdings verfolgte.

Sie breitete die Arme aus und ließ dabei den Anhänger in ihrer Hand achtlos zu Boden fallen. Ein kurzes Stoßgebet an die zuständigen Drachengötter murmelnd, schloss sie die Augen und sprang.

Für einen bangen Moment, der wie eine Ewigkeit zu dauern schien, befürchtete sie, dass heute der Tag war, an dem die seltsame Drachenmagie, die sie ihr Leben lang begleitet hatte, ihren Geist aufgab. Erleichtert nahm sie das Prickeln wahr, das jede Wandlung begleitete, und streckte ihre Flügel aus. Wie immer verspürte sie eine überbordende Euphorie, als sie die Winde nutzte und auf ihnen in Richtung Tal segelte. Die rosa- und silberfarbenen Schuppen, die ihren langen Nacken entlang verliefen, sträubten sich. Sie reckte ihren Hals und erhaschte einen Blick auf ihren Vater, der neben dem Apfelbaum stand.

Zum Glück konnte er sie nicht sehen, beruhigte sie sich. Sie konnte nur hoffen, dass er ihre fadenscheinige Erklärung, die sie sich erst noch ausdenken musste, akzeptieren würde.

Nach fünfzehn Jahren konnte sie ihm schließlich schlecht offenbaren, dass seine Tochter eigentlich ein Drache war. Zumindest die Hälfte der Zeit. Irgendwie hatte sie das unangenehme Gefühl, dass er diese Neuigkeit nicht sehr gut aufnehmen würde.

*

Das Herz schlug Mathias bis zur Brust, als er die kleine Anhöhe bis zum alten Apfelbaum hinauf sprintete. Er hatte seine Tochter zwischen dem Obstgarten und der Pferdeweide aus den Augen verloren, bis er sie endlich dort oben entdeckt hatte. Als er sah, wie sie die Arme ausbreitete, als wollte sie in die Tiefe springen, blieb ihm fast das Herz stehen. Verzweifelt rief er ihren Namen, doch der Schreck reduzierte seine Stimme zu einem Krächzen. Er blinzelte und verlangsamte seine Schritte. Wo war sie hin? War sie tatsächlich gesprungen? Eiseskälte breitete sich in seiner Brust aus und drohte ihn zu lähmen. Er riss sich zusammen und schüttelte die aufsteigende Panik ab. Sicherlich hätte er gesehen, wenn sie tatsächlich gesprungen wäre. Probeweise blinzelte er ein paar Mal, um sicherzugehen, dass seine Augen noch funktionierten.

Endlich hatte er den höchsten Punkt erreicht. Aufs Schlimmste gefasst, riskierte er einen Blick in die Tiefe. Erleichtert stellte er fest, dass Luna-Maies Körper nirgends zu sehen war. Aber irgendwo musste sie doch sein? Irritiert über die Kapriolen des Teenagers suchte er prüfend die Umgebung ab. Wo zum Teufel war sie nur hin? Als sein Blick über das hohe Gras streifte, blendete ihn etwas. Er bückte sich nach dem glänzenden Gegenstand, auf dem das Sonnenlicht reflektierte.

*

Ramiro, der grüne Drache, der eigentlich für Sierra, Luna-Maies Tante, zuständig war, inoffiziell aber die Aufpasser-Rolle für die kleine Luna-Maie übernommen hatte, trat schleunigst den Rückzug an, als er sah, was Mathias da in die Hände gefallen war. Rein theoretisch hieß es, dass Männer nicht in der Lage waren, Drachen wahrzunehmen. Drachenstein hin oder her. Doch im Zusammenhang mit den Drachenschwestern schienen einige der bislang geltenden Drachenregeln ihre Richtigkeit verloren zu haben, sodass er lieber kein Risiko eingehen wollte. Seine Drachenfreunde wären bestimmt stolz auf ihn, wenn sie wüssten, wie umsichtig er sich verhielt.

Das wundert mich gar nicht. Du warst immer schon gut darin, deine eigene Haut zu retten, drang prompt Lance' Stimme an sein Ohr.

„Das ist wieder einmal typisch, dass mir sofort niedere Beweggründe unterstellt werden", protestierte Ramiro laut und materialisierte sich in einem grünen Funkenregen neben Lance auf dem Aussichtsturm.

„Ich hätte es auch hilfreicher gefunden, wenn du geblieben wärst", ließ ihn Maxi spitz wissen. Die violette Drachin saß auf dem Geländer und ließ ihren langen, violetten Schwanz ungeduldig hin und her schnellen. „Dann wüssten wir jetzt wenigstens, auf welches Desaster wir uns einstellen müssen. So sitzen wir im Ungewissen, bis Luna-Maie am Abend heimkommt."

„Falls sie überhaupt wieder kommt", antwortete Ramiro betont düster.

Ihre mit langen, schwarzen Wimpern umrandeten reptilienhaften Augen weiteten sich erschreckt.

„Was willst du damit andeuten? Ist sie etwa in Gefahr?"

Es war so einfach, die Alten aus der Ruhe zu bringen, dachte Ramiro und verdrehte gelangweilt die Augen.

„Hör nicht auf ihn. Er will dir nur Angst einjagen", erklärte Lance und faltete seine blau schillernden Flügel enger an den Körper. Die Autorität des älteren Drachen war deutlich hörbar.

Ramiro knirschte mit den Zähnen.

„Können wir uns endlich dem dringenden Thema zuwenden?"

„Welchem denn?", fragte Lance und hob provozierend eine Augenbraue.

Diese Mimik hatte er im Laufe seines langen Drachenlebens perfektioniert. Wie immer verfehlte sie ihre Wirkung nicht und ärgerte den jüngeren Drachen kolossal. Er zwang sich jedoch, der Verlockung, dem Älteren ins Gesicht zu springen, zu widerstehen.

„Ich glaube wirklich, dass die Gefahr besteht, dass Mathias uns Drachen sehen kann, wenn er den Stein anfasst."

„Papperlapapp! Jeder frisch geschlüpfte Drache weiß, dass Männer nicht in der Lage sind, Drachen zu sehen", mischte sich Maxi ein.

„Völlig ausgeschlossen", stärkte ihr Lance den Rücken.

„Aber wenn ich es doch sage!"

„Hast du irgendeinen Beweis für diese ungeheuerliche Behauptung?", wollte Lance wissen.

„Ähm, nein. Nicht wirklich. Es war nur so ein Gefühl, das ich hatte, als Mathias den Drachenstein aufgelesen hat."

„Ein Gefühl", kicherte Maxi, während Lance ihm überheblich den Arm tätschelte.

„Das sind die Hormone, Jungchen. Such dir besser mal wieder ein Drachenweibchen zum Spielen."

Ramiro stieß einen orange und grün gefärbten Feuerball aus. „Bleibt mir bloß vom Leib. Wenn ihr nicht auf mich hören wollt, ist das euer Problem. Aber ihr müsst nicht meinen, dass ihr später zu mir kommen könnt mit eurem Gejammer, wenn es sich herausstellt, dass ich recht habe."

Wutentbrannt wirbelte er herum und erhob sich dramatisch in die Lüfte.

Eingebildetes Pack!, dachte er. Aber denen würde er es schon noch zeigen.

Das haben wir gehört, ließ ihn Maxi telepathisch wissen.

Verächtlich schnaubend stieß er die Luft aus. Grüngoldene Rauchschwaden strömten aus seinen Nüstern. Er hatte jetzt keine Zeit für einen verbalen Wettstreit. Luna-Maies Sicherheit stand auf dem Spiel. Und vielleicht sogar die gesamte Drachenexistenz, fügte er in einem Anflug von Melodramatik hinzu.

Unter ihm schauten ihm die zwei anderen Drachen besorgt nach.

„Was ist, wenn er recht hat?“, wollte Maxi wissen.

„Lass dich von ihm nicht verrückt machen. Er will sich nur wichtig machen. Die Aussagen in den alten Schriften sind ganz eindeutig.“

Maxi sagte nichts mehr, auch wenn sie das ungute Gefühl hatte, dass es nicht ganz so einfach sein würde, wie Lance es darstellte. Sie erinnerte sich deutlich daran, dass beim Schreiben der neuen Drachengesetze einige alte Legenden geflissentlich unter den Tisch fallen gelassen worden waren. Über einige davon waren sie bereits gestolpert. Die Drachenschwestern und die Existenz des Drachenkinds waren der lebende Beweis dafür.

*

Neugierig griff Mathias nach dem glänzenden Objekt in der Wiese. War das nicht Luna-Maies Anhänger? Der, den sie immer, ohne Ausnahme trug, seit sie ein kleines Kind war? Behutsam fuhr er mit dem Daumen über die weiß glänzende Oberfläche. Seltsam. Das Lederband war gar nicht gerissen. Es sah ganz danach aus, als hätte seine Tochter den Stein bewusst abgelegt. Unmittelbar, bevor sie vom Erdboden verschwunden war.

Den Anhänger in der Hand, warf er noch einmal einen Blick in die Tiefe, um sicherzugehen, dass sie nicht doch irgendwo bewusstlos auf den Felsen lag. Erleichtert stellte er fest, dass sein erster Eindruck ihn nicht getrogen hatte. Von Luna-Maie war keine Spur zu sehen. Das beantwortete nur leider nach wie vor nicht die Frage, wo sie denn steckte. Weiter unten, schon fast im Tal, erregte eine Bewegung seine Aufmerksamkeit. Was war denn das? Ein Raubvogel? Der Größe nach musste es sich fast um einen Bartgeier handeln. Obwohl ihm bekannt war, dass die Auswilderungsprogramme der letzten zwanzig Jahre erfolgreich gewesen waren, war ihm nicht bewusst gewesen, dass die

Vögel so weit von ihrem natürlichen Lebensraum, den Alpen, abschweiften. Unwillkürlich verstärkte er den Griff um den Stein in seiner Hand. Augenblicklich wurden die Umrisse des vermeintlichen Vogels klarer, als hätte jemand eine Linse scharf eingestellt. Fast hätte er den Halt unter den Füßen verloren, so schockte ihn der Anblick. Was dort durch die Lüfte segelte, war definitiv kein Geier, sondern eine ganz andere Kreatur. Ein mittelalterlicher Drache, der direkt aus Grimms Märchen entsprungen schien. Obwohl er noch nie in seinem Leben ein solches Tier gesehen hatte – bis vor zwei Sekunden hätte er sogar überzeugt behauptet, dass Drachen ins Gebiet der Mythologie, sprich der Fantasie gehörten – kam ihm etwas an dem mystischen Wesen seltsam vertraut vor.

Bevor er jedoch die Gelegenheit hatte, diese seltsame Tatsache näher zu betrachten, wurde er abgelenkt. Ein unvermittelter Schmerz in seiner Handfläche beanspruchte seine ganze Aufmerksamkeit. Der Anhänger in seiner Hand schien plötzlich eine ungewöhnliche Hitze zu entwickeln und brannte sich in die Haut. Fluchend ließ er den Stein fallen und wedelte hektisch mit der Hand in der kühlen Herbstluft, um den Schmerz zu lindern. Immerhin war so wenigstens die Frage beantwortet, ob er träumte, dachte Mathias grimmig, denn diese Möglichkeit war ihm vorhin bei seiner unglaublichen Entdeckung kurz durch den Kopf geschossen. Doch der leuchtend rote, ovale Fleck, wo der Stein seine Haut versengt hatte, sprach eine deutliche Sprache. Wie hielt seine Tochter das nur aus? Auf sie schien er offensichtlich nicht dieselbe Wirkung zu haben.

Apropos Luna-Maie. Wo steckte sie nur? Das wusste er immer noch nicht. Intuitiv schaute er sich abermals nach dem fantastischen Anblick des Fabelwesens um. Doch außer eines vagen Schattens, der genauso gut von einem großen Vogel stammen konnte, sah er nichts Ungewöhnliches. Er blinzelte ein paar Mal und schüttelte leicht den Kopf, als könnte er so das Gefühl der Unwirklichkeit loswerden. Geistesabwesend strich er sich mit der Fingerspitze des Mittelfingers über die immer noch leicht brennende Handfläche. Was es nur mit diesem Stein auf sich hatte? Von einer plötzlichen Ahnung geplagt bückte er sich erneut nach der Kette und hob sie vorsichtig am Lederband auf. Ein Blick ins Tal verriet ihm, dass der vage Schatten gerade noch zu sehen war. In ein paar Sekunden wäre er ganz verschwunden. Beherzt griff er abermals nach dem Stein.

Diesmal wusste er, was ihn erwartete. Solchermaßen vorbereitet war er in der Lage, das Brennen zu ignorieren und sich ganz auf seine Beobachtungen zu konzentrieren. Wieder wurde der Schatten augenblicklich scharf. Silber und rosa glänzende Schuppen reflektierten die herbstliche Nachmittagssonne. Schillernde Flügel bewegten sich majestätisch im Wind. Ein eleganter, mit Hörnern besetzter Kopf bildete den Abschluss eines langen, beweglichen Halses. Eine rosa und hellblond gefärbte Mähne flatterte im Wind. Ein langer, spitz zulaufender Schwanz vervollständigte den fantastischen Anblick. Leider machte das Tal an dieser Stelle einen scharfen Knick, sodass der Drache aus seinem Blickfeld entschwand.

Bedächtig fasste er nach dem Lederband und ließ das Schmuckstück in der Luft baumeln. Er würde den verdammten Stein keine Sekunde länger als unbedingt nötig anfassen. Nachdenklich betrachtete er ihn. Ein spurlos verschwundenes Mädchen. Ein altbekanntes Schmuckstück, das plötzlich ein Eigenleben und außergewöhnliche Eigenschaften zu besitzen schien. Eine unerklärliche Beobachtung. Er weigerte sich, das Ding beim Namen zu nennen. Schon nur die theoretische Formulierung des Satzes „ich habe einen Drachen gesehen“ ließ ihn an seiner geistigen Gesundheit zweifeln. Doch er kam nicht umhin festzustellen, dass die Ereignisse der letzten halben Stunde einige Fragen aufwarfen. Er war fest entschlossen, die zugehörigen Antworten zu finden. Wenn das hieß, dass er die nächsten Stunden hier auf diesem Hügel verbringen musste, dann war das eben so.

Ein kleiner, langhaariger Hund sprang durchs Gras auf ihn zu.

„Nepomuk. Was machst du denn hier?"

Der kleine Chihuahua wedelte begeistert und ließ seine rosafarbene Zunge heraushängen. Er war schon alt. Kurz vor Luna-Maies Geburt hatte seine Schwester ihn in einer Mülltonne gefunden und ihn seiner Frau Miri geschenkt. Seither war der kleine Charmeur nicht mehr aus ihrem Leben wegzudenken. Inzwischen verbrachte er die meiste Zeit neben dem alten Kater Chili auf der warmen Ofenbank. Doch manchmal packte ihn die alte Abenteuerlust und er wagte sich nach draußen.

Mathias ließ sich auf der verwitterten Holzbank neben dem Apfelbaum nieder und klopfte einladend auf den Platz neben sich.

„Komm. Du kannst mir Gesellschaft leisten, bis Luna-Maie endlich aufgibt und aus ihrem Versteck auftaucht. Ich kann nämlich genauso stur sein wie sie. Von irgendjemandem hat sie das ja", fügte er nicht ohne väterlichen Stolz hinzu.

Mit einem erstaunlich agilen Satz hüpfte Nepomuk auf die angedeutete Stelle und rollte sich prompt neben ihm zusammen. Er bezweifelte zwar, dass Mathias mit seiner Strategie Erfolg haben würde. Doch wenn er eins in seinen langen Hundejahren gelernt hatte, dann war es, dass Menschen selten auf die Meinung eines Chihuahuas hörten.

*

Oje, dachte Ramiro, als er sah, wie es sich Mathias auf der Bank gemütlich machte. Es sah ganz so aus, als würde der Vater beabsichtigen, an Ort und Stelle auf seine abtrünnige Tochter zu warten. Das konnte nur ins Auge gehen. Es war an der Zeit, Hilfe zu holen. Diesmal versuchte er sein Glück lieber bei den Menschen. Die beiden anderen Drachen hatten ihm ja deutlich zu verstehen gegeben, was sie von seiner Theorie hielten.

Smaragdgrüne Funken sprühten, als er sich lautlos in Luft auflöste.

Kapitel 2

Luna-Maie genoss das Gefühl des Windes, der über ihre ledernen Flügel strich und ihre silberfarbene Mähne zum Flattern brachte. Wehmütig dachte sie darüber nach, dass ihre Zeit als Drachin wohl bald vorbei war, sollten die überlieferten Schriften die Wahrheit sprechen. Die ersten Anzeichen waren da. Die Verwandlung, die ihr zur zweiten Natur geworden war, gestaltete sich in letzter Zeit mühsamer als früher. Manchmal funktionierte sie gar nicht. In diesen Momenten überfiel sie jeweils kaltes Grauen. Nie mehr in der Lage zu sein, durch die Lüfte zu schweben oder sich in Luft aufzulösen, war unvorstellbar.

Trotzdem konnte bis heute nicht richtig sagen, ob ihr Drachentalent ein Fluch oder ein Segen war. Das Fliegen war natürlich toll. Ihre ausgeprägten Sinne waren jedoch mindestens genauso lästig, wie sie zuweilen nützlich sein konnten. Sie hörte, sah, roch und fühlte alles viel intensiver als andere. Zumindest ging sie aufgrund ihrer Erfahrungen davon aus.

Nachdem sie in der Oberstufe zum ersten Mal an der Umkleidekabine der Jungs vorbei gegangen war und eine entsprechende Bemerkung gemacht hatte, die ihr nur verständnislose Blicke eingetragen hatte, hatte sie gelernt, einfach diskret durch den Mund zu atmen. Es war ihr zwar unverständlich, wie die anderen den bestialischen Gestank nach ungewaschenen verschwitzten Körpern und feuchten Turnschuhen aushalten konnten, aber egal.

Auch direkter Körperkontakt war ihr unangenehm. Einzig die Berührung ihrer Eltern und die ihrer Tanten, Sierra und Kaja, die mit ihnen auf dem Hof wohnten, sowie die ihrer Urgroßmutter Mémé konnte sie gut aushalten. Die Vorstellung, sich von einem Jungen anfassen oder sogar küssen zu lassen, jagte ihr einen Schauder über den Rücken. Wieso alle ihre Freundinnen so erpicht darauf waren, entzog sich ihrem Verständnis. Na ja … außer vielleicht von Ben. Der dunkelhaarige Junge zwei Klassen über ihr faszinierte sie, auch wenn sie nicht ganz verstand, warum. Schließlich gehörte er zu den populären Kids und konnte sich vor Verehrerinnen kaum retten. Deshalb begnügte sie sich damit, ihn aus der Ferne zu beobachten.

Die schmerzhafte Lektion, den Inhalt von geflüsterten Gesprächen für sich zu behalten, hatte sie bereits im Kindergarten gelernt. Noch heute grauste es sie, wenn sie daran dachte, wie die fünf Kinder ihr aufgelauert und sie verprügelt hatten, weil sie ihnen vermeintlich hinterher spioniert hatte. Vermutlich stammte daher ihre tiefe Abneigung gegen Mobbing jeglicher Art.

Das brachte ihr die Dringlichkeit ihrer heutigen Aufgabe in Erinnerung. Im Vorbeifliegen warf sie einen Blick auf die Kirchturmuhr. Erleichtert sah sie, dass sie noch etwas Zeit hatte, bis sie im Einkaufszentrum in Schaffhausen sein musste. Rein theoretisch könnte sie sich auch einfach an den gewünschten Ort versetzen und sich direkt dort materialisieren. Doch in letzter Zeit war sie öfter an einem völlig anderen Ort gelandet als geplant. Ein weiteres Indiz, dass sich ihre Zeit als Drachenwandlerin dem Ende zuneigte.

Ihre Mutter Miri und ihre Drachin Maxi, die sie seit ihrer Kindheit begleitete, hatten ihr bereits, als sie noch sehr klein war, alles über die Drachen in ihrem Leben erzählt. Vermutlich, weil sie sich bereits mit neun Monaten zum ersten Mal spontan in einen Drachen verwandelt hatte.

Ihre Mutter, Kaja und Sierra hatten sich überhaupt erst kennen gelernt, als Lance, Kajas Drache, in ihr Leben getreten war. Bald darauf hatten sich Maxi, Miris Drache, und der Jungspund Ramiro dazugesellt.

Die Drachen waren Astralwesen. Man konnte sich das mit den Drachen ähnlich vorstellen wie mit den Schutzengeln. Manche Leute hatten auch Krafttiere als ihre geistigen Begleiter.

Allerdings unterschieden sich die Drachen in wesentlichen Punkten von den doch meist recht passiven und handzahmen Schutzengeln. Zum einen besagte die Legende, dass sie ausschließlich weibliche Schützlinge betreuten. Doch damit begannen die Unterschiede erst. Die Drachen waren Wesen mit einer klar definierten eigenen Meinung, die sie sich auch nicht scheuten, ihrem Schützling kundzutun. Ganz egal, ob man sie nun hören wollte oder nicht. Sie hatten die Fähigkeit, sich zu allen passenden und unpassenden Zeiten und Orten zu materialisieren. Wahlweise nahmen sie eine feste, körperliche Form in jeder beliebigen Größe an oder blieben zwar sichtbar, aber körperlos. Sehr lästig, wenn man dem betreffenden Drachen eine Kopfnuss verpassen wollte und ins Leere hieb. Diesen Trick hatte Luna-Maie, sehr zur Erleichterung ihrer Mutter, nie richtig gemeistert. Verständlich, hatte sie doch auch so genug zu tun, ihr Drachenkind im Zaum zu halten.

Drachen besaßen ein feuriges Temperament, und zwar im wörtlichen Sinne. Luna-Maie erinnerte sich noch gut an den entsetzten Blick ihrer Mutter, als sie mit vier zum ersten Mal die Vorhänge in ihrem Zimmer in Brand gesetzt hatte. Wie sie das wohl Mathias erklärt hatte? Da nur Frauen fähig waren, die Drachen zu sehen, hatte er nach wie vor keine Ahnung, dass seine Tochter sich regelmäßig in einen Drachen verwandelte. Wie wollte man jemandem auch etwas erklären, dass er nicht sehen konnte? Trotzdem fand sie es schade, dass ihr Vater völlig im Ungewissen war, was die Hälfte ihrer Persönlichkeit anging. Heute zum Beispiel wäre es eine große Erleichterung gewesen, wenn sie sich ihm hätte anvertrauen können. Sie seufzte und versank wieder in den alten Drachengeschichten, während sie im Sinkflug das Einkaufszentrum ansteuerte.

Während Lance erst kurz vor Luna-Maies Geburt in Kajas Leben aufgetaucht war und dieses gründlich auf den Kopf gestellt hatte, hatte Maxi Miri bereits während ihrer Kindheit begleitet. Nach einem traumatischen Erlebnis war sie allerdings über Nacht aus ihrem Leben verschwunden. Umso mehr hatte Miri sich gefreut, als sie Kaja und somit auch Lance kennen gelernt hatte. Sie war so fasziniert gewesen, als sie Lance auf Kajas Beifahrersitz entdeckt hatte, dass sie prompt mit ihrem Fahrrad in Kajas Auto geknallt war. Zum Glück war weiter nichts passiert.

Lance war damals sehr bestürzt gewesen, dass eine fremde Frau in der Lage war, ihn zu sehen, denn normalerweise war das nur dem aktuellen Schützling und manchmal noch den nächsten Verwandten möglich. Nach einer Audienz beim Drachenrat stellte sich heraus, dass alle paar hundert Jahre Anomalien auftauchten. Drei Frauen, die in enger Verbindung miteinander standen, schlossen sich zu sogenannten Drachenschwestern zusammen und waren in der Lage, die Drachen der anderen zu sehen. So kam es, dass Kaja, Miri und Sierra beste Freundinnen geworden waren. Sierra, die Dritte im Bunde, hatte zwar noch nie zuvor Bekanntschaft mit einem Drachen geschlossen. Aber mit ihrer pragmatischen Art und der Tatsache, dass sie sowieso alles mit vier Beinen unter ihre Fittiche nahm, hatte sie sich sehr schnell mit Lance' Existenz abgefunden.

Nachdem Kaja mit Lance' Hilfe ihr Leben einigermaßen in den Griff gekriegt hatte, stellte Miri überraschend fest, dass sie schwanger war. Zu ihrer großen Erleichterung gesellte sich kurz darauf Maxi wieder zu ihr. Nur wenig später tauchte dann der eigentlich noch viel zu junge Drache Ramiro auf und behauptete steif und fest, dass Sierra ihn gerufen hatte. Nachdem sie sich zu Anfang ziemlich gegen seine Anwesenheit wehrte, nannte sie ihn bald darauf beim Namen und akzeptierte ihn als ihren Drachen. Witzigerweise waren es vor allem Lance' und Maxis abweisende Haltung Ramiro gegenüber, die Sierra dazu brachten, diesen Schritt zu tun.

Normalerweise verschwanden Drachen wieder aus dem Leben ihrer Schützlinge, sobald die akute Krise vorüber war. Doch die Ereignisse, die bald auf Luna-Maies Geburt folgten, erschütterten alle, inklusive den Drachenrat, zutiefst, sodass dieser nur zu gerne bereit war, eine Sonderbewilligung für die drei auszustellen, sodass sie auf unbestimmte Zeit bleiben durften. Wahrscheinlich hatten sich die Verantwortlichen überlegt, dass es nur von Vorteil war, wenn sie drei Freiwillige hatten, die die Verantwortung für diese Laune der Natur – das Drachenkind – übernahmen.

Natürlich erinnerte sie sich selbst nicht mehr daran. Sie war damals noch zu klein gewesen. Doch Miri und ihre Tanten hatten ihr die Geschichte so oft erzählt, dass sie das Gefühl hatte, es handle sich um ihre eigene Erinnerung.

Sierra, die Schwester ihres Vaters, hatte als Erste gemerkt, dass etwas Seltsames mit Luna-Maie vor sich ging. Offensichtlich hatte sie im Alter von neun Monaten ihre ersten Flugversuche unternommen. Sierra hatte sie prompt dabei entdeckt, wie sie in Begleitung von Maxi und Ramiro ihre ersten Purzelbäume in der Luft geschlagen hatte. Schon komisch, dass sie fliegen konnte, bevor sie ihre ersten Schritte gemacht hatte.

Die Drachen, die von der Entwicklung genauso überrascht gewesen waren wie kurze Zeit später die Drachenschwestern, hatten erst einmal geschwiegen.

Logischerweise war Miri außer sich gewesen, als sie erfahren hatte, dass sich ihre kleine, süße Tochter öfter spontan in ein Ungeheuer mit spitzen Zähnen, Krallen, Schuppen und zwei Flügeln verwandelte. Drachenliebe in Ehren, aber was zu viel war, war zu viel.

Sierra hatte nach ihrer Beobachtung am Himmel die Drachen zur Rede gestellt und sie quasi gezwungen, Miri reinen Wein einzuschenken. Gemäß der Familienchronik, die Miri irgendwann als therapeutischen Versuch, mit der Situation zurechtzukommen, zu schreiben angefangen hatte, verlief das Ganze etwa folgendermaßen.

Verwundert betrachtete Miri die ganze Truppe. „Würde mir jetzt bitte jemand verraten, um was es hier eigentlich geht?“

Sierra schaute erwartungsvoll zu Maxi hinüber. Lance und Ramiro folgten eilig ihrem Beispiel. Maxi hüstelte und faltete ihre Flügel auf ihrem Rücken. Dann setzte sie Luna-Maie auf den großen Ateliertisch. Eilig räumte Miri alle spitzen Instrumente auf die Seite und brachte ihren Esel aus Gips in Sicherheit. „Muss das sein?“, fragte sie verärgert.

„Ja“, antwortete Maxi schlicht. „Ich muss dir etwas beichten. Und da ich nicht recht weiß, wie ich anfangen soll, dachte ich mir, es ist am einfachsten, wenn ich es dir erst mal zeige.“ Vorsichtig griff die Drachin mit ihren krallenbesetzten Pranken in Luna-Maies Nacken und öffnete den Verschluss der Bernsteinkette mit dem Drachensteinanhänger in der Mitte. Luna-Maie gluckste erfreut und begann sofort, sich vor ihren Augen zu verwandeln. Fasziniert beobachtete Sierra, wie die Umrisse des kleinen Mädchens zu schimmern begannen, sich auflösten und wieder deutlicher wurden. Diesmal allerdings in der Form eines hellrosa und silbrig glänzenden Minidrachens. Sie war so auf die Geschehnisse auf dem Tisch konzentriert gewesen, dass sie Miri gar keine Beachtung geschenkt hatte.

Dieser entwich ein klagender Schrei, dann kippte sie zur Seite. Maxi war zum Glück in Drachenlichtgeschwindigkeit zur Stelle und fing sie auf. Statt sie wieder in den Stuhl zu setzen, nahm sie Miri in den Arm und wiegte sie sacht hin und her.

Luna-Maie zeigte sich von der ganzen Aufregung völlig unbeeindruckt und war ganz damit beschäftigt, Rauchwölkchen auszustoßen. Ihr langer Schwanz fegte enthusiastisch hin und her. Die schnelle Bewegung ließ die großen silberfarbenen Schuppen, die vom Kopf übers Rückgrat bis zum Schwanz verliefen, erzittern. Dabei erzeugten sie ein leises, metallisch klingendes Geräusch.

Nepomuk, der in einer Ecke geschlafen hatte, war von Miris Aufschrei aufgewacht. Besorgt hüpfte er über Maxis Bein auf Miris Schoß und stellte sich dort auf die Hinterbeine, um mit seiner feuchten kleinen Nase ihr Kinn anzustupsen.

Die kalte Berührung brachte Miri wieder zu sich.

Luna-Maie grinste schelmisch, während sie sich für die Landung bereit machte. Zu gerne wäre sie bei dieser Szene dabei gewesen. Also, sie war natürlich dabei gewesen. Aber halt so richtig. So, dass sie sich noch selber daran erinnern konnte. Egal. Sie würde heute Abend wieder einmal die Drachenchronik hervorkramen. Vielleicht entdeckte sie ja doch noch einen Hinweis darauf, wie sie das unvermeidliche Schwinden ihrer Kräfte aufhalten konnte.

Lautlos setzte sie im Schatten von ein paar Containern, die hinter dem großen Einkaufszentrum standen, auf und verwandelte sich in einem für Menschen unsichtbaren Funkenregen zurück in ein Mädchen. Wie immer ging der Vorgang völlig schmerzlos vonstatten. Das einzig Mühsame war, dass sie jedes Mal splitterfasernackt da stand und versuchen musste, die Kleider, die sich in ihrer unmittelbaren Nähe materialisierten, einzufangen und möglichst schnell wieder anzuziehen. Sie war ja dankbar, dass die Kleider wenigstens auf irgendeine magische

Art und Weise mitreisten. Doch wieso sie sich nicht am Körper materialisieren konnten, entzog sich ihrem Verständnis. Wie ein Computerprogramm, das nicht sauber programmiert war, dachte sie genervt und streifte sich das T-Shirt über den Kopf. Bibbernd schlüpfte sie in ihre Jeans und zog sich den dicken Pullover über den Kopf. Die andere Möglichkeit war natürlich, dass ihre eigenen magischen Fähigkeiten zu wünschen übrig ließen. War ja nicht so einfach, sich alles selbst beizubringen. Nachdem in ihrer Nachbarschaft ein akuter Mangel an anderen Drachenkindern herrschte, konnte sie niemanden um Rat fragen. Die Drachen wussten zwar in Drachensachen Bescheid, doch der Verwandlungsprozess war auch für ihre geflügelten Begleiter ein großes Mysterium.

Verstohlen schaute sie nach links und rechts. Gut. Sie schien immer noch mutterseelenallein zu sein. Sie strebte auf den Hintereingang des grauen Gebäudes zu, der praktisch ausschließlich von den Angestellten benutzt wurde, und streckte die Hand nach der großen Glastür aus. Bevor sie sie zu fassen bekam, wurde diese aufgestoßen. Sie schluckte, als sie den Jungen erkannte, der ihr die Tür aufhielt. Ben.

Was machte der denn hier? Und noch viel wichtiger, hatte er ihre Ankunft gesehen? Ihre splitterfasernackte Ankunft? Ihre Ohrenspitzen brannten wie Feuer, als sie diese Möglichkeit in Betracht zog. In Anbetracht der Tatsache, dass sie lieber sterben als ihn danach fragen würde, beschloss sie einfach so zu tun, als hätte er sie auf keinen Fall gesehen. Alles andere wäre verheerend für ihren Seelenfrieden. Auf der Stelle tot umfallen wäre dann die einzige Option. Oder auswandern. Das ginge vielleicht auch noch. Zumindest, wenn sie sich für Alaska entschied. Sie hatte Grizzlys immer schon niedlich gefunden.

Ben war zwei Klassen über ihr und wusste vermutlich nicht einmal, dass sie existierte. Mit seinen schwarzen Haaren, die ihm immer in die Augen fielen, seinen kantigen Gesichtszügen und den breiten Schultern war er der Schwarm aller Mädchen. Leider, leider ging ihr das nicht anders, auch wenn sie sich das natürlich nie anmerken lassen würde. Wie peinlich war das denn. All die schmachtenden Hühner, die ihm vor und nach der Schule verträumt nachsahen, während er sich in seiner abgewetzten Lederjacke auf sein altes Rennrad schwang. Klar, sie konnte den Blick auch nur schwer von ihm abwenden, doch sie versuchte zumindest, diskret zu sein. Wenn sie eins gelernt hatte, dann war das, sich unauffällig zu verhalten. Das war schon sowas wie eine notwendige Überlebenstaktik, wenn man ein so großes Geheimnis zu wahren hatte wie sie.

Auf dieses Talent zurückgreifend, versuchte sie mit geducktem Kopf und einem gemurmelten Hallo an ihm vorbei zu schlüpfen. Doch eine Hand am Oberarm stoppte sie. Genervt schloss sie die Augen. Verdammt. Es sollte doch nicht so schwierig sein, sich von Zeit zu Zeit unsichtbar zu machen, wenn man schon die Fähigkeit hatte, sich in einen Drachen zu verwandeln! In einen Drachen, der für die meisten unsichtbar war, wohlgemerkt.

Nicht so für Ben. Wie gebannt war er hinter den getönten Scheiben des Ausgangs stehen geblieben, als er das prachtvollste Geschöpf, das er je zu sehen bekommen hatte, entdeckt hatte. Bis zum heutigen Tag hatte er nicht gewusst, dass es noch andere solche Kreaturen gab. Andere, wie er eine gewesen war. Wehmütig dachte er an die Zeit zurück, als er noch nicht sein Rennrad zu Hilfe nehmen musste, um schnell wie der Wind zu sein.

Umso erstaunter war er gewesen, als sich das Wesen vor seinen Augen in ein äußerst hübsches Mädchen verwandelt hatte. Zugegeben, sein Urteilsvermögen war vielleicht ein kleines bisschen getrübt von der Tatsache, dass sie im ersten Moment nach ihrer Wandlung kein einziges Stück Stoff am Körper trug.

Schließlich war er männlich. Und achtzehn. Viel zu schnell hatte sie jedoch sämtliche Kleidungsstücke noch aus der Luft gefangen und sich hastig angezogen. Das Tempo sprach von langjähriger Übung. Er stutzte. Sollte sie nicht auch schon ihre Kräfte verloren haben? Wie es ihm geschehen war, an diesem verhängnisvollen Tag vor knapp zwei Jahren? Dabei ging er allerdings von der Annahme aus, dass sie vom selben Fluch befallen war, der auch ihn heimgesucht hatte. Vielleicht nicht sehr klug, wenn man es mit jemandem zu tun hatte, der sich willentlich in ein gefährliches, mit scharfen Zähnen und Krallen bewaffnetes Geschöpf verwandeln konnte. Ganz egal, wie verbunden man sich dieser Person fühlte.

Widerwillig ließ er ihren Arm los. Aus der Nähe sah er, dass das Mädchen tatsächlich außerordentlich hübsch war. Auch mit Kleidern. Große, dunkelblaue Augen spähten unter einem Vorhang fast weißblonder Haare hervor. Ihr Duft stieg ihm in die Nase. Salbei. Und noch etwas anderes, frischeres. Zitronenmelisse vielleicht? Auf einmal fiel ihm auf, dass ihm der Geruch seltsam vertraut war. Er besaß nicht mehr die ausgeprägten Drachensinne wie früher. Die Gewohnheit, Gerüchen besonders viel Aufmerksamkeit zu schenken, hatte er jedoch nie abgelegt.

„Dich kenne ich doch!“, platzte er heraus. Die Kleine ging an dieselbe Schule wie er. Da war er sich ganz sicher. Wie war noch mal ihr Name? Irgendetwas Seltsames. Luna …

Luna-Maie wusste nicht so recht, was Bens seltsames Verhalten bedeutete. Ihre Haut prickelte da, wo er sie berührt hatte. Magie? Oder etwas anderes? Wärme breitete sich in ihrem Bauch aus. Aus dieser Distanz konnte sie seine dichten, schwarzen Wimpern sehen, die seine grünen Augen umrahmten. Eine kleine, verblasste Narbe zog sich über seine linke Schläfe. All ihre Drachensinne waren in Aufruhr. Erstaunlicherweise roch er gut. Fast hätte sie an ihm geschnuppert.

Bevor sie Gefahr lief, sich zu irgendwelchen idiotischen Handlungen hinreißen zu lassen, die sie später mit Sicherheit bereuen würde, drängte sie die verwirrenden Gefühle entschlossen beiseite. Sie hatte jetzt keine Zeit für eine Analyse oder gar einen weiteren Test. Sie musste hier weg. Dringend, wenn sie dem Tumult in ihrem Inneren Glauben schenkte. Geschickt duckte sie sich unter seinem Arm hindurch.

„Das glaube ich kaum", murmelte sie und eilte davon.

Ben sah ihr nach, als ihm ihr Name wieder einfiel. „Luna-Maie", rief er ihr nach.

Sichtlich überrascht hielt sie mitten in der Bewegung inne. An ihrer geraden Rückenlinie konnte er gut erkennen, wie angespannt sie war.

„Dreh dich nochmal um", murmelte er hoffnungsvoll, doch nach einer weiteren Sekunde setzte sie ihren Weg fort. Mist. Immerhin wusste er, wo sie zu finden sein würde. Leider war Geduld nicht gerade seine Stärke. Vor allem nicht, wenn sie vielleicht der Schlüssel zu dem Geheimnis in seinem Leben war. Er verfolgte ihren Weg mit seinem Blick. Oder … Seine Lippen verzogen sich zu einem Lächeln, das sehr an einen Drachen erinnerte, hätte er in den Spiegel geschaut… Oder er versuchte, heute noch mehr über das geheimnisvolle Mädchen mit dem seltsamen Namen herauszufinden.

Kapitel 3

Luna-Maie ignorierte das Kribbeln in ihrem Nacken, das ihr verriet, dass Ben sie immer noch sehen konnte. Nach einem kurzen Blick auf die Orientierungstafel des Einkaufszentrums eilte sie über zwei Rolltreppen in den zweiten Stock zur Eisdiele. Hoffentlich war sie noch nicht zu spät. Durch ihr unverhofftes Treffen mit dem heißesten Jungen der Schule und höchstwahrscheinlich der ganzen Schweiz – sie grinste über ihre eigene Reaktion – hätte sie beinahe die Zeit vergessen.

*

Einen Eisbecher später und rundum zufrieden, wie immer, wenn sie jemandem helfen konnte, verließ Luna-Maie die Eisdiele. Völlig in Gedanken versunken bemerkte sie die Person erst gar nicht, die sich von der Bank erhob. Erst im letzten Moment registrierte sie, dass der Mensch nicht vorhatte, ihr aus dem Weg zu gehen. Sie wich einen Schritt zur Seite und runzelte die Stirn, als sie erkannte, wer es war.

„Du!“, entfuhr es ihr. Zu spät fiel ihr auf, dass das verdächtig wie eine Anklage klang. Aber ehrlich. Da hoffte sie seit Monaten, dass er sie bemerken würde, und nichts passierte. Zugegeben, sie hatte vor allem im Verborgenen gehofft, aber das war ein anderes Thema. Ausgerechnet dann, wenn sie vor allem eins brauchte, nämlich ihre Ruhe, um als Drache kommen und gehen zu können, wie sie wollte, stolperte sie alle paar Meter über ihn. Höchst unpraktisch, um es mal milde auszudrücken.

Ben lächelte selbstironisch.

Luna-Maie sah das Lächeln und warf ihm einen misstrauischen Blick zu. Was führte Ben wohl im Schilde? Dass sie ihm schon wieder begegnete, war sicher kein Zufall. Sie war schließlich nicht blöd.

„Was machst du denn hier? Wolltest du vorher nicht gerade gehen?"

„Vorher gab es hier auch nichts, was meine Neugier geweckt hat."

„Und jetzt schon?"

„Ja, klar. Dich", erwiderte er und sah sie verwundert an. Sie musste doch wissen, wie hübsch sie war.

„Mich", wiederholte Luna-Maie unbeeindruckt und zog die Nase kraus. Sie wusste nicht so recht, was sie mit dieser unglaubwürdigen Antwort anfangen sollte.

Langsam stieg Ärger in Ben auf. Fischte Luna-Maie etwa nach Komplimenten? So hätte er sie eigentlich nicht eingeschätzt.

„So spannend bin ich nicht", gab sie zurück. Nicht flirtend, sondern so, als würde sie eine simple Tatsache festhalten.

Für mich bist du sehr spannend, Drachenmädchen, dachte Ben im Stillen. Auf mehr als nur eine Art und Weise. Ihm war jedoch auch klar, dass das Drachenthema warten musste. Dafür mussten sie erst einmal Freunde werden. Freunde. Bei diesem Wort hätte er beinahe laut gelacht. Freunde war definitiv das falsche Wort, wenn er an die Dinge dachte, die ihm bei ihrem Anblick durch den Kopf gingen. Zuoberst auf der Liste stand ein Kuss. Dem misstrauischen Blick zufolge, den sie ihm zuwarf, sah ihre Liste allerdings komplett anders aus. Wiewerde-ich-den-Typen-möglichst-schnell-los war vermutlich ihr erster Punkt.

„Wer oder was für mich spannend ist, kann ich immer noch selber beurteilen“, gab er freundlich zurück.

„Das glaub ich gern. Es verwundert mich nur, dass dir das nicht schon eher aufgefallen ist. Gelegenheiten gab es schließlich genug. Wir laufen uns jeden Tag über den Weg.“

„Ha. Also gibst du zu, dass wir uns kennen?“, sprang er auf die Gelegenheit auf, eine Verbindung zwischen ihnen herzustellen.

„Wohl kaum“, konterte sie mit blitzenden Augen. „Wir gehen lediglich zufälligerweise auf dieselbe Schule. Das hat mit ‚sich kennen‘ nichts zu tun. Wie heißt du überhaupt?“, bluffte sie.

„Das weißt du nicht?“ Ben war ehrlich überrascht. Aufgrund der Tatsache, wie viele Mädchen ihm immer auflauerten, war er davon ausgegangen, dass sein Name unter der weiblichen Schülerschaft ein Begriff war. Nicht, dass er das je beabsichtigt hatte. Seines Wissens hatte er nie etwas getan, was so viel Aufmerksamkeit rechtfertigte. Aber es war eine Tatsache, dass er praktisch keinen Schritt machen konnte, ohne über irgendein kicherndes Mädchen zu stolpern, das ihm seine Telefonnummer zustecken wollte. Er war kein Heiliger. Einige dieser Angebote hatte er angenommen. Doch meistens flüchtete er sich schleunigst auf sein Rennrad und machte, dass er davon kam.

„Nein“, erwiderte sie ungerührt. Die unzähligen Pokerspiele gegen Ramiro zahlten sich definitiv aus. „Sollte ich?“

Ben wusste nicht so recht, was er darauf antworten sollte. Wenn er ja sagte, stand er da wie ein arroganter Schnösel. Also zuckte er nur mit den Schultern.

„Du hast recht. Es gibt keinen Grund, weshalb du meinen Namen kennen solltest“, gab er schließlich zu.

Als Ben so unerwartet sympathisch reagierte, verspürte Luna-Maie prompt leichte Gewissensbisse, dass sie so unfreundlich gewesen war. Auf der Stelle verscheuchte sie diese resolut. Sie hatte genug damit zu tun, sich gegen Ben zu behaupten. Da konnte sie solche unnützen Gefühle nicht gebrauchen.

„Ich bin Ben", sagte er und streckte seine Hand aus.

Zögerlich ergriff Luna-Maie seine Hand und ließ sie schnell wieder los. Wie schon vorhin schien buchstäblich ein Funke überzuspringen, sobald sie in Kontakt kamen. Seltsam. Allerdings stellte sie verwundert fest, dass es zwar ein ungewohntes Gefühl war, sie seine Berührungen aber gut ertragen konnte. Sehr gut sogar. Ob er auch etwas spürte? Sie beobachtete seine Reaktion aus dem Augenwinkel, doch Ben verzog keine Miene. Entweder war sein Pokerface ihrem eigenen ebenbürtig, oder er spürte tatsächlich nichts. Ein deprimierender Gedanke. Irgendwer hatte in ihrer Bauchgegend ein wahres Feuerwerk gezündet.

„Ich bin Luna-Maie. Aber offensichtlich weißt du das ja schon." Sie warf ihm einen Seitenblick zu, während sie um ihn herumging.

Ungerührt fiel er neben ihr in Gleichschritt.

Sie musterte ihn. Wo waren all die schlagfertigen Bemerkungen, wenn sie sie brauchte? Die brachten sie sonst auch oft genug in Schwierigkeiten. Leider schien es, als wäre ihr Gehirn in einen längeren Streik getreten.

Ben, der von ihren Überlegungen nichts ahnte, fragte: „Und was machen wir jetzt?"

„Wir?", echote sie. „Jetzt machen?"

„Ja", erwiderte er ungerührt. „Das ist es doch, was zwei Personen, die sich besser kennen lernen wollen, machen. Miteinander Zeit verbringen."

„Wir wollen uns besser kennen lernen?" Luna-Maie hatte Mühe, der Unterhaltung zu folgen. Sie kam sich vor wie im falschen Film. Oder war das vielleicht eine Version von versteckter Kamera? Laut äußerte sie ihre Sorge.

Ben lachte.

„Du hast Ideen. Ist es denn so schwer zu glauben, dass ich dich besser kennen lernen möchte?"

„Äh, ja?" So viel zum Thema geistreiche Erwiderungen, dachte sie düster.

„Oh. Okay …"

Immerhin schien es, als hätte auch Ben Mühe, die richtigen Worte zu finden, stellte Luna-Maie befriedigt fest. Sofort fühlte sie sich ein wenig besser.

Ben wusste tatsächlich nicht so recht, was er sagen sollte. So etwas war ihm buchstäblich noch nie passiert. Peinlich aber wahr. Was sollte er jetzt tun?

„Es ist aber so", versicherte er ihr abermals.

Luna-Maie nickte zögerlich.

Er griff nach ihrer Hand, Händchenhalten war romantisch, oder? Zudem spürte er jedes Mal eine Spur ihrer Magie durch seinen Arm jagen. Dieses Gefühl machte richtiggehend süchtig.

Wieder überraschte sie ihn, indem sie ihre Hand außer Reichweite zog.

Verlegen steckte er seine eigenen Hände in die Hosentaschen, als wäre das von Anfang an sein Plan gewesen.

„Willst du mich denn nicht näher kennen lernen?"

Sie warf ihm einen vorsichtigen Blick zu und zuckte unbestimmt mit den Schultern.

Ben konnte nicht anders. Er lachte und schüttelte amüsiert den Kopf. „Du bist Gift für mein Ego, weißt du das?"

Luna-Maie grinste. Das zu hören tat ihr gut, auch wenn es kindisch war. „Keine Sorge, ich bin sicher, du wirst es überleben."

Ben lächelte schwach.

„Knapp vielleicht."

Luna-Maie dachte währenddessen über seine Frage nach. Wollte sie ihn besser kennen lernen? Hätte eine ihrer Freundinnen sie das gestern gefragt, als er nicht mehr als eine vage Schwärmerei gewesen war, hätte sie sofort ja gesagt. Grundsätzlich stimmte das immer noch. Vielleicht sogar mehr denn je. Nur über seine Motive war sie sich nicht ganz im Klaren. Es war ihr ein wenig unheimlich, wenn sie ehrlich war.

„Und?", ließ er nicht locker.

„Ganz ehrlich? Du bist mir ein wenig unheimlich. Monatelang läufst du an mir vorbei, ohne mir einen zweiten Blick zu schenken und Bamm! Auf einmal bist du überall, wo ich bin und willst mich besser kennen lernen?" Sie schüttelte den Kopf. „Ich weiß nicht."

Ben nickte, während er über ihre Worte nachdachte.

„Das kann ich verstehen. Es tut mir leid, aber du bist mir in der Schule wirklich nicht aufgefallen."

„Ist ja auch schwierig", murmelte Luna-Maie gespielt verständnisvoll, „wenn man immer so von seinen Fans umringt ist."

„Vor allem, wenn man die meiste Zeit damit beschäftigt ist, ihnen zu entkommen", erwiderte er ruhig. „Spielt es denn eine Rolle? Heute habe ich dich zum ersten Mal richtig wahrgenommen. Und mir gefällt, was ich sehe", sagte er und musterte sie eindringlich.

Luna-Maie wurde ganz heiß. Verlegen wollte sie ihr Gesicht abwenden, doch er stoppte sie mit einem Zeigefinger. Wie gebannt schaute sie ihn an. So musste sich ein Hase in Angesicht einer Schlange fühlen. Moment mal. Eigentlich war sie doch das Reptil? Auf gar keinen Fall war sie ein zahmes Fluchttier. Stolz flammte ihn ihr auf und brachte die Magie in ihr zum Summen.

Als hätte er sich verbrannt, ließ Ben seine Hand fallen. Sieh mal einer an, dachte Luna-Maie. Anscheinend war er doch nicht immun?

„Was zum …“ Verblüfft starrte er seine Hand an. Dann warf er ihr einen berechnenden Blick zu und hob entschlossen abermals seine Hand zu ihrem Gesicht.

„Ich glaube nicht, dass das eine gute Idee ist“, stammelte Luna-Maie hastig.

„Oh doch. Das denke ich schon“, murmelte er rätselhaft und strich über ihre Wange.

Das Herz klopfte ihr bis zum Hals. Das Blut schoss durch ihre Adern. Fast wurde ihr schwindlig.

„Es ist nämlich so … Wenn ich dich berühre, habe ich fast das Gefühl, fliegen zu können.“ Nach dieser gewagten Aussage hielt er den Atem an und wartete auf ihre Reaktion.

Fliegen? Hatte er sie doch gesehen? Wusste er etwa … Aber nein. Das war unmöglich … Sie wusste ja inzwischen aus bitterer Erfahrung, wie Uneingeweihte auf ihre Drachennatur reagierten. Auf keinen Fall, indem sie außerhalb der Eisdiele auf sie warteten. Sicherlich spürte er einfach auch die prickelnde Anziehungskraft zwischen ihnen.

Ben genoss es, sie sprachlos zu sehen. Nicht willens, diesen perfekten Moment ungenutzt verstreichen zu lassen, beugte er sich vor und küsste sie auf den Mund. Kurz. Hart. So, dass kein Platz für Missverständnisse blieb, wie er den Kuss wohl gemeint hatte.

„Überleg es dir.“

„Überlegen?“ Die letzten noch verbliebenen Hirnzellen schienen sich mit dem Kuss aus dem Staub gemacht zu haben. Das würde zumindest erklären, weshalb seine Worte überhaupt keinen Sinn machten.

„Na, ob du mich besser kennen lernen willst. Du weißt ja, wo du mich findest. Tschüss.“

Luna-Maie sah dem hochgewachsenen, noch etwas schlaksigen jungen Mann nach. Vorsichtig berührte sie ihre kribbelnden

Lippen. War das eben wirklich passiert? Ihr erster Kuss? Lachen stieg in ihr auf und drängte sich durch ihre Kehle an die Oberfläche, bis sie laut kicherte. Sie konnte den morgigen Tag kaum erwarten, bis sie ihre Freundinnen sah und ihnen alles erzählen konnte. Andererseits … vielleicht würde sie die Episode auch erst einmal für sich behalten. Irgendwie waren ihr die Momente zu kostbar, um sie mit anderen zu teilen.

Kapitel 4

Zum Glück interessierten Kalorien sie nicht die Bohne, dachte Luna-Maie, als sie nach Hause flog. Sie war zufrieden mit ihrer guten Tat. Jetzt konnte sie nur hoffen, dass es ihr gelingen würde, unbemerkt ins Haus und in ihr Zimmer zu schlüpfen. Ansonsten musste sie wieder Fragen beantworten, für die sie keine Antworten hatte. Also lügen. Das ging ihr total gegen den Strich. Aber was sollte sie sonst machen? Papa würde sie sowieso nicht verstehen, er wusste doch gar nichts von ihrer Drachennatur, und ihre Mutter würde sich nur Sorgen machen. Selbst die Drachen hatte sie im Dunkeln gelassen. Nur Ramiro wusste in etwa Bescheid. Er hatte sie ein paar Mal begleitet, bis er sich davon überzeugt hatte, dass sie wusste, was sie tat.

Sie schickte einen Energiestrahl durch ihren Körper, um ihren Müdigkeitslevel zu eruieren. Als Kind hatte sie den Drachenstein gebraucht, um in ihrer menschlichen Form zu bleiben. Bevor die Drachen den Trick mit dem Talisman herausgefunden hatten, hatte sie sich spontan und zu allen möglichen und unmöglichen Zeiten verwandelt. Maxi hatte alle Hände voll zu tun gehabt und jeden erdenklichen Trick anwenden müssen, um zu verhindern, dass sie sich ausgerechnet in den Armen ihres Vaters verwandelte. Seit sie älter geworden war, hatte sich das abgeschwächt. Inzwischen konnte sie wahlweise hin und her wechseln. Nur wenn sie erschöpft war, waren die Resultate nicht immer zuverlässig. Besser, sie landete wieder auf der kleinen Anhöhe in der Nähe des Hauses, holte sich ihre Kette mit dem Anhänger und schlich sich ins Haus. Sich unsichtbar zu machen und sich erst wieder in ihrem Zimmer zu materialisieren, konnte sie momentan vergessen. Vielleicht würde sie das nie mehr können, dachte sie, frustriert, dass sie so wenig über die zukünftige Entwicklung ihrer Drachensinne wusste.

„Verdammt!", schrie sie in den Wind. Es musste doch einen Weg geben, diese Fähigkeiten permanent zu behalten. Was für einen Sinn machte es sonst? Zugegeben, es war eine Frage des Standpunkts, ob es sinnvoll war, sich in einen Drachen verwandeln zu können. Aber wenn man der Evolutionstheorie Glauben schenken konnte, geschahen solche Dinge nicht ohne Grund. Ob Darwin wohl Magie im Sinn gehabt hatte, als er diese Worte aufschrieb? Wahrscheinlich eher nicht.

Völlig in ihre Gedanken versunken, schenkte sie ihrer Umgebung nicht viel Aufmerksamkeit. Mit einem leisen Rascheln ihrer Flügel landete sie im weichen Gras. Endlich zu Hause, dachte sie erleichtert und streckte ihre Drachensinne aus, um den Drachenstein im Gras zu finden.

*

Mit versteinerter Miene beobachtete Mathias den silberfarbenen Drachen, in der Hand den Drachenstein. Im Abendlicht war der rosafarbene Schimmer deutlich zu erkennen. Rosa- und silberfarbene Funken schillerten in der Luft. Das Untier war riesig. Er hatte so etwas noch nie gesehen. Mit reiner Willenskraft unterdrückte er den Impuls, davon zu rennen und Schutz zu suchen, wie es jeder vernünftige Mensch tat, wenn er einem riesigen Raubtier gegenüberstand. Fasziniert betrachtete er den schuppigen Leib, die samtene Mähne an Hals und Kopf und die ledernen Flügel. Fast hätte er die Hand ausgestreckt, um das Biest zu berühren. Sowieso schien es, als würde sich die Form des Drachen von Sekunde zu Sekunde ändern. Vielleicht war er eingeschlafen und träumte das Ganze nur?

Vor seinen Augen schrumpfte der Drache auf Ponygröße und stapfte durchs Gras. Mathias schluckte. Er hatte das ungute Gefühl, dass er wusste, wonach das Fabelwesen suchte. Aber was hatte dieses Tier, das es eigentlich gar nicht geben durfte, mit Luna-Maie zu tun? Und wieso war er sich unsicher, ob er die Antwort auf diese Frage überhaupt hören wollte? Während sein Hirn versuchte, mit dem märchenhaften Anblick des Drachen zurechtzukommen, fragte er sich, weshalb Nepomuk nicht bellte. Der Chihuahua saß neben ihm und schien nichts Außergewöhnliches wahrzunehmen. So viel zum sechsten Sinn von Tieren, dachte er abwesend. Oder vielleicht war er ja einfach zu alt. Blind und taub.

Was suchst du denn?, fragte Nepomuk lautlos.

Meinen Drachenstein, gab Luna-Maie auf dieselbe Art und Weise zurück.

Mathias hat ihn.

Luna-Maie erstarrte. *Mein Vater hat den Drachenstein?*

Das war eine unglückliche Entwicklung. Wie sollte sie den jetzt in die Finger kriegen? Obwohl sie wusste, dass ihr Vater sie in ihrer Drachenform nicht sehen konnte, wagte sie es nicht, in seine Richtung zu blicken.

Der Drache war offensichtlich frustriert von seiner ergebnislosen Suche, wenn Mathias die glucksenden und grummelnden Geräusche, die er von sich gab, richtig interpretierte.

„Suchst du etwa das hier?", fragte er gedehnt und ließ den Stein am Lederband in der Luft baumeln. Allerdings hatte er die Aktion nicht richtig durchdacht. Sobald er den Kontakt zum Stein verlor, sah er den Drachen nicht mehr.

Beim Klang seiner Stimme drehte Luna-Maie sich schließlich zu ihrem Vater um. Sie traute ihren Augen kaum, als sie ihren Vater ganz lässig auf der Bank sitzen sah, den Drachenstein in der Hand. Konnte er sie so etwa sehen? Bei dem Gedanken, dass sie bald keine Geheimnisse mehr vor ihm haben würde, stieg Freude in ihr auf. Wie geil war das denn? Allerdings würde er vermutlich ziemlich wütend werden, wenn er herausfand, dass das keine neu erworbene Fähigkeit war. Besser, sie schnappte sich den Stein und verschwand hinter die Bäume, um sich zu verwandeln und vor allem anzuziehen. Sie wollte seine Nerven nicht übermäßig strapazieren. Mit Drachenlichtgeschwindigkeit griff sie nach dem Anhänger.

Mathias wollte gerade seinen Fehler berichtigen und erneut nach dem Anhänger greifen, als ihn etwas streifte. Unvermittelt war seine Hand leer. Wieso zum Teufel hatte er das Untier auch herausfordern müssen? Das war definitiv eine seiner dümmeren Ideen gewesen. Einem Drachen gegenüberzustehen und sich buchstäblich freiwillig die Augen zuzuhalten, war nicht sehr schlau. Die drei Affen kamen ihm in den Sinn. Nichts hören, nichts sehen und nichts sagen. Eigentlich sehr weise, die drei, dachte er mit einer guten Portion Selbstironie. Auf jeden Fall stressfreier.

Im nächsten Moment raschelte es links von ihm im Gebüsch. Mathias runzelte die Stirn und wandte den Kopf in diese Richtung. Einige Blätter flogen zu Boden. Ein leiser Fluch ertönte. Luna-Maie?

Jetzt sprang Nepomuk von seinem Beobachtungsposten auf und hinunter auf den Boden. Schwanzwedelnd lief er in die Richtung, aus der das Geräusch gekommen war, und blieb erwartungsvoll stehen.

Es musste sich um Luna-Maie handeln. Seit fünfzehn Jahren begrüßte der Chihuahua sie so, ganz egal, wie lange sie weg gewesen war.

Dürre Äste knackten, und seine Tochter trat aus dem Dickicht. Die hellblonden Haare zerzaust, beäugte sie ihn mit einem unsicheren Blick, als hätte sie ein schlechtes Gewissen. Das zweite, was ihm auffiel, war das Lederband mit dem Drachenstein, das wie immer um ihren Hals hing. Wie zum Teufel war es dahin gekommen? Eben hatte er es doch noch gehalten und dann … Er blinzelte und versuchte, einen klaren Gedanken zu fassen. Es wollte ihm nicht so recht gelingen. Der Anblick des Fabelwesens, das es eigentlich nicht geben durfte, hatte ihn doch mehr aus dem Konzept gebracht, als er gedacht hatte.

„Papa?"

Vage Vermutungen, eindeutige Verdächtigungen und etliche Zweifel an seiner eigenen geistigen Gesundheit überschlugen sich in seinem Kopf.

In Ermangelung eines klaren Plans sagte er schließlich: „Lass uns ins Haus gehen. Ich glaube, wir haben einiges zu besprechen."

Luna-Maie zog ein wenig den Kopf ein und nickte ergeben. In Anbetracht der Tatsache, dass er sie in ihrer Drachenform gesehen hatte, war ihr Vater erstaunlich ruhig. Vielleicht sogar zu ruhig. Irgendwie hatte sie gedacht, dass die Entdeckung, dass seine Tochter ein Drache war, ihn mehr aufregen würde. Aber Erwachsene waren manchmal unberechenbar. Manchmal kamen sie ihr vor wie eine eigene Spezies.

Keine Sorge, Kleines, erklang Ramiros Stimme in ihrem Kopf. *Ich glaube nicht, dass er den Zusammenhang zwischen dir und dem legendären Monster, das er eben zu sehen geglaubt hat, schon hergestellt hat.*

Unauffällig sah sie sich nach Sierras grünem Drachenbegleiter um, konnte ihn aber nirgends entdecken. Schlaues Kerlchen. Sicherheitshalber außerhalb der Schusslinie bleiben.

Meinst du? Aber wie kann das sein? Und nur so zu deiner Information: ich bin kein Monster, schloss sie empört.

Menschen glauben immer nur das, was sie sehen, antwortete Ramiro und ignorierte ihren Protest.

Er hat mich doch gesehen, als ich gelandet bin!

Schon. Anschließend aber nicht mehr. Das Nächste, was er gesehen hat, war, wie du aus dem Gebüsch gekommen bist.

Papa ist normalerweise ganz schön schlau, gab sie zu bedenken. *Bestimmt wird er gleich zwei und zwei zusammenzählen.*

Gut möglich. Drachen liegen allerdings außerhalb seines Erfahrungsbereichs. Kann gut sein, dass er diesmal ein wenig länger braucht, dem Geheimnis auf die Spur zu kommen.

Die nächsten zwanzig Jahre?, fragte sie hoffnungsvoll.

Die einzige Antwort war ein belustigtes Schnauben, das durch ihre Gedanken geisterte.

Also eher nicht, stellte sie mürrisch fest. Besser, sie wappnete sich für das Schlimmste. Sie steckte die Hände in die Hosentaschen und stapfte verdrossen hinter ihrem Vater her.

*

Nacheinander traten sie in das kleine Pächterhäuschen, das Miri und Mathias gemeinsam vor dem Ruin gerettet hatten. Es war nicht sehr groß und bot gerade genug Platz für die dreiköpfige Familie. Die alte Substanz, wie die Backsteine und weiter oben das Riegelwerk, hatten sie liebevoll restauriert. Der Herd war neu. Er kombinierte die Wunder der Technik mit den Vorteilen des Kochens mit Holz. Ihre Mutter Miri stand am Herd und rührte in einer Suppe. Der Duft von gegrillten Tomaten erfüllte die Küche. Für einen kurzen, kostbaren Moment vergaß Luna-

Maie völlig, in welcher prekären Lage sie sich befand. Genüsslich sog sie die Luft ein.

„Hallo, ihr beiden. Habt ihr euch endlich gefunden?“, fragte Miri, ohne vom Kochtopf aufzublicken und völlig ahnungslos, dass in den nächsten paar Sekunden ihre friedliche, glückliche Welt aus den Fugen geraten würde.

Maxi, Luna-Maies Patentante und Miris Drache, stand neben dem dampfenden Topf und rang verzweifelt die Hände, während sie versuchte, Miris Aufmerksamkeit zu erhaschen. Von Lance, Kajas blauem Drachenbegleiter, war nichts zu sehen.

Sieh an, sieh an, dachte Ramiro. *Offenbar haben auch die beiden Alten inzwischen gecheckt, dass etwas im Argen liegt.*

Er war hinter Luna-Maie und ihrem Vater durch die Tür geschlüpft. So unauffällig wie möglich natürlich. Das verstand sich von selbst. Er war ja nicht ganz doof. Auch wenn Mathias ihn ohne den Drachenstein nicht sehen konnte, gab es keinen Grund, unnötig die Aufmerksamkeit der anderen auf sich zu ziehen.

„Das könnte man wohl so sagen“, knurrte Mathias.

Luna-Maie zuckte bei seinem Tonfall unmerklich zusammen. Auweia. Das konnte ja heiter werden. Missmutig ließ sie sich auf einen der Holzstühle am Esstisch fallen und verschränkte die Arme vor der Brust.

Miri drehte sich um und schaute ihre beiden Liebsten an. Als sie Mathias’ grimmigen und Luna-Maies trotzigen Gesichtsausdruck sah, hob sie fragend die linke Augenbraue und stemmte die Hände in die Hüften. Da sie den Kochlöffel noch immer in der Hand hielt, tropfte ein wenig Suppe auf den Boden.

Nepomuk, dem trotz seines hohen Alters nichts Essbares entging, stürzte sich auf die kleine, rote Pfütze am Boden und unterzog den originalen Klinkerboden einer gründlichen Reinigung.

„Was ist los?“, wollte Miri wissen.

Mathias setzte an zu sprechen, schloss dann aber den Mund wieder, als hätte er es sich anders überlegt. Müde strich er sich übers Gesicht und ließ sich dann neben Luna-Maie auf einen Stuhl fallen.

„Wenn ich das nur wüsste“, sagte er schließlich. Nachdenklich warf er seiner Tochter einen Blick zu.

Luna-Maie hätte ihn natürlich aufklären können, was los war. Besser gesagt, was sich die vergangenen fünfzehn Jahre direkt unter seiner Nase abgespielt hatte. Doch irgendwie hatte sie keine große Lust dazu, der Überbringer der schlechten Nachrichten zu sein. Im Deutschunterricht hatten sie genügend Sagen und Legenden besprochen, so dass sie genau wusste, was traditionellerweise mit dem Boten passierte. Im besten Fall fiel er in Ungnade. Im schlechtesten Fall verlor er seinen Kopf. Beides keine sonderlich prickelnden Aussichten.

Ich habe schon immer gewusst, dass du ein schlaues Mädchen bist. In Ramiros Stimme schwang echter Stolz mit. Luna-Maie musste sich auf die Innenseite ihrer Wange beißen, um sich ein Grinsen zu verkneifen. Ramiro war der Beste. Er schaffte es immer, sie zum Lachen zu bringen.

Langsam aber sicher begann Miri, sich Sorgen zu machen. Sie war so auf ihren Mann und ihre Tochter konzentriert, dass sie Maxi für den Moment ignorierte. Drachenratschläge waren gut und schön, aber im Moment hatten die zweibeinigen Familienmitglieder Priorität.

„Ihr wart beide den ganzen Nachmittag verschwunden. Wollt ihr mir verraten, wo?“

Mathias warf Luna-Maie einen herausfordernden Blick zu. Diese schaute störrisch zur Seite.

„Und?“, forderte Mathias sie zum Sprechen auf. „Das würde mich nämlich auch interessieren.“

Luna-Maie schielte zu ihrer Mutter. „Ich war in Schaffhausen, einer Freundin bei den Hausaufgaben helfen“, murmelte sie.

„Das ist doch nett?“ Verwirrt schaute Miri von ihrer Tochter zu ihrem Mann. Sie verstand immer noch nicht, wo das Problem lag. Ganz offensichtlich gab es aber eins.

„Wenn es stimmt“, grollte er.

„Mathias! Luna-Maie lügt uns doch nicht an!“

„Bist du dir da so sicher? Dann frag sie doch mal, welchen Weg sie genommen hat. Wenn sie nicht in der Zwischenzeit fliegen gelernt hat, gibt es von unserer Bank auf dem Hügel beim Apfelbaum nämlich keinen Weg nach Schaffhausen.“

Stumm um Entschuldigung heischend blinzelte Luna-Maie ihre Mutter an. Endlich fiel auch bei Miri der Groschen.

„Oh“, sagte sie nur und biss sich auf die Unterlippe.

Mathias studierte sie mit undurchdringlichem Blick.

„Das ist das Einzige, das du zu unserer Tochter zu sagen hast?“

Miri suchte fieberhaft nach einer adäquaten Antwort auf diese schwierige Frage. Sie entschied sich für eine Gegenfrage.

„Wenn du gesehen hast, wohin sie gegangen ist, kennst du ja offensichtlich die Antwort schon. Wo ist sie denn hin?“

„Das ist eben das Problem. Sie war einfach plötzlich verschwunden.“

Mathias verfiel wieder in brütendes Schweigen und schien die Tischplatte zu studieren.

Miri warf ihrer Tochter einen fragenden Blick zu, doch diese zuckte nur ratlos mit den Schultern. Aus dieser Richtung war offensichtlich keine Hilfe zu erwarten.

„Aber du hast schon recht“, durchbrach Mathias unerwartet die Stille. „Ich kann heute tatsächlich nicht sicher sein, ob das, was ich gesehen habe, keine Illusion war.“

„Illusion?“, fragte Miri verblüfft. Ihr schwante Böses.

„Ja, eine Illusion. Oder was würdest du sagen, wenn ich dir erzähle, dass heute auf dem Hügel ein Drache gelandet ist?“ Er spuckte die Worte richtiggehend aus, als würde ihn die Tatsache, dass er so eine absurde Behauptung aufstellte, wütend machen.

„Ein Drache?“, fragte Miri, um sicherzugehen, dass sie sich nicht verhört hatte.

„Ein Drache. Und zwar hat es irgendetwas mit diesem verdammten Stein zu tun.“

Anklagend zeigte er auf den Drachenstein, der inzwischen unauffällig unter Luna-Maies T-Shirt auf ihrer Brust lag.

Instinktiv fasste Miri nach ihrem eigenen Drachenstein. Sie brauchte ihn natürlich nicht zum Schutz vor spontanen Wandlungsanfällen. Sie konnte sich nicht in einen Drachen verwandeln. Kajas Großmutter hatte bereits, während Miri mit Luna-Maie schwanger war, eine Vision gehabt, in der sie sah, wie Miri Mutter einer Drachentochter war. Da sie vor langer Zeit einmal die Legende der Drachenwandler gehört hatte, nahm sie ihren Traum ernst und schickte ihr während der Schwangerschaft den Drachenstein. Dieser diente ihrem Schutz. Schließlich wollte keiner, dass Miri und vor allem ihre Frauenärztin beim ersten Ultraschall einen Schock kriegen würden. Das alles hatte sie erst später erfahren, als sie bereits zum ersten Mal miterlebt hatte, wie sich ihr nur wenige Monate altes Kind spontan in einen Drachen verwandelt hatte.

Mathias fiel Miris unbewusste Handbewegung auf. Nachdenklich betrachtete er seine Frau und ihr Schmuckstück. Spontan stand er auf, schob überraschend sanft ihre Hand zur Seite und streckte die Fingerspitzen nach dem Stein aus.

„Jetzt werden wir ja sehen, ob auch dein Stein die Fähigkeit hat, Halluzinationen hervor zu rufen.“

Bevor Miri realisierte, was er vorhatte, schloss sich seine Hand um den Stein.

Das war jetzt nicht so gut, murmelte Maxi betreten.

Mathias, der die riesige, violett schimmernde Drachin neben seiner Frau stehen sah, war sprachlos.

„Der Drache hier sieht aber anders aus, als der, den ich eben gesehen habe …“, stammelte er schließlich.

Er sieht Drachen, wenn er den Stein berührt?, zischte Miri Maxi zu.

Das wollte ich dir schon die ganze Zeit sagen, antwortete diese reichlich betreten.

Ein wenig Vorwarnung wäre nett gewesen, erwiderte Miri schwach.

Mathias drehte sich zu Miri um.

„Weißt du, was hier gespielt wird?“

„Tja, äh, was soll ich sagen …“

„Aber es gibt gar keine Drachen“, brüllte er plötzlich und drehte sich zu Luna-Maie um.

Dabei kam er nicht umhin, den auf Chihuahua-Größe geschrumpften Ramiro zu sehen. Abermals blinzelte er krampfhaft, als könnte er so die vermeintlichen Halluzinationen loswerden. Als es nichts nützte, schüttelte er resigniert den Kopf.

„Jetzt auch noch in grün. Sonst noch irgendwelche Farben?“

„Ich kann blau anbieten“, dröhnte Lance’ Stimme durch den Raum.

Maxi warf ihm einen missbilligenden Blick zu.

Vor Mathias’ entsetzten Augen materialisierte sich Lance in seiner ganzen Pracht. Da er der Älteste war, hatte er am meisten Zeit gehabt, seinen dramatischen Auftritt zu perfektionieren.

„Gestatten, Lance mein Name. Ich bin der Chef der ganzen Gruppe.“

Ramiro rollte nur gelangweilt mit den Augen. Chef. Da musste er direkt lachen. Allerdings ließ er Lance in der aktuellen Situation gerne den Vortritt. Wenn er sich vordrängen wollte, bitte.

„Blau.“

Mehr fiel Mathias in diesem Moment nicht ein. Resigniert ließ er sich wieder neben seiner Tochter auf den Stuhl fallen. Er atmete tief durch, dann richtete er sich auf und fragte: „Wo ist denn euer rosafarbener Freund?“

Alle Augen wanderten zu Luna-Maie, die am liebsten im Erdboden versunken wäre.

Kapitel 5

Wie vom Donner gerührt starrte Mathias seine Tochter an. Offenbar wusste er nicht, was er denken sollte. Verständlich, wenn man die Geschehnisse der letzten paar Stunden aus seinen Augen betrachtete.

Luna-Maie wand sich unter seinem ungläubigen Blick. Hilfesuchend schaute sie zu ihrer Mutter hinüber.

Miri hatte selbst keine Ahnung, was die beste Vorgehensweise war. Es war offensichtlich, dass sie einiges würde erklären müssen. Am besten, sie begann auf der Stelle damit. Es würde nicht einfacher werden, wenn sie es noch weiter aufschob. Im Moment wünschte sie sich, sie hätte den Versuch, die fantastischen Vorgänge zu erklären, vor fünfzehn Jahren begonnen.

„Deine Tochter hat die äußerst seltene Gabe, sich in einen Drachen zu verwandeln."

Mathias wich mit dem Oberkörper zurück, als hätte sie ihm einen Schlag versetzt. „Luna-Maie? Ein Drache? Willst du mich verarschen?" Seine Stimme klang harsch, als wäre er mit seiner Geduld am Ende. Was vermutlich den Tatsachen entsprach.

„Es stimmt, Papa", piepste Luna-Maie. Es kostete sie all ihren Mut, seinem Blick zu begegnen. So hatte er sie noch nie angeschaut. Als wüsste er nicht so recht, wen er da vor sich hatte. Das tat weh. Schließlich war sie seine Tochter.

„Und das soll ich einfach so glauben?“, fragte er verächtlich.

„Nun, unsere Existenz zweifelst du auch nicht an.“ Lance hatte noch nie viel Geduld mit Menschen gehabt, die ihre Augen vor dem Offensichtlichen verschlossen. Insgeheim kam er zu der Feststellung, dass sich die Alten schon etwas dabei überlegt hatten, als sie dazu entschlossen hatten, sich nur um den weiblichen Teil der Bevölkerung zu kümmern. Die Männer schienen noch mehr Mühe als die Frauen zu haben, wenn es um die Existenz von Drachen ging.

„Sei dir da nur nicht zu sicher“, brummte Mathias und rieb sich die Augen. Vielleicht hatte er etwas Giftiges gegessen. Angeblich gab es in der Natur ja so einiges, was Halluzinationen auslöste. Vermutlich die Pilze im Risotto heute Mittag. Zufrieden, endlich eine logische Erklärung gefunden zu haben, wandte er sich an Miri.

„Ich glaube, ich gehe jetzt am besten schlafen. Wenn ich morgen wieder aufwache, wird sich die Wirkung des Risottos hoffentlich verflüchtigt haben und alles ist wieder beim Alten.“ Das hoffte er zumindest. Abrupt ließ er den Stein an Miris Hals los. Auf einen Schlag war alles wieder wie immer. Die seltsamen Kreaturen waren von einer Sekunde auf die andere weg. Er wollte sich bereits erleichtert abwenden, als ihn leise Zweifel in seinem Hinterkopf innehalten ließen. Versuchsweise berührte er abermals Miris Anhänger. Zack. Die Drachen waren wieder da. Er unterdrückte ein frustriertes Stöhnen. Mist. Anscheinend waren sie immer noch da. Er sah sie nur nicht.

„Ich glaube, wir sollten uns besser hinsetzen und in Ruhe über alles reden.“

„Reden!“ Lance schnaubte verächtlich. „Was soll denn das bringen. Es ist doch offensichtlich, dass er zu engstirnig ist, um Dinge außerhalb seines bisherigen Erfahrungsbereichs akzeptieren zu können.“

„He, du weißt gar nichts über mich“, brauste Mathias auf. Gleich darauf bereute er seine Worte. Nicht nur, weil es idiotisch war, mit einer Halluzination zu streiten, sondern auch weil ihm Lance’ Antwort einen Schauer über den Rücken jagte.

„Ha! Das glaubst auch nur du. Ich kenne dich bereits seit fünfzehn Jahren.“

„Lance!“, rügte Miri ihn. „Deine Bemerkungen sind wenig hilfreich.“

Der blaue Drache schnaubte. Rauchwolken stiegen aus seinen Nüstern. Seine Augen blitzten ungeduldig.

Luna-Maie hatte inzwischen genug von dieser fruchtlosen Diskussion. Kurz entschlossen stand sie auf.

„Sieh doch selbst, Papa“, rief sie ihm rebellisch zu und streifte sich das Lederband mit dem Drachenstein vom Hals. Die Luft in der kleinen Küche vibrierte vor lauter Drachenenergie. In dieser Umgebung war es für sie ein Leichtes, sich zu verwandeln, stellte sie mit Erstaunen fest. *Vielleicht war das die Lösung für ihr Problem?*, überlegte sie abgelenkt. Sie streckte sich und schüttelte ihre Flügel aus.

„Achtung“, rief Maxi mahnend.

Auweia. Sie hatte wieder einmal vergessen, dass sie als Drache um einiges mehr Platz einnahm.

„Ups. Sorry.“

Verlegen drapierte sie ihre Flügel dicht am Körper und lächelte ihren Vater an.

Dieser starrte entsetzt den neuen Drachen an. Seine platinblonde Mähne schien ein Eigenleben zu besitzen. Große Reißzähne blitzten ihm entgegen. Die metallischen Schuppen schillerten in den verschiedensten Rosatönen.

Auch wenn die Kreatur nicht ganz so groß war wie das violette und das blaue Biest, machte er doch einen Schritt zurück, als sich ihm der riesige Kopf näherte. Es war ein wundervolles, sehr beeindruckendes Wesen, das direkt aus der Mythologie entsprungen sein könnte. Nur eins war es offensichtlich nicht: seine Tochter. Misstrauen erfüllte seinen Blick.

Luna-Maies Lächeln verblasste, als sie verstand, dass ihr Vater sie nicht begrüßen wollte. Ein Schauder lief über ihren Rücken. Ein metallisches Rascheln erklang, als die kaum wahrnehmbare Muskelkontraktion die Schuppen, die ihren Körper bedeckten, bewegten.

Mathias bekam davon nichts mit. Zu sehr war er damit beschäftigt, sich mit den offensichtlichen Tatsachen auseinanderzusetzen. Anklagend starrte er Lance an.

„Du! Das ist dein Werk. Aber ganz sicher nicht meins."

„Was willst du damit sagen?", wollte Miri wissen.

„Na, was wohl." Bitterkeit verzerrte seine Gesichtszüge. „Ich habe offensichtlich keine Tochter."

Luna-Maies Augen füllten sich mit Tränen, als sie die schmerzhaften Worte hörte. Ungläubig starrte sie ihren Vater an. Sie streckte eine krallenbesetzte Pranke aus. „Papa?"

„Fass mich nicht an!", fauchte er. Er ließ den Drachenstein um Miris Hals los, marschierte ohne ein weiteres Wort aus der Küche und verließ das Haus.

Entsetzt starrten ihm Luna-Maie und ihre Mutter hinterher. Maxi trat zu Luna-Maie hin und kraulte sie hinter den Flügeln, wo sie es schon als Drachenküken so gerne gemocht hatte. Doch jetzt schüttelte sie die ältere Drachin ab. Zu schmerzhaft waren die Worte ihres Vaters. Wie Pfeilspitzen schienen sie sich unter ihre Haut gebohrt zu haben.

„Nun, das lief ja nicht so schlecht", meinte Lance und klatschte in die Hände.

Ungläubig starrte Miri ihn an. „Nicht so schlecht? Nicht so schlecht! Bist du von allen guten Geistern verlassen?"

„Ich meinte doch nur …"

„Ist mir ganz egal, was du gemeint hast. Mathias zumindest meint, dass du Luna-Maies Vater bist, falls du es nicht gemerkt hast."

„Was für ein blanker Unsinn", prustete Ramiro von seinem Platz neben Nepomuk.

„Völlig", stimmte ihm Lance zu, diesmal ganz Ramiros Meinung. „Trotzdem wäre ich stolz darauf, Luna-Maies Vater zu sein. So ein tolles Drachenmädchen findet man nicht alle Tage."

Ihr Vater war da ganz offensichtlich anderer Meinung, dachte Luna-Maie betrübt. Nie hätte sie sich vorstellen können, dass es für ihren Vater einen Unterschied machen würde, in welcher Gestalt sie war. Traurig griff sie nach dem Drachenstein auf dem Tisch und verwandelte sich wieder zurück. Maxi half ihr dabei und streifte ihr geschwind ein Kleidungsstück nach dem anderen über den Kopf, während sie sie mit ihrer großen Gestalt vor den anderen abschirmte.

„Natürlich ist das Unsinn", schnappte Miri. „Das weißt du, ich und alle anderen in diesem Raum. Leider ist es Mathias' Meinung, die zählt. Und da er nicht an Magie glaubt, aber sehr viel von den modernen Erkenntnissen der Genetik hält, ist für ihn der einzige logische Schluss, dass du der Vater bist."

„Wieso nicht ich?", empörte sich Ramiro.

Trotz ihrer Traurigkeit musste Luna-Maie lachen. Prompt entwickelte sie einen Schluckauf.

„He, das war eine berechtigte Frage", entrüstete sich der grüne Drache.

„Deine aktuelle Größe führt dazu, dass dich Leute unterschätzen", erklärte ihm Luna-Maie.

„Hmpf." Ramiro verschränkte seine Arme vor der Brust.

„Ich denke trotzdem, dass du übertreibst", maulte Lance.

„Raus mit euch, alle beide", herrschte Miri die beiden an.

„Ich auch?", wollte Maxi wissen.

„Du nicht. Luna-Maie braucht dich."

Erleichtert ließ sich Maxi neben Luna-Maie zu Boden sinken. Was für ein Chaos. Hoffentlich beruhigte sich Mathias bald wieder.

Mach dir keine Sorgen, Kleines. Dein Papa wird schon noch merken, dass er sich geirrt hat.

Hoffentlich. Doch Luna-Maies Stimme war anzuhören, dass sie nicht so recht daran glaubte. Sie kam sich gerade so vor, als hätte sie ihren Vater für immer verloren. Ein großes, schwarzes Loch klaffte in ihrer Herzgegend. Wenn sie genau in sich hinein spürte, fühlte sie, wie Blut aus der Wunde quoll. Dunkelrot. Von der Vorstellung wurde ihr ein wenig schwindlig. Sie spürte nur noch, wie Maxi sie behutsam in ihre Pranken hob. Dann nichts mehr.

Beunruhigt betrachtete Miri ihre Tochter.

„Hast du sie einschlafen lassen?"

„Ja. Sie hat gerade ihren überaktiven Teenager-Geist überbeansprucht. Das verselbstständigt sich leicht. Ich wollte vermeiden, dass sie sich zu sehr in die Geschehnisse herein steigert. Ich hoffe, dass morgen die Welt schon wieder anders aussieht."

Miri neigte zustimmend den Kopf. „Was für ein Desaster." Sie strich sich durch die kurzen blonden Locken. „Vielleicht können wir in der Zeit, in der sie schläft, die gröbsten Probleme bereinigen."

„Mmh", antwortete Maxi unbestimmt. Was sie in den letzten Jahren über die männliche Spezies beobachten hatte können, stimmte sie nicht sehr zuversichtlich. Zugegeben, Matt war ein außerordentliches Exemplar. Im Normalfall war sie sehr zufrieden mit der Wahl, die ihr Schützling getroffen hatte. Er war ein verlässlicher, fürsorglicher Lebenspartner und brachte Miri oft zum Lachen. Ein großes Plus in Maxis Augen. Aber ob das reichte, ihn von der Existenz von Drachen und Magie zu überzeugen? Sie seufzte, als sie Luna-Maie in ihr Zimmer trug. Nur die Zeit würde das zeigen. Hoffentlich überstand Luna-Maie alles ohne gröbere Blessuren. Doch sie machte sich nichts vor. Die Zurückweisung ihres Vaters hatte bereits deutliche Spuren hinterlassen. So etwas vergaß ein Kind nicht so schnell, auch wenn das Kind schon fast groß war. Fast war eben nicht ganz.

*

Draußen angekommen blieb Mathias orientierungslos stehen. Inzwischen war die Nacht hereingebrochen. Nebelfetzen stiegen aus dem Wald auf und verliehen der ganzen Umgebung einen gespenstischen Touch. Passend, dachte er zynisch. In seinem Kopf jagte ein Gedanke den anderen. Er steckte die Hände in die Hosentaschen und zog die Schultern hoch. Vielleicht hätte er besser eine Jacke mitgenommen, bevor er so kopflos aus dem Haus gestürzt war. Aber in diesem Moment hatte er nur der surrealen Situation im Inneren des kleinen Hauses entfliehen wollen. Gewissensbisse plagten ihn, als er an Luna-Maies bestürzten Gesichtsausdruck dachte, als er nicht adäquat auf ihre Drachengestalt reagiert hatte. Nein, korrigierte er sich. Es war mehr als das. Im Grunde hatte er ihr zu verstehen gegeben, dass sie nicht seine Tochter war. Er wischte die unangenehme Einsicht weg. Was hatten sie auch erwartet. Dass er die Existenz von mythischen Ungeheuern einfach so akzeptierte und zur Tagesordnung überging? Damit nicht genug, musste er auch noch feststellen, dass mit seiner Tochter etwas nicht in Ordnung war? Normal war es auf jeden Fall nicht, dass sie sich in einen Drachen verwandeln konnte! Wieder regte sich der hässliche Verdacht, dass vielmehr einer der anwesenden Drachen der wirkliche Vater war, in ihm. Anders ließ sich doch das Ganze nicht erklären! Oder doch?

Nicht zur Ruhe kommend, schlug er den Weg zum Haupthaus ein. Dort wohnte Miris Freundin Kaja, zusammen mit ihrem Partner Tim. Vielleicht hatte Tim Zeit für ein Bier.

Auf sein Klopfen öffnete allerdings nicht Tim die Tür, sondern Kaja. Im Arm hatte sie den erst sechzehn Wochen alten, zappelnden Schäferhund-Mix Melody. Ihr alter Hund Zorro, ein Schäfer-Husky-Mix, war vor einiger Zeit gestorben. Erst hatte sie verkündet, vorerst keinen neuen Hund zu wollen. Doch dieses Jahr hatte sie sich plötzlich auf die Suche begeben und war eines Tages mit Melody im Schlepptau aufgetaucht. Tim hatte nur gegrinst und das neue Familienmitglied willkommen geheißen. Mathias seufzte unhörbar und tat sich selber leid. Weshalb konnte seine Familie nicht etwas Unkompliziertes wie einen neuen Hund anschaffen? Aber nein, es musste natürlich etwas Exotisches wie ein Drache sein.

Kaja lächelte ihn einladend an.

„Komm rein, du musst ja halb erfroren sein. Ich habe dich schon erwartet."

Mathias beäugte sie misstrauisch. Sie hatte ihn erwartet? Hatte Miri etwa bereits ihre beste Freundin informiert? Er hatte nichts gegen die enge Freundschaft der beiden. Im Gegenteil. Doch in diesem Moment war er genervt, dass Familieninterna auf der Stelle weiter gegeben wurden. Er war noch keine halbe Stunde aus dem Haus.

„Eigentlich habe ich Tim gesucht."

„Oh", sagte sie betroffen. „Natürlich." Hilfesuchend blickte sie sich um.

Argwöhnisch betrachtete Mathias die Stelle, zu der sie hingeschaut hatte, doch er konnte nichts entdecken. War da etwa ein Drache in der Nähe? Er schüttelte den Kopf wie ein nasser Hund, als könnte er so seine davon galoppierenden Gedanken unter Kontrolle kriegen. Langsam wurde er paranoid. Die

Chance, dass Kaja unter den gleichen Halluzinationen litt wie offenbar seine Familie, stand bei Minus Fünf.

„Wahrscheinlich wäre ich momentan die bessere Gesprächspartnerin für dich“, sagte sie vorsichtig.

„Da bin ich nicht so sicher. Ich brauche dringend die Perspektive eines Mannes.“

Subtil kannst du vergessen, zischte Lance' Stimme durch ihren Kopf. *Bei dem wirkt nur die Holzhammermethode.*

Ob des scharfen Tonfalls zuckte sie unmerklich zusammen.

Lass deinen Ärger nicht an mir aus. Ich bin nicht verantwortlich für diese Katastrophe, gab sie verärgert zurück. Nichtsdestotrotz nahm sie sich seinen Ratschlag zu Herzen.

Laut sagte sie: „Darf ich offen sein?“

„Tu dir keinen Zwang an. Offenbar hat heute jeder das Bedürfnis, mir die Wahrheit ins Gesicht zu schleudern. Ganz im Gegensatz zu den vergangenen fünfzehn Jahren“, schloss Mathias bitter.

Kaja zog den Kopf zwischen die Schultern. Er hatte ja recht. Aus seiner Perspektive war das ein ganz schöner Brocken, den er da zu verdauen hatte. Das entschuldigte allerdings nicht, wie er sich Luna-Maie gegenüber verhalten hatte. Dafür würde sie ihm am liebsten eins über den Schädel ziehen.

Soll ich das für dich übernehmen?, fragte Lance eifrig.

Sie ignorierte ihn und widmete ihre ganze Aufmerksamkeit Mathias, der von Minute zu Minute mehr in Selbstmitleid versank.

„Tim weiß nichts über Drachen. Ich hingegen eine ganze Menge.“

„Du also auch“, war Mathias' anklagende Antwort. „Danke, aber nein danke. Die unvoreingenommene Meinung von Tim ist mir lieber.“

„Uh, aber … warte …“ Doch es war schon zu spät.

„Tim?“, rief Mathias laut.

„Ich komme“, ertönte es aus dem oberen Stock.

Wenig später kam er die Treppe hinunter. Verwundert nahm er das Bild von Kaja und Mathias auf, die sich wie zwei Kampfhähne gegenüberstanden.

„Was ist denn hier los?“

Kaja, die merkte, dass sie diesen Kampf verloren hatte, setzte den ungeduldigen Welpen auf den Boden und warf entnervt die Hände in die Luft.

„Ich sehe schon, mit dir ist heute nicht vernünftig zu reden!“, meinte sie ungnädig zu Mathias. „Denk einfach daran, ich bin hier, wenn du es dir später doch noch anders überlegst.“ Sie drehte sich zu Tim um und küsste ihn. „Das gilt übrigens auch für dich.“

„Auch für mich?“, fragte Tim verwundert. Was wurde hier eigentlich gespielt? Im Moment verstand er nur Bahnhof.

„Vergiss es“, unterbrach Mathias seinen Gedankengang. „Wir gehen jetzt ein Bier trinken. Oder auch mehrere“, fügte er nach einem kurzen Moment hinzu. Er packte seinen Kumpel an der Hand und zog ihn in Richtung Tür.

Tim warf einen letzten hilfesuchenden Blick in Richtung Kaja.

Doch die schüttelte nur resigniert den Kopf.

„Geh nur. Ich erklär dir alles, wenn du nach Hause kommst. Denk einfach daran, dass ich dich liebe.“

Tims Augen wurden groß bei ihrem letzten Satz. Mathias ließ sich jedoch nicht aufhalten und setzte seinen Weg nach draußen fort. Ergeben zuckte Tim mit den Schultern. Was auch immer es war, es würde sich sicher alles klären.

„Na, wenn das mal gut geht“, murmelte Kaja.

„Wenn wir Glück haben, besaufen sie sich dermaßen, dass sie morgen das Gefühl haben, sie hätten alles nur geträumt.“

„Irgendwie bezweifle ich, dass das der Fall sein wird.“ Sie pfiff nach Melody, die irgendwo in der Dunkelheit Mäusespuren verfolgte. Netterweise kam sie unverzüglich.

„Brav“, lobte Kaja sie und gab ihr einen der Hundekekse, die sie zurzeit in sämtlichen Taschen mit sich herumtrug. Glücklich zog Melody mit ihrer Beute davon. Im Gegensatz zu anderen Hunden verschlang sie ihre Belohnung immer erst an einem von ihr auserwählten Platz.

Kaja schloss die Tür und wirbelte zu dem blauen Drachen herum, der lässig an das Treppengeländer gelehnt da stand.

„Jetzt zu dir und deinen Drachenfreunden.“

„Oh-oh“, sagte Lance halblaut, der den entschlossenen Blick in Kajas Augen nur zu gut kannte. Er schielte die Treppe hinauf und wägte seine Fluchtchancen ab.

Kaja, die eine ziemlich genaue Vorstellung davon hatte, was in seinem Drachengehirn vor sich ging, zögerte nicht lange und zeichnete ein Bannzeichen in die Luft.

„Autsch. Du weißt doch, dass das brennt!“, beschwerte sich Lance, bewegte sich aber nicht von der Stelle. Der Bannzauber hielt nicht ewig. Aber lange genug, um ihm die Leviten zu lesen. Manchmal war es ganz gut, eine Hexe als Großmutter zu haben.

Sie stemmte die Hände in die Hüften und tippte ungeduldig mit der Fußspitze auf den Boden.

„Ich erwarte eine Erklärung!“

Lance zog die Augenbrauen hoch und warf theatralisch seine Pranken in die Luft, sodass blaue Funken nach links und rechts stoben.

„Hör schon auf mit der Special-Effects-Show und erzähl mir, was hier eigentlich los ist.“

„Ich weiß genau das, was ich dir erzählt habe.“

Unschuldig wackelte er mit den Ohren, die dem Bannzauber anscheinend entgangen waren.

„Irgendwie bekam Mathias den Drachenstein in die Hand und war in der Lage, Luna-Maie in ihrer Drachenform zu sehen."

„Ich dachte, das sei unmöglich? Nur Frauen könnten Drachen sehen?"

„Stimmt ja auch. Er hat mich ja eben nicht gesehen", verteidigte er sich.

„Also nur mit der Hilfe des Drachensteins?", hakte Kaja nach.

„Scheint so."

„Hm. Vor allem scheint mir, dass eure Überlieferungen nicht allzu akkurat sind. Typisch Drachen!"

„He!"

Sie wirbelte zu ihm herum.

„Willst du es etwa abstreiten? Ist schließlich nicht das erste Mal, dass wir von aktuellen Ereignissen überrascht werden", sagte sie und spielte damit auf die Tatsache an, dass Miri und Sierra in der Lage waren, gegenseitig ihre Drachen zu sehen, obwohl das laut offizieller Überlieferung nicht üblich war. Ganz zu schweigen von der Existenz des Drachenkindes.

„Wir Drachen haben nie gesagt, dass wir allwissend sind", antwortete Lance störrisch.

Kaja überlegte einen Moment. Schließlich hob sie den Kopf. „Oder …"

Betroffen schlug Lance seine Pranken vor der Brust zusammen. „Du meinst …?"

„Der Drachenrat lässt euch absichtlich im Dunkeln. Wissen ist schließlich Macht. Ich glaube kaum, dass sie begeistert wären, wenn plötzlich bekannt würde, dass Mischformen wie unser Drachenmädchen existieren."

Lance setzte an, den Drachenrat zu verteidigen, doch dann schloss er sein riesiges Maul wieder. Frustriert ließ er Rauch aus seinen Nüstern steigen.

„Das wäre ungeheuerlich!"
„Im wahrsten Sinne des Wortes", pflichtete ihm Kaja grimmig bei.

Kapitel 6

Im Wirtshaus unten im Dorf angekommen, schob Tim Mathias sein Bier hin und wartete, bis sein Freund einen großen Schluck getrunken hatte.

„Also, erzähl schon, was los ist. Du bist ja sonst nicht so leicht aus der Ruhe zu bringen."

Trübsinnig starrte Mathias in das Glas vor sich. „Dachte ich eigentlich auch. Aber am heutigen Tag wundert mich nichts mehr."

Tim wartete darauf, dass Mathias weitersprach. Als sich die Sekunden zu Minuten ausdehnten und klar wurde, dass das nicht passieren würde, schüttelte er den Kopf.

„Du sprichst in Rätseln, Mann!"

„Sei froh. Die Realität würde dir nicht gefallen." Er lachte freudlos. „Abgesehen davon, dass ich nicht einmal mehr weiß, was Realität ist und was nicht." Mit einer Handbewegung bestellte er ein neues Bier beim Patron der kleinen Kneipe.

Tim atmete tief durch und zählte innerlich bis zehn. Es war offensichtlich, dass Mathias große Sorgen plagten. Also würde er sich in Geduld üben, auch wenn es ihm schwerfiel. Rätsel waren noch nie sein Ding gewesen. Als Fotograf hielt er Dinge fest, die er mit seinen Augen sah. Sein Hintergrund als Biologe und Feldforscher befähigte ihn, das Gesehene zusätzlich in Zahlen auszudrücken und zu definieren. Alles sehr überschau- und berechenbar. Mathias' kryptische Andeutungen gaben ihm das Gefühl, durch tückischen Treibsand zu waten. Es juckte ihn, Mathias zur Rede zu stellen und so möglichst schnell wieder festen Boden unter den Füßen zu spüren.

„Glaubst du an Drachen?", fragte Mathias.

Das Treibsandgefühl verstärkte sich. Tim wand sich auf der hölzernen Bank.

„Seit wann sind Drachen eine Glaubensfrage? Es sind Ungeheuer aus der Mythologie." Er zuckte möglichst gleichmütig mit den Schultern, obwohl er eine dunkle Vorahnung hatte, dass mehr hinter Mathias' scheinbar zusammenhangloser Frage steckte, als es auf den ersten Blick den Anschein machte. „Das ist in etwa so, als würdest du mich fragen, ob ich an die Geschichte von den sieben Zwergen glaube."

„Dieser Meinung war ich bis heute auch." Mathias seufzte und nahm mit einem dankbaren Nicken das frische Bier entgegen.

Durch Tims Kopf huschten alle möglichen Szenarien. Eine lebensbedrohliche Krankheit vielleicht? In solchen Fällen wandten sich Menschen gerne allen möglichen heilsversprechenden Themen zu. Auch wenn ihm im Moment nicht ganz klar war, wie ein imaginärer Drache hilfreich sein sollte. Oder eine Sekte? Andererseits war ihm Mathias immer ausgesprochen bodenständig vorgekommen.

„Was hat sich geändert?", fragte er deshalb vorsichtig. Inzwischen war er sich nicht mehr so sicher, dass er den Grund dringend hören musste. Kryptische Aussagen waren auf einmal völlig ausreichend.

Mathias ließ den Kopf in seine Hände sinken. „Weil ich heute drei, nein warte, vier dieser Biester mit eigenen Augen gesehen habe."

Sprachlos starrte Tim seinen Freund an.

Mathias drehte sein halb leeres Bierglas auf der Tischplatte um die eigene Achse und lächelte schief.

„Und jetzt überlegst du dir, ob eine Intervention nötig ist oder besser gesagt, ob du die Leute mit den Zwangsjacken und dem Krankenwagen rufen sollst."

Ertappt drehte Tim seinen Kopf zur Seite.

Mathias lachte leise.

„Keine Angst. Ich nehme dir das nicht übel." Mit einer Hand rieb er sich den Nacken. „Ich bin ja bis jetzt nicht restlos überzeugt, dass ich meinen Augen trauen kann. Vielleicht tätige ich den Anruf auch selber und lasse mich einliefern."

Inzwischen hatte sich Tim wieder ein wenig gefangen. Seinem Freund vorurteilsfrei zuzuhören, war das Mindeste, das er tun konnte. Er bemühte sich um einen neutralen Gesichtsausdruck.

„Warum erzählst du mir nicht einfach der Reihe nach, was du heute Fantastisches erlebt hast?"

„Du glaubst mir kein Wort."

Tim zuckte lässig mit den Schultern. „Bis jetzt habe ich auch nicht viele Informationen. Du hast einen Drachen gesehen. Glaubst du zumindest. Aber ich habe das Gefühl, da ist noch mehr zu der Geschichte, außer der Möglichkeit, dass du zu starkes Gras geraucht hast." Nicht dass das Mathias' Gewohnheiten entsprach. Aber Gewohnheiten konnten sich ändern.

„Ich wünschte, die Erklärung wäre so einfach. Leider ist das Ganze ein wenig komplizierter."

So kurz und knapp wie möglich schilderte Mathias die Ereignisse der letzten Stunden. Das war gar nicht so einfach. Etwas so Wundersames wie ein Drache war zu groß für ein, zwei Sätze. Allein die Schilderung ihrer optischen Erscheinung nahm mehrere Sätze in Anspruch. Ihr magisches Wesen und ihre Fähigkeiten zu schildern brachte Mathias fast um den Verstand. Frustriert brach er ab.

„Worte sind ein unzulängliches Mittel, um die Erfahrung zu beschreiben. Zudem weiß ich noch viel zu wenig über diese Monster.“

„Monster“, gab Tim möglichst neutral zurück. „Hast du mir nicht gerade erzählt, Luna-Maie könnte sich in einen Drachen verwandeln?“ Was auch immer er von Mathias’ fantastischer Geschichte halten mochte, ging es ihm doch gegen den Strich, dass Mathias sich offensichtlich mit einer solchen Leichtigkeit von seiner Tochter abwandte. Luna-Maie war Luna-Maie. Ob sie ihm morgen als Wasserschwein oder als Drache entgegenkam, spielte für ihn überhaupt keine Rolle. Sollte das nicht noch viel mehr der Fall sein, wenn man der Vater war?

Unbehaglich wand sich Mathias auf dem Stuhl. Er dachte nicht gern über diese Tatsache nach. Er zog es vor, seine Tochter komplett auszublenden.

„Vermutlich habe ich mir das alles sowieso nur eingebildet. Außerdem kannst du es mir nicht verdenken, wenn ich mir so meine Gedanken mache.“

Tim runzelte die Stirn. Seiner Meinung nach gab es vieles, über das sich Mathias Gedanken machen sollte. Sicher auch über seine Tochter. Aber mehr im Sinne von Sicherheit und physischer und psychischer Gesundheit. Sein letzter Satz hatte allerdings nicht sorgenvoll geklungen, sondern eher anklagend. Er biss die Zähne zusammen. Nun kannte er Mathias wirklich schon lange und mochte ihn sehr gern, zählte in sogar zu seinen besten Freunden. Doch momentan hätte er ihn am liebsten geschüttelt.

„Welche Gedanken denn?“

„Na, komm schon. Ich stehe im selben Raum mit drei Drachen und meine Frau eröffnet mir, dass meine Tochter ein Halbdrache ist? Ich bin schließlich nicht blöd.“

„Ach, so meinst du“, antwortete Tim schwach. Als Biologe konnte er schlecht gegen die Tatsache von DNA und Co. argumentieren. Doch trotz seines naturwissenschaftlichen Hintergrunds war er sich erstaunlicherweise völlig sicher, dass das völliger Mist war, den Mathias da von sich gab. Ein Blinder konnte sehen, dass Luna-Maie seine Tochter war. Von der Augenform über den störrischen Zug um den Mund, den sie bisweilen trug, wenn ihr etwas nicht passte … Eindeutig Mathias' Tochter. Zudem war es idiotisch, in einem Zuge die Existenz von Drachen anzuerkennen, ganz zu schweigen deren Anwesenheit im eigenen Haus, und gleichzeitig die magische Komponente völlig außer Acht zu lassen.

Mathias wollte gerade zu einem erneuten Rundumschlag gegen Drachen im Allgemeinen, Miris moralische Grundsätze und sein Kuckuckskind ansetzen, als Tim ihn unterbrach.

„Wenn du wirklich wissen willst, ob das alles wahr ist, was du meinst, heute gesehen zu haben, gibt es eine einfache Lösung."

Mathias blinzelte und schaute ihn verdutzt an. Einfach? Das war jetzt nicht direkt das Wort, das er als Reaktion auf seine Enthüllungen erwartet hatte. Vielleicht hatte Tim ihn nicht richtig verstanden? Schließlich siegte seine Neugier.

„Wie sieht denn deine ‚einfache' Lösung aus?", fragte er spöttisch.

„Wie gesagt. Ganz einfach. Ich komm mit und du zeigst mir diese Drachen. Wenn dieser Stein bei dir funktioniert, gibt's ja keinen Grund, weshalb er auf mich nicht dieselbe Wirkung haben sollte."

„Oh."

Tatsächlich. Ein simples, methodisches Vorgehen. Mathias kaute auf seiner Unterlippe. Nur zögerlich nickte er. Erstaunt nahm er einen gewissen inneren Widerstand zur Kenntnis, als wollte er das Drachenerlebnis nur ungern teilen. Was für ein Blödsinn! Der letzte Zweifel in Bezug auf den Zustand seiner geistigen Gesundheit schwand. Jetzt war es endgültig. Er hatte seinen Verstand verloren.

Sie bezahlten die Rechnung und fuhren wieder den Berg hoch. Der Nebel hatte sich gelichtet und die Sterne glitzerten am dunklen Nachthimmel, als sie ausstiegen.

Tim warf einen Blick nach oben.

„Die Sterne sind eine gute Erinnerung daran, dass wir längst nicht alles wissen."

„Hmpf." Mathias war nicht in der Stimmung für philosophische Gespräche. „Irgendwie hatte ich mir von dir mehr erhofft als blumige Worte über Sterne. Schon mal über eine Karriere als Dichter nachgedacht? Frauen stehen auf den Quatsch."

Tim rollte mit den Augen, nahm die Bemerkung aber nicht persönlich. Enthüllungen wie die, die Mathias heute erlebt hatte, konnten einen Mann schon dazu bringen, Dinge zu sagen, die er sonst nie sagen würde.

„Ich weiß gar nicht, was du hast. Schließlich habe ich dir einen methodischen Evaluierungsansatz geliefert."

„Stimmt. Das hast du. Lass uns gleich zu mir gehen. Miri ist bestimmt noch wach. Zudem war die Drachenversammlung in unserem Haus."

Tim bezweifelte, dass Drachen, sollte es sie wirklich geben, an einen Ort gebunden waren. Für irgendetwas waren die Dinger ja mit Flügeln ausgestattet. Um der Drachen willen hoffte er wirklich, dass diese auch funktionstüchtig waren und nicht nur Dekorationszwecke wie bei den Pinguinen erfüllten.

„In Ordnung. Ich möchte allerdings gerne Kaja Bescheid geben. Ich habe das starke Gefühl, dass sie bei diesem Experiment dabei sein möchte." Und er wollte sie gerne dabei haben. Denn dasselbe starke Gefühl sagte ihm, dass sie mehr über die Sache wusste, als ihm lieb war.

Während Mathias sich schon in Richtung Pächterhäuschen

aufmachte, ging Tim ins Haus. Wie eine Kanonenkugel schoss ihm Melody entgegen. Er bückte sich und kraulte das Fellbündel hinter den Ohren. Der Welpe wedelte glücklich mit dem Schwanz und warf sich auf den Rücken. Tim ließ sich auf die Knie nieder und kam der Aufforderung, auch den Bauch zu kraulen, bereitwillig nach.

„Für dich ist das Leben einfach, was?“, murmelte er, die Hände in ihrem dichten, weichen Pelz vergraben. „Schlafen, fressen, spielen. Und das in einer Endlosschleife.“

„Tim? Bist das du?“ Kaja steckte den Kopf in den Flur. Sie war in eine dicke, leuchtend blaue Strickjacke gehüllt. Ihre haselnussbraunen Augen blickten ihm besorgt entgegen. Sie strich sich das glatte, braune Haar hinter die Schulter. „Alles in Ordnung?“

Tim überlegte einen Moment und konzentrierte sich auf Melody. „Ich weiß es nicht“, sagte er schließlich ehrlich.

„Oh.“

„Aber wir werden bald mehr wissen.“

„Tatsächlich?“, fragte Kaja erfreut. Dann runzelte sie plötzlich die Stirn, als könnte sie sich nicht vorstellen, wie er das bewerkstelligen wollte.

Das bestätigte Tim in seiner Annahme, dass sie mehr über gewisse Drachen wusste, als sie bis jetzt hatte durchblicken lassen. Er drehte diese Erkenntnis in Gedanken ein paar Mal hin und her und versuchte herauszufinden, was das in ihm auslöste. Mit einem Schulterzucken stellte er fest, dass es ihm egal war. Nicht gleichgültig-egal. Nur, dass er sich nicht betrogen oder angelogen fühlte. Jeder hatte ein Anrecht darauf, gewisse Dinge für sich zu behalten. Auch oder gerade in einer Beziehung. Solange es sich dabei nicht um eine andere Liebesbeziehung oder Affäre handelte, konnte er damit leben. Erleichtert, zu diesem Schluss gekommen zu sein, stand er auf. Melody, die dachte, er mache sich bereit, um mit ihr zu spielen, eilte zu ihrem Korb, wo ihr ganzes Spielzeug verstaut war, und holte eine schon reichlich lädierte Gummiente hervor. Mit stolzgeschwellter Brust brachte sie sie zu ihm und legte sie ihm erwartungsvoll vor die Füße. Schwanzwedelnd wartete sie darauf, dass ihr Herrchen sie durch den Flur warf.

„Später vielleicht. Jetzt habe ich gerade keine Zeit zu spielen“, meinte Tim entschuldigend und strich ihr noch einmal über den Kopf. Er richtete sich auf und streckte die Hand nach Kaja aus.

„Kommst du mit?“

Sie ergriff seine Hand. Auch nach sechzehn gemeinsamen Jahren war sie immer noch jedes Mal erstaunt, wie richtig sich der Kontakt zwischen ihnen anfühlte. Sie umfasste seine Hand fester und genoss das Gefühl der Zusammengehörigkeit.

„Wohin denn?“, fragte sie.

Er strich mit dem Daumen über ihren Handrücken. „Zu Miri und Mathias.“

„Heute noch?“

Tim nickte.

„Aber wieso denn?“, fragte Kaja so unschuldig wie möglich. Insgeheim befürchtete sie allerdings, die Antwort bereits zu kennen.

„Mathias will mir jemanden vorstellen.“

„Vorstellen?“ Kaja war bewusst, dass sie wie ein gut trainierter Papagei klang. Doch irgendwie war ihr während der letzten Minuten die Fähigkeit, ein intelligentes Gespräch zu führen, abhanden gekommen.

„Genau. Vorstellen. Und zwar seine neuen Freunde, die Drachen.“

„Oh“, sagte sie schwach. Das hätte sie sich ja denken können, dass ihr tierliebender Freund sich die Gelegenheit, eine seltene Tierart zu treffen, nicht entgehen lassen würde. Ganz egal, ob es diese offiziell gab oder nicht.

Tim schmunzelte, während er wartete, bis sie in ihre Gummistiefel geschlüpft war.

„Komm. Lass uns gehen. Melody kann ja mitkommen. Nepomuk freut sich bestimmt über den Besuch."

Der Welpe war offenbar auch dieser Meinung und zwängte sich durch den offenen Türspalt.

„Chili wahrscheinlich weniger, aber egal", murmelte Kaja und schaute dem übermütigen Hund hinterher, der freudig von einem Schatten zum nächsten sprang.

Sie hielt Tim am Ärmel zurück. „Warte. Ich sag Sierra Bescheid. Vielleicht ist sogar Simon bei ihr. Dann können wir das Ganze in einem Aufwasch hinter uns bringen und müssen alles nur einmal erklären", meinte sie resigniert. Insgeheim konnte sie sich ein Lächeln nicht verkneifen. Man konnte sagen, was man wollte. Aber mit den Drachen war das Leben wenigstens nie langweilig.

*

Miri stand mit Nepomuk im Arm an den Herd gelehnt und beäugte ihren Mann misstrauisch. Mathias hatte nur etwas von einem Testlauf gemurmelt und gemeint, Tim würde alles erklären. Jetzt saß er mit verschränkten Armen am Tisch, einen störrischen Zug um seinen Mund. Er hatte Glück, dass Chili auf seinem Schoß Platz genommen hatte. Sonst wäre sie ernsthaft versucht gewesen, ihm die schwere, gusseiserne Pfanne über den Kopf zu ziehen.

Während sie seine schockierte Reaktion auf die Entdeckung der Drachen nachvollziehen konnte, fand sie es unverzeihlich, wie er auf Luna-Maie reagiert hatte. Vielleicht war ihr Urteil unfair und auch nicht ganz logisch. Doch in ihrem Mutterherz gab es keinen Platz außer kompletter Akzeptanz für ihr einziges

Kind. Irgendwann hatte sie es ja auch zum ersten Mal erfahren, verdammt noch mal. Luna-Maie war Luna-Maie. Ihr gemeinsames Ein und Alles. Mit all ihren Stärken und Schwächen. Ganz egal, wie sie aussah, was sie anstellte oder wie sehr sie sich auch stritten. Auch das kam vor. Sowieso jetzt, wo sie älter wurde und ihren eigenen Weg suchte.

Miri machte sich nichts vor. Weder sie noch Luna-Maie noch Mathias waren perfekt. Aber bis jetzt hatte sie immer das Gefühl gehabt, wenn es hart auf hart kam, würde die Familie zusammenhalten. Jetzt war sie sich da nicht mehr so sicher. Das nahm sie Mathias übel, dass er sie dieser Sicherheit beraubt hatte.

Weißt du, was hier gespielt wird?, wandte sie sich telepathisch an Maxi.

Aufgewühlt ihre Pranken ringend, schritt die große Drachin in der eher kleinen Küche auf und ab. Zum Glück war sie in ihrer feinstofflichen Form, sonst hätte sie sämtliche Stühle mitsamt dem Tisch umgestoßen. Violette und magentafarbene Funken flogen in alle Richtungen und verliehen der Luft rund um ihren Körper einen rosafarbenen Schimmer.

Eine rosa Brille wäre ganz nett, dachte Miri abwesend, während sie zuschaute, wie sich die Funken wie Glitter über den Boden legten, bis sie sich schließlich auflösten und verschwanden.

Keine Ahnung, gab Maxi schließlich zu.

Lance? Miri wusste nicht, wo der Drache war, aber sie war sich ziemlich sicher, dass er in dieser Notfallsituation nicht weit weg war.

Ich habe leider auch keine Ahnung, Schätzchen.

Ich vermute, das ist eine ganz neue Erfahrung für dich, antwortete sie trocken. Na großartig, stellte sie für sich fest. Da hatte sie ein ganzes Drachenteam zur Hand und alle tappten mindestens so im Dunkeln wie sie.

Kein Grund, schnippisch zu werden, motzte Lance.

Miri verdrehte nur die Augen. Dafür, dass Lance selber mit sämtlichen Benimmregeln einen recht lockeren Umgang hatte, nahm er es bei anderen gern sehr genau.

Endlich hörte sie draußen Geräusche. Erleichtert eilte sie zur Tür, um die spätabendlichen Gäste ins Haus zu lassen. Erstaunt riss sie die Augen auf, als sie sah, dass nicht nur Tim und Kaja gekommen waren. Auch Sierra und Simon standen vor der Tür. Begleitet wurden sie von zwei Hunden. Der eine war Kajas Hundemädchen Melody. Der andere war Simons top ausgebildete belgische Schäferhündin mit dem bezeichnenden Namen Nancy Drew, kurz Nancy genannt. Melody sprang fröhlich von einer Lieblingsperson zur nächsten. Die angespannte Stimmung schien sie nicht im Geringsten zu stören. Nancy hingegen betrachtete die Gruppe argwöhnisch und gesellte sich zu Chili, der auf der Ofenbank saß und die aktuellen Vorgänge beobachtete.

Miri warf den beiden Frauen einen verstohlenen Blick zu und hob fragend die Augenbrauen. Was zum Teufel wurde hier gespielt?

Kaja biss sich unter ihrem fragenden Blick schuldbewusst auf die Unterlippe. Aha, stellte Miri fest. Wenigstens eine von ihnen schien eine Ahnung zu haben, was auf sie wartete. Nachdem sie mitmachte, konnte es nicht allzu schlimm sein, versuchte sich Miri zu beruhigen. Allerdings nur mit mäßigem Erfolg. Die Spannung in der Küche stieg mit jeder Sekunde. Zudem saßen ihr noch die Vorkommnisse der vergangenen Stunden in den Knochen. Sie wandte ihre Aufmerksamkeit ihrer anderen Freundin zu.

Sierra blinzelte nur verschlafen, anscheinend hatte sie vor dem Fernseher ein Nickerchen gemacht, und sah genauso ratlos aus wie sie. Simon schob sie mehr oder weniger zur Tür hinein und setzte sie auf den nächstbesten Stuhl.

„Kaffee, bitte“, krächzte sie. „Anscheinend geschehen hier wichtige Dinge, dazu sollte ich wohl wach sein.“

Ramiro hatte sich wieder einmal klein geschrumpft und thronte auf ihrer Schulter. Seine Schwanzspitze zuckte hin und her wie bei einer nervösen Katze. Sierra schielte zu ihm.

Was wird hier gespielt?, wollte sie von ihm gedanklich wissen.

Ich bin mir nicht sicher. So was wie ein Drachenexperiment …

Seine Stimme verlor sich, als alle möglichen Horrorszenarien durch ihren Kopf flitzten. Ihr Drache mit Elektroden in seinem Körper. Undenkbar.

Wenn die meinen, dass sie dich zu irgendwelchen Versuchen missbrauchen können, dann haben sie sich geschnitten, brauste sie auf.

Wie immer, wenn Sierra so bereitwillig zu seiner Verteidigung eilte, wurde Ramiro ganz warm ums Herz. Nachdem er in der Drachenwelt oft mit seiner rebellischen Art angeeckt war und als jüngster Drache überhaupt zu einem Schützling geschickt wurde, einfach damit sie ihn los hatten, war er sich das absolut nicht gewohnt.

Keine Sorge, Babe, murmelte er und tätschelte ihren Kopf. *So schlimm wird's nicht werden.*

Besser nicht, grummelte sie. Dankbar nahm sie von Miri die Tasse entgegen.

Simon sah sie seltsam an.

„Hast du eben geknurrt?“

„Äh …“ Da sie nicht genau wusste, wie sie diese Frage beantworten sollte, nachdem ihre Unterhaltung in ihren Gedanken stattgefunden hatte, duckte sie ihren Kopf und beschäftigte sich mit ihrem Kaffee.

Kaja, die dem Austausch zugehört hatte, verkniff sich ein Lachen. Vielleicht war es tatsächlich an der Zeit, die Männer einzuweihen. Langsam nahm das Ganze absurde Züge an.

Sie warf Tim einen Blick zu, doch der schien jetzt, wo er da war, keine Eile zu haben, die anderen über den Grund ihrer aller Anwesenheit aufzuklären.

Ich habe dir immer gesagt, der Mann taugt nichts, ließ Lance sie via Gedankenübertragung wissen. Eine gewisse Schadenfreude in seiner Stimme ließ sich nicht überhören.

Stimmt gar nicht, konterte sie lautlos. *Das sagst du immer nur, wenn dir gerade etwas nicht passt,* gab sie unbeeindruckt zurück. *Dir wäre es lieber, wenn du der einzige Mann in meinem Leben wärst.*

Das auch, gab er schamlos zu.

Kaja verdrehte die Augen und konzentrierte sich dann auf die aktuelle Situation. Sie räusperte sich. Gleichermaßen erwartungsvolle wie auch misstrauische Blicke trafen sie.

Bevor sie anfing zu sprechen, zögerte sie. Sie hatte keine Ahnung, was die folgenden Minuten bringen würden. Gut möglich, dass alle Männer entschieden, dass sie die ganze Aufregung nicht wert waren. Oder sie fühlten sich durch die jahrelange Geheimhaltung betrogen. Oder, oder, oder. Die möglichen Reaktionen waren vielfältig und völlig unvorhersehbar. Sie nahm all ihren Mut zusammen und wagte den Sprung ins kalte Wasser.

„Es geht um Drachen. Mathias“, sie deutete auf den blonden Mann mit dem miserablen Gesichtsausdruck in ihrer Mitte, „hat heute einen Drachen gesehen.“

Kapitel 7

Fassungsloses Schweigen schlug Kaja auf ihre Eröffnung entgegen.

„Ich glaube, Drachen gesehen zu haben“, verbesserte Mathias hastig. Alles andere klang einfach zu absurd.

„… glaubt Drachen gesehen zu haben“, verbesserte sich Kaja, ohne den Faden zu verlieren. „Tim, dem er seine Sorge gestanden hat, um seine geistige Gesundheit zu fürchten, hat ein Experiment vorgeschlagen.“

Sierra, jetzt wacher als vorher, setzte sich aufrecht hin.

„Experiment klingt sehr ominös. Ich bin mir nicht sicher, ob das eine gute Idee ist“, wandte sie ein.

„Keine Angst, den Drachen passiert schon nichts“, beruhigte Kaja sie.

„Angst? Um die Drachen? Drachen in Mehrzahl?“ Simon zog besorgt die Augenbrauen hoch. „Ich bin mir nicht so sicher, ob meine Anwesenheit hier tatsächlich dringend erforderlich ist.“

„Es steht dir jederzeit frei zu gehen“, ließ Sierra ihn spitz wissen. Sie hatte sich noch nie gescheut, klare Worte zu sprechen. Und wenn ihr geliebter Simon ein Problem mit Drachen hatte, konnte er bleiben, wo der Pfeffer wächst.

„Immer gut zu wissen, wo die Prioritäten liegen“, antwortete Simon trocken. „Ich nehme an, diese Drachen haben vier Beine?“, vermutete er richtig.

Sierra beschloss, seine schlagfertige Antwort zu ignorieren. Neugierig fragte sie Mathias: „Siehst du denn jetzt irgendwelche Drachen?“

„Nein. Natürlich nicht“, antwortete er gereizt. „Darum geht es ja. Ich kann die Drachen nur sehen, wenn ich diesen verdammten Stein berühre.“

„Deshalb wollten wir jetzt testen, ob das auch bei Simon und mir funktioniert“, fügte Tim ruhig hinzu, als würde er andauernd ihm unbekannte Monster treffen.

„Aha.“ Simon wusste nicht, was er sonst zu dieser Eröffnung sagen sollte. Drachen. Lächerlich!

„Also, was ist, bist du dabei?“, wollte Mathias von Simon wissen.

„Also darum geht es“, antwortete Miri, erleichtert, dass es eine so simple Erklärung gab für das Auftauchen der anderen. Wer weiß, vielleicht klappte es ja. Das würde die Erfahrung für Mathias sicher einfacher machen, wenn er nicht der Einzige war, der die Drachen sah.

Sie zog sich ihren Drachenstein vom Hals und hielt ihn Tim am Lederband hin.

Zögerlich griff er danach.

Abermals schielte Sierra zu ihrem Drachen auf der Schulter.

Vielleicht stellst du dich besser zu den anderen. Sie deutete mit dem Kinn in Richtung Lance und Maxi.

Was soll ich denn bei diesen Langweilern? Die sind voll öd, Mann!

Das ist doch jetzt völlig egal. Es wäre besser, du würdest nicht direkt auf meiner Schulter sitzen, wenn Simon dich das erste Mal zu Gesicht kriegt.

Meinst du? Seine Miene nahm einen spekulierenden Ausdruck an.

Vergiss es, zischte sie ihm zu. *Das ist jetzt nicht der Augenblick für irgendwelche unangebrachten Platzhirschallüren.* Als er nicht sofort reagierte, zuckte sie mit der Schulter, bis er das Gleichgewicht verlor und auf den Boden purzelte.

Indigniert richtete er sich auf, klopfte sich demonstrativ den imaginären Staub vom Körper, verteilte dabei natürlich eine Unmenge an Drachenstaub und gesellte sich zu Maxi und Lance.

Tim war immer noch ins Studium des Drachensteins vertieft. Er ließ ihn langsam um seine eigene Achse pendeln und inspizierte die Oberfläche des speziellen Steins.

„Meinst du, wir können die geologischen Untersuchungen auf später verschieben?“, fragte Mathias ungeduldig. „Schließlich geht es hier ja um etwas ganz anderes!“

„Ja, ja. Ich mach ja schon.“ Tim holte nochmals tief Luft, nahm all seinen Mut zusammen und fasste nach dem Stein.

In dem Moment, in dem er ihn berührte, erstarrte er. Neben Miri standen drei prächtig anzusehende, aber auch furchterregende Geschöpfe. Flügel, Klauen und Reißzähne inklusive.

„Holy Shit“, brach es aus ihm heraus.

Mit einem triumphierenden Grinsen sprang Mathias auf, seine inneren Konflikte mit dem Thema vorübergehend vergessend.

„Siehst du, ich hab’s dir doch gesagt.“

Simon, der keine Lust hatte, weiterhin als Einziger im Dunkeln zu tappen, war in zwei Schritten bei Tim und legte seine Fingerspitzen neben denen seines Freundes an den Stein. Seine Augen wurden groß und größer, als er die Drachen erblickte.

„Hammer, nicht?“, fragte Tim grinsend, sichtlich entzückt über die einmalige Gelegenheit, einen Drachen zu sehen.

„Bin ich der Einzige, der sich wie im Zoo vorkommt? Auf der falschen Seite der Gitterstäbe?“, murmelte Ramiro schlecht gelaunt.

„Sch…“ Maxi wagte kaum, zu atmen. Sie war so aufgeregt. Schließlich hing viel von dieser ersten Begegnung ab. Zum Beispiel, ob sie ihre Pflicht als Miris und Luna-Maies Beschützerin erfüllen konnte oder scheitern würde.

Simons Augen wurden groß, als er die Drachen sprechen hörte.

„Reden können sie auch?“

„Was dachtest du denn?“, ließ sich Lance in seiner bedrohlichsten Tonlage vernehmen. „Wir sind schließlich intelligente Wesen.“

Simon klappte seinen offenstehenden Mund wieder zu und wandte sich hilfesuchend an Tim.

„Gibt es irgendeine Art Protokoll für Drachenbegegnungen?“

Tim zuckte hilflos mit den Schultern.

Mathias hingegen fühlte sich langsam aber sicher ausgeschlossen. Er hatte keinerlei Bedürfnis, die Drachen wieder zu sehen, versicherte er sich. Aber er musste doch Bescheid wissen über alles, was hier vor sich ging. Er hatte die letzten Jahre in seliger Unwissenheit verbracht. Damit war jetzt Schluss. Es ging schließlich um die Sicherheit seiner Familie. Er traute den geschuppten Viechern keinen Meter weit über den Weg. Die Tatsache, dass Miri und seine Tochter anscheinend seit langer Zeit ganz entspannt mit den Ungeheuern koexistierten, ignorierte er geflissentlich.

Ungeduldig ging er zu den Männern hin und versuchte, auch noch einen Teil des Steines zu berühren. In dem daraus resultierenden Gerangel verlor Tim seinen festen Griff um das Lederband, der Stein fiel auf den harten Steinboden und zerbrach. Betroffen standen die drei Männer im Kreis und starrten die unzähligen Stücke an.

„Sieht so aus, als hätten unsere Männer das Problem gelöst,

wie jeder zu seinem eigenen Stein kommt“, kommentierte Sierra trocken.

„Das war meiner“, grummelte Miri, gar nicht erfreut.

„Ich besorg dir einen neuen“, versprach ihr Maxi beruhigend.

„Ich wollte aber diesen behalten“, widersprach Miri bockig. „Den hast du mir während der Schwangerschaft geschenkt. Das hat ihm eine ganz besondere Bedeutung verliehen.“

„Das verstehe ich ja.“ Maxi strich Miri begütigend über die Haare.

Kaja stand neben Lance an den Herd gelehnt und schaute den Männern zu, die sich fast ehrfürchtig je ein Teilstück des Steins aussuchten. Sobald sie es in der Hand hielten, drehten sie sich vorsichtig zu den Drachen um.

Mathias funkelte die Drachen böse an, als hätten sie ihm etwas zuleide getan.

Simon blieb in einem gesunden Abstand zu den riesigen Kreaturen stehen und wartete ab, was wohl als Nächstes geschehen würde.

Nur Tim zeigte keinerlei Berührungsängste und ging zu den dreien hin. Jetzt waren es die Drachen, die argwöhnische Blicke austauschten.

„Darf ich mal?“, fragte Tim und deutete auf den Flügel von Lance.

Nach einem kurzen, stummen Austausch mit Kaja, die anscheinend nichts Seltsames an diesem Wunsch erkennen konnte, zuckte er ergeben mit den Schultern und nickte.

Tim langte nach dem Flügel und griff prompt ins Leere.

„Lance“, rügte Kaja ihn.

„Ups, sorry“, entschuldigte sich der blaue Drache und klang gar nicht reuig dabei. Ramiro kicherte.

Tim ließ sich auch davon nicht aus der Ruhe bringen.

„Erstaunlich, erstaunlich“, murmelte er nur. „Du kannst also frei entscheiden, ob du eine feste, körperliche Form annehmen willst oder nicht."

Lance, der eine solch peinlich genaue Untersuchung nicht gewohnt war, wand sich unbehaglich. Rauchwölkchen stiegen aus seiner Nase.

„Kann Luna-Maie das auch?", platzte es aus Mathias hervor.

Maxi wandte sich ihm zu. „Sprichst du von deiner Tochter?", fragte sie mit Betonung auf dem Wort Tochter.

Unbehaglich wich Mathias ihrem Blick aus. Er sah dabei so gequält aus, dass Maxi Mitleid mit ihm hatte.

„Bis jetzt hat sie es noch nie geschafft, sichtbar und gleichzeitig körperlos zu sein. Sowieso ist die Frage, wie lange sie noch in der Lage sein wird, sich in einen Drachen zu verwandeln."

Bei diesen Worten horchte Mathias auf.

„Du meinst, das ist nur eine temporäre Störung?", fragte er eifrig.

„Störung?!", explodierte neben Maxi der grüne Drache.

Mathias und Simon rissen erschrocken die Augen auf, als der Drache immer größer wurde. Schillernde Grüntöne flossen ineinander. Nur wenn sie sich konzentrierten, konnten sie feste Konturen ausmachen und die Drachengestalt wurde wieder klarer. Das hatte den Effekt, als würde sich der Drache im ganzen Raum ausdehnen.

Nur Tim, der völlig mit dem Studium von Lance beschäftigt war, bekam von all dem nichts mit. Schließlich tippte ihm Lance diskret auf die Schulter.

„Ich weiß ja nicht, wie's dir geht, aber vielleicht eilst du deinem Freund zu Hilfe, der heute Abend dickköpfig in jedes einzelne Fettnäpfchen tritt, das er findet?"

Widerwillig wandte sich Tim von seinem faszinierenden Studienobjekt ab und schaute sich nach seinen Freunden um.

Ramiro hatte Mathias an der Kehle gepackt, ihn so hochgehoben und drückte ihn an die Decke. Mathias' Gesicht war gefährlich rot. Atmen schien aktuell ein Problem darzustellen. Simon hing an seinen Beinen und versuchte, seinen Freund zu befreien.

„Sierra? Kannst du nicht etwas tun?", rief er angestrengt über seine Schulter.

Sierra sah nicht wirklich ein, warum sie Mathias zu Hilfe eilen sollte. Sie hatte in der Zwischenzeit begriffen, dass Luna-Maie das Hauptproblem war. Solange Mathias seine Tochter nicht in jeder Form akzeptierte, konnte Ramiro mit Mathias machen, was er wollte.

„Ich könnte hier wirklich Hilfe gebrauchen."

Sie verdrehte die Augen.

„Also gut, wenn du darauf bestehst", antwortete sie ungnädig. „Ramiro, lass ihn runter."

„Muss ich wirklich?"

„Sieht fast so aus."

„Spielverderber", murmelte er.

Mit einem Seufzer öffnete er seine Pranke und ließ sich, wieder in seiner normalen Größe, auf den nächstbesten Stuhl fallen. Mathias fiel durch die Luft. Wenn Simon nicht bereitgestanden und ihn aufgefangen hätte, wäre er zu Boden gestürzt.

„Danke, Mann. Verfluchte Biester", meinte er mit einem bösen Seitenblick zu Ramiro. Dieser konnte nicht widerstehen und streckte ihm die Zunge raus.

„Ts, ts, ts. Wenn dir nur nicht immer dein Temperament durchgehen würde. Das ist das Problem mit Drachen, die gerade erst flügge geworden sind." Lance schüttelte den Kopf, als wäre er zutiefst enttäuscht von dem grünen Drachen.

Ramiros Augen verengten sich zu schmalen Schlitzen.

„Immerhin nehme ich meine Verantwortung ernst, während du nur rumstehst und dumme Sprüche klopfst", konterte er kampfeslustig. Feuer züngelte aus seinem weit aufgerissenen Maul.

Maxi stemmte die Hände in die Hüften und richtete sich zu ihrer vollen, imposanten Größe auf.

„Hört auf. Alle beide. Wir haben dringendere Probleme, als darüber zu streiten, wer weiter Feuer spucken kann!"

„Du hältst dich da raus", schnauzte Lance sie an.

„Oh-oh", meinte Miri und verzog das Gesicht zu einer Grimasse. „Es ist nie eine gute Idee, Maxi zu sagen, was sie zu tun und zu lassen hat."

Tatsächlich glich Maxis Miene einer Gewitterwolke. Selbst Ramiro besaß genug Verstand und machte einen vorsichtigen Schritt rückwärts. Nur Lance verpasste mal wieder alles. Seine Arroganz hinderte ihn daran, die drohende Gefahr richtig einzuschätzen.

Tim schaute dem Schauspiel gebannt zu.

„Gehen sie sich jetzt an den Kragen? Wird Blut fließen?"

Kaja versetzte ihm einen Ellenbogenstoß in die Rippen.

„Natürlich nicht!", antwortete sie entrüstet. Schließlich galt es, den Schein von Kontrolle zu wahren, sonst drehte Mathias vermutlich noch völlig durch. Insgeheim war sie sich allerdings überhaupt nicht sicher, wie sie das bewerkstelligen sollte.

Sierra schlich sich von hinten an und stellte sich zwischen Miri und Kaja.

„Irgendwelche rettenden Ideen?", fragte sie in die Runde, während sie die Drachen, die sich fauchend gegenüberstanden, im Auge behielt. Feuer züngelte, violette, blaue und grüne Funken sprühten und übler Rauch erfüllte die Luft.

„Und möglichst schnell, wenn's geht? Ich wäre froh, wenn mein Haus auch morgen noch stehen würde", ergänzte Miri. Bei anderen hitzigen Diskussionen zwischen den Drachen hatten über die Jahre bereits einige Obstbäume, ein Zaun und ein Vordach daran glauben müssen.

„Keine Ahnung“, gab Kaja zu.

„Bannzeichen? Drohungen? Bestechung?“, schlug Sierra vor.

„Bestechung! Das ist es. Hast du Holunderschnaps?“, fragte sie Miri.

„Klar. Drittes Küchenkästchen von links.“

Kaja schnappte sich die Flasche, öffnete sie und ging zum großen Kachelofen. Dort öffnete sie die Luke und hielt den Schnaps in die Nähe der Öffnung.

„Wenn ihr nicht sofort aufhört, bring ich hier gleich dem Feuergott ein Opfer.“

„Wen interessieren schon die Feuergötter“, murmelte Ramiro geringschätzig und lauerte weiterhin Lance auf.

Lance hingegen ließ sich ablenken.

„Opfer? Feuergott? Aber nicht etwa Mémés Holunderschnaps?“

„Doch“, entgegnete Kaja süßlich und kippte die Flasche so, dass ein Tropfen zischend ins Feuer fiel. Das Feuer nahm die Gabe dankend entgegen und produzierte eine Stichflamme.

„Nein!“, rief Lance aus. In Drachenlichtgeschwindigkeit war er bei Kaja und riss ihr die Flasche aus der Hand. „Untersteh dich. Das ist viel zu schade.“ Liebevoll tätschelte er seine Beute.

„Ihr könnt alle einen Schluck davon haben, sofern …“

„Ausgezeichnete Idee“, brummte Simon hinter ihr. „Die beste, die ich heute Abend gehört habe.“

Erstaunt sahen die Frauen zu, wie sich Männer und Drachen einträchtig um den Küchentisch quetschten und erwartungsvoll auf ihre Gläser warteten. Nur Maxi gesellte sich solidarisch zu den Frauen.

„Ich glaub, ich spinne“, bemerkte Miri verdrossen. „Ein bisschen Hochprozentiger und alle Unstimmigkeiten sind vergessen, oder wie?“

„Unterschätze nie die Macht der Verbrüderung durch Alkohol“, stellte Sierra trocken fest.

Kopfschüttelnd betrachtete Miri die Truppe. Es war verlockend zu glauben, dass nun alle Probleme beseitigt wären. Doch sie wusste es besser. Erschöpft lehnte sie sich an die violette Drachin.

„Wieso ist das Leben manchmal so furchtbar kompliziert?“

Leider hatte Maxi darauf auch keine richtige Antwort.

*

Luna-Maie wurde von einem Geräusch geweckt. Erst wusste sie nicht, was es war, das sie gehört hatte. Sie blieb still liegen und erkundete mit ihren nach wie vor scharfen Sinnen ihre Umgebung. Im Zimmer war es dunkel. Nur durch einen Spalt im Vorhang fiel ein wenig Mondlicht herein. In rascher Folge fielen ihr die Ereignisse des vergangenen Tages wieder ein. Ein freudiger Funke loderte in ihr auf, als sie an Ben dachte. Würde sie ihn heute wieder sehen? Würde er sie wieder küssen? Ihr Bauch zog sich zusammen. Doch dann fiel ihr der ganze Rest ein und erstickte jedes positive Gefühl. Erneut erfüllte sie Verzweiflung, als sie an die unbarmherzige Reaktion ihres Vaters dachte. Ob er sich wohl bis zum Morgen beruhigt haben würde? Sie hoffte es, doch sie war nicht sehr zuversichtlich. Erneut drohte die Traurigkeit, sie zu erdrücken. Sie umklammerte ihren Stoffaffen ein wenig fester. In der Annahme, dass alle bereits im Bett waren, wollte sie sich schon umdrehen und weiterschlafen, als sie ein Lachen hörte. Überrascht riss sie die Augen auf. Dieses Lachen kannte sie doch! Das war doch Lance. Was machte der denn hier?

Kurz darauf hörte sie zwei Männerstimmen. Tim und ihr Papa. Aber das konnte doch nicht sein. Neugierig geworden schlug sie die Decke zurück, schwang sich aus dem Bett und tappte barfuß durch ihr Zimmer, raus auf den Flur. Als sie am Treppenabsatz ankam, zögerte sie. Wollte sie wirklich wissen, was in der Küche vor sich ging? Erneut hörte sie Männerlachen und das Kichern der Frauen. Feierten die etwa eine Party? Ohne sie? Das war wieder einmal typisch, dachte sie erbost und schlich die Treppe hinunter. Sie wusste genau, welche Treppenstufen knarrten. Sorgfältig suchte sie sich den Weg nach unten. Lautlos kam sie im unteren Stock an.

Im Wohnzimmer erspähte sie ihre Mutter mit Maxi und ihren Freundinnen. Dieser Anblick war nichts Ungewöhnliches. Da war sie selber schon oft dabei gewesen. Viel mehr interessierten sie die anderen Geräusche. Der Mix aus Männerlachen und Drachengrollen zog sie in seinen Bann. Schritt für Schritt näherte sie sich der Verbindungstür zur Küche und spähte hinein.

Lance und Ramiro saßen mit ihrem Papa und seinen Freunden am Tisch. Sie schienen sich ausgezeichnet zu verstehen. Den leeren Flaschen auf dem Tisch zufolge teilten die Männer und die Drachen eine Vorliebe für Schnaps. Luna-Maie verzog angewidert das Gesicht.

Der Verrat traf sie wie ein Schlag, als ihr die Tragweite dessen, was sie eben beobachtet hatte, aufging. Eine Tochter, die zur Hälfte ein Drache war, konnte er nicht akzeptieren. Aber sich mit Drachen zu besaufen, dachte sie bitter, war offensichtlich kein Problem.

Sie unterdrückte einen Schluchzer und drückte ihren Stoffaffen, den sie mitgenommen hatte, fest an sich, bevor sie blindlings die Treppe hinauf flüchtete.

Ramiro, der beim Holunderschnaps nicht ganz so tüchtig zugelangt hatte, spitzte seine Drachenohren. Er hatte ganz genau mitbekommen, wie Luna-Maie sich runter geschlichen hatte. Da sie offensichtlich unentdeckt bleiben wollte, hatte er keinen Grund gesehen, einzuschreiten. Als er sie jetzt weinen hörte, fluchte er leise und stellte die Weisheit seiner Entscheidung infrage. Luna-Maies Schmerz zu vergrößern war das Letzte, was er wollte. Im Gegenteil. Er hatte darauf spekuliert, dass die Tatsache, dass Mathias bereit war, sich in Gesellschaft der Drachen aufzuhalten, ihr neue Hoffnung geben würde. Anscheinend hatte er sich in dem Punkt geirrt.

„Ich muss kurz weg“, ließ er die anderen wissen und verschwand in einem Wirbel aus grünen und silbernen Funken.

Mathias blinzelte und starrte dann sein Schnapsglas an.

„Ganz schön starkes Zeug.“ Er hickste. „Ich hasse es, wenn das passiert.“ Er wedelte mit der Hand. „Puff. Einfach weg. Als hätte es ihn nie gegeben.“

„Keine Sorge, ich hab’s auch gesehen“, beruhigte ihn Tim. „Wo ist er denn hin?“, wandte er sich an Lance.

Der zuckte mit den Schultern, was seine Flügel zum Zittern brachte.

„Sehe ich aus wie ein Babysitter? Ramiro macht sowieso, was er will. Was kümmert’s mich?“

Tim, der die Feindseligkeiten zwischen dem jungen und dem älteren Drachen bereits bemerkt hatte, sagte nichts dazu. Schließlich hatte er wenig Lust, von einem aufgeregten Drachen mit Feueratem aus Versehen oder auch absichtlich geröstet zu werden. Insgeheim fand er jedoch, dass es einige Gründe geben würde, sich zu kümmern. Die enge Gemeinschaft der Frauen und ihrer Familien hatte heute einen ziemlichen Schlag erlitten. Während es natürlich viel Spaß machte, mit so fremdartigen Wesen an einem Tisch zu sitzen und einfach ein wenig in der Surrealität der Situation – und dem Holunderschnaps – zu schwelgen, würde es eine ganze Weile dauern, bis wieder Normalität einkehrte. Kopfschüttelnd unterdrückte er ein Lachen. Das war selbst für ihn ein starkes Stück. Die Wörter Normalität und Drachen passten einfach nicht zusammen.

Lance hob eine Augenbraue und schaffte es, dabei furchterregend auszusehen.

„Ist was?“, fragte er Tim provozierend. Tatsächlich konnte er sich ziemlich genau vorstellen, was sich der andere Mann überlegt hatte. Einzig das Wissen, dass sich Ramiro oder Maxi gut um Luna-Maie kümmern würden, ließ ihn sitzen bleiben. Irgendjemand musste ja auf diese drei Clowns aufpassen.

„Nichts. Gar nichts“, antwortete dieser hastig. Um von seinen eigenen Gedanken abzulenken, fragte er Mathias: „Wie hat Luna-Maie den Schock überwunden?“

Sofort verschloss sich Mathias’ Gesichtsausdruck. Nicht einmal der Alkohol konnte verhindern, dass er völlig dichtmachte.

„Keine Ahnung“, meinte er knapp. „Ich nehme an, sie schläft.“

Tim ignorierte die eindeutigen Anzeichen, dass sein Freund das Thema wechseln wollte. Dazu waren ihm Luna-Maie und auch Mathias zu wichtig. Also bohrte er weiter.

„Findest du nicht, dass du deine Tochter wie eine Aussätzige behandelst?“

Beschämt senkte Mathias den Blick und verbarg das Gesicht in seinen Händen.

„Ich weiß. Ich brauche einfach noch ein wenig Zeit, um mich an die Vorstellung zu gewöhnen.“

„Tja. Ich hoffe, du hast diese Zeit. Da bin ich mir nämlich nicht so sicher.“

Insgeheim teilte Lance Tims Befürchtung. Er hatte dem Austausch zwischen den beiden Freunden aufmerksam zugehört. Leider sah es nicht so aus, als würde Mathias in absehbarer Zeit zur Besinnung kommen. Vielleicht war es dann, wenn er endlich den Kopf aus dem Sand zog, bereits zu spät.

Kapitel 8

Als Luna-Maie am nächsten Morgen nach einer unruhigen Nacht erwachte, umhüllte die Trostlosigkeit sie wie ein schwerer Mantel. Niedergeschlagen starrte sie in die Dämmerung. Scheißherbst. Scheißleben. Und … sie biss sich auf die Unterlippe, um zu verhindern, dass sie zu weinen anfing, doch es nützte nichts. Dicke Tränen füllten ihre Augen und liefen über ihre Wangen. Endlich traute sie sich, den Gedanken laut auszusprechen „Scheißvater!" Das fühlte sich erstaunlich gut an, sodass sie das Wort noch ein paar Mal wiederholte. Sie würde es ihm zeigen. Wenn sie plötzlich verschwand, musste er sich nicht mehr mit der schrecklichen Tatsache auseinandersetzen, dass seine Tochter nicht ganz normal war. Kurz erschien Ben vor ihrem inneren Auge. Sehnsüchtig dachte sie daran, wie schön es wäre, sich an ihm anzulehnen. Aber ihm konnte sie ja schlecht von ihren Drachenproblemen erzählen. Wahrscheinlich war es das Beste, wenn sie sich nicht mehr sahen.

„Na, na", meinte Maxi begütigend und materialisierte sich mitten im Zimmer.

Luna-Maie beäugte sie misstrauisch. „Was willst du denn hier?"

„Na, mit dir den Tag beginnen. Wie schon die letzten fünfzehn Jahre?"

„Hm“, war Luna-Maies einzige Reaktion. Ohne Maxi weiter zu beachten, begann sie, sich im Halbdunkeln anzuziehen.

„Dein Vater hat es nicht so gemeint“, durchbrach Maxi die Stille.

Hat er wohl, dachte Luna-Maie bitter und wünschte sich, die Drachin würde das Thema wechseln. Sie war bereit, über alles andere zu reden. Nur nicht über ihren Vater.

Ich kann dich hören, schon vergessen?, erinnerte Maxi sie sanft.

Nur, wenn ich das auch will, konterte Luna-Maie und fuhr ihre mentalen Schutzschilde hoch. So. Maxi konnte ihre Weisheiten gerne jemand anderem erzählen. Jemandem, der sie auch hören wollte. Sie wollte das nicht.

„Junge Dame, ich spreche mit dir!“, sagte Maxi streng und dehnte sich auf ihre volle Größe aus, ohne sich die Mühe zu machen, auf die Astral-Ebene zu wechseln.

Mit einem Satz rettete Luna-Maie ihr Porzellanpony und die Nachttischlampe aus der Gefahrenzone. Maxi würdigte sie dabei keines Blickes. Ihr Blick fiel auf eines der alten Bücher, die Ramiro für sie aus der gut bewachten Bibliothek des Drachenrats geklaut hatte, um ihr bei ihrer Suche nach Antworten über ihre Drachennatur zu helfen. Geschwind ließ sie das verräterische Exemplar in ihrer Schultasche verschwinden.

Eine violette Pranke schloss sich um ihr Handgelenk. Für einen Moment war Luna-Maie wie gelähmt. Hatte Maxi das verbotene Buch etwa gesehen? Sie wollte auf keinen Fall, dass Ramiro wegen ihr Probleme bekam.

„Es war ein riesiger Schock für deinen Vater. Allein schon die Erkenntnis, dass es solche Wesen wie uns Drachen gibt, ist genug, um jeden Menschen aus der Bahn zu werfen.“

„Ach ja? Wie kommt es dann, dass Mama und ihre Drachenschwestern keine derartigen Probleme hatten?“ Ihre Augen blitzten herausfordernd.

„Hm“, grübelte Maxi. „Vielleicht hätte ich besser jeden *Mann* anstatt Mensch gesagt“, gab sie zu.

Luna-Maie verdrehte die Augen.

„Aber ein gemeinsames Besäufnis in Gesellschaft von Drachen ist kein Problem. Nur die Tochter. Die ist ein Problem. Weißt du was, Maxi, verschwinde einfach. Das hätte ich mir ja denken können, dass du dich auf die Seite der Erwachsenen stellst.“

Sie befreite ihr Handgelenk mit einem Ruck und der Hilfe von ein wenig Drachenmagie. Erleichtert stellte sie fest, dass sie offenbar noch einen Tag länger die Drachenmagie zur Verfügung hatte. Zumindest genug, um sich gegen Maxis Griff zu wehren. Jeden Abend graute es ihr vor der Vorstellung, am nächsten Morgen aufzuwachen und nur Mensch zu sein. Sie schauderte. Irgendwie erschien es ihr nach den gestrigen Ereignissen noch wichtiger als bisher, einen Weg zu finden, um dem Schwinden ihrer Drachenkräfte Einhalt zu bieten. Sie wollte ihrem Vater nicht die Chance geben, sich wieder an seine Tochter zu erinnern, sobald sie endlich *normal* war. Entweder er liebte sie als Drachenmädchen, oder er konnte ihr gestohlen bleiben. Von neuer Entschlossenheit erfüllt schulterte sie ihren Rucksack und zwängte sich an einer prankenringenden Maxi vorbei. Ihr nächster Stopp war das Badezimmer. Anschließend konnte sie endlich diesem Ort, der bis vor Kurzem ihr Zuhause gewesen war, sich aber heute gar nicht mehr so anfühlte, entfliehen. Seltsam emotionslos warf sie einen letzten Blick zurück in ihr Zimmer. Wahrscheinlich würde sie es nie wieder sehen. Der Gedanke schnürte ihr die Kehle zu.

Reiß dich zusammen! Jetzt war nicht der richtige Zeitpunkt, um rührselig zu werden. Alles Teil des Erwachsenwerdens, über das in all den Ratgebern so viel zu lesen war. Sie bezweifelte zwar, dass die Artikel jeweils über die Problematik gemischtrassiger Drachen-Menschen-Familien handelten, aber vermutlich hatte jeder so seine eigenen Probleme.

Im Badezimmer warf sie hastig einige notwendige Kleinigkeiten in einen Kulturbeutel und putzte sich oberflächlich die Zähne. So. Das musste reichen, dachte sie nach einem letzten Blick in den Spiegel. Ihre blaugrünen Augen wirkten wie dunkle Teiche in ihrem blassen Gesicht. Die blonden Haarsträhnen schmiegten sich glatt um ihren Kopf, als wollten sie sie umarmen. Sie merkte, wie ihr Mut sie zu verlassen drohte. Das durfte nicht geschehen. Entschlossen straffte sie die Schultern und nickte ihrem Spiegelbild zu. Sie rief ein wenig Drachenmagie zur Hilfe, nur ein Rinnsal, aber genug, damit sich ihre Pupillen langsam zu reptilartigen Schlitzen verengten und ihre Zähne auf einmal länger erschienen. Wie immer erfüllte die durch ihren Körper pulsierende Drachenmagie sie mit einer einzigartigen Euphorie. Solchermaßen gestärkt, schlüpfte sie aus dem Badezimmer.

Unten saß Miri bereits am Küchentisch. In der Hand hielt sie eine Tasse ihres dampfenden geliebten Kona-Kaffees. Auf ihrem Schoß saß Chili und genoss seine morgendlichen Streicheleinheiten. Der Duft der speziellen Mischung aus hawaiianischen Kaffeebohnen stieg Luna-Maie in die Nase. In dem Wissen, dass sie diesem vertrauten Geruch für lange Zeit nicht mehr begegnen würde, atmete sie tief ein.

„Nanu, du bist schon wach?“ Miri griff nach der Hand ihrer Tochter und drückte sie liebevoll. „Ich habe dir Kürbis-French-Toast gemacht. Dein Lieblings-Herbst-Gericht.“

Als wenn mein Lieblingsessen alles wiedergutmachen würde, dachte Luna-Maie. Doch sie ließ sich trotzdem auf ihren Stuhl plumpsen.

Na ja, auch schlechte Laune lässt sich mit vollem Magen besser aushalten, ließ sich Ramiros Stimme in ihrem Kopf vernehmen. *Ich wünsche dir einen schönen Tag. Bin wieder einmal in Sachen Forschung unterwegs.*

Sie konnte sein Augenzwinkern förmlich hören und wusste, dass er sich auf ihre Suche nach Antworten bezog.

Und weg war er.

Unwillkürlich zuckten ihre Mundwinkel, bis ihr wieder einfiel, dass der heutige Tag gar nicht zum Lachen war. Obwohl sie keinen Hunger hatte, langte sie tüchtig zu. Sie bestrich die goldbraunen Toasts mit Butter und goss großzügig Ahorn-Sirup drüber. Nachdem sie nicht wusste, wie ihr Leben ab heute aussehen würde, wusste sie auch nicht, was ihre nächste Mahlzeit sein würde. Sie hatte ein wenig Geld. Aber wenn das eine Weile reichen sollte, musste sie sehr sparsam damit umgehen.

„Ist heute viel los in der Schule?“, versuchte Miri, sie ein wenig aus dem Schneckenhaus zu locken.

Luna-Maie murmelte etwas Unbestimmtes.

Miri seufzte. Na großartig. Anscheinend hatte sie es sich in ihrem Schneckenhaus buchstäblich häuslich eingerichtet. Blieb nur zu hoffen, dass Mathias bald zur Vernunft kam und den Schaden, den er gestern angerichtet hatte, wieder flickte. Sie beobachtete ihre wunderhübsche, gescheite Tochter, die heute einen so fragilen Eindruck machte wie ein gerade erst flügge gewordener Vogel. Lange, schmale Glieder, die nirgendwo anzufangen oder aufzuhören schienen, blonde Haare, ausgeprägte Wangenknochen und riesige Augen, die meist schalkhaft blitzten. Heute war davon nichts zu entdecken. Schatten verschleierten ihren Blick. Miri tat das Herz weh, als sie diese betrachtete. Nur zu gern hätte sie Luna-Maie in den Arm genommen und ihr versichert, dass alles gut werden würde. Leider war ihre Tochter inzwischen zu groß, als dass sie sich mit solchen Plattitüden zufriedengeben würde. Zudem war nicht sie es, die den Schmerz verursacht hatte. Also konnte sie ihn auch nicht wiedergutmachen. Das war Mathias' Aufgabe. Finster dachte sie an ihren langjährigen Freund, Partner und Vater ihrer wunderbaren Tochter. Momentan konnte sie sich gerade schlecht erinnern, was sie je in ihm gesehen hatte. Anstatt hier unten mit ihnen am Tisch zu sitzen, lag er oben in seinem Bett und schlief seinen Rausch aus. Typisch.

In Windeseile kratzte Luna-Maie die Reste zusammen und schob den Teller von sich. Sie stand auf und trank im Stehen den warmen Kräutertee leer. Natürlich eine von Kajas persönlichen Mischungen. Sie erkannte sie sofort. *Harmony* war der Name. Rosenblüten, Lavendel und Eisenkraut, dazu gedacht, Sicherheit zu vermitteln und gesträubtes Gefieder zu glätten. Netter Versuch. Aber dafür war der Tee dann wohl doch zu schwach. Sie wischte sich mit dem Handrücken über den Mund und rieb sie abschließend an ihren Jeans trocken. Verstohlen warf sie einen Blick auf ihre Mama. Die Tränen, die sie so resolut verbannt hatte, drohten sie wieder zu überwältigen. Mit großer Anstrengung drängte sie sie zurück. Sie musste dringend weg. Sonst würde sie es sich noch anders überlegen. Und das war keine Option. Leider.

„Du gehst schon?", fragte Miri verwundert. Normalerweise verließ Luna-Maie erst eine halbe Stunde später das Haus.

„Ich treffe mich noch in der Mensa mit ein paar anderen. Geschichtsprüfung", murmelte sie und verbarg ihr Gesicht an Miris Hals, während sie sie umarmte. Ein letztes Mal gestattete sie sich das Gefühl von Geborgenheit. „Danke", fügte sie noch hinzu. „Für alles."

Abrupt richtete sie sich auf, packte ihren Rucksack und die dicke Winterjacke und stürzte aus der Wärme des kleinen Hauses in die frühmorgendliche Herbstkälte, als wären ihr sämtliche Höllenhunde auf den Fersen.

*

Noch lange, nachdem sie gegangen war, starrte Miri nachdenklich die Haustür an. Irgendetwas war an Luna-Maies Verhalten merkwürdig gewesen. Fast so, als … Resolut unterbrach sie diesen beängstigenden Gedanken. Jetzt war sie erst einmal in der Schule. Sorgen konnte sie sich machen, wenn sie nicht pünktlich nach Hause kommen sollte. Das war noch früh genug. Es machte keinen Sinn, sich bereits jetzt verrückt zu machen. Sie stand auf und begann, den Frühstückstisch abzuräumen. Der Alltag wartete nicht. Nepomuk, der mitbekommen hatte, dass bald sein Morgenspaziergang auf dem Tagesprogramm stand, erhob sich von seiner Decke und streckte sich.

„Na, mein Kleiner? Wollen wir die anderen mitnehmen?"

Nepomuk legte den Kopf schief, als würde er überlegen. Was er vermutlich auch tat. Sie las ein Stück Papier vom Boden auf und streichelte ihm gleichzeitig über den kleinen Kopf mit den großen Augen. Sein halblanges Fell stand wie eine Löwenmähne von seinem Kopf ab. Zugegeben, ein kleiner Löwe. Aber immerhin.

„Oder ist dir Melody zu anstrengend?"

Der Chihuahua schüttelte sich. Anscheinend war er der Meinung, locker mit dem Welpen mithalten zu können.

Sie stellte die Butter zurück in den Kühlschrank und brachte die übrig gebliebenen Kürbis-French-Toasts im Ofen in Sicherheit. Vielleicht hatte Mathias ja Hunger, wenn er dann endlich aufwachte.

Maxi?, rief sie nach ihrer Drachin. Sie war sich ziemlich sicher, dass sie irgendwo in der Nähe war.

Ich bin hier, antwortete ihre Freundin und materialisierte sich auf dem Fensterbrett.

„Wieso hast du dich vorhin nicht zu uns gesellt?", fragte

Miri verwundert. „Normalerweise frühstückst du doch oft mit uns.“

Maxi schnaubte undamenhaft. Graue Rauchwolken stiegen an die Decke. „Luna-Maie war vorhin nicht sehr gut auf mich zu sprechen.“

„Wieso denn das?“

Maxi ließ den Kopf und die Flügel hängen.

„Mein wenig überzeugender Versuch, ihr Mathias’ Lage zu erklären, ist nicht auf sehr viel Gegenliebe gestoßen. Im Gegenteil. Ich glaube fast, sie hat es als einen Loyalitätsbruch betrachtet.“

„Autsch. Schade. Ich hatte gehofft, du könntest sie ein wenig beruhigen.“

Betrübt schüttelte die Drachin ihren hängenden Kopf. „Leider nein. Ich hoffe, Mathias kriegt sich schnell wieder ein. Solche Brüche in der Familie sind eine gefährliche Sache.“

An den Schatten, die durch die Tiefen von Maxis amethystfarbenen Augen huschten, konnte Miri erkennen, dass sie aus Erfahrung sprach. Nicht, dass sie auf Maxis Erfahrungen zurückgreifen musste. Sie hatte ihre eigenen schmerzhaften Erinnerungen zu diesem Thema.

Nepomuk, der offensichtlich der Meinung war, dass der morgendliche Drachentalk lange genug gedauert hatte, schleppte seine Leine herbei und deponierte sie vor Miris Füßen.

„Ich komm ja gleich. Nur Geduld.“

Ein lautes Kläffen war die einzige Antwort, zu der er sich herab ließ. Miri seufzte.

„Der Hund ruft. Ich mach mich mal auf den Weg. Wenn ich zurückkomme, weilt mein werter Göttergatte hoffentlich wieder unter den Lebenden.“

Maxi schaute sie zweifelnd an. „Na, ich weiß nicht … Nach zwei Flaschen Holunderschnaps?“

„Das meiste werden wohl Lance und Ramiro getrunken haben“, meinte Miri zuversichtlich.

Maxi hatte da so ihre eigenen Vermutungen. Ramiro war sie heute Morgen nämlich bereits begegnet. Der hatte einen recht frischen und munteren Eindruck gemacht.

„Ich hoffe, du hast recht.“

„Bestimmt. Lass uns später nochmals zusammensitzen. Ich brauche heute die Gesellschaft meiner Drachenschwestern.“ Sie rieb sich über die Gänsehaut, die sich an ihren Armen gebildet hatte. „Irgendwie habe ich das Gefühl, als würde noch einiges auf uns zukommen.“

Maxi dehnte ihre Energie aus und versuchte, die verschiedenen Eindrücke, die auf sie einprasselten, zu analysieren. Sie spürte Aufregung, Angst und Wut. Alles verständlich, nachdem, was sich gestern in dieser Küche abgespielt hatte. Aber da war noch etwas anderes. Gespannte Erwartung, überlappt von einer tiefen Traurigkeit. Die zurückgebliebenen Energiefelder trugen Luna-Maies Signatur. Was, um Himmels willen, hatte das Mädchen vor? Sie musste dringend mit Lance und Ramiro sprechen. Ohne sich von Miri zu verabschieden, löste sie sich in Luft auf. Ein paar violett schimmernde Funken, die langsam durch die Luft zu Boden schwebten, waren der einzige Hinweis, dass sie je da gewesen war.

Kopfschüttelnd bückte sich Miri nach der Leine, die immer noch am Boden lag.

„Komm, Nepomuk. Zeit für unseren Spaziergang.“

*

Ihren Rucksack elegant unter eine Pranke geklemmt, flog Luna-Maie Richtung Süden. Es war ein merkwürdiges Gefühl, beim ersten Läuten der Schulglocken über das Gebäude hinweg zu fliegen. Was würden wohl ihre Freunde denken, wenn sie heute nicht auftauchte? Ihr wurde bewusst, dass sie sich mit ihrer Aktion nicht nur von ihrer Familie, sondern auch gleich von all ihren Freunden verabschiedet hatte. Auch von Ben. Wehmütig drehte sie den langen, schuppenbesetzten Hals und warf einen letzten Blick auf das vertraute Gebäude. Schule ade, dachte sie und staunte darüber, dass sie nicht mehr Freude dabei empfand. Schließlich hatte sie oft genug über die langweiligen Stunden gestöhnt. Stattdessen hatte sie schon wieder einen Kloß im Hals. Unter anderem wegen Ben. Lächerlich. Bis gestern hatte er nicht einmal gewusst, dass sie existierte. Bald schon würde er sie vergessen haben und eine andere küssen. Bei diesem Gedanken zog sich ihr Magen zusammen. Das grünäugige Monster namens Eifersucht hob seinen Kopf, bereit, ein großes Stück ihres Herzens zu verspeisen.

Ärgerlich auf ihre eigene, melodramatische Fantasie richtete sie den Blick wieder nach vorn und änderte den Kurs, bis sie weiter vorn den Rhein sah, der sich durchs Tal schlängelte. Fürs Erste würde sie dem Strom bis zu seiner Quelle folgen. Von da aus wollte sie fliegend die Alpen überqueren. Bei dem Gedanken daran machte ihr Herz einen nervösen Satz. Sicher, sie hatte Flügel. Trotzdem kamen ihr Hannibals arme Elefanten in den Sinn, die sich durch den ewigen Schnee hatten kämpfen müssen. Sie hoffte, noch die letzten warmen Herbstwinde zu erwischen und dem Schnee zu entgehen.

Nach einer Stunde, in der Nähe von Liechtenstein, merkte sie, wie ihre Kräfte langsam nachließen. Wahrscheinlich brauchte sie einfach etwas zu essen. Sie hielt mitten im Flug inne und hielt Ausschau nach einer geeigneten Stelle, um eine kurze Rast einzulegen. Tief unter ihr rauschte der hier noch kleine und sehr unbedeutend wirkende Rhein durchs Tal. Sie entschied sich für eine Wiese, die auf einer kleinen Anhöhe lag. Von da aus hatte sie ihre Umgebung gut im Blick. Mit dem üblichen Schwung wollte sie neben den Erlen, die dort wuchsen, landen. Im letzten Moment verließen sie jedoch ihre Kräfte, sodass sie sehr unsanft auf dem harten Boden aufkam. In Menschengestalt. Autsch.

Der Tatsache, dass sie wieder einmal nackt war, schmerzhaft bewusst, rappelte sie sich hastig hoch. Zum Glück hatten sich ihre Kleider in einem der Äste verfangen. Auch ihr Rucksack lag nur wenige Schritte entfernt. Nicht auszudenken, wenn ihre Habseligkeiten in die Tiefe gestürzt wären.

Nervös nach links und nach rechts schauend schlüpfte sie eilig in ihre Kleider. Erleichtert darüber, dass niemand ihre unwürdige Landung beobachtet hatte, setzte sie sich mit dem Rücken an einen der Bäume und traute sich endlich aufzuatmen. Es wurde wirklich Zeit, dass sie eine Lösung fand, um das Schwinden ihrer Kräfte zu stoppen.

In ihrem Rucksack befanden sich ein Apfel und ein Energieriegel. Sie vertilgte beides in Rekordgeschwindigkeit. Das leichte Schuldgefühl, das sie dabei empfand, während sie gleich beides auffutterte, verdrängte sie entschlossen. Sie würde schon wieder etwas zu essen finden. Das musste einfach klappen.

Sie packte das Papier des Riegels zurück in ihren Rucksack und stieß dabei mit den Fingern auf das uralte Buchexemplar, welches sie heute Morgen dort versteckt hatte. Bei der Berührung fuhr ein leichter Stromstoß durch ihre Hände. Huch? Was war denn das? Es juckte sie in den Fingern, gleich ein paar Seiten zu lesen. Doch ein Blick auf die Sonne, die die roten und goldenen Blätter zum Strahlen brachte, hielt sie davon ab. Lieber nicht. Sie wollte heute ja noch eine lange Strecke zurücklegen. Widerwillig zog sie die Hand von dem Buch weg, doch das Kribbeln unter ihrer Haut blieb. Beunruhigt wischte sie sich die Hände an den Hosen ab, doch es half nichts. Wahrscheinlich bildete sie sich das alles nur ein. Zeit, weiter zu fliegen.

Sie stellte den gepackten Rucksack neben den Baum, der ihr als Rastplatz gedient hatte, auf die Erde und beschwor ihre Drachenmagie herauf. Gespannt wartete sie auf das magische Prickeln, das mit jeder Wandlung einherging. Leider umsonst. Zum ersten Mal in ihrem Leben passierte nichts. Gar nichts.

Geschockt schaute sie an sich herunter. Arme, Beine und vor allem Kleider anstatt Schuppen. Mist. Sie war immer noch ein Mädchen. Was jetzt? Panik überlief sie in Wellen und drohte, sie zu überwältigen. Schweiß brach aus ihren Poren. Verdammt noch mal, dachte sie wütend, während die Angst in ihr immer größer wurde. Weshalb musste heute der Tag sein, an dem sie ihre Kräfte verlor?

Sie war nicht naiv. Es war eine Sache, sich als Drachenmädchen auf in die große, weite Welt zu machen. Als einfaches Nur-Mädchen sah die Sache schon ganz anders aus. Unbehaglich schaute sie sich um. Exakt die Eigenschaften, die diesen Platz aus Drachensicht perfekt gemacht hatten, hoch oben und weit weg von jeglicher Zivilisation, wurden ihr als Mädchen jetzt quasi zum Verhängnis. Sie sah zwar in der Ferne ein paar vereinzelte Häuser, doch bis dorthin war es ein ziemlicher Fußmarsch. Grübelnd kaute sie auf ihrer Unterlippe. Geradeaus ging es steil hinunter. Eine ideale Startposition für einen Drachen. Oder ein Kinderspiel für eine Bergziege. Nicht ganz so lustig, wenn man nur zwei Beine hatte. In die andere Richtung wechselten sich Wiesen und Wälder ab. Irgendwo, nicht allzu weit weg, hörte sie das Rauschen der Autobahn, die durchs Rheintal führte. Wahrscheinlich fand sie irgendwo einen Feldweg, wenn sie in diese Richtung ging, der zu einer größeren Straße führte. Und dann? Sollte sie versuchen, per Anhalter weiter zu reisen? Storys über Axtmörder tauchten ungebeten in ihrer Erinnerung auf.

Reflexartig wollte sie Maxi oder Ramiro zu Hilfe rufen. Kaum dass der Gedanke aufgetaucht war, erstickte sie ihn unerbittlich. Die beiden konnten ihr nicht helfen. Ihre Loyalitäten lagen anderswo. Es wäre nicht fair, sie in ihre Probleme hineinzuziehen.

Nur beantwortete diese Erkenntnis leider nicht ihre Frage, was sie jetzt tun sollte.

Kapitel 9

„Hast du Luna-Maie gesehen?“, fragte Miri, als Kaja auf der Treppe in ihrem gemeinsamen Atelier erschien, das sie sich in der alten Scheune eingerichtet hatten. Ihre Freundin trug Melody, die noch nicht Treppen steigen durfte, auf dem Arm.

Kaja schüttelte den Kopf und setzte den Welpen auf den Boden. Die Ohren, die nach wie vor keine Anstalten machten, sich aufzustellen, wippten fröhlich hin und her, während sie auf Nepomuk zu galoppierte. Dieser brachte sich vorsorglich unter Miris Stuhl in Sicherheit. Aus Erfahrung wusste er, dass Melody öfter Schwierigkeiten hatte, ihren Bremsweg richtig einzuschätzen.

Miri lehnte sich zurück und stieß frustriert ihren letzten kreativen Versuch von sich. Hier im Atelier stellte sie ihre Masken her, die von faschingsbegeisterten Personen wie auch von Theaterleuten heiß begehrt waren. Nebenbei hatte sie eine Linie mit Garderobenhaken und Kommodengriffen für Kinderzimmer entwickelt. Jedes Jahr wählte sie ein neues Thema, zu dem sie ihrer Fantasie freien Lauf ließ. Inzwischen waren diese recht bekannt geworden und wurden bei Weitem nicht nur für Kinderzimmer gekauft. Die ältesten Ausgaben hatten bereits Sammlerwert, worauf sie sehr stolz war.

Kaja produzierte auf derselben Ebene ihre Duftkerzen, Seifen und Körperlotionen, sodass der große Raum immer herrlich nach den gerade verwendeten Kräutern und ätherischen Ölen duftete. Heute strich der beruhigende Duft der Bergamotte über ihre angespannten Sinne. Vermutlich war Kajas unbeabsichtigte Kräutertherapie das Einzige, was sie den ganzen Morgen vor dem Durchdrehen bewahrt hatte. Nach dem Mittag war sie einkaufen gefahren. Die ganze Zeit hatte sie gehofft, ihre dunklen Vorahnungen würden endlich verschwinden. Leider war das nicht der Fall. Wenn, dann waren diese im Laufe des Tages höchstens stärker geworden. Seit einer Stunde war sie wieder zurück. Seitdem versuchte sie vergeblich, sich auf ihre Arbeit zu konzentrieren. Die drei zerstörten Entwürfe im Container sprachen eine deutliche Sprache. Anstelle des gewünschten Prinzessinnen-Gesichts hatte sie furchterregende Fratzen produziert.

Nepomuk, der ihre Anspannung spürte und ihr aus diesem Grund den ganzen Tag nicht von der Seite gewichen war, bellte genervt die Junghündin an, die gerade an einem alten Entwurf von Miri ihre Zähne testete.

Kaja legte den Kopf schief und studierte ihre Freundin und den kleinen Hund.

„Nein, ich habe sie nicht gesehen, warum?"

Miri warf einen Blick auf die Uhr an der Wand.

„Normalerweise sollte sie um diese Zeit von der Schule nach Hause kommen."

„Die lässt sich bestimmt heute etwas mehr Zeit. Wahrscheinlich hat sie es nicht gerade eilig, ihrem Vater über den Weg zu laufen."

„Der ist gar nicht da."

„Weiß Luna-Maie das?", fragte Kaja und zog fragend eine Augenbraue hoch.

„Nein", gab Miri zu. Sie schlug die Hände vors Gesicht und rieb sich die müden Augen. „Es ist nur so, dass ich schon seit Stunden so ein Scheißgefühl habe."

Besorgt eilte Kaja an ihre Seite und ließ sich neben ihr auf einen Stuhl fallen. Sie legte ihr einen Arm um die Schulter.

„Sag doch das gleich. Das ist natürlich etwas anderes. Und jetzt ist Luna-Maie verschwunden?“

Miri zuckte hilflos mit den Schultern.

„Keine Ahnung. Wenn ich ehrlich bin, ist sie allerhöchstens zehn Minuten zu spät. Und du kennst sie ja, vielleicht steckt sie im Stall bei den Pferden. Normalerweise sagt sie mir zwar kurz Bescheid. Aber heute würde es mich nicht wundern, wenn sie darauf verzichtet hätte. Nach all dem, was gestern war und so.“ Sie zog die Nase hoch, während sie ihre Hosentaschen nach einem Taschentuch durchsuchte. Kaja drückte sie tröstend.

„Jetzt lass mal nicht gleich den Kopf hängen. Ist ja klar, dass die Situation auch für dich nicht leicht ist. Lass uns gleich mal die Drachen losschicken, die können uns im Handumdrehen sagen, wo deine abtrünnige Tochter steckt.“

*

Ganz so leicht war es leider nicht. Maxi und Ramiro waren unauffindbar. Nur Lance tauchte auf und machte einen ähnlich verkaterten Eindruck wie Matt vor ein paar Stunden.

Kaja blinzelte. „Stoffwechselprobleme?“

„Hä?“, fragte der Drache, sichtlich verstimmt darüber, dass man ihn aus seinem Nickerchen gerissen hatte.

„Ich dachte eigentlich, Alkohol könnte dir nichts anhaben?“

„Dachte ich auch“, brummte er. „Aber ich habe die Milch dazu weggelassen. Das ist vermutlich der Grund für meinen Brummschädel.“

„Oder du wirst einfach alt“, gab Kaja zu bedenken.

Melody, die wie alle Tiere die Drachen ebenfalls sehen

konnte und sie als ihr persönliches Spielzeug betrachtete, stürzte sich auf den langen, schuppigen Schwanz.

Mit einem Knurren zog der blaue Drache seinen Schwanz außer Reichweite und drapierte ihn sich über eine Pranke. Enttäuscht legte sich das Hundekind wie ein Frosch mit ausgestreckten Hinterbeinen flach auf den Bauch und wartete auf die nächstbeste Gelegenheit für eine Attacke.

„Alt? Ich bin doch nicht alt!", protestierte er.

Miri, die nur allzu gut wusste, dass solch ein Geplänkel leicht zwanzig Minuten dauern konnte, stieß einen lauten Pfiff aus.

Lance zuckte bei dem schrillen Geräusch zusammen. Auch Kaja hielt sich die Ohren zu und schaute schuldbewusst zu ihrer Freundin.

„Ach ja. Der Grund dafür, dass ihr mich geweckt habt", meinte Lance lapidar. „Womit kann ich dienen?"

Miri, gar nicht in Stimmung für die Launen von Kajas Beschützer, trommelte mit den Fingern auf die Tischplatte.

„Hast du Luna-Maie gesehen?"

Arrogant hob Lance seine linke Augenbraue. „Ist das nicht eher Maxis Aufgabengebiet? Babysitter zu spielen?"

Die saphirblauen Augen musterten sie kritisch. Aber Miri hatte genügend Drachenerfahrung, um diesen Blick nicht nur auszuhalten, sondern im gleichen Stil zu erwidern. Es ging um ihr Drachenkind. Da entwickelte sie sich mit Leichtigkeit zur wilden Drachenmutter, fehlende Flügel hin oder her.

„Maxi und Ramiro haben auf unser Rufen nicht reagiert. Also bleibst leider nur du übrig", erklärte Kaja gespielt liebenswürdig. Sie wusste ganz genau, wie sie ihren Drachen, der manchmal vom Größenwahn geplagt wurde, wieder auf den Boden der Tatsachen hinunter holen konnte.

„Wir wissen nicht, wo Luna-Maie steckt. Wir haben Angst, dass ihr etwas zugestoßen ist."

Lance plusterte sich auf wie ein Gockel. Die Schuppen an seinem Hals wölbten sich wie ein schillernder Kragen. Gewichtig schritt er in der Scheune, die eigentlich recht groß war, in seiner Gegenwart jedoch klein wirkte, auf und ab.

„Dann ist es ja ein Glück, dass ihr mich gerufen habt. Schließlich ist das Retten von Jungfrauen in Not mein Spezialgebiet."

„Na, dann hoffen wir mal, dass Luna-Maie noch als Jungfrau durchgeht", murmelte Kaja leise.

Miri, die sie gehört hatte, warf ihr einen bösen Blick zu, bevor sie sich an Lance wandte.

„Ich wäre dir sehr verbunden, wenn du rausfinden könntest, wo sie steckt. Lass sie in Frieden, falls sie sich in der näheren Umgebung des Hofes aufhält."

„Und wenn nicht?"

„Finde sie einfach und gib mir Bescheid, okay?"

Lance riss bei ihrem vehementen Tonfall die Augen erschrocken auf und hob abwehrend beide Pranken. „Ist ja gut, ist ja gut. Ich eile, ich fliege."

In einem großen Wirbel aus blauen und silbernen Funken verschwand der große Drache.

Miri umklammerte Kajas Hand. „Ich hoffe, er findet sie."

„Bestimmt."

Einen Moment lang saßen sie schweigend nebeneinander.

Irgendwann hielt es Miri nicht mehr aus. „Was, wenn sie weggelaufen ist?", sprach sie ihre größte Befürchtung laut aus.

„Weggelaufen? Ist es das, wovor du Angst hast?"

Miri nickte und fühlte sich miserabel. „Als sie sich heute von mir verabschiedet hat …", sie holte tief Luft, bevor sie weitersprach. „Das hat sich so endgültig angefühlt."

Kaja starrte sie an. „Aber wieso hast du denn so lange gewartet, bis du etwas gesagt hast? Das hätten die Drachen schon längst für dich rausfinden können."

„Solange ich niemandem etwas davon gesagt hatte, konnte ich mir einreden, dass ich mir das alles nur einbilde. Ich war nicht bereit, die Nachricht zu vernehmen, dass sie nicht in der Schule sitzt. Zudem waren weder Maxi noch Ramiro in der Nähe. Das würde mich auch interessieren, wo die beiden stecken. Nicht unbedingt der ideale Zeitpunkt, um sich unsichtbar zu machen, wenn du mich fragst."

„Tja", stimmte Kaja ihr zu. „Braucht man mal einen Drachen, ist sicher keiner da." Sie drückte Miris Hand. „Komm. Du kannst mir mit den Kerzen helfen. Vielleicht bringt dich das auf andere Gedanken." Sie beäugte kritisch Miris verworfene Entwürfe. „Deine Muse scheint heute sowieso abwesend zu sein. Außer, das sind Halloweenmasken?"

Miri nahm eine der dämonischen Fratzen zur Hand. „Hm. Halloween. Das ist eigentlich eine tolle Idee …"

„Und so passend zur Jahreszeit", feixte Kaja und zog sie vom Stuhl hoch.

*

Leider hatte Lance keine guten Neuigkeiten für sie, als er eine halbe Stunde später mit ernster Miene wieder auftauchte.

„Hast du sie gefunden?", fragte Miri mit pochendem Herzen.

„Nein. Leider war ich nicht erfolgreich. Sie ist weder hier noch in der Schule. Ich bin auch beide Schulwege abgeflogen. Die Flugroute wie auch den Weg, den sie mit dem Bus zurücklegt. Nichts."

Fassungslos starrte Miri ihn an. Adrenalin schoss durch ihre Adern und machte sie schwindlig. „Was jetzt? Es muss doch eine Möglichkeit geben, sie zu finden."

„Maxi sollte eigentlich durch eure Verbindung in der Lage sein, Luna-Maie aufzuspüren."

„Und? Ist sie schon unterwegs?“, erkundigte sich Kaja erwartungsvoll.

„Nein. Damit kommen wir zu unserem zweiten Problem. Maxi und Ramiro sind unauffindbar.“

„Aber … Dafür gibt es doch nur eine Erklärung …?“

„Stimmt“, pflichtete ihr Lance bei. „Sie müssen zurück in die Drachendimension geflogen sein.“

„Aber warum?“

„Keine Ahnung. Ich vermute, es hat etwas mit den gestrigen Ereignissen zu tun. Anders kann ich es mir nicht erklären.“

Kaja stand auf.

„Es bringt nichts, wenn wir uns jetzt alle verrückt machen. Miri, du versuchst, Maxi zu rufen. Wenn ich mich richtig erinnere, reicht unser Ruf auch bis in die Drachenwelt.“

„Kaja hat mich einmal aus einer Privataudienz mit der großen Drachin geholt“, führte Lance hilfreich aus.

Miri zog eine Grimasse. „Autsch.“

„Genau. Ich war nicht sehr erfreut, wie du dir vorstellen kannst.“ Lance’ Nackenschuppen stellten sich bei der Erinnerung an den peinlichen Moment erneut auf und verliehen ihm ein gefährliches Aussehen.

„Wie auch immer“, winkte Kaja ab, „bei mir hat es damals einwandfrei funktioniert, also wird es bei dir auch klappen. Versuche es einfach. Ich koche in der Zwischenzeit. Zudem sollten wir nicht vergessen, dass Luna-Maie erst eine knappe Stunde zu spät ist. Nichts Ungewöhnliches für ein Mädchen in ihrem Alter.“

Die Worte dienten nicht nur dazu, Miri zu beruhigen. Auch sie selbst machte sich immer mehr Sorgen um ihr Patenkind.

*

Viel später saß Miri im Wohnzimmer vor dem Kachelofen und starrte blicklos in die Flammen. Sie hatte die Hoffnung, ihre Drachin zu erreichen, schon vor Stunden aufgegeben, als Maxi, sichtlich erschöpft, endlich auftauchte. Erleichtert wollte sich Miri ihrer geflügelten Beschützerin in die Arme werfen, als ihr ein Schatten hinter ihr auffiel. Nur mit Mühe hielt sie sich zurück und fragte: „Wer ist denn das?"

„Ähm, das?" Maxi war die Antwort sichtlich unangenehm. „Das ist Quincy."

„Quincy", wiederholte Miri. Als keine weiteren Erklärungen folgten, schnaubte sie verärgert.

„Und wer zum Teufel ist Quincy?"

Der schwarze Schatten nahm mehr Form an und verdichtete sich zu einem stahlgrauen Drachen.

„Gestatten? Quincy. Zu Ihren Diensten."

Ratlos schaute Miri zu Maxi und wieder zu dem silbergrauen Geschöpf.

„Ein Putzdrache?", fragte sie verwundert.

Die Pupillen in seinen gelben Augen weiteten sich erstaunt, doch er sagte nichts.

Maxi wäre bei der unpassenden Frage ihres Schützlings am liebsten im Erdboden versunken. Ersatzweise hielt sie sich die Pranken vor die Augen und begann zu summen.

Miri schnaubte.

„Ihr Drachen seid heute wahnsinnig hilfreich. Also", meinte sie an den Neuankömmling gewandt. „Welche Dienste wären das? Putzen ja offensichtlich nicht, wenn ich eure entsetzten Reaktionen richtig interpretiere."

Quincy schwenkte den Blick seiner bernsteinfarbenen Augen auf Maxi.

„Ich hatte noch keine Zeit, sie auf dich vorzubereiten", druckste diese herum.

„Das passiert mir öfter“, bemerkte Quincy, ohne eine Miene zu verziehen.

Miri registrierte verärgert, dass zwar alle redeten, aber keiner mit ihr.

„Erdling an Drache! Ich stehe genau hier. Ihr könnt gerne direkt mit mir sprechen.“

Quincy hob eine aristokratische Augenbraue. „Ist sie immer so temperamentvoll?“

Diese Frage weckte endlich Maxis Beschützerinstinkt.

„Na, hör mal. Miri ist perfekt, so wie sie ist. Wenn dir etwas nicht passt, kannst du gleich wieder gehen! Keiner hat dich gerufen.“ Sie verschränkte beide Arme vor der Brust und starrte ihn aus schmalen Augen herausfordernd an.

Einen leidgeprüften Seufzer später streckte Quincy seine krallenbesetzte Pranke Miri hin.

„Darf ich mich vorstellen, Quincy mein Name.“

Zögernd ergriff Miri die dargereichte Drachenhand.

„So viel habe ich bereits mitgekriegt. Und weiter?“

Sie würde sich nicht einschüchtern lassen. Auf keinen Fall. Auch wenn sie die Sorge um Luna-Maie und das Unheil versprechende Auftauchen dieses düsteren, steifen Drachen fast umbrachte.

„Ich bin ein Wächterdrache.“

„Ein Wächterdrache?“, wiederholte Miri verständnislos. „Du meinst, so wie Maxi?“

Naserümpfend schaute er an seiner langen Schnauze entlang zu der violett schimmernden Drachin.

„Nein. Wächterdrachen sind keine gewöhnlichen Drachen.“

„Das kann sie bestimmt selber sehen“, ertönte Ramiros gedehnte Stimme.

Ungläubig sah Miri zu, wie sich der dritte Drache in ihrem Wohnzimmer materialisierte.

„Ich sehe schon, dass die vergangenen Jahre nichts an deinem steifen, eingebildeten Benehmen geändert haben. Du benimmst dich, als hättest du einen Stock verschluckt … Aber das war ja schon immer so. Mach dich mal locker, Mann!“

„Du.“ Quincy spuckte die Worte regelrecht aus.

„Genau. Ich. Deine Nemesis.“ Ramiro betrachtete seine Krallen, die im Schein des Feuers aufblitzten, als wäre die nächste Maniküre seine größte Sorge. „Fast so was wie ausgleichende Gerechtigkeit.“ Er hob den Kopf und fixierte den anderen mit einem feurigen Blick. „Karma, würden manche sagen.“

Fasziniert verfolgte Miri den verbalen Schlagabtausch von ihrer Sofaecke aus. Woanders war vor lauter Drachen in dem kleinen Wohnzimmer auch nirgends mehr Platz. Chili hatte es sich zusammen mit Nepomuk auf ihrem Schoß bequem gemacht, obwohl es im Normalfall unter der Würde ihres Katers war, sich Liegeplätze zu teilen. Außer mit Luna-Maie. Die hatte er, seit sie auf der Welt war, zu seinem Lieblingsmenschen erkoren. Der Gedanke an ihre Tochter versetzte ihr einen Stich. Entschlossen richtete sie sich auf.

„Könnten wir uns vielleicht wichtigeren Themen als eurer Vergangenheitsbewältigung zuwenden?“

„Meiner Aufgabe hier“, stimmte ihr Quincy hoheitsvoll zu und schnippte ein imaginäres Stäubchen von seinen glänzenden Schuppen.

Miri verdrehte genervt die Augen.

„Das kann warten! Viel wichtiger ist es jetzt erst einmal, Luna-Maie zu finden.“

Diese Aussage sicherte ihr endlich die ungeteilte Aufmerksamkeit der Drachen.

Maxi und Ramiro, die von den Ereignissen des Tages nichts mitbekommen hatten, sahen sie besorgt an.

Quincy riss entsetzt die Augen auf.

„Was willst du damit sagen? Bin ich zu spät? Ihr habt sie verloren?"

Die beiden anderen Drachen warfen ihm einen vernichtenden Blick zu, was Quincy dazu veranlasste, seine Tirade zu unterbrechen. Miri starrte ihn nur verständnislos an. Nachdem sich ihre Freunde aber nicht um seine Worte zu kümmern schienen, folgte sie deren Beispiel und ignorierte sie ebenfalls.

Es war Maxi, die sich zu einer mittleren, dem Wohnzimmer eher entsprechenden Größe schrumpfte und auf dem Sofa neben Miri Platz nahm. Fürsorglich nahm sie ihren Schützling in den Arm.

„Erzähl. Was ist passiert?"

Mit einem verächtlichen Seitenblick auf Quincy tat Ramiro es ihr nach und nahm auf der Sofalehne Platz.

Quincy tat so, als würde ihn das alles nichts angehen. Er würde sich sicher nicht den Menschen anpassen. Auf keinen Fall. Er war schließlich ein Wächterdrache. Auch wenn ihm das ihm anvertraute Drachenmädchen offensichtlich bereits abhandengekommen war. Und das, noch bevor er seinen Job überhaupt angetreten hatte. Er wollte sich gar nicht ausmalen, wie sich das in seinem Lebenslauf machen würde.

Miri ignorierte den fremden Drachen und konzentrierte sich auf die beiden Freunde neben sich.

„Luna-Maie hat sich heute Morgen so seltsam von mir verabschiedet. So endgültig. Ich hatte schon da ein ungutes Gefühl. Doch bis am Nachmittag habe ich es als Hirngespinst abgetan."

„Was ist passiert, dass du deine Meinung geändert hast?"

„Sie ist nach der Schule nicht nach Hause gekommen. Ihr wart ja nicht da."

Maxi und Ramiro tauschten einen schuldbewussten Blick aus, doch Miri war so in ihre Gedanken versunken, dass sie davon nichts mitbekam.

„Also habe ich Lance auf die Suche nach ihr geschickt."

„Na, das hat bestimmt viel gebracht", schnaubte Ramiro verächtlich.

„Wieso meinst du?", fragte ihn Miri verwundert.

Ramiro zuckte mit den Schultern, dass seine Flügel wackelten. „Ist doch klar. Lance hat viel zu wenig Fantasie, um sie aufzuspüren. Nachdem Luna-Maie nicht sein Schützling ist, konnte er sie nicht über seine Verbindung zu ihr suchen. Das kann nur Maxi. Nur wenn sie ihn ruft, kann er sie ausfindig machen. Das hat sie offensichtlich nicht getan. Hätte ich an ihrer Stelle auch nicht gemacht, wenn sie tatsächlich weggelaufen ist, wie du vermutest."

„Nicht?", fragte Lance beleidigt, der unbemerkt hinterm Sofa aufgetaucht war.

Miri fragte sich insgeheim, an welchem Punkt wohl ihr Wohnzimmer kollabieren würde. Das Zimmer vibrierte förmlich vor lauter angestauter Drachenenergie.

Ramiro verdrehte die Augen, als er die gekränkte Eitelkeit in seiner Stimme hörte. „Natürlich nicht. Du hättest ihr doch den ganzen Heimweg lang die Leviten gelesen."

„Natürlich", antwortete Lance. „Was denn sonst. Geholfen hätte ich ihr trotzdem."

So viel Arroganz sandte einen Schauer über Ramiros Körper.

„Ich meine ja nur, dass Maxi oder auch ich die angenehmere Wahl gewesen wären."

„Ganz offensichtlich hat sie keinen von euch vermisst oder gebraucht", erinnerte Miri die kabbelnden Drachen.

„Maxi, sie ist doch dein Schützling. Kannst du sie nicht finden?"

Die violette Drachin wand sich unbehaglich auf dem abgewetzten Polster des Sofas. Ihre Flügel raschelten. „Ich bin mir nicht sicher …"

Quincy hüstelte und unterbrach Maxi. „Das stimmt so nicht ganz."

Maxi zuckte schuldbewusst zusammen.

„Maxi? Was meint er damit?"

Unverständnis spiegelte sich auf Miris müdem Gesicht.

Der silberne Drache kam der Drachin mit der Antwort zuvor. „Ab sofort ist Luna-Maie mein Schützling."

Verblüfft starrte Miri den unnahbaren Drachen an. „Du?"

Ramiro starrte ihn geschockt an. „Du machst Witze."

Lance betrachtete ihn misstrauisch und wuchs zu seiner vollen Größe. Rauch stieg bedrohlich aus seinen Nüstern und kleine Flammen schossen aus seinem Rachen.

„Maxi ist Luna-Maies Drache. Ich weiß ja nicht, was du für ein Spiel zu spielen glaubst, aber wir verstehen hier keinen Spaß, wenn es um unsere Schützlinge geht."

„Lass gut sein, Lance. Es stimmt leider, was er sagt", antwortete Maxi niedergeschlagen.

„Aber wie …?"

Ramiro klopfte sich auf seine schuppenbesetzten Schenkel und lachte dröhnend. „Ich glaub's ja nicht. Das nennt man ausgleichende Gerechtigkeit."

„Was meinst du damit?", verlangte Quincy zu wissen.

„Die Kleine wird dir das Leben schwer machen. Das ist schon mal sicher." Sichtlich besser gelaunt als noch vor ein paar Minuten lehnte sich Ramiro schmunzelnd zurück.

Miri hatte Mühe, dem Geplänkel zu folgen. Zu viele Gedanken wirbelten durch ihren Kopf. Furcht, Schrecken und ein kleiner Funken Hoffnung kämpften in ihrem Inneren um ihre Aufmerksamkeit. Schließlich platzte sie mit dem Erstbesten heraus.

„Dann kannst du sie finden?", fragte sie Quincy hoffnungsvoll.

Jetzt war Quincy an der Reihe, sich unbehaglich zu winden. Umständlich drapierte er seine Flügel neu um seinen Körper.

„Jetzt rück schon raus mit der Sprache“, donnerte Lance.

„Ich vermute, ich weiß, was das Problem ist“, mischte sich Ramiro in die Diskussion ein. Vier Augenpaare richteten sich auf ihn. Eines, das von Quincy, besorgt, die anderen erwartungsvoll.

„Das Namensritual. Ich nehme an, selbst ein Wächterdrache muss erst von seinem Schützling akzeptiert werden. Stimmt’s?“

„Das wird kein Problem sein“, erwiderte der stahlgraue Drache steif.

„Möglich“, erwiderte Ramiro erstaunlich milde. „Dein Problem ist viel mehr, dass sie nicht hier ist.“

Der Funken Hoffnung in Miris Brust erlosch, und die Furcht um Luna-Maie kroch wieder an die Oberfläche. „Was jetzt?“

Kapitel 10

Ratlos starrte Luna-Maie in die Wellen des Rheins, die sich ihren Weg nach Norden suchten, in Richtung Meer. Wenn sie Nixen- anstatt Drachenkräfte hätte, könnte sie bis zum Atlantik schwimmen. Andererseits hätten sich wahrscheinlich auch ihre Flossen im ungünstigsten Moment verabschiedet, also war es sowieso egal, dachte sie missmutig. Sie wusste, dass sie sich auf den Weg machen sollte, wohin auch immer. Doch irgendwie war die rebellische Energie, die sie den ganzen Morgen erfüllt hatte, verflogen. Der Zauber des bevorstehenden Abenteuers, das sie sich ausgemalt hatte, war weg. Genau wie ihre Drachenmagie. Zurückgeblieben war nur eine große Portion harscher Realität. Sie fröstelte und rieb sich über die Oberarme. Auch wenn sie es sich nicht gerne eingestand, vermisste sie ihre Mutter. Und die anderen. Nur ihren Vater nicht. Der konnte ihr gestohlen bleiben. Ein wenig von ihrer Entschlossenheit kehrte zurück, als ihr der Grund für den Ausbruch aus ihrem friedlichen Leben einfiel. Leider war es nicht genug, um ihre Füße in Bewegung zu versetzen. Sie seufzte.

Ihr Blick fiel auf den Rucksack, der unbeachtet zu ihren Füßen im Staub lag. Wieder kribbelten ihre Fingerspitzen. Das Buch. Auch wenn sie wenig Hoffnung hatte, dass sich ausgerechnet in diesem Exemplar der entscheidende Hinweis finden würde, versetzte sie die Aussicht, sich mit etwas zu befassen, was ganz offensichtlich seine eigenen magischen Eigenschaften hatte, in Aufregung.

Sie bückte sich, griff nach dem Rucksack und schleppte ihn zu ihrem Baum. Dort ließ sie sich zwischen seine Wurzeln plumpsen. Freundlich tätschelte sie seine Rinde.

„Ich bin wieder zurück, wie du siehst. Aber keine Angst. Bald bist du mich los."

Ein Windstoß fuhr durch ihre Haare und brachte die Blätter über ihr zum Rascheln. Luna-Maie lächelte und schlug das Buch auf.

Wie bei all den uralten Werken aus der Drachenbibliothek kam sie nur langsam voran. Die Runen waren nicht einfach zu entziffern. Je elaborierter die Ausgabe, desto schwieriger waren einzelne Zeichen von Verzierungen zu unterscheiden. Das Jucken in ihren Fingerspitzen wurde immer stärker. Es war schon fast unangenehm. Versuchsweise schüttelte sie die rechte Hand aus, doch es nützte nichts. Verwirrt betrachtete sie ihre Handfläche. Dort war nichts Auffälliges zu erkennen. Hm. Egal. Besser zu viel Magie als gar keine, dachte sie und versuchte weiter zu lesen. Sie fand die Stelle, wo sie aufgehört hatte, nicht auf Anhieb und nahm den Zeigefinger zu Hilfe. Sorgfältig fuhr sie über die Zeilen und stutzte. Auf einmal erschienen die Worte kristallklar vor ihrem inneren Auge. Es war so, als würde sie die Worte träumen. Oder als würde Maxi in ihrem Kopf zu ihr sprechen. Versuchsweise unterbrach sie den Kontakt zu dem alten Pergamentpapier. Sofort war es wieder ein Kuddelmuddel. Staunend betrachtete sie ihren Finger. Magische Finger? Oder ein magisches Buch?

Begierig darauf, mehr über die Geheimnisse des Buches zu erfahren, schob sie die nutzlose Frage beiseite und suchte nach dem Inhaltsverzeichnis. Das hatte sie vorhin übersprungen, da sie damit nicht zu viel Zeit verschwenden wollte. Jetzt sprangen ihr die Kapitelüberschriften förmlich entgegen. Gott sei Dank waren die schriftstellerischen Drachen methodisch veranlagt, dachte sie und grinste.

Drachenmagie

Drachen und ihre Schützlinge

Drachenschwestern

Spannend. Das musste sie unbedingt nachher lesen. Vielleicht erfuhr sie etwas Spannendes über ihre Mutter und die zwei anderen? Aber das konnte warten. Viel dringender war die Frage, ob hier endlich etwas Brauchbares über solche Sonderlinge, wie sie einer war, stand.

Jungfrauen

Luna-Maie schnaubte belustigt. War ja klar, dass dieses Thema ein eigenes Kapitel verlangte. Nur zu gut hatte sie Ramiros Empörung im Kopf, dem bis jetzt jeder Antrag für eine eigene Jungfrau gestrichen worden war.

„Wie soll ich denn so meine Höhle in Ordnung halten? Kann mir das mal einer sagen?"

Als Lance zu bedenken gegeben hatte, dass heutzutage die meisten Drachen auf einen Putzservice der Trolle zurückgreifen würden, schließlich waren auswanderungswillige Jungfrauen bereits seit Jahrzehnten Mangelware, hatte er Feuer gespuckt und irgendetwas von „unter seiner Drachenwürde" gemurmelt. Immer noch schmunzelnd führte sie ihren Finger zum nächsten Wort und stutzte.

Drachenkind

Aufgeregt checkte sie die Seitenzahl. 174. Schnell blätterte sie an die entsprechende Stelle.

Zu ihrer Enttäuschung bestand das Kapitel aus einem einzelnen Satz und einer unmöglichen Zeichnung, die einen Drachen mit Mädchenkopf zeigte. Da war wohl jemandem die Fantasie durchgegangen. Ihr Blick wanderte zurück zu dem Satz.

Wird eine Drachenschwester schwanger, während Drachen in ihrem Leben sind, wird das Kind ein Drachenkind. Normalerweise sind es ausschließlich weibliche Drachen. Ausnahmen bestätigen die Regel.

Tatsächlich, dachte Luna-Maie sarkastisch. Als wenn sie das nicht selbst schon gemerkt hätte. Ungeduldig und mehr als nur ein bisschen enttäuscht von dieser unnützen Information, blätterte sie zurück zum Inhaltsverzeichnis.

Drachenmädchen

Mit einem Schlag war die Aufregung zurück. Seite 176. Tja. Das hätte sie auch einfacher haben können. Sie suchte die Stelle erneut heraus. Hier trug der Titel allerdings einen Untertitel. Ihr wurde schlecht, als sie ihn las.

Drachenmädchen und wie man sie wieder los wird. Das Problem mit Halblingen.

Na großartig. Es sah ganz so aus, als befände sich ihr Vater in bester Gesellschaft, dachte sie verdrossen. Offenbar waren Halblinge bei den Drachen gar nicht gern gesehen. Halblinge. Was für ein Wort. Sie war auf keinen Fall die Hälfte eines Ganzen. Sondern zweihundert Prozent. Stolz schüttelte sie ihre blonde Mähne aus dem Gesicht und las weiter.

Das Problem der Halblinge, genauer der Drachenmädchen, löst sich glücklicherweise meistens von selber. Mit Eintritt ins Erwachsenenalter verlieren sie üblicherweise ihre Kräfte. Kontrolliert werden können sie mit dem Drachenstein.

An dieser Stelle war eine Fußnote angebracht, wie Drachenkinder in Ketten, versehen mit Drachensteinen, gelegt werden sollten, um sie an spontanen Wandlungen zu hindern. Kuschelig. Überhaupt, dachte Luna-Maie. Das war nicht das, was sie hören wollte. Das entsprach so ziemlich dem, was sie bereits von Maxi wusste. Einzig die Worte *meistens* und üblicherweise ließen sie innehalten. Also war das nicht immer der Fall? Gespannt und lächerlicherweise voll von neuer Hoffnung wechselte sie zur nächsten Seite.

Schwierige Fälle

Das klang schon mal vielversprechend. Sie hatte im Moment große Lust, ein schwieriger Fall zu sein. Je schwieriger, desto besser, dachte sie rebellisch.

Über die letzt*en Drachenäonen gab es immer wieder Drachenkinder, die es dank der Drachenzeichen geschafft haben, das Erwachsenenalter zu erreichen und ihre Kräfte zu bewahren. Es ist unabdingbar, dass diesen ein Wächterdrache zur Seite gestellt wird, um sie unter Kontrolle zu behalten. Nicht auszudenken, was geschehen würde, wenn die Halblinge frei durch die Welt streifen würden. Das wäre der Anfang vom Ende der Vorherrschaft der Drachen.*

Luna-Maie zog die Augenbrauen hoch. Vorherrschaft der Drachen? Das klang größenwahnsinnig genug, dass es nur aus der Feder eines Drachen stammen konnte. Aber das hatte sie ja schon vorher gewusst. Die Drachenzeichen klangen interessant. Leider waren sie nicht genau beschrieben.

„Hier hätte ich eine Zeichnung gebraucht“, beschwerte sie sich lautstark.

Trotzdem speicherte sie diese Information ab und konzentrierte sich auf das andere, interessante Detail des kurzen Textes. Wächterdrachen. Soweit kommt’s noch, dachte sie erbost. Sie war ihr eigener Drache. Sie brauchte keinen Aufpasser. Da konnte sie ja gleich zu Hause bleiben. Zu Hause, dachte sie sehnsüchtig und folgte der untergehenden Sonne mit den Augen. Es sah ganz so aus, als würde sie hier übernachten müssen. Unbehaglich rutschte sie auf dem harten Boden umher und versuchte, eine bequemere Position zu finden. So hatte sie ihre Reise nicht geplant. Die Aussicht, ganz allein hier draußen die Nacht zu verbringen, jagte ihr Angst ein. Ganz zu schweigen davon, dass die Herbstnächte bereits empfindlich kalt waren. Schließlich hatte es bereits zum ersten Mal geschneit.

Sollte sie trotzdem die Drachen um Hilfe rufen? Ramiro

würde sie bestimmt verstehen. Maxi wäre auch eine Option. Nur Lance wollte sie nicht unbedingt rufen. Auf die Strafpredigt, die er sicher für sie parat hatte, konnte sie gerne verzichten. Sie runzelte die Stirn. Vor allem, da er sich gestern so mit ihrem Vater verbündet hatte. Nein. Lance konnte ihr vorerst gestohlen bleiben.

Sie verstaute das Buch bei ihren anderen Habseligkeiten, nicht sicher, was sie mit den darin gefundenen Informationen anfangen sollte. Das Geräusch eines Treckers ließ sie aufhorchen. Ein Trecker bedeutete eine mögliche Rückkehr in die Zivilisation. Entschlossen sprang sie auf die Füße, schulterte ihren Rucksack und eilte in die Richtung, aus der sie das Geräusch gehört hatte.

*

Zwei Stunden später stieg sie in Chur aus dem Zug. Der hilfsbereite Bauer hatte sie auf dem Trecker bis zum Hof gefahren und anschließend seine Tochter gebeten, sie nach Grabs, das war die nächstgelegene Ortschaft, zu fahren. Von dort aus war sie mit dem Postauto nach Buchs gefahren und anschließend in den Zug gestiegen. Glücklicherweise hatten die beiden ihre absurde Story geglaubt. Sie hatte behauptet, sich auf der Klassenfahrt verlaufen zu haben.

Als sie sich ihren Weg in die Altstadt bahnte, kehrte etwas von der Abenteuerlust, die sie am Morgen verspürt hatte, zurück. Hier gab es bestimmt eine Jugendherberge. Dort konnte sie für wenig Geld übernachten.

An einem Imbissstand kaufte sie sich einen Hotdog und einen Orangensaft. Genüsslich verspeiste sie ihr einfaches Abendessen, während sie langsam durch die Gassen schlenderte. Ein Schaufenster, das mit einem chinesischen Drachen verziert war, weckte ihre Aufmerksamkeit. Neugierig trat sie näher. Auf schwarzem Samt waren verschiedene, düster wirkende Schmuckstücke ausgelegt. Eine wunderschöne Zeichnung eines Drachens, Tinte auf Papier, ließ sie noch näher kommen. Eine junge Frau trat aus dem Laden. Ihre roten Haare waren auf einer Seite abrasiert. Obwohl es draußen empfindlich kalt war, trug sie nur ein Trägerleibchen. Ein wahrer Regenbogen an Tätowierungen zog sich über ihre linke Schulter den ganzen Arm hinunter. Luna-Maie konnte einen Drachen und einen Paradiesvogel erkennen. Fremdartige Symbole und Muster verbanden das Ganze zu einem richtigen Kunstwerk.

Die Frau, die Luna-Maies neugierigen Blick bemerkt hatte, hob belustigt eine Augenbraue.

„Gefällt dir, was du siehst?“

Ertappt schaute Luna-Maie hoch. Als sie das freundliche Gesicht der Frau sah, entspannte sie sich ein wenig. Sie nickte.

„Willst du dich tätowieren lassen?“

Luna-Maie wollte bereits den Kopf schütteln, als ihr ein Gedanke kam. Das Zeichen des Drachen. Ob das wohl …

„Vielleicht“, antwortete sie deshalb zögerlich.

„Na dann, komm rein. Ich bin Moira.“

„Das ist ein Tattoo-Studio?“, fragte Luna-Maie verblüfft. Sie hatte gar kein entsprechendes Schild gesehen.

Moira nickte und hielt ihr die Tür auf.

„Ich nehme an, du bist bereits achtzehn?“, fragte sie beiläufig.

„Ähm …“ Luna-Maie zögerte. Sollte sie das wirklich tun? Ein bisschen Angst machte ihr die Vorstellung schon, sich freiwillig einer Nadel auszuliefern. Normalerweise hasste sie Spritzen. Andererseits wollte sie sich ja verändern, dachte sie rebellisch. Wenn sie schon keine echten Drachenzeichen hatte, musste sie sich einfach welche machen lassen. „Ja. Natürlich bin ich achtzehn.“

Moira musterte sie. Ihr war völlig klar, dass die Kleine noch keine achtzehn war. Eigentlich müsste sie sie nach Hause schicken. Sie konnte in Teufelsküche kommen, wenn sie das Mädchen ohne die Einwilligung ihrer Eltern tätowierte. Andererseits sah sie die Entschlossenheit in ihrem Blick. Jetzt, wo die Idee einer Tätowierung erst einmal in ihrem Kopf Fuß gefasst hatte, würde sie sie nicht mehr loslassen. War es da nicht besser, sie selber zu tätowieren? So konnte sie wenigstens sicher sein, dass sie nicht mit einem Sternchen oder etwas ähnlich Idiotischem leben musste. Ganz zu schweigen von den möglichen Infektionen, die sie sich in einem der Studios holen konnte, die es mit der Hygiene und anderen Vorschriften nicht so genau nahmen. So gesehen war es schon fast ihre Pflicht, sich um das Mädchen zu kümmern.

Sie beobachtete, wie sich ihre junge Kundin nervös in ihrem kleinen Studio umsah. Um sie ein wenig abzulenken, fragte Moira sie: „Wie heißt du denn?"

Auch diese Frage traf Luna-Maie unvorbereitet. Sollte sie ihren richtigen Namen nennen? Besser nicht, beschloss sie.

„Maxi. Ich heiße Maxi."

Bei dem Gedanken an Maxi stiegen Tränen in ihre Augen. Wie tröstlich es doch wäre, wenn die Drachin hier wäre. Schnell schob sie den unerwünschten Gedanken in den hintersten Winkel ihres Hirns und wischte sich verstohlen mit dem Handrücken über die Augen.

Moira sah die widerstreitenden Gefühle in Maxis Gesicht. Nochmals stellte sie die Klugheit ihrer Entscheidung infrage, kam jedoch zum selben Schluss wie vorhin.

„Du kannst dich hierhin setzen."

Sie deutete auf einen Stuhl hinter einem Paravent.

Luna-Maie nahm Platz und schaute sich in dem kleinen Ladenlokal um. Auf einem Tisch lagen allerlei Zeichnungen in verschiedenen Stadien der Fertigstellung. Daneben lag eine seltsame Maschine, die ein wenig wie eine Pistole aussah. Auf einem Regal an der Wand reihte sich ein farbiges Fläschchen ans andere, sodass der Eindruck eines Regenbogens entstand. Der alte Parkettboden glänzte. Leise Musik drang aus einem verborgenen Lautsprecher.

„Woran hattest du denn gedacht?", riss Moira sie aus ihren Gedanken.

Luna-Maie schaute sie direkt an. Wenigstens auf diese Frage hatte sie eine Antwort parat.

„Drachenschuppen." Sie deutete auf ihren Nacken. „Ich möchte ein Band mit Drachenschuppen, das sich von meinem Genick bis hier hin", sie zeigte auf ihr Kreuz, „zieht. Zum Ende hin soll es sich ein wenig verjüngen."

Sie wusste selbst nicht, woher diese genaue Vorstellung plötzlich kam. Sie wusste nur, dass es die richtige Entscheidung war.

Moira hatte ihr aufmerksam zugehört, und noch während sie am Sprechen war angefangen, einen Entwurf zu zeichnen.

„Meinst du so?" Sie hielt Luna-Maie die Skizze hin. Die klaren Wünsche von Maxi erstaunten sie. Für jemanden, der gerade erst die Idee einer Tätowierung gehabt hatte, wusste sie sehr genau, was sie wollte. Und es waren gottseidank keine Sternchen.

„Genau so."

„In Grautönen?"

„Nicht nur. Ich hätte dazwischen gerne einige hellrosa Schuppen. Geht das?"

Moira nickte. Ihre Sorgen bezüglich unmöglicher Motivwünsche waren offensichtlich unbegründet gewesen.

„Das geht auf jeden Fall. Sieht bestimmt toll aus, wenn es fertig ist. Allerdings werden wir heute vielleicht nicht fertig. Dann musst du nochmals herkommen."

Siedend heiß fiel Luna-Maie ein, dass die Tätowierung bestimmt nicht umsonst sein würde.

„Wie viel kostet denn das Ganze?“, fragte sie vorsichtig.

Moira nannte ihren Preis. Luna-Maie schluckte. Das würde beinahe ihr ganzes Geld verschlingen, das sie mithatte. Ihr Notfallgeld. Doch der Gedanke, unverrichteter Dinge wieder zu gehen, war unvorstellbar. Also zog sie das Portemonnaie aus ihrem Rucksack, zählte das Geld ab und legte es Moira hin.

„Hier. Fangen wir gleich an?“

Jetzt war sie doch ein wenig nervös. Was würden wohl ihre Eltern zu ihrer Tätowierung sagen? Oder Ben? Ben! Was kümmerte sie, was irgendein Junge von ihr dachte? Hatte sie völlig den Verstand verloren? Nur, weil er eine halbe Stunde mit ihr geredet hatte? Gerade, dass sie nicht gleich die Hochzeit plante. Zudem würde sie ihm vermutlich sowieso nie wieder begegnen. Und ihre Eltern … Wer wusste schon, wann sie die wiedersehen würde.

Gott sei Dank unterbrach Moira ihre immer konfuseren und vor allem unnötigen Gedanken, indem sie ihr einige Fragen stellte, die Luna-Maie einsilbig beantwortete.

Die Künstlerin erklärte ihr die nächsten Schritte, während sie kleine Töpfchen mit Farbe füllte und zwei frisch sterilisierte Nadeln aus dem Sterilisator holte. Mit einem Tuch desinfizierte sie Luna-Maies Rücken. Als alles vorbereitet war, stach sie Maxi ein paar Mal probehalber.

„Geht das für dich? Jetzt kannst du noch aufhören.“

Das war alles?, dachte Luna-Maie verblüfft. Das war ja ein Klacks. Sogar Moiras Berührungen waren zum Aushalten, stellte sie erstaunt fest. Dann fiel ihr ein, dass das vermutlich eine Nebenwirkung davon war, dass sie ihre Kräfte verloren hatte.

„Kein Problem. Fang ruhig an“, sagte sie. Ihr war alles egal. Hauptsache, es lenkte sie von ihren trüben Gedanken ab.

Zufrieden mit ihrer Antwort tauchte Moira die Spitze der Tattoo-Nadel in die schwarze Farbe und legte los.

Nach zehn Minuten begann Luna-Maie zu begreifen, dass es vielleicht doch nicht ganz so easy sein würde, wie sie zuerst gemeint hatte. Ihr Rücken brannte wie Feuer. Anscheinend war ihre Haut nicht sehr erfreut über die unzähligen, sich wiederholenden Stiche. Immer, wenn Moira in die Nähe der Knochen kam, also dauernd, da sie sich ja ausgerechnet ein Motiv entlang ihres Rückgrats ausgesucht hatte, meinte sie, sterben zu müssen. Doch jetzt konnte sie nicht mehr zurück. Ein halbes Tattoo war eine Katastrophe. Das ging gar nicht. Also biss sie tapfer die Zähne zusammen und redete sich ein, dass sie ein ganz gefährlicher, starker Drache war, der keinerlei Schmerz verspürte. Autsch.

Fast drei Stunden später legte Moira zum letzten Mal die Nadel zur Seite.

„So. Wir sind fertig. Du hast gut durchgehalten. Hier, Maxi, schau in den Spiegel."

Fasziniert betrachtete Luna-Maie ihren Rücken. Wunderschöne Drachenschuppen wanden sich an ihrer Wirbelsäule entlang. Fast wie in echt, stellte sie fest und zog ein wenig Trost aus der Tatsache, dass sie so wenigstens eine Erinnerung an den Tag behalten würde, an dem sie ihre Drachenkräfte verloren hatte. Noch viel schöner wäre es, ihre Tätowierung Maxi zu zeigen. Ach, wenn doch ihre Drachenfreundin hier wäre, dachte sie wehmütig.

„Tausend Dank." Spontan umarmte sie Moira. Diese schien erst nicht so recht zu wissen, was sie mit dem Mädchen um ihren Hals anfangen sollte. Schließlich tätschelte sie ihr unbeholfen den Arm, darauf bedacht, nicht das frisch gestochene Kunstwerk zu berühren.

„Gerne. Komm gut nach Hause." Sie drückte ihr eine Tube

mit Salbe in die Hand. „Immer gut eincremen. Nicht vergessen."

Luna-Maie unterdrückte den Kloß im Hals und nickte.

„Mach ich. Tschüss."

Wieder gut eingepackt trat sie durch die Glastür ins Freie. Es war dunkel geworden. Ein Blick auf die Uhr verriet ihr, dass es weit nach Mitternacht war. Die Zeit war richtiggehend verflogen. Suchend schaute sie sich um und wäre beinahe in Ohnmacht gefallen. Auf der gegenüberliegenden Straßenseite, lässig an die Wand gelehnt, stand Ramiro.

Eilig überquerte sie die menschenleere Straße.

„Du! Was machst du denn hier?"

„Ich freue mich auch, dich zu sehen."

Luna-Maie warf ihm einen bösen Blick zu. „Ich mich aber nicht."

„Das kann ich mir gut vorstellen. Deshalb habe ich auch Maxi überredet, dass ich dich an ihrer Stelle abhole."

„Woher wusste sie denn, wo ich bin?"

„Du hast sie gerufen", antwortete er. Nach Stunden endlosen Wartens war endlich Luna-Maies Ruf nach Maxi angekommen. Die violette Drachin hatte Hals über Kopf losstürzen wollen. Doch Ramiro hatte sie davon überzeugen können, dass Miri dringend ihrer Unterstützung bedurfte. In Anbetracht von Quincys Anwesenheit hatte sie das sogar eingesehen. Der fremde Drache war immer noch da und machte keinerlei Anstalten, abzureisen.

Luna-Maie wollte abstreiten, dass sie nach Maxi gerufen hatte. Doch dann fiel ihr ein, dass sie sich tatsächlich gewünscht hatte, dass ihre geliebte Drachin hier wäre. Das galt als rufen. Drachen nahmen es mit solchen Dingen sehr genau.

Sie seufzte niedergeschlagen. „Ich bin wohl nicht sonderlich talentiert im Weglaufen, was?"

Ramiro lachte leise und wuschelte ihr mit einer Pranke durch die hellblonden Haare.

„Nicht so schlimm, Kleines. Übung macht den Meister."

Nur, dass es kein nächstes Mal geben würde, dachte Luna-Maie betrübt. Ohne ihre Drachenkräfte würde sie sich kaum trauen, noch einmal abzuhauen. Reflexartig suchte sie nach der Drachenenergie und stutzte. War da nicht ein Kribbeln gewesen? Sie zog stärker an dem noch schwachen Energiestrom. Die Tätowierung an ihrer Wirbelsäule wurde warm und wärmer, bis die Hitze fast nicht mehr zum Aushalten war. Sie schloss die Augen und intensivierte ihre Bemühungen. Anders und doch vertraut spürte sie, wie die Wandlung vonstattenging.

Als sie das vertraute Gewicht ihrer Flügel am Rücken spürte, wäre sie beinahe in Tränen ausgebrochen.

„Sag mal, was ist denn mit deinen Schuppen passiert?", unterbrach Ramiro ihre Gedanken, ohne ihre unbändige Freude über die wiedergewonnen Kräfte wahrzunehmen.

„Mit meinen Schuppen? Keine Ahnung." Momentan war es ihr auch ganz egal. Hauptsache Schuppen. Details interessierten sie nicht. Sie reckte den langen Hals, drehte ihn um hundertachtzig Grad und hätte sich beinahe auf ihren Drachenhintern gesetzt. Silberfarbene Schuppen in allen Schattierungen von Hellgrau bis Anthrazit zogen sich über ihr ganzes Rückgrat bis ans Ende ihrer Schwanzspitze.

Die Tätowierung, schoss es ihr durch den Kopf. Anscheinend war es tatsächlich das, was mit den Drachenzeichen gemeint war.

Vergnügt drehte sie sich im Kreis, machte einen Luftsprung und baute noch einen kleinen Salto ein. Einfach so. Weil sie es konnte.

Tätowierung?, hakte Ramiro misstrauisch nach, der natürlich mitgehört hatte, was in ihrem Kopf vor sich ging. *Was hast du wieder angestellt, Mädchen?*

Das ist eine lange Geschichte, wich sie ihm aus.

Dann ist es ja gut, dass wir einen langen Heimweg vor uns haben, entgegnete er lapidar. *Ich habe dir nämlich auch einiges zu erzählen.*

Kapitel 11

„Ich geh da nicht rein!“

Wieder in ihrer Mädchenform stand Luna-Maie vor dem kleinen Pächterhaus und blitzte Ramiro wütend an. Die Hände hatte sie kampfeslustig in die Hüften gestützt, ihr Kinn stur nach vorn gereckt.

Der grüne Drache bewunderte sie insgeheim für ihre klare Haltung. Sie musste hundemüde sein, nachdem sie heute mehr geflogen war als je zuvor in ihrem Leben. Dazu kamen noch all die unterschiedlichen Emotionen, die sie sicher den ganzen Tag und die ganze Nacht geplagt hatten. Die verlangten einem Körper auch gewaltig viel ab. Er wollte sich gar nicht vorstellen, wie viel Energie sie die Schmerzen, die sie ausgehalten hatte, während sie ihr Tattoo stechen ließ, gekostet haben mochten. Ihn schauderte, als er an den Vorgang dachte. Wie konnte man nur auf die Idee kommen, sich freiwillig und wiederholt mit einer spitzen Nadel stechen zu lassen? Eine absurde Idee, wenn man ihn fragte. Nur hatte sie ihn ja nicht gefragt. Er schüttelte den Kopf und wandte sich wieder seinem aktuellen Problem zu. Nämlich Luna-Maie davon zu überzeugen, ins Haus zu gehen.

„Deine Mutter wartet auf dich“, erinnerte er sie geduldig. „Maxi und Lance auch.“

„Ich weiß." Unschlüssig trat sie von einem Bein aufs andere. „Aber mein Vater wohl auch. Und dieser Wächterdingsbums."

„Wächterdrache. Stimmt. Aber irgendwann musst du ihm sowieso begegnen. Genau wie deinem Vater. Oder willst du ihm die nächsten zwanzig Jahre aus dem Weg gehen?"

„Genau das war der Plan", murrte sie. „Was ja großartig geklappt hat." Flehend richtete sie ihre großen silberblauen Augen auf Ramiro. „Versteh doch. Ich kann jetzt nicht allen gegenübertreten. Das ist …" Sie brach ab, nachdem sie sich nicht für ein Wort entscheiden konnte. *Peinlich. Beängstigend. Schmerzhaft.*

Ramiro, der all die Worte in seinem Kopf echoen hörte, empfand Mitleid mit ihr und gab nach.

„Also gut. Dann schlaf heute bei Sierra. Dort solltest du bis morgen früh deine Ruhe haben. Ich gebe ihr Bescheid, dass du kommst."

Luna-Maie flog auf ihren grünen Drachenfreund zu und fiel ihm um den Hals. Die Wucht ihres Aufpralls traf ihn derart unerwartet, dass er doch tatsächlich ein paar Schritte nach hinten stolperte.

„Du bist der beste Freund, den man sich wünschen kann", murmelte das Mädchen, das Gesicht an seine Schuppen gepresst.

„Na, na. Ist ja schon gut." Er schob sie ein Stückchen von sich weg und schaute sie streng an. „Deine Mutter wird bestimmt vorbei schauen. Keine zehn Pferde könnten sie davon abhalten, dich zu sehen und sich zu vergewissern, dass es dir gut geht. Ich werde mich da sicher nicht dazwischen stellen. Ich habe ja keinen Todeswunsch."

Luna-Maie lächelte schief. „Das musst du auch nicht. Das ist schon okay."

Bevor es sich ihr Drachenfreund noch anders überlegen konnte, drehte sie sich um und rannte los, in Richtung Sicherheit.

*

Sierra stand schon in der Tür, Nancy zu ihren Füßen, und war sichtlich erleichtert, Luna-Maie zu sehen.

Das schlechte Gewissen legte sich wie ein schwerer Mantel um das Mädchen. Irgendwie hatte sie das schon nicht richtig zu Ende gedacht. Wenn sie sich vorstellte, wie Sierra, oder noch schlimmer ihre Mutter, heute Abend zu Hause gesessen wäre und sich Sorgen gemacht hätte … Sie schauderte. Mit einem Schluchzer warf sie sich Sierra in die Arme. Die ganze Anspannung des Tages, die Entdeckung, dass ihr Vater sie vielleicht doch nicht bedingungslos liebte, das Verlieren und Wiederfinden ihrer Kräfte... Krampfhaft versuchte sie, ihre Tränen zurückzuhalten. Schließlich war sie kein Baby mehr. Doch vergeblich. Wie eine Sturzflut liefen sie ihr über die Wangen und durchnässten Sierras Flanell-Hemd.

Diese sagte erst mal gar nichts, hielt sie einfach nur in den Armen und wiegte sie sachte hin und her.

Irgendwann, gefühlte Stunden und mehrere Liter Rotz und Wasser später, versiegte die große Quelle der Traurigkeit in Luna-Maies Inneren. Sie hob den Kopf und stellte verwundert fest, dass sie tatsächlich aufgehört hatte zu weinen. Vor ein paar Minuten hatte sie noch befürchtet, dass das jetzt ein anhaltender Zustand sein würde, nachdem es kein Ende zu nehmen schien. Verlegen zupfte sie an Sierras völlig durchnässtem Hemd.

„Tut mir leid“, murmelte sie.

Wie peinlich, so loszuheulen. Vermutlich sah sie jetzt aus wie ein Albino-Hase mit akutem Heuschnupfen. In ihrem momentanen fragilen Zustand war dieses skurrile Bild zu viel für ihre Nerven und sie begann, unkontrolliert zu lachen. Aufhören stand genau wie beim Weinen vorhin völlig außer Frage.

Belustigt schüttelte Sierra den Kopf. Nancy, die bis jetzt geduldig zu Sierras Füßen gesessen hatte, spürte die veränderte Stimmung. Mit einem Bellen sprang sie auf und rannte ins Wohnzimmer. Vermutlich, um eines ihrer lädierten Spielzeuge ein weiteres Mal tot zu schütteln.

„Lachen ist ja schon mal eine deutliche Verbesserung. Aber ich denke, du brauchst trotzdem dringend einen von Kajas beruhigenden Tees. Damit, wie sagt mein Drache immer, du mal chillen kannst?"

Dieser Satz hatte einen erneuten Heiterkeitsausbruch zur Folge.

Schön, dass sie wieder lachen kann, erklang Ramiros Stimme in Sierras Kopf.

Anscheinend war er ganz in der Nähe, hielt sich aber im Hintergrund, um die Zweisamkeit zwischen ihr und Luna-Maie nicht zu stören. *Außergewöhnlich rücksichtsvoll für mein grünes Monster*, dachte sie liebevoll.

He! Das habe ich gehört. Ich muss doch bitten.

Sein beleidigtes Schnauben hallte durch ihren Kopf. Pech. Jetzt musste sie sich erst einmal um dieses Drachenkind hier kümmern.

„Komm. Lach mal drinnen weiter, bevor die ganze Kavallerie hier anfliegt und dich aus den Händen deiner verantwortungslosen Tante retten will."

„Die sollen sich nur vorsehen. Du bist die beste Tante überhaupt. Das werde ich denen schon klar machen", versicherte sie Sierra mit wildem Blick. Vor allem ein gewisser Drachenwächter. Diesen Gedanken sprach sie jedoch nicht laut aus. Sie war durchaus lernfähig. Auf keinen Fall wollte sie irgendetwas tun, was die Aufmerksamkeit des ihr noch unbekannten Neuankömmlings wecken würde. Also auch nicht von ihm sprechen.

„Das glaub ich dir gern. Allerdings kann ich heute Abend

gut auf ein Drachenduell verzichten. Ich weiß ja nicht, wie es dir geht, aber ich hatte definitiv genug Aufregung in den letzten vierundzwanzig Stunden."

Luna-Maie unterdrückte mit Mühe ein Gähnen. „Ich auch." Unvermittelt fielen ihr Moiras Pflegeanweisungen ein. „Darf ich duschen?"

„Klar. Du weißt ja, wo Handtücher sind."

„Danke."

*

Als Luna-Maie im Badezimmer verschwunden war, stieß sich Sierra müde vom Türrahmen ab. Jetzt würde sie erst einmal Tee kochen.

„Alles gut mit der Kleinen?", fragte Ramiro, der sich materialisierte, als sie in die Küche trat. Er saß auf einem der Stühle und kippte sich gerade Holunderschnaps in ein Glas.

„Das reicht", ließ ihn Sierra wissen und nahm ihm die Flasche weg. „Seit wann ist das hier Selbstbedienung?"

„Seit du ständig vergisst, deinen Drachen adäquat zu versorgen", gab der grüne Drache ungerührt zurück. „Wenn ich vier Hufe und einen Schweif hätte, würde das nie passieren", ergänzte er spitz.

Als Sierra nicht auf die Provokation reagierte, sondern Teewasser aufsetzte, wurde er wieder ernst.

„Hast du Miri schon Bescheid gegeben, dass ihre Tochter wieder hier ist?"

Sierra hob eine Augenbraue. „Ich dachte, das hättest du bereits gemacht?"

„Ach, ich dachte, das überlasse ich dir."

Sierra musterte ihn aus schmalen Augen, während sie ihr Handy aus der Hosentasche zog und Miris Nummer wählte.

„Wieso habe ich das Gefühl, dass mir wichtige Informationen fehlen?“

„Vielleicht *weil* dir essenzielle Informationen fehlen“, murmelte Ramiro und konzentrierte sich auf seinen Schnaps.

Zum Glück nahm Miri in diesem Moment den Anruf entgegen, sodass er einem Verhör entging. Vielleicht kein schlechter Zeitpunkt, sich aus dem Staub zu machen. Er nahm einen weiteren Schluck des hochprozentigen Getränks. Andererseits hatte er noch nicht ausgetrunken. Hm. Immer diese schwierigen Entscheidungen.

„Sie ist hier?“, fragte Miri eben ungläubig.

Eigentlich hätten die beiden gar kein Telefon gebraucht, dachte Ramiro grinsend. Bei der Lautstärke hätten sie auch einfach quer über den Hof brüllen können. Ein nasser Putzlappen segelte durch die Luft und traf ihn unverhofft am Kopf.

„He!“

Sierra drohte ihm von der Spüle mit dem Zeigefinger. Anscheinend hatte sie trotz ihres Gesprächs mit Miri Zeit gehabt, seinen Gedanken zuzuhören. Verflixtes multitaskingfähiges Weibsvolk.

„Ja, sie ist hier“, sagte Sierra gerade zu Miri. „Ziemlich durch den Wind, aber gesund und munter, soweit ich das in den paar Minuten beurteilen konnte. Was sie jetzt macht? Duschen. Anschließend gibt's einen heißen Beruhigungstee und dann stecke ich sie ins Bett. Willst du gleich vorbei kommen?“

„Lieber nicht. Ich muss mich erst einmal beruhigen. Wenn ich gleich rüber komme, besteht die Chance, dass ich meine heiß geliebte Kleine erwürge.“

Sierra schmunzelte. Sie konnte die widerstreitenden Gefühle, mit denen Miri gerade zu kämpfen hatte, nur zu gut verstehen.

„Verständlich. Ich geb's mal so weiter.“

„Mach das.“ Erleichtert und fuchsteufelswild zugleich beendete Miri das Gespräch.

„Ist da jemand ein wenig ungehalten mit dem Drachenkind?“, fragte Ramiro teilnahmsvoll.

„Könnte man wohl so sagen.“

Maxi schneite buchstäblich in einem violetten Funkenregen in die Küche. „Mein Schützling ist hier und ich erfahre erst jetzt davon?“

Entrüstet baute sie sich vor Ramiro auf.

„Nicht mehr dein Schützling“, korrigierte dieser unklugerweise die aufgebrachte Drachin.

„Du …!“, brauste diese auf und legte ihre Pranken um Ramiros schlanken Hals.

„Ist ja gut“, röchelte dieser. „Ich hätte es dir ja gleich gesagt.“ Verzweifelt zerrte er an ihren Krallen, doch vergeblich.

Angewidert ließ Maxi von dem Jungdrachen ab. Es machte keinen Spaß, wenn der Gegner wie ein halbtoter Fisch zappelte.

Mit einem lauten Plumps landete Ramiro auf dem Boden. Die alte Drachenhexe hatte ihn absichtlich einen halben Meter neben dem Stuhl losgelassen. Spuckend und fauchend kam er wieder auf die Füße.

„Trink noch einen Schluck“, besänftigte ihn Sierra und schenkte ihm nach, während sie ihm den Flügel tätschelte. Ramiro grummelte, griff aber dankbar nach dem Glas.

Wortlos ließ sich Maxi auf der anderen Seite des Tisches auf einen Stuhl fallen.

„Dieses Kind treibt mich noch in den Wahnsinn.“

Ramiro öffnete sein Maul, um Maxi nochmals darauf aufmerksam zu machen, dass Luna-Maie ja nicht mehr in ihren Zuständigkeitsbereich fiel, als Sierra ihm zuvor kam.

„Was höre ich da? Luna-Maie ist nicht mehr dein Schützling? Wie denn das?“

Wortlos streckte Maxi, die sonst, zumindest für einen Drachen, nur wenig Alkohol trank, die Hand nach der Flasche aus. Sierra sah sie erstaunt an, reichte ihr aber wortlos das Gewünschte. Selbst Ramiro fiel die Signifikanz der Geste auf, sodass er sich einen Kommentar über die Ungerechtigkeiten der Welt verkniff.

„Das ist eine lange Geschichte."

Sierra verschränkte die Arme vor der Brust und fixierte die beiden geschuppten Geschöpfe mit einem drohenden Blick.

„Dann ist ja gut, dass ich gerade Zeit habe."

*

Genüsslich ließ Luna-Maie das Wasser über ihren Körper prasseln. So eine warme Dusche war etwas Herrliches. Auch so ein Luxus, den man viel zu wenig schätzte und für selbstverständlich nahm, dachte sie in einem raren Anflug von Introspektion. Wenn sie mit ihrer Flucht erfolgreich gewesen wäre, hätte sie wahrscheinlich oft mit kaltem Flusswasser vorlieb nehmen müssen. Die Erkenntnis, was sie beinahe angerichtet hätte mit ihrem unüberlegten Vorgehen, ließ erneut Tränen in ihren Augen aufsteigen. Wütend wischte sie sie weg. Was war nur mit ihr los? Sie war doch sonst nicht so eine Heulsuse. Sehnsucht nach einem Gestern, als alles noch anders war, stieg in ihr auf. Gestern, als ihr Vater noch nicht gewusst hatte, was für ein Monster seine Tochter war. Allerdings hatte sie gestern auch noch keine Ahnung gehabt, wie sie ihre Drachenkräfte wieder zum Leben erwecken konnte. Anscheinend hatte tatsächlich alles im Leben zwei Seiten.

Der Gedanke an ihr Tattoo erinnerte sie daran, dass sie wahrscheinlich nicht unterm Wasser stehen bleiben sollte, bis sie schrumpelig war. Hastig drehte sie den Hahn zu und öffnete die Duschkabine, um nach dem Handtuch zu angeln, das sie bereitgelegt hatte. Vorsichtig trocknete sie sich ab. Vor dem Spiegel drehte sie sich um und versuchte mit verrenktem Hals, ihren Rücken zu betrachten. Staunend schaute sie das wunderschöne Kunstwerk auf ihrem Rücken an. Die Schuppen waren so präzise ausgeführt, dass sie fast den Eindruck erweckten, sie seien echt. Noch während sie dies dachte, veränderten die Schuppen ihre Farbe und schienen sich von ihrem Rücken zu heben. Ganz so, als sei sie in ihrer Drachengestalt, dachte sie verwundert. Konnte es sein, dass die Drachenzeichen ihre Kräfte nicht nur zurückgebracht, sondern sie sogar noch verstärkt hatten? Abgelenkt griff sie nach dem Anhänger mit dem Drachenstein, den sie während des Duschens abgelegt hatte. Mit geübtem Griff hängte sie ihn sich um den Hals. Noch einmal warf sie einen Blick auf ihren Rücken. Seltsam. Jetzt sahen sie wieder ganz normal aus. Zweidimensional. Unspektakulär. Nachdenklich rieb sie über den Drachenstein.

Ein Jucken an ihrem Rücken brachte sie in die Realität zurück. Die Creme. Mit wenigen Schritten war sie bei ihrem Rucksack. Jemand müsste dringend drachentaugliche Rucksäcke erfinden. Das war heute echt mühsam gewesen, dass sie den während des Fliegens immer in ihren Pranken tragen musste. Sie musste einmal Ramiro fragen, ob es so etwas in der Drachenwelt bereits gab. Vermutlich nicht. Die hatten ja ihre Lakaien, die ihnen alles hinterhertrugen. Oder sie zauberten es einfach herbei, dachte sie missmutig. Manchmal war es echt nervig, nur ein halber Drache zu sein. Oder ein halbes Mädchen. Dieses blöde Buch, dachte sie verärgert. Jetzt sprach sie von sich selbst auch schon als Halbling. Ugh. Wie sie dieses Wort hasste.

Behutsam trug sie die Salbe auf. Leider erreichte sie gewisse Stellen nur schwer. Schließlich gab sie es auf und streckte den Kopf aus dem Badezimmer.

„Sierra?“, rief sie zaghaft.

„Ja, Liebes? Brauchst du was?“

„Ähm, ja … Kommst du mal?“ Sie würde jetzt sicher nicht durchs ganze Haus brüllen. Wer wusste schon, wer inzwischen alles in der Küche saß.

„Klar. Komme gleich.“

Wenig später tauchte Sierra auf. Mit besorgtem Blick schaute sie das Mädchen an, das in das größte Badelaken gehüllt war, das es in ihrem Haushalt gab. Mit den nassen, zerzausten Haaren und den blauen Augen, die in dem von Müdigkeit gezeichneten Gesicht riesig wirkten, hatte sie mehr Ähnlichkeit mit einem nassen Kätzchen. Sie wirkte sehr jung. Mit ein wenig Wehmut dachte Sierra an die unbeschwerte Zeit von Luna-Maies Kindheit zurück. Aber auch für Drachenkinder blieb die Zeit offenbar nicht stehen. Sie hoffte nur, dass sie den unvermeidbaren Verlust ihrer Kräfte verkraften würde.

„Kannst du mir den Rücken eincremen?“, fragte Luna-Maie.

„Klar.“ Sierra streckte die Hand nach ihrer eigenen Bodylotion aus, die auf dem Regal neben dem Waschbecken stand.

„Nein, nimm bitte diese.“

„Antiseptische Wundsalbe?“, fragte Sierra und schaute sie besorgt an. „Ist dir etwas passiert?“

„Nicht direkt“, wich Luna-Maie der Frage aus.

Sierra wartete einen Moment ab. Doch als Luna-Maie nichts weiter sagte, zuckte sie mit den Schultern. Allzu schlimm konnte es nicht sein, wenn sie geduscht hatte.

„Das Handtuch musst du ablegen, wenn ich dich eincremen soll“, erinnerte sie Luna-Maie, die nach wie vor von Kopf bis Fuß in das große Teil eingewickelt war.

„Okay. Aber versprichst du mir, dass du dich nicht aufregst?“

„Hm.“ Solche Dinge zu versprechen, bevor man wusste, um was es eigentlich ging, war immer eine gefährliche Sache.

„Versprich es“, drängte Luna-Maie und umklammerte das Handtuch fester.

Sierra seufzte. „In Ordnung. Lass mich dich endlich verarzten.“ Das ging schließlich vor.

Zögerlich senkte Luna-Maie das Tuch und drehte ihr den Rücken zu.

Sierra zog scharf die Luft ein. Über den schlanken Rücken des Mädchens zog sich eine wunderschöne Tätowierung. Wie ein Aalstrich bei einem Pferd reihte sich eine Drachenschuppe an die andere. Breiter am Nacken, verengte sich das ausgefallene Muster zu einer einzelnen Schuppe direkt oberhalb des Steißbeins. Das Tattoo war in den Farben schwarz, grau und rosa gehalten. Rosa machte Sinn. Das war schließlich Luna-Maies persönliche Drachenfarbe. Aber was war mit den dunkleren Tönen? Irgendwie hatte sie das Gefühl, dass sich mit dem Schwarz und Silber auch eine dunklere Komponente in Luna-Maies Wesen geschlichen hatte.

Unsinn, schalt sie sich innerlich. Da geht dir wieder einmal die Fantasie durch.

„Gefällt's dir?“

„Es ist wunderschön“, sagte Sierra und meinte es auch so. „Jetzt hast du wenigstens eine Erinnerung an deine Zeit als Drachin, sollten dich deine Kräfte irgendwann verlassen.“

„Es ist noch viel mehr“, platzte es aus Luna-Maie heraus. „Ausgerechnet heute haben mich mitten im Nirgendwo meine Kräfte verlassen. Ich kann noch von Glück sagen, dass ich zu dem Zeitpunkt nicht in der Luft war.“

„Ach nein!“

„Doch. Da war nichts mehr. Kein Kribbeln, keine Energie und schon gar keine Schuppen oder Flügel.“ Luna-Maie schnippte mit den Fingern. „Weg. Einfach so.“

„Du Arme.“

Luna-Maie nickte. „Das fand ich auch, glaub mir. Ausgerechnet heute.“

Sierra zog eine Grimasse. „Wenn es das ist, was dich wieder nach Hause geführt hat, bin ich sehr dankbar für diesen Zufall."

„Ja, ja", winkte Luna-Maie ab. Über ihren Ausreißversuch wollte sie nicht reden. Nicht jetzt. Wenn es nach ihr ging, am besten nie. „Auf jeden Fall bin ich dann in Chur gelandet, vor diesem seltsamen Kunstshop. Wie sich herausstellte, war das ein Tattoo-Studio. Und da ich kurz davor in einem der alten Drachenbücher diesen kryptischen Satz über Drachenzeichen gelesen hatte, entschloss ich mich spontan zu der Tätowierung."

Sierra schwirrte der Kopf von all den Informationen, die auf einmal aus Luna-Maie heraussprudelten.

„Ich bin mir nicht sicher, ob es klug ist, die Wörter spontan und Tätowierung im selben Satz zu verwenden", meinte sie schließlich trocken. „Zumindest nicht gegenüber deiner Mutter."

„Ist Mama hier?" Die Sehnsucht in Luna-Maies Stimme war unüberhörbar.

„Sie kommt später."

„Oh."

„Aus gutem Grund. Sie meinte, wenn sie jetzt kommt, kann sie nicht dafür garantieren, dass sie dir nicht den Kopf abreißt. Aber ich bin sicher, sie hat sich bald wieder beruhigt."

Zerknirscht zog Luna-Maie den Kopf ein.

„Das kann ich irgendwie sogar verstehen. Ich wäre auch nicht erfreut, wenn sie eines Tages einfach weg wäre."

„Ich bin froh, dass du das auch so siehst. Dann können wir uns dieses Gespräch wenigstens sparen."

Luna-Maie nickte eifrig.

Mit sanften Fingern strich Sierra Salbe auf die noch verbleibenden Schuppen. Dann schraubte sie die Creme zu und reichte sie Luna-Maie.

„Hier. Deine Salbe. Kommst du nachher runter? Der Tee ist fertig."

Das Handtuch an ihren Oberkörper gepresst, drehte sich Luna-Maie zu Sierra um.

„Danke. Aber warte. Die Story mit den Drachenschuppen ist noch nicht fertig."

„Nicht?" Was kam jetzt, um Himmels willen?

„Schau", meinte Luna-Maie voller Begeisterung und zog sich ihren Drachensteinanhänger vom Kopf.

Ungläubig beobachtete Sierra, wie die Schuppen zum Leben zu erwachen schienen. Vorsichtig streckte sie die Hand aus und strich darüber. Tatsächlich. Sie fühlten sich genauso an wie Luna-Maies Schuppen.

„Wahnsinn", flüsterte sie.

„Da ist noch mehr", versprach Luna-Maie.

Oh-oh. Sierra hoffte, dass sie dieses mehr an Neuigkeiten auch verkraften würde. Irgendwie bezweifelte sie es.

Luna-Maie bereiteten ihre neu gefundenen Kräfte so viel Freude, dass ihr Sierras mangelnde Begeisterung völlig entging. Sie gab sich ganz dem Summen der Magie hin, die durch ihren Körper jagte. Im Handumdrehen war die Verwandlung abgeschlossen. Sie hatte extra darauf geachtet, nicht allzu groß zu werden, sodass sie im Badezimmer auch Platz hatte. Anschließend schrumpfte sie sich auf die Größe einer Hauskatze und hüpfte Sierra auf den Schoß.

Cool, nicht? Sie strahlte Sierra an, ein riesiges Drachenlächeln im Gesicht, inklusive blitzender Reißzähne und langer, schmaler Zunge.

Wie immer, wenn Sierra den wundersamen Vorgang der Wandlung miterleben durfte, breitete sich ein kindliches Staunen in ihr aus. Schon immer hatte sie die Kleine um diese Gabe beneidet. So konnte sie sich recht gut vorstellen, was es für Luna-Maie bedeutete, ihre Kräfte wieder gefunden zu haben.

„Das ist ja fantastisch!“, rief sie deshalb aus.

Mit den Fingerspitzen strich sie ihr über den Rücken, da, wo die perlmuttfarbenen Schuppen neuerdings schwarzen und silbernen Platz gemacht hatten.

„Und das?“

Luna-Maie zuckte gleichgültig mit den Schultern. Es war ihr so was von egal, dass sie jetzt ein paar andersfarbige Schuppen hatte. Wenn sie ehrlich war, fand sie den dunklen Streifen richtig cool. Das ganze Rosa war ja nett, aber doch ziemlich mädchenhaft.

„Ich nehme an, das sind die Drachenzeichen. Es bin ja immer noch ich. Und nicht irgendwer anders. Also muss ja auch die Tinte irgendwo hin.“

„Gut möglich“, stimmte Sierra ihr zu.

Mit einem Lachen verwandelte sich Luna-Maie wieder zurück. Erstaunlicherweise befand sich das Handtuch noch an exakt der Stelle, wo sie es vorher an ihren Körper gedrückt hatte.

„Ach ja, das ist ein weiterer Vorteil“, bestätigte Luna-Maie Sierras Eindruck. „Meine Kleider scheinen an die beabsichtigte Stelle am Körper zurückzukehren, wenn ich mich zurückverwandle. Stell dir vor. Keine nackten Überraschungen mehr.“

„Das klingt ja fast nach einer Drachenversion 2.0. Verbesserte Rezeptur.“

„Ja, nicht? Warte nur, bis ich das Mama erzähle.“

„Die wird sicher staunen.“

Über die Tatsache, dass sich ihr Vater bereits darauf gefreut hatte, dass ihre Kräfte sie bald verlassen würden, sprachen beide nicht. Dieses Wissen hing auch so wie eine dunkle Wolke über ihnen.

Kapitel 12

Scheu steckte Luna-Maie wenig später frisch geduscht ihren Kopf in die Küche, nicht sicher, was oder wer sie alles erwarten würde. Erleichtert sah sie, dass nur altbekannte Gesichter um den Tisch saßen. Lance und Ramiro waren da. Maxi ebenso. Und Sierra natürlich. Kaja saß am Boden und kraulte Nancy den Bauch. Melody hatte sie offenbar diesmal zu Hause gelassen.

„Wo ist Mama?“, fragte sie und räusperte sich, als ihr auffiel, dass ihre Stimme ganz jämmerlich klang. Das konnte sie jetzt gar nicht gebrauchen. Ihr war klar, dass sie einen überzeugenden Auftritt hinlegen musste, wenn sie diese ganze Geschichte mit heiler Haut, sprich mit möglichst wenigen Nachwirkungen, überstehen wollte. Sie biss sich auf die Unterlippe.

In diesem Moment war das Klappen der Haustür zu hören. Mit kleinen Trippelschritten rannte Nepomuk ins Zimmer. Er brauchte einen Moment, um sich zu orientieren. Dann hatte er endlich Luna-Maie entdeckt. Der ganze Hund wackelte, so sehr freute er sich, sie zu sehen. Luna-Maie beugte sich zu ihm hinunter und schenkte ihm ihre ganze Aufmerksamkeit. Die langen, noch feuchten Haare fielen ihr wie ein Vorhang ins Gesicht, während sie ihren kleinen Freund streichelte. Das hatte den Vorteil, dass sie dem Blick ihrer Mutter nicht gleich begegnen musste. Denn davor graute ihr, wenn sie ehrlich war. In ihrem Gefühlschaos hatte sie sich nicht wirklich überlegt, wie ihre Mutter sich fühlen würde, wenn sie weglief.

Sie spürte die sanfte Berührung ihrer Mutter am Kopf. Vorsichtig schielte sie unter ihrer langen Mähne hervor. Ihr ganzer Körper war angespannt vor lauter Angst und schlechtem Gewissen.

„Ach, mein Drachenkind“, seufzte Miri, begleitet von einem bittersüßen Lächeln. Sie hatte sich neben ihre Tochter hingehockt und streckte die Arme nach ihr aus. „Das Leben kann ganz schön Scheiße sein, was?“

Erst da warf sich Luna-Maie ihr an den Hals. Zu ihrem Entsetzen schluchzte sie gleich wieder los. *Ist das etwa eine weitere Auswirkung meiner neuen Drachenkräfte?*, grübelte sie in einem Winkel ihres Hirns, während sie die Nähe zu ihrer Mutter tief in sich aufsog. *Wenn ja, dann würde ich mir doch noch überlegen, darauf zu verzichten. Das geht ja gar nicht, diese Heulerei.*

Als verspätete Antwort auf die Frage ihrer Mutter nickte sie, das nasse Gesicht an ihren Hals gepresst.

Miri schob ihre Tochter ein Stückchen von sich weg, um sie genauer in Augenschein zu nehmen.

„Geht’s dir gut? Ist dir auch nichts zugestoßen?“

Luna-Maie warf Sierra einen schnellen Seitenblick zu. Diese schüttelte verneinend den Kopf. Offenbar hatte Sierra nichts erzählt. Das hieß, sie war ganz auf sich allein gestellt. Vermutlich passend, nachdem sie ganz allein in die große weite Welt gezogen war.

Erbost über die widersprüchlichen Gefühle in ihrem Inneren richtete sie sich auf und schaute ihrer Mutter trotzig ins Gesicht.

„Ich konnte nicht bleiben. Nicht, nachdem Papa mich nicht mehr als seine Tochter betrachtet.“

Miri betrachtete Luna-Maie nachdenklich und neigte bestätigend den Kopf.

„Du verstehst mich?“, fragte Luna-Maie hoffnungsvoll.

Hinter ihnen prustete Ramiro los. Ein Ellenbogenstoß von Maxi brachte ihn glücklicherweise wieder zum Verstummen. Miri warf ihm einen amüsierten Blick zu. Ramiro hatte genug eigene Erfahrungen mit unglücklich verlaufenen Abenteuern, dass er wusste, dass Luna-Maie nicht ganz so leicht davon kommen würde, wie sie offenbar dachte. Sie wandte ihre Aufmerksamkeit wieder ihrer Tochter zu.

„Ich verstehe deine Gründe.“ Sie bedachte Luna-Maie mit einem strengen Blick. „Das heißt aber nicht, dass ich gutheiße, was du gemacht hast!“

Luna-Maie zog beschämt den Kopf ein.

„Weißt du eigentlich, was ich mir für Sorgen gemacht habe?!“

Das Kinn auf die angezogenen Knie gestützt nickte Luna-Maie und schaute ihre Mutter aus großen, wässrigen Augen an.

„Stopp“, sagte Miri. „Für den Hündchen-Blick ist es noch zu früh. Ich bin noch nicht fertig mit schimpfen.“

Ertappt wandte Luna-Maie den Blick ab. „Es tut mir leid“, flüsterte sie.

„Das glaub ich dir sogar.“ Miri legte ihr eine Hand auf den Rücken. „Aber weglaufen ist keine Lösung. Wir hätten doch darüber reden können.“

Frustriert sprang Luna-Maie auf.

„Darüber reden? Wozu? Damit ich mir noch ein paar Mal anhören muss, dass mein Vater“, sie spie das Wort regelrecht aus, „sich daran gewöhnen kann, dass seine Tochter leider zur Hälfte ein Monster ist? Ein Halbling?“, gebrauchte sie das Wort, das sie heute in dem antiquarischen Drachenbuch gefunden hatte.

Die anwesenden Drachen sogen scharf die Luft ein, als sie das Wort hörten.

Woher zum Teufel kennt sie überhaupt dieses Wort?, wunderte sich

Lance, sehr bedacht darauf, seine Gedanken vor den Drachenschwestern und Miri abzuschirmen.

Wir haben es auf jeden Fall nie benutzt, stellte Maxi fest.

Ramiro tat so, als hätte er von der ganzen Unterhaltung nichts mitbekommen, und polierte eine bereits glänzende Schuppe an seinem Schwanz.

Ramiro?, fragten die beiden anderen unisono.

Was?, antwortete er, als wäre er völlig in Gedanken versunken.

Weißt du etwas über Luna-Maies überraschende Kenntnis alter Drachenwörter?, wiederholte Maxi mit einer gewissen Schärfe in der Stimme.

Ähm, druckste er herum. Zum Glück setzten Miri und Luna-Maie in diesem Moment ihre Diskussion fort und lenkte die Drachen von ihrem Verhör ab. *Puh*, dachte Ramiro. Da war er gerade noch einmal davon gekommen.

„Ein Halbling?", wiederholte Miri in diesem Moment ungläubig. „Was für ein seltsames Wort. Du bist auf keinen Fall die Hälfte von etwas. Wenn du etwas bist, dann mehr als ein Ganzes. Das Doppelte. Mindestens", entrüstete sie sich.

Überrascht über die unerwartete Unterstützung ihrer Mutter hielt Luna-Maie in ihrer Tirade inne. „Ja. Nicht? Genau das habe ich auch gedacht."

Dann verdunkelte sich ihr Gesichtsausdruck.

„Papa denkt das offensichtlich nicht. Der wartet nur darauf, dass der Horror endlich vorbei ist. Zum Glück hat der ganze Spuk irgendwann in der Pubertät ja ein Ende", imitierte sie seine Stimme.

„Luna!", rief Miri entsetzt.

„Streitest du es etwa ab?"

Miri öffnete den Mund, um genau das zu tun, schloss ihn aber unverrichteter Dinge wieder. Leider hatte ihre intelligente

Tochter recht. Sie hoffte zwar, dass sich Mathias irgendwann beruhigen würde, doch das konnte dauern.

„Dachte ich's mir doch“, kommentierte Luna-Maie bitter. „Tja. Da hat er wohl Pech gehabt. Denn heute habe ich per Zufall herausgefunden, wie ich das Verschwinden meiner Drachenkräfte aufheben kann.“

„Was?“, riefen zwei Drachen und zwei Frauen überrascht. Sierra und Ramiro, die die Tätowierung schon gesehen hatten und wussten, welchen Zweck sie erfüllte, schwiegen, was den anderen natürlich nicht verborgen blieb.

„Und ihr wusstet davon?“, stellte Miri die Frage, die den Drachen ebenfalls auf der Zunge brannte.

„Luna-Maie hat es uns erzählt, als ich ihr den Rücken eincremen musste“, beeilte sich Sierra zu erklären. Sie vermutete, dass Ramiro es bereits länger wusste, doch das würde sie später mit ihm unter vier Augen klären, wenn ihr nicht zwei andere Drachen feurig in den Nacken atmeten.

„Und was ist das Geheimnis?“, mischte sich Kaja, die bis jetzt geschwiegen hatte, in die Unterhaltung ein. Besser, sie konzentrierten sich auf das Wesentliche, bevor die Drachen sich wegen eines unwichtigen Details wie Informationsfluss in die Haare gerieten.

„Das Zeichen des Drachen“, antwortete Luna-Maie.

Verständnislos schauten die anderen sie an.

Anstatt zu einer langen Erklärung auszuholen, drehte sich Luna-Maie kurz entschlossen um und hob ihr T-Shirt.

Staunend betrachteten fünf Augenpaare das Kunstwerk auf ihrem Rücken.

„Eine Tätowierung?“, fragte Miri entsetzt. „Wie kommst du zu einer Tätowierung?“

Luna-Maie ließ ihr T-Shirt wieder fallen und warf ihrer Mutter über die Schulter einen verständnislosen Blick zu.

„Ich erzähle dir gerade, dass ich meine Drachenmagie behalten kann, und du ziehst es vor, dich über ein Detail wie eine Tätowierung aufzuregen?"

„Na hör mal. Ich wollte nie, dass meine Tochter sich tätowiert", schimpfte Miri.

Luna-Maie rollte mit den Augen und überlegte, ob sie das mit dem Weglaufen nicht doch noch einmal in Angriff nehmen sollte. Die spinnen, die Römer, wie Asterix sagen würde. Nur dass es sich hier nicht um Römer, sondern um ihre Familie handelte, dachte sie mit wachsender Verzweiflung.

„Zeichen des Drachen, was ist das überhaupt für ein Unsinn", ließ sich jetzt Lance vernehmen.

„Du musst zugeben, dass es toll aussieht", murmelte Ramiro.

Lance bedachte ihn mit einem nachsichtigen Blick, als könnte der grüne Drache nicht bis drei zählen.

„Tätowierungen sind Geschmacksache. Wenn's ihr gefällt … Ich bezweifle jedoch, dass das irgendeinen Einfluss auf ihre Fähigkeiten als Drachenwandlerin hat."

„Du irrst dich", entgegnete Luna-Maie hitzig. „Meine Kräfte waren weg. Heute. Von einer Sekunde auf die andere. Es war reines Glück, dass ich zu diesem Zeitpunkt nicht in der Luft war."

„Weg?", fragte Maxi ungläubig.

„Weg. Als hätte jemand den Stecker gezogen." Sie schaute jedem Einzelnen im Raum in die Augen. „So, wie sich das angefühlt hat, stelle ich mir vor, dass sich eine Amputation anfühlt."

Maxi hätte sie gerne für ihre Melodramatik getadelt, doch sie musste insgeheim zugeben, dass der Vergleich ziemlich passend war.

„Und dann bist du einfach zu Fuß losmarschiert, in den

nächsten Tattoo-Shop gestolpert und hast dich tätowieren lassen, weil du, ja, was eigentlich genau, hattest? Eine Offenbarung?“ Lance wollte es genau wissen.

Luna-Maie wand sich ein wenig. Verstohlen warf sie Ramiro einen Blick zu. Sie wusste nicht genau, wie sie weiter erzählen sollte, ohne seine Beteiligung an den aktuellen Ereignissen zu erwähnen.

Ramiro schenkte ihr ein beruhigendes Lächeln und bedeutete ihr mit einem Kopfnicken, dass sie fortfahren sollte. Die Kleine trug schon genug auf ihren Schultern. Die Verantwortung für sein eigenes Verhalten würde er schon selber tragen.

Erleichtert wandte sich Luna-Maie wieder Miri zu.

„Ich hatte dieses Buch, welches das Zeichen des Drachen erwähnte. Beim Tattoo-Studio bin ich zufällig gelandet. Da ich traurig war, dass ich kein Zeichen des Drachen trage, beschloss ich, mir eins zu machen. Eine Tätowierung. Ich wusste auch sofort, wie sie aussehen sollte.“

Lance wurde hellhörig. „Buch? Welches Buch?“

„Ich dachte immer, dass man achtzehn sein muss, um sich tätowieren zu lassen“, bemerkte Kaja beiläufig. Lance und seine Sorge um das verdammte Buch konnten warten. Das war jetzt wirklich nicht wichtig.

„Es kann sein, dass ich in Bezug auf mein Alter gelogen habe“, murmelte Luna-Maie.

Miri, die nichts mehr erstaunte, hob nur noch müde eine Augenbraue.

Luna-Maie beschloss, besser schnell ihre Geschichte zu Ende zu bringen.

„Kaum bin ich aus dem Tattoo-Studio herausgekommen, bin ich über den hier gestolpert.“ Sie deutete auf ihren grünen, geflügelten Freund.

Ramiro lächelte verlegen und zuckte mit den Schultern.

„Man tut, was man kann“, murmelte er, tief berührt von der Zuneigung, die er in Luna-Maies Blick las.

Der liebevolle Augenblick wurde durch ein Brüllen unterbrochen.

Erschrocken hüpften Luna-Maie und Nepomuk zeitgleich auf Miris Schoß.

„Uff“, stöhnte sie.

„Was war denn das?“, wollte Luna-Maie mit piepsiger Stimme wissen. Allerdings befürchtete sie, dass sie ganz genau wusste, wer oder was das gewesen war. Sie hatte sich sowieso gewundert, wie sie es geschafft hatte, bis jetzt von dem offensichtlich anwesenden Drachenwächter verschont zu bleiben. Sah ganz so aus, als wäre ihre Schonzeit jetzt abgelaufen.

„Das ist …“, Miri zögerte, doch ihr blieb nichts anderes übrig. Auf diese Dinge hatte selbst sie als Mutter keinen Einfluss, auch wenn sie das gewaltig ärgerte. „Das ist dein Drache. Sieht ganz so aus, als bekämst du nun deinen eigenen Drachen“, versuchte sie Luna-Maie die Neuigkeit positiv zu verkaufen. Sie schielte zu ihrer Tochter, die kreidebleich und zitternd bei ihr auf dem Schoß saß. Anscheinend war sie nicht besonders erfolgreich gewesen.

Sie mussten nicht lange warten. Unmittelbar nach dem Gebrüll materialisierte sich ein stahlgrauer Drache in der Küche. Sein Erscheinen wurde von dramatischen silbernen und orangefarbenen Feuerfunken begleitet.

Kaum gelandet, drehte er sich einmal um seine eigene Achse, bis sein Blick an Luna-Maie hängen blieb.

„Du bist also die Drachenwandlerin?“, fragte er und zog eine Augenbraue hoch.

Luna-Maie nickte zögerlich.

„Seltsam. Ich hatte mir dich größer vorgestellt. Beeindruckender.“

Luna-Maie runzelte die Stirn. War sie etwa gerade beleidigt worden? Sie war sich nicht sicher.

Lass ihn glauben, was er will. Vielleicht ist es nicht schlecht, wenn er dich unterschätzt, riet ihr Ramiro telepathisch.

Luna-Maie hielt das für einen sehr guten Ratschlag.

„Drachenwächter“, flüsterte sie ehrfurchtsvoll.

Der Kopf des grauen Drachen fuhr herum.

„Aha. Ich sehe schon, du weißt Bescheid.“

Sie zog den Kopf ein. „Viel mehr weiß ich nicht.“

Er studierte sie mit seinen gelben Augen.

„Soso.“ Er machte eine Pause. Dann brüllte er los: „Was hör ich denn dann von Drachenzeichen? Das ist eins der bestgehüteten Drachengeheimnisse unserer Welt!“

Ramiro und Luna-Maie zuckten unmerklich zusammen. Das konnte ja heiter werden.

„Ich, äh, bin mehr oder weniger zufällig darüber gestolpert“, versuchte Luna-Maie zu erklären.

„Zufällig?“, fragte er ungläubig. „Du willst mir weismachen, dass eine halbe Portion wie du zufällig Drachengeheimnisse aufdeckt? Unvorstellbar!“

Langsam hatte Luna-Maie genug. Das war schließlich nicht ihr Problem, wenn er eine unzulängliche Fantasie hatte. Was bildete sich dieser aufgeblasene Drache eigentlich ein? Drachenwächter hin oder her, am Ende war er doch nur ein Drache. Nicht mehr oder weniger als sie. Dieser Gedanke heiterte sie ungemein auf.

Sie sammelte die Drachenmagie in ihrem Solarplexus und verwandelte sich bewusst langsam. Schuppe für Schuppe, Kralle für Kralle. Beiläufig nahm sie wahr, dass das Tragen des Drachensteins die Verwandlung zwar ein wenig verlangsamte, aber nicht mehr verhinderte, wie es früher der Fall gewesen war.

„Was machst du da?“, verlangte der Drachenwächter zu wissen.

Luna-Maie verdrehte die Augen. Es war wohl offensichtlich, was sie machte. Allzu gescheit war er offenbar nicht. Schade. Sie hatte sich eigentlich auf einen ebenbürtigen Komplizen für ihre zukünftigen Schandtaten gefreut. Aber sie nahm an, man durfte nicht allzu wählerisch sein, wenn man einen Drachen zugeteilt bekam. Vielleicht war es ja ganz gut, wenn er nicht allzu helle war.

Nur weil er dich unterschätzt, musst du nicht den gleichen Fehler begehen, warnte Ramiro sie im Stillen.

Verdammt. Er kannte sie einfach zu gut. Andererseits schadete es sicher nicht, sich seinen Rat zu Herzen zu nehmen. Ramiro wusste schließlich, wovon er sprach. Schlitzohr war sein zweiter Vorname. Apropos Name … Sie grinste in die Runde.

„Wie heißt du überhaupt?“, fragte sie den Drachenwächter mit ihrem unschuldigsten Drachenlächeln.

Erfreut über die Frage lächelte dieser erleichtert. „Quincy.“ Jetzt würde sie selbstverständlich seinen Namen wiederholen und das erforderliche Ritual, dass sie an ihn binden würde und umgekehrt, wäre vollständig.

„Cooler Name“, sagte Luna-Maie jedoch nur und schwang sich aufs Fensterbrett.

Er stürzte ihr hinterher, doch er kam zu spät. Sie hatte sich bereits in den Nachthimmel geschwungen.

„Ihr müsst sie aufhalten“, herrschte er die anderen an.

Lance sah ihn an, als wäre er von allen guten Geistern verlassen. Schließlich war Quincy nicht mal halb so alt wie er. Auf keinen Fall würde er von so einem jungen Schnösel Befehle entgegen nehmen.

Maxi lächelte und sah ihrem ehemaligen Schützling nach. „Ich glaube tatsächlich, dass du auf dich allein gestellt bist.“

Ungläubig schaute Quincy von einem zum anderen. Schließlich stoppte er bei Ramiro.

„Und du? Auch so ein Befehlsverweigerer?"

Ramiro nickte fröhlich. „Yep. Das könnte man wohl so sagen."

Frustriert sprang Quincy aus dem Fenster und verschwand in einem Wirbel silbernen Sternenlichts in der Nacht.

Miri stand auf und lehnte sich an den Fensterrahmen. Kaja gesellte sich zu ihr und legte ihr den Arm um die Schulter.

„Was für ein Tag. Wie fühlst du dich?"

Miri stöhnte und legte ihren Kopf auf die Schulter ihrer Drachenschwester. „Als hätte mich ein Bus überfahren. Nur dass ich leider nicht tot bin."

Sierra lachte. „Das ist eigentlich mein Satz. Du bist doch sonst nicht so morbide veranlagt."

„Das war, bevor mein Mann beschlossen hat, ein engstirniger Idiot zu sein und meine Tochter es zu Hause nicht mehr ausgehalten hat", antwortete Miri düster.

„Immerhin war sie extrem erfolgreich", ließ sich Ramiro vernehmen. Er war ganz stolz darauf, was Luna-Maie innerhalb eines Tages alles geschafft hatte. Und schließlich war sie ja wieder zu Hause.

Maxi hob ihre Pranke und versetzte dem grünen Jungspund einen Boxhieb, der sich gewaschen hatte.

„Autsch! Ich mein ja nur."

„Dann meine im Stillen", fauchte Maxi ihn an.

Lance hüstelte. „Ausnahmsweise hat Ramiro nicht ganz unrecht. Für Luna-Maie ist es ein toller Erfolg, dass sie ihre Drachenmagie wieder gefunden hat. Nicht auszudenken, wenn ich nicht mehr fliegen könnte …" Seine Stimme verlor sich.

„Wie sie das nur geschafft hat?", wunderte sich Maxi laut.

„Ach ja", meinte Lance gedehnt und warf Ramiro einen bedeutungsvollen Blick zu. „Das Buch …"

„Wie lange es wohl dauert, bis Quincy Luna-Maie auf die Schliche kommt?", warf Sierra hastig in die Runde. Wenn die

Drachen ausnahmsweise schon einmal friedlich waren, wollte sie diesen Zustand so lange wie möglich bewahren.

„Wie meinst du das?“, fragte Miri perplex. Ihre Frage wurde in der nächsten Sekunde beantwortet, als ihre Tochter in die Wohnung stürzte.

„Ist er weg?“, fragte sie hoffnungsvoll.

Ramiro hob die Pranke. Gewohnheitsmäßig schlug sie ein.

„Na klar. Gut gemacht.“

„Aber …“, fragte Miri verblüfft. „Bist du nicht weggeflogen?“

„Doch. Ich habe eine Runde gedreht, mich klein geschrumpft und bin an den Fledermäusen vorbei in den Stall geschlüpft. Anschließend habe ich mich wieder hier hochgeschlichen.“

Miri schüttelte ungläubig den Kopf. „Und woher wusstet ihr anderen das?“ Das war, verdammt noch mal, ihre Tochter. Sollte nicht sie ihre Tochter am besten kennen?

„Das ist ein Spiel, das die beiden früher oft gespielt haben“, klärte Sierra sie auf. „Nachdem meine Pferde immer Drachenpferde waren, die mit den Späßen unserer geflügelten Freunde keine Probleme hatten, war der Stall ein beliebtes Versteck.“

„Und die Fledermäuse sind freundlich“, fügte Luna-Maie hinzu.

„Du weißt aber schon, dass du Quincy nicht auf ewig entfliehen kannst, oder?“, fragte Maxi behutsam.

Luna-Maie verzog das Gesicht. „Ich weiß. Aber für ein paar Tage …“

„Das gehört sich auch so“, pflichtete Lance ihr bei. „Wieso sollte es ihm besser ergehen als uns damals?“

„Genau“, stimmte Ramiro in einem außergewöhnlichen Fall von Verbundenheit zu.

Nur Maxi, die Miri und Luna-Maie beide seit ihrer Geburt kannte, enthielt sich eines Kommentars. Stattdessen schrumpfte sie sich auf die Größe einer Katze und landete elegant auf Miris Schulter.

„Keine Sorge. Es wird alles gut“, flüsterte sie, auch wenn sie keine Ahnung hatte, ob das stimmte.

„Ich hoffe es“, erwiderte Miri und starrte in die Dunkelheit hinaus, wo ein silberner Drache immer noch den Himmel absuchte.

Kapitel 13

Später saß Miri in der dunklen Küche des Pächterhäuschens. Nur im Holzofen glühten noch die letzten Scheite. Eine Wolldecke, die sie um die Schultern geschlungen hatte, verhinderte, dass sie fror. Luna-Maie war vor Stunden ins Bett gegangen. Die Drachen wachten über ihren Schlaf. Sie hatte sie darum gebeten. Ihr war nicht wohl bei dem Gedanken, dass sich Quincy vielleicht doch uneingeladen in ihr Zimmer schlich. Lance hatte zwar versucht, sie davon zu überzeugen, dass das sehr unwahrscheinlich war. Kajas Lachanfall hatte seine Bemühungen allerdings im Nu zunichte gemacht. Anscheinend war er in den ersten Wochen seiner Bekanntschaft mit Kaja überall aufgetaucht, wo es ihm gerade gepasst hatte. Und das, obwohl Kaja ihn vor lauter Brett vor dem Kopf und Alltagsstress die erste Zeit nicht einmal gesehen hatte.

Miri streichelte den alten Kater, der auf ihrem Schoß lag, und wartete. Sie wartete auf Matt. Der war heute Morgen, nachdem er sich endlich einigermaßen von seinem Kater erholt hatte, zur Arbeit auf eine Baustelle gefahren. Matt arbeitete abwechslungsweise als Zimmermann und als Journalist. Soweit sie wusste, baute er zurzeit maßgefertigte Küchenschränke für ein altes Bauernhaus. Irgendwann am Nachmittag, noch bevor sie entdeckt hatte, dass Luna-Maie verschwunden war, hatte er eine kurze Textnachricht geschickt.

Wird später, hatte da gestanden. *Recherche.*

Aha, war alles gewesen, was ihr dazu eingefallen war. Sie hatte keine Ahnung, was es zum Thema Küchenschränke zu recherchieren gab. Zumal sie, auch ohne Luna-Maies Ausreißer-Aktion, der Meinung war, dass sich ihre kleine Familie in einer Krisensituation befand. In Krisensituationen hielt die Familie zusammen, verdammt noch mal. Zumindest war sie bis jetzt davon ausgegangen. Jetzt musste sie der traurigen Tatsache ins Auge sehen, dass das offenbar nur in der Theorie so war. Sie streckte die Hand nach dem Glas auf dem Tisch aus und nahm einen großen Schluck vom Holunderschnaps. Wahrscheinlich war es ein Glück, besser gesagt, ganz konkret Matts Glück, dass er gerade nicht hier war. Sie fühlte sich momentan ziemlich mordlustig.

Die Hausklinke senkte sich mit einem leisen Knarren. Sie musste morgen Sierra um ein wenig Kriechöl bitten, dachte sie, seltsam distanziert von der Tatsache, dass ihr Mann sich mitten in der Nacht wie ein Dieb ins Haus schlich. Langsam ging die Tür auf und Matt schlüpfte auf leisen Sohlen hinein. Nepomuk, der es sich vor dem noch warmen Herd gemütlich gemacht hatte, hob schläfrig den Kopf. Seine Ohren waren nicht mehr die besten. Meistens nahm er Neuankömmlinge erst wahr, wenn sie praktisch vor ihm standen, sehr zu seiner Bestürzung. Heute ließ er den Kopf jedoch gleich wieder sinken. Entweder war Matt als regulärer Hausbewohner einfach nicht spannend genug, oder er spürte Miris Gewitterstimmung.

*

Matt hatte Miri noch gar nicht gesehen. Zu seiner Verteidigung würde er später sagen, dass er nicht damit gerechnet hatte, noch irgendjemanden wach anzutreffen. Nachdem er die liegen gebliebene Arbeit vom Morgen aufgeholt und die Küchenschränke fertiggestellt hatte, war er in ein Café verschwunden und hatte sich an die Recherche gemacht. Natürlich hatte er nicht Handwerkskunst gegoogelt, sondern Drachen.

Er hatte alles Mögliche gefunden. Kinderbücher. Märchenbücher. Heldensagen. Fantasy-Serien. Kunsthandwerk, unter anderem auch Stücke von Miri. Inzwischen verwunderte ihn ihr Auge für Details nicht mehr, schließlich hatte sie zu Hause ein lebendiges Exemplar, das ihr Modell stehen konnte. Was hieß da eines. Mehrere! Leider hatte er gar nichts gefunden, was auch nur annähernd mit seiner Situation vergleichbar war. Sprich, er war genauso schlau wie vorher. Er hasste dieses Gefühl der Hilflosigkeit. Wenn er ehrlich war, war es auch sein Stolz, der verletzt war. Wie konnte seine Familie ihm über Jahre Dinge in dieser Größenordnung verschweigen?

Die unangenehme Stimme in seinem Hinterkopf, die vermutete, dass die Geheimnistuerei genau deshalb zustande gekommen war, weil Miri eine ähnliche Reaktion, wie er sie jetzt zeigte, befürchtet hatte, verdrängte er in den hintersten Winkel. Das war keine Rechtfertigung. *Das vielleicht nicht*, ließ ihn die nervige Stimme wissen. *Aber ein triftiger Grund.*

Irritiert schaute er über seine Schulter. Mischte sich etwa schon wieder ein Drache in sein Leben? Er wusste allerdings nicht, was schlimmer war. Ein besserwisserischer Drache oder Stimmen zu hören.

Sei nicht kindisch. Das ist dein Gewissen, das du hörst. Du hast nämlich eins, weißt du, auch wenn du gerade dein Möglichstes tust, um es auszublenden.

Bevor er sich vertieft mit diesem Gedanken auseinandersetzen konnte, fiel sein Blick auf Miri, die still wie eine Statue am Tisch saß. Chili lag auf ihrem Schoß und schien ihn aus seinen bernsteinfarbenen Augen vorwurfsvoll anzustarren.

Wie immer, wenn er Miri anschaute, ging sein Herz auf, und seine Mundwinkel verzogen sich zu einem Lächeln. Ohne nachzudenken, ging er zu ihr hinüber und ging vor ihrem Stuhl in die Knie.

„Miri. Wieso bist du denn noch wach?"

Verspätet fiel ihm auf, dass sie sein Lächeln nicht erwiderte. Im Gegenteil. Wenn Blicke töten könnten, läge er vermutlich schon seit Sekunden leblos am Boden.

„Ist was?", fragte er.

Miri stieß ein bitteres Lachen aus.

Der gebrochene Klang ließ Matts Haare zu Berge stehen. So ein Lachen hatte er noch nie von ihr gehört. Miri war zwar temperamentvoll und konnte schon mal explodieren, doch meist war sie fröhlich und gut gelaunt. Selbst in den seltenen Fällen, wo sie wütend wurde, steckte eine positive Kraft dahinter.

Das hier war anders, und zum ersten Mal bekam er es mit der Angst zu tun.

„Ob was ist, fragt er", sagte Miri in den leeren Raum zu niemandem bestimmten. Es war ja auch niemand hier außer ihnen.

Sie drehte den Kopf und starrte ihn an.

„Du meinst, abgesehen von der Tatsache, dass mein Mann ausgerechnet an dem Tag Küchenschränke recherchieren muss, nachdem wir eine mittlere Familienkrise hatten?"

„Ich habe keine Küchenschränke rech…"

Miri stieß ein Geräusch aus, das verdächtig nach einem Knurren klang.

Matt runzelte argwöhnisch die Stirn. „Hast du etwa gerade geknurrt?"

Ob sie wohl auch so ein Drachending wie seine Tochter war? Das würde einiges erklären. Er war allerdings schlau genug, diese Fragen nicht jetzt zu stellen.

Frustriert ließ Miri ihre flache Hand auf die Tischplatte knallen. Erschrocken suchte Chili das Weite. Genug war genug. Alles musste sich eine Katze nicht gefallen lassen.

„Du hast wohl Angst, dass ich auch ein Drache bin?“, höhnte sie.

Ertappt blickte Matt zur Seite.

Miri stöhnte genervt. „Als wenn das jetzt wichtig wäre.“

„Für mich ist es schon wichtig“, protestierte Matt leichtsinnigerweise.

„Wieso? Damit du mich auch loswerden kannst, wie du deine Tochter heute beinahe losgeworden wärst?“

„Luna-Maie? Was ist mit ihr?“

Miri lehnte sich erschöpft zurück. Endlich hatte sie seine volle Aufmerksamkeit. „Sie ist abgehauen.“

„Abgehauen“, wiederholte er ungläubig. Das schien er in letzter Zeit öfter zu machen. Alles nachzuplappern wie ein Papagei, als könnte er seinen Ohren nicht trauen.

„Abgehauen. Ausgerissen. Von zu Hause weggelaufen. Wie du es auch immer nennen willst.“ Müde strich sie sich die blonden Locken zurück und zog die Wolldecke enger um sich.

Matt hingegen erhob sich mühsam aus seiner unbequemen Position und ließ sich neben Miri auf einen Stuhl fallen.

„Und jetzt? Hast du die Polizei informiert? Hat sie einen Abschiedsbrief hinterlassen?“

„Nein und nein. Du weißt selber, dass die Polizei nichts unternimmt, bevor nicht vierundzwanzig Stunden verstrichen sind. Einen Abschiedsbrief hat sie nicht hinterlassen.“

„Dann wurde sie vielleicht entführt!“ Matt sprang auf und begann, nervös durch die Küche zu tigern. „Können nicht deine Drachenfreunde etwas machen? Oder du? Ich dachte, Mütter hätten so eine spezielle Intuition?“ Er blieb stehen und schaute Miri anklagend an. „Wie kannst du nur hier sitzen und nichts tun?“

„Oh nein. Das wirst du nicht tun!“ Gefährlich langsam erhob sich auch Miri von ihrem Stuhl. „Wenn du meinst, dass du dich erst wie ein komplettes Arschloch deiner Tochter gegenüber verhalten kannst, dich anschließend betrinken“, sie musste kurz nach Luft schnappen, damit sich der rote Schleier, der sich vor ihren Augen aufgebaut hatte, ein wenig lichtete, „und dann für einen Tag abtauchen, ohne nur einmal nachzufragen, wie es uns geht, und anschließend das ganze Desaster als meinen Fehler hinstellen, dann hast du dich geschnitten!“

Matt schluckte nervös. Wenn sie es so formulierte … Unmerklich zog er den Kopf ein. Er drückte seine Knöchel gegen seine Augen, bis er Sterne sah. Was für ein Chaos. Schließlich holte er tief Luft.

„Tut mir leid. Du hast recht. Natürlich ist jetzt die Hauptsache, dass wir Luna-Maie finden. Hast du eine Ahnung, wo sie sein könnte?“

Dass Matt ihr so bereitwillig recht gab, nahm Miri den Wind aus den Segeln. Auf einmal erschien es ihr nicht mehr wichtig, ihn für sein Verhalten zu bestrafen. Was er gesagt hatte, stimmte. Es ging um Luna-Maies Wohlergehen und um nichts anderes.

„Sie liegt oben in ihrem Bett und schläft.“

Verständnislos schaute Matt zur Treppe und wieder zurück. „Aber ich dachte …“

„Ramiro, das ist der grüne Drache, hat sie in Chur aufgegabelt.“

„In Chur? Hat sie etwa den Zug genommen?“

Miri schüttelte verneinend den Kopf. Matt erbleichte. „Per Anhalter?“

Miri konnte nicht anders und rollte mit den Augen. Sie wusste, es war kindisch, aber mal ganz ehrlich. Wie Matt zum Schluss kommen konnte, dass Luna-Maie freiwillig eine gefährliche und mühsame Form der Fortbewegung wie Autostoppen wählen würde, wenn er doch genau wusste, dass sie in der Lage war zu fliegen, war ihr unverständlich.

„Sie ist geflogen“, antwortete sie schließlich, als klar wurde, dass er nicht von selbst auf die Idee kommen würde.

„Aha. Geflogen.“ Sein Mund klappte wieder zu. Falls es eine angemessene Antwort auf die Tatsache gab, dass die eigene Tochter mithilfe ihrer Flügel von A nach B gereist war, wollte sie ihm beim besten Willen nicht einfallen.

Erwartungsvoll musterte Miri ihn, nur um dann enttäuscht an ihrem Holunderschnaps zu nippen. Er war leer. Logisch. Was denn sonst. Angewidert stellte sie das leere Glas beiseite. Anscheinend hatte die Erwähnung dieser Tatsache immer noch die Macht, Matt zum Verstummen zu bringen, stellte Miri fest. Schade. Sie hatte gehofft, dass die vergangenen vierundzwanzig Stunden reichen würden, damit eine gewisse Gewöhnung einsetzte. Sie seufzte. Anscheinend nicht.

„Und dann sind sie wieder zurückgeflogen?“, fragte Matt vorsichtig, griff nach der Schnapsflasche, die hinter ihm auf dem Tresen stand, und schenkte Miri nach. Er selbst würde das Zeug eine ganze Weile nicht mehr anrühren. Der Holunderschnaps war eindeutig toxisch. Wenn er sich vorstellte, dass die beiden sich eines Helikopters oder eines dieser ultraleichten Flugmodelle bedient hatten, würde sein Gehirn vielleicht nicht sofort den Geist aufgeben. Er presste die Augenlider kurz zusammen.

Miri nahm das Glas dankbar entgegen und nickte. Sie wartete gespannt darauf, dass er endlich die einzig wichtige Frage stellte.

„Geht es ihr gut?“

Sie blinzelte. Das war nicht die Frage, auf die sie gewartet hatte. Allerdings war sie ebenso wichtig, wie sie widerwillig zugeben musste.

„Ja. Sie schläft. Kein Wunder, nach all den Abenteuern, die sie erlebt hat.“

„Abenteuer?“, fragte Matt prompt und mit einer gewissen Schärfe in der Stimme.

Langsam verlor Miri ihre gerade erst mühsam zusammengekratzte Geduld. „Die Abenteuer sind nicht so wichtig.“

„Nicht so wichtig?“, fragte er ungläubig. „Was könnte denn wichtiger sein?“

„Willst du nicht lieber wissen, was sie zu diesem extremen Schritt bewogen hat?“, fauchte ihn Miri erbost an. Also wirklich. Männer konnten so kurzsichtig und stur sein.

Schuldbewusst glitten Matts Augen zur Seite, als er meinte: „Na, ich nehme mal an, das Übliche.“

„Das Übliche?“, echote Miri verständnislos und kurz vorm Platzen.

„Du weißt schon. Teenager-Hormone. Prüfungsangst. Vielleicht ist sie unglücklich verliebt?“, schloss er beinahe hoffnungsvoll.

„Das ist jetzt nicht dein Ernst?!“

Matt schluckte und nickte dann. „Doch.“

Sekunden verstrichen, während sie sich stumm anstarrten. Kein Laut war zu hören, außer einem gelegentlichen Seufzer von Nepomuk und dem Knacken des Holzes im Ofen.

Miri wartete einfach. Die einzige andere Alternative wäre gewesen, Matt umzubringen. Das hätte eine ziemliche Sauerei zur Folge gehabt. Die wieder zu beseitigen hatte sie heute keine Lust mehr. Zudem konnte sie nicht glauben, dass dieser Mann, den sie liebte und der bis gestern ein Bilderbuchvater gewesen war, sich über Nacht in einen kompletten Idioten verwandelt hatte. Also wartete sie noch ein wenig länger, selbst als sie eigentlich schon jegliche Hoffnung aufgegeben hatte. Was blieb ihr auch anderes übrig?

Unbehaglich rutschte Matt auf seinem Stuhl hin und her. Miri schien auf irgendetwas zu warten. Nur auf was? Natürlich suchte sich sein angebliches Gewissen genau diesen Moment der Stille aus, um sich wieder einmal zu Wort zu melden.

Bist du wirklich Willens, wegen deines lädierten Stolzes deine Familie aufs Spiel zu setzen? Ich bin beeindruckt. Ich hätte nicht gedacht, dass der eigene Stolz ein so wertvolles Gut ist. Vor allem, wenn äußerst fragwürdig ist, ob dein Stolz überhaupt ein Mitspracherecht hat.

Du nimmst nicht gerade ein Blatt vor den Mund, gab Matt verärgert zurück.

Irgendwer muss ja Klartext mit dir reden. Du selber bist anscheinend nicht gewillt dazu, gab die nörgelnde Stimme ungerührt zurück.

Himmel, dachte Matt. *Anscheinend verliere ich tatsächlich den Verstand. Jetzt führe ich schon Selbstgespräche.*

Immerhin besser als alles, was du heute laut ausgesprochen hast.

Matt zuckte ob der ungeschönten Wahrheit ungewollt zusammen. Miri sah es und runzelte die Stirn, sagte aber nichts.

„Wie schlimm ist es?“, fragte er schließlich. „Kann ich es wieder gutmachen?“

Erleichtert stützte Miri ihre Unterarme auf die Tischplatte und lehnte sich nach vorn.

„Es ist ziemlich schlimm. Du warst ihr Ein und Alles. Dass du sie sozusagen verstoßen hast, hat sie schwer getroffen.“

„Ich habe sie nicht verstoßen“, versuchte Matt die Sache zu beschönigen.

Miri sah ihn nur unverwandt an.

Schließlich ließ Matt den Kopf hängen. „Also gut. Möglich, dass Luna-Maie das so verstanden hat“, gab er zu.

„Was hätte sie denn an dem Satz du-bist-nicht-meine-Tochter falsch verstehen können?“

„Okay, okay. Es tut mir leid. Der Schock war einfach zu groß.“

Miri nickte. „Das weiß ich. Luna-Maie weiß das auch. Das rechtfertigt jedoch nicht dein Verhalten, wie Luna-Maie sehr deutlich zu verstehen gegeben hat. Ich muss ihr da leider recht geben."

„Ihr hattet vor mir Geheimnisse", entfuhr es ihm. Plötzlich war er es leid, der einzige Bösewicht in dieser Unterhaltung zu sein.

Zustimmend neigte Miri den Kopf. „Das ist wahr. In Anbetracht deiner Reaktion bin ich auch der Meinung, dass das keine kluge Entscheidung war."

Als Matt sie unterbrechen wollte, hob sie die Hand.

„Lass mich bitte ausreden. Ganz egal, ob mein Verhalten gerechtfertigt war oder nicht … dir muss doch klar sein, dass deine Tochter mit dieser Entscheidung nichts zu tun hatte."

„Sie hätte es mir sagen können", beharrte er stur.

„Wann denn? Gegen meinen und Maxis Willen? Mit sechs? Oder mit zwölf? Oder vielleicht jetzt, mit fünfzehn, wo sie sich der Möglichkeit bewusst ist, dass sie ihre Drachenkräfte bald wieder verlieren wird?"

Zögernd nickte Matt. „Du hast recht."

„Halleluja!", rief Miri aus.

Er warf ihr einen scharfen Blick zu. „Das heißt nicht, dass ich nicht mehr wütend bin auf dich."

„Das spielt keine Rolle. Es geht hier um Luna-Maie." Sie selbst würde mit ihrem dickköpfigen Mann schon zurande kommen. Es mochte ein Weilchen dauern, doch sie hatte Zeit und war zuversichtlich. Schließlich hatte sie selbst genauso einen Dickschädel, wenn es darauf ankam.

„Also ist sie meine Tochter?", hakte Matt noch einmal nach.

Die Frage ging Miri zwar gegen den Strich. Doch in Anbetracht der Tatsache, wie sie sich damals, vor fast sechzehn Jahren kennen gelernt hatten, verstand sie sie auch ein wenig.

„Natürlich. Schau sie dir doch an."

„Ich habe keine Schuppen oder Krallen“, entgegnete er sarkastisch.

„Aber sie hat dein Lächeln und deinen Mund“, erinnerte sie ihn sanft.

„Es ist einfach so schwierig, mit der Vorstellung zurechtzukommen, dass sie sich in einen Drachen verwandeln kann. Es ist so … fantastisch.“

„Magisch?“, schlug Miri vor.

„Das auch“, antwortete er düster.

„Magie kann auch etwas Wunderbares sein, wenn man es zulässt“, flüsterte Miri.

„Davon werde ich wohl auch eine gute Portion brauchen, wenn ich will, dass zwischen Luna-Maie und mir wieder alles in Ordnung kommt.“

Miri biss sich auf die Unterlippe. Das befürchtete sie allerdings auch. „Gib ihr ein wenig Zeit“, schlug sie in Ermangelung einer anderen, brillanteren Idee vor.

„Ich hoffe, dass Zeit genug ist, um diese Wunden zu heilen.“

Siehst du, ich wusste, dass du ein intelligenter Kerl bist, stellte sein Gewissen zufrieden fest und legte sich schlafen.

„Weißt du denn, wann sie ihre Drachenkräfte verlieren wird?“, fragte er, diesmal wirklich an der Antwort interessiert. Ihm war eben bewusst geworden, dass das ein ziemlich krasser Einschnitt in ihr Leben sein würde. Wenn er Lance gestern beim Karten spielen richtig verstanden hatte, war Luna-Maie geflogen, bevor sie gehen konnte. Krass, eigentlich.

„Ah, das. Tja. Also …“ Miri war sich nicht sicher, wie sie diese Frage beantworten sollte. Schließlich hatte er sich erst gerade halbwegs an den Gedanken seines Drachenkindes gewöhnt. Vielleicht war es besser, wenn er vorerst nicht wusste, dass sie ihre Kräfte nicht wieder verlieren würde? Andererseits befanden sie sich genau wegen der Tatsache, dass sie ihm Dinge verschwiegen hatte, in der aktuellen Krise. Also entschloss sie sich schweren Herzens für Ehrlichkeit. Sie hoffte einfach, dass sie es nicht bereuen würde.

„Ich hatte ja erwähnt, dass Luna-Maie auf ihrer Reise einige Abenteuer erlebt hat."

„Ja, und?"

Miri holte tief Luft. „Sie hat auf ihrem Trip ihre Kräfte verloren."

„Verloren." Überrascht stellte Matt fest, dass er ebenso überrascht wie bestürzt klang.

Auch Miri warf ihm einen verwunderten Blick zu.

Verlegen studierte er die Tischplatte. „Na ja. Ganz egal, was meine Gefühle zu ihrer Drachennatur sind, kann ich mir vorstellen, dass das ein sehr traumatisches Erlebnis ist, wenn dir plötzlich ein Teil von dir fehlt. Wenn ich nicht mehr mit meinen Händen arbeiten könnte oder gehen …" Ihn schauderte.

Gerührt über seine unerwartete Einsicht in das Leben seiner Tochter ergriff Miri seine Hände.

„Das ist es. Oder besser gesagt war es. Es hat auch ihre Reisepläne ziemlich über den Haufen geworfen."

Matt lachte leise.

„Das kann ich mir vorstellen. Ohne Drachenkräfte sind die Wege unendlich weiter und vor allem viel gefährlicher." Auf einmal fiel ihm auf, dass es definitiv auch seine guten Seiten hatte, wenn sich seine Tochter in ein Wesen verwandeln konnte, das blitzschnell war und messerscharfe Zähne hatte.

„Genau. Auf jeden Fall ist sie mit der Hilfe einer netten Bauernfamilie irgendwann in Chur gelandet. Dort ist sie in ein Tattoo-Studio gestolpert und hat sich in einem Anfall von posttraumatischem Stress Drachenschuppen tätowieren lassen." Die letzten Worte überschlugen sich fast, als hätte sie Angst, dass er sie nicht ausreden ließ.

Matt war viel zu überwältigt, als dass er schnell hätte antworten können. „Drachenschuppen", sagte er schließlich. „Und wo? Am ganzen Körper? Im Gesicht?"

„Nein, nein", beeilte sich Miri, ihm zu versichern. „Nur einen Streifen am Rücken."

„Aha." Matt fühlte sich seltsam taub. Anscheinend konnte ihn nichts mehr so richtig erschüttern.

„Und weißt du, was das Beste ist?" Miri schaute ihn erwartungsvoll an.

„Nein, was denn?" Er konnte sich beim besten Willen nicht vorstellen, dass die Tatsache, dass seine süße Tochter ein Tattoo hatte, eine positive Seite haben könnte. Schließlich war ihre unberührte Haut für immer verunstaltet.

„Mit der Tätowierung kamen ihre Kräfte zurück."

Matt stutzte. Das war in der Tat eine gute Neuigkeit. Zumindest für Luna-Maie, nahm er an. Was das für ihn bedeutete, darüber wollte er gar nicht allzu genau nachdenken.

„Für immer?"

Miri zuckte mit den Schultern.

„Keine Ahnung. Das ist für uns alle auch Neuland. Mehr als ein paar Infos, die wir in uralten Drachenbüchern gefunden haben, haben wir auch nicht."

Matt holte tief Luft. „Okay. Gut. Also ich nehme es zumindest an. Hat sich Luna-Maie gefreut?"

Miri nickte.

„Sonst noch irgendwelche Neuigkeiten, die ich wissen müsste?"

Miri wollte schon den Kopf schütteln, als ihr Quincy einfiel. Sie schnitt eine Grimasse und zog wieder in Erwägung, ob es wohl besser wäre, Stillschweigen darüber zu bewahren.

„Nur noch eine klitzekleine Sache …" Sie deutete mit Daumen und Zeigefinger einen winzig kleinen Abstand an.

„Wieso beruhigt mich das nicht?“, murmelte er und griff abwesend nach dem Fragment des Drachensteins in seiner Hosentasche.

„Weil sie von mir spricht“, donnerte eine Stimme durch den Raum. Grauer Rauch stieg auf, Funken sprühten und ein dunkelgrauer Drache mit vereinzelt silbernen Schuppen und gelben reptilartigen Augen materialisierte sich in der Küche.

„Diese Sache ist tatsächlich etwas größer als angedeutet“, meinte Matt betont höflich in Miris Richtung.

Miri tat so, als hätte sie ihn nicht gehört, denn wirklich, was hätte sie denn schon erwidern sollen? So was wie Frauen-haben-Probleme-mit-Größenordnungen? Sie glaubte nicht, dass er ihren Versuch, humorvoll zu sein, schätzen würde.

„Darf ich vorstellen: Quincy. Der persönliche Wächterdrache unserer Tochter.“

Kapitel 14

„Noch mehr Drachen?"

Mathias rieb sich den Nacken und versuchte, die Verspannungen zu lösen, die seit gestern seinen Schultergürtel fest im Griff hatten. Er hatte sich bis vor Kurzem für einen aufgeschlossenen, offenen Menschen gehalten. Doch diese Drachen brachten ihn an seine Grenzen. Er nahm an, dass es zum Teil daran lag, dass die Viecher größer, stärker und viel gefährlicher waren als er. Seine Tochter eingeschlossen. Wie konnte er sich da nicht bedroht fühlen? Wenn die Drachen klein und fluffig gewesen wären, hätte er vermutlich weniger Probleme damit gehabt, vermutete er.

„Häschen", murmelte er. Wenn sich seine kleine Tochter, die zugegebenermaßen nicht mehr ganz so klein war, in ein kuscheliges Häschen verwandeln würde, wäre alles gut. Aber nein, es mussten ja mystische, Feuer speiende Kreaturen mit Krallen und Zähnen sein.

„Häschen?", wiederholte Miri.

Ihre Mundwinkel zuckten, während sie krampfhaft versuchte, das Lachen zu unterdrücken, das ihrer Kehle zu entschlüpfen drohte.

„Häschen", wiederholte er mit Nachdruck.

„Du hättest tatsächlich lieber ein Häschen als einen Drachen zur Tochter? Ein scheues Fluchttier versus ein gefährliches Raubtier, das sich zu wehren weiß?"

„Na ja. So formuliert bin ich mir tatsächlich nicht mehr so sicher mit dem Häschen", lenkte Matt verdrossen ein.

„Gibt es etwas zu essen?", mischte sich Quincy verwirrt ins Gespräch ein. Er war es nicht gewohnt, einfach ignoriert zu werden. Aber wenn es dafür Hasenbraten gab, würde er diesmal drüber hinweg sehen. Nicht dass Drachen feste Nahrung zu sich nehmen mussten, aber so ein Hasenbraten war etwas Feines. Genau wie Schnaps, Chips und Pizza, wie er festgestellt hatte, seit er in dieser Welt lebte. Schokolade war auch nicht zu verachten.

„Zu essen?", fragte Matt. „Du bist doch nicht etwa hungrig?"

Ein hungriger Drache konnte unmöglich etwas Gutes bedeuten.

Quincy zuckte mit den Schultern. Seine Flügel raschelten dabei wie Pergament.

„Essen geht immer."

„Hör nicht auf ihn", winkte Miri ab. „Drachen sind immer hungrig, aber das hat nichts zu bedeuten. Sie brauchen keine stoffliche Nahrung. Sie ernähren sich von Lichtenergie oder so ähnlich."

„Tatsächlich?"

Gegen seinen Willen war Matt fasziniert von all diesen neuen Informationen über Drachen. Fast kam er sich vor wie ein Abenteurer, der in einem noch unerforschten Teil der Erde unterwegs war und auf eine neue Spezies traf.

„Ganz so würde ich das nicht sagen", protestierte Quincy, der seine Chance auf einen Hasenbraten schwinden sah.

„Ach, sei ruhig", schnauzte Miri ihn an. „Es gibt ganz bestimmt keinen Hasenbraten für dich." Trotz ihrer schroffen Antwort griff sie nach der Schnapsflasche und einem frischen

Glas aus dem Schrank hinter sich und stellte es vor den Drachen hin.

„So. Hier. Zufrieden?"

Zum ersten Mal, seit Quincy bei den Drachenschwestern angekommen war, lächelte er. Seine Lefzen hoben sich dabei. Die messerscharfen Zähne blitzten hell durch die Dunkelheit der Küche. Vielleicht war dieser Auftrag doch nicht so schlimm, wie er zuerst gedacht hatte. Es hatte einiges für sich, wenn man es mit Leuten zu tun hatte, die wussten, was sich gehörte. Die meisten waren so unwissend. Genüsslich nippte er an dem hochprozentigen Getränk. Das war sogar noch besser als Hasenbraten.

Mathias wich ein Stück zurück, als er den Drachen lächeln sah. Er kam nicht dagegen an, die Wesen waren ihm einfach unheimlich. Wenn er es sich genau überlegte, war er auch noch nie ein großer Krokodilfan gewesen. Nur dass man diesen Viechern in der Schweiz äußerst selten begegnete.

„Können wir Licht anmachen?" Er würde sich besser fühlen, wenn er zu jeder Zeit genau wusste, wo sich der Besitzer der scharfen Kauwerkzeuge aufhielt.

Miri, die die Nervosität in seiner Stimme hörte, stand auf und wollte zum Lichtschalter greifen.

Quincy kam ihr jedoch zuvor und hauchte mit einem Feuerstrahl den Holzresten im Ofen neues Leben ein. Eine hohe Stichflamme loderte auf und tauchte alles in ein goldenes Licht.

„Gut so?", fragte er Matt und grinste.

Dieser nickte nur stumm, während er den silbergrauen Drachen zum ersten Mal genauer sah. Die Dinger konnten tatsächlich Feuer spucken. Auch wenn er vorher darüber nachgedacht hatte, hatte er es bis zu diesem Moment nicht wirklich geglaubt. Diesen Fehler würde er nicht wieder machen.

Miri legte ein paar Scheite Holz nach, bevor sie sich wieder setzte.

„Ich nehme an, mein Schützling schläft?“, fragte Quincy irgendwann beiläufig.

Beim Wort Schützling zog Miri provozierend eine Augenbraue hoch.

„Das ist richtig. Bewacht von drei Drachen, die den Auftrag haben, dich hochkant rauszuwerfen, solltest du auch nur versuchen, in die Nähe ihrer Tür zu kommen.“

„Muss ich ja gar nicht. Ich kann mich ja gleich auf ihrem Kissen materialisieren.“

„Natürlich“, stimmte sie ihm zu. „Ich würde es dir allerdings nicht raten. Ramiro und Lance nehmen ihren Auftrag sehr ernst. Und bevor du mir jetzt erzählst, wie viel stärker, mächtiger, weiß-ich-was du als die anderen beiden bist, vergiss es einfach. Ein Drachenstreit ist das Letzte, was Luna-Maie jetzt braucht.“

„Aber …“

„Nein.“ Miri schaute ihn streng an.

„Na gut“, gab der Drache widerwillig nach.

Matt warf ihr einen bewundernden Blick zu. Miri hatte diese Drachen ja tatsächlich fest im Griff. Das war ihm schon bei seiner ersten Begegnung aufgefallen. Doch damals hatte er es als einen glücklichen Zufall abgetan. Jetzt war er sich nicht mehr so sicher.

„Zudem bist du noch nicht offiziell ihr Wächter“, erinnerte ihn Miri gerade. „Das Namensritual hat nicht stattgefunden.“

„Das ist nur eine Frage der Zeit“, erwiderte Quincy.

Ganz schön arrogant, stellte Matt fest. Er wusste zwar nicht genau, um was es ging, aber der Tonfall des Drachen genügte ihm.

Erstaunlicherweise neigte Miri bestätigend den Kopf.

„Stimmt. Aber bis dahin hast du dich wie alle anderen an die Regeln zu halten.“

Wächter? Ritual? Regeln? Matt brummte der Kopf von all den Informationen, die für ihn keinen Sinn ergaben.

„Wächter?", hakte er nach. „Wozu braucht Luna-Maie einen Wächter? Sind Maxi und Co. etwa auch Wächter?"

„Natürlich nicht", entrüstete sich Quincy, als wäre es eine Ungeheuerlichkeit, mit diesen gewöhnlichen Drachen in einen Topf geworfen zu werden. „Sonst würden sie nicht diese lächerlichen Farben tragen", meinte er verächtlich.

Vermutlich kein guter Zeitpunkt zu erwähnen, dass ihm die Farben der anderen deutlich besser gefielen als dieses düstere Grau.

Miri hingegen verspürte keinerlei Bedenken.

„Mir gefallen die Farben – sie sind so fröhlich."

Fröhlich? Nicht das Wort, das Matt ausgesucht hätte. Farbenfroh. Klar. Aber fröhlich? Sein Blick pendelte zwischen Miri und Quincy hin und her, während er dem verbalen Tischtennismatch folgte. Plötzlich fiel ihm auf, dass noch niemand seine Frage beantwortete hatte. Miri und Quincy, die sich gegenseitig anstarrten, als würde ihr Leben davon abhängen, schenkten ihm keinerlei Beachtung. Er räusperte sich.

„Was?!", fauchten ihn die beiden einstimmig an.

Matt schluckte, fragte dann aber tapfer: „Die Wächter? Meine Frage?"

Widerwillig brach Quincy als Erster den Blickkontakt ab. Miri lächelte triumphierend und ließ sich wieder auf ihren Stuhl neben Matt fallen. Es war vielleicht nur ein kleiner Sieg, aber unter Drachen zählte jeder Millimeter, den man gewann. Das hatte sie vor allem durch Lance und Ramiro gelernt. Dafür sollte sie den beiden morgen danken.

„Die Wächter dienen dem Drachenrat und nehmen ganz bestimmte Aufgaben wahr. Wir bewachen die Portale, sind für die Sicherheit der Drachenbibliothek zuständig und kümmern uns um Drachenkinder.“ Er hob eine Augenbraue und warf Miri einen bedeutsamen Blick zu. „Solange die Drachenkinder klein sind, unterstehen sie dem Schutz des Drachen der Mutter.“

„Maxi“, stellte Matt fest, nur um sicherzugehen, dass er die Namen, die Drachen und die zugehörigen Frauen richtig sortiert hatte.

Miri nickte, ein liebevolles Lächeln auf den Lippen. „Sie hat mir einmal gesagt, sie sei ein Mutter-Kind-Drache.“

„Das ist richtig. Und wenn die Drachenkinder, wie vorgesehen, in der Pubertät ihre Kräfte verlieren, bleibt das auch so. Heute ging allerdings der Alarm los.“

„Der Alarm?“ Davon hörte sie zum ersten Mal.

Erleichtert stellte Matt fest, dass auch Miri noch überrascht werden konnte. Auf einmal fühlte er sich nicht mehr ganz so isoliert, und das Gefühl der Einsamkeit, das den ganzen Tag seine Brust umklammert hatte, lockerte sich ein wenig.

„Erst verlief alles nach Plan. Heute war der Tag, an dem Luna-Maie ihre Kräfte verlieren sollte. Was auch geschah. Doch dann musste sie hingehen und das Zeichen des Drachen erwerben“, seufzte er.

„Die Tätowierung“, vermutete Miri.

„Richtig. Keine Ahnung, wie sie hinter das Geheimnis gekommen ist“, grummelte Quincy, sichtlich verstimmt.

„Ich glaube, es war mehr oder weniger Zufall“, offerierte Miri als Erklärung.

„Mich interessiert vor allem der ‚oder-weniger'-Teil.“

Miri auch. Doch da sie sich selber nicht sicher war, woher Luna-Maie ihre Informationen hatte und sie niemanden in Teufelsküche bringen wollte, (sie vermutete mal, dass Ramiro etwas damit zu tun hatte, wer sonst, wenn nicht er? Ärger war sein zweiter Vorname), schwieg sie.

„Also“, fasste Matt zusammen, dem die Erklärungen definitiv zu lange dauerten. „Der Alarm ging los, ihr habt mit eurer Kristallkugel festgestellt, dass Luna-Maie ihre Kräfte zurück erlangt hat, und dann? Haben sie sich irgendeinen grauen Drachen ausgesucht und losgeschickt? Um was zu tun?“

Entgeistert starrte Quincy erst ihn und dann Miri an.

„Meint er das ernst? Irgendeinen grauen Drachen? Kristallkugel?“

Wieder einmal musste sich Miri das Lachen verbeißen. Langsam schmerzte ihr Kiefer vom auf-die-Zähne-beißen.

„Ich befürchte, das meint er ernst“, bestätigte sie ihm.

Quincy schüttelte den Kopf. „Unglaublich!“

„Was ist denn? Habe ich was Falsches gesagt?“ Matt war verwirrt.

Jetzt musste Miri doch lachen. Es ging einfach nicht anders. Nach dem Stress der vergangenen Tage fühlte es sich sehr befreiend an.

„Du musst eins wissen. Drachen sind sehr, sehr stolze Wesen.“ Sie beugte sich vor und tat so, als ob sie ihm zuflüstern würde. „… um nicht zu sagen, eingebildet. Vor allem die männlichen Exemplare.“

„He! Ich stehe neben euch und kann jedes Wort hören!“

Miri ignorierte ihn. „Stell dir die ganze Sippe einfach vor wie eine alteingesessene Familie mit einem Von-und-zu-Nachnamen. Wenn du dementsprechend mit ihnen umgehst, erleichtert es dein Leben allgemein. Außer mit Ramiro vielleicht. Der ist erstaunlich normal.“

„Eine Schande fürs Drachengeschlecht, das ist Ramiro“, ereiferte sich Quincy.

Matt hob eine Augenbraue. Langsam ging ihm auf, dass der Umgang mit Drachen eine sehr komplexe Sache war.

„Dann wäre es mir eine Ehre, wenn du mir erklären würdest, wie das genau funktioniert mit den Wächtern. Und dem Namensritual."

Einigermaßen besänftigt sortierte Quincy seine Flügel neu und setzte sich auf den Ofen.

Matt riss erschrocken die Augen auf. „Verbrennst du dich nicht?"

Der Drache sah ihn an, als wäre er nicht ganz dicht.

„Oder auch nicht", murmelte Matt, als er seinen Blick bemerkte.

„Willst du mir jetzt zuhören oder nicht?"

Matt nickte eifrig. „Klar. Gern."

„Jedes Drachenkind bekommt bei seiner Geburt einen Drachenwächter zugeteilt. Für den – äußerst seltenen – Fall der Fälle. Meistens ist das ein pro forma-Auftrag. Wie gesagt, verlieren die meisten ihre Kräfte, wenn sie älter werden. Wenn mit Luna-Maie alles seinen gewohnten Gang genommen hätte, wäre ich nie in ihr Leben getreten. Aber solange sie lebt, werden mir alle Unregelmäßigkeiten in ihrem Leben mitgeteilt."

„Du meinst, sie hätte sich auch mit fünfundzwanzig tätowieren lassen können, um ihre Kräfte zurück zu erhalten?", erkundigte sich Miri.

„Genau. Allerdings hätte sie sich auch dann für das Zeichen des Drachen entscheiden müssen. Wenn die Drachenkinder schon ein paar Jahre lang ohne ihre Drachenmagie auskommen mussten, ist es allerdings recht selten, dass das geschieht. Schließlich ist die Information über das Zeichen des Drachen top secret. Die meisten wählen dann irgendwelche wirkungslosen Motive wie Sternchen." Er klang angewidert.

„Scheint, als wäre sie doch nicht so geheim", stellte Matt fest. „Und was geschieht jetzt? Jetzt bewachst du sie für den Rest ihres Lebens?"

Quincy nickte gewichtig.

„Und wovor bewachst du sie?"

„Vor sich selber, natürlich. Hast du auch nur die leiseste Ahnung, wie machtvoll deine Tochter ist?"

Unangenehm an seine Gedanken von vorhin erinnert, schüttelte Matt verneinend den Kopf.

„Vielleicht auch besser so", brummte Quincy in einem raren Anfall von Mitgefühl. „Kurz gesagt, wir sorgen dafür, dass sie sich nicht in Schwierigkeiten bringen. Nicht auszudenken, was geschehen würde, wenn die falschen Leute von ihrem Talent erfahren. Das hätte eine wahre Hexenjagd zur Folge. Nur dass Luna-Maie keine Hexe ist, sondern ein Feuer speiender Drache. Wozu das führt, wisst ihr genauso gut wie ich."

„Wissen wir?" Fragend schaute Matt zu Miri. Er wusste gar nichts.

„Die Märchen", vermutete sie leise.

Quincy neigte beeindruckt den Kopf.

„So ist es. Als die Drachen noch regelmäßig auf der Erde wohnten, kam es zu regelrechten Kämpfen. Mehr als eine Schlacht ist geschlagen worden. Und das meist wegen einer Handvoll Schafe. Pfft." Es war ihm deutlich anzuhören, wie lächerlich er das fand.

„Aber anscheinend erfolgreich", warf Matt ein. „Sonst hättet ihr euch kaum aus unserer Welt zurückgezogen."

„Ja und nein. Klar, einige von uns wurden tatsächlich gefangen und getötet. Die meisten jedoch wehrten sich erfolgreich. Ganze Landstriche wurden entvölkert. Es war grauenhaft. Vor allem für die Menschen", betonte er. „Irgendwann hat sich der Drachenrat gebildet und es wurde beschlossen, dass wir uns aus dieser Dimension mehrheitlich zurückziehen würden."

„Wie nobel von euch", meinte Miri. Sie war sich ziemlich sicher, dass damals mehr dahinter gesteckt hatte als das Wohl der Menschheit. Das war vermutlich mehr ein erfreulicher Nebeneffekt gewesen. Aber das hatte Zeit bis später. „Aber wenn ich dich richtig verstehe begleitest du Luna-Maie ab jetzt so, wie Maxi mich begleitet."

„Das ist richtig", antwortete er steif.

„Gesetzt den Fall, dass sie dich beim Namen nennt", stellte sie fest.

„Natürlich. Das versteht sich von selbst."

Miri wandte sich an Matt. „Du musst wissen, ein Drache kann einen Menschen …"

„Eine Frau …", korrigierte Quincy sie lehrmeisterlich.

„… eine Frau nur begleiten und beschützen, wenn sie ihn akzeptiert und in ihr Leben einlädt."

Matts Laune hob sich sofort. „Na, dann ist ja alles bestens. Sie nennt ihn einfach nicht beim Namen und wir können ihn wieder nach Hause schicken."

Sichtlich hin und her gerissen verzog Miri das Gesicht. „Leider ist das mehr ein theoretischer Ansatz."

„Theoretisch? Für mich klingt das recht praktisch", konterte Matt ungerührt.

„Du weißt nicht, wie hartnäckig Drachen sein können. Im Allgemeinen ist es irgendwann einfacher, sie anzuerkennen, als sich mit ihnen auf feindlicher Basis herumzuschlagen."

Matt stöhnte. „War ja klar, dass irgendwo ein Haken sein muss. Macht es das Ritual nicht mehr oder weniger hinfällig?"

„So was nennt sich Tradition", erklärte ihm Quincy selbstgefällig.

„Ach, was ich dich noch fragen wollte", unterbrach ihn Miri. „Ich nehme an, du kennst dich mit jungen Mädchen aus?" Ihr Tonfall war absichtlich irreführend freundlich.

Zu freundlich, wie Matt realisierte. Schließlich kannte er Miri lange genug, um die Unterschiede zu erkennen.

„Was soll das heißen? Weshalb sollte ich mich mit Mädchen auskennen?" Quincys Irritation war unübersehbar.

„Na, vielleicht, weil Luna-Maie ein Mädchen ist?"

„Sie ist ein Drache!", brüllte Quincy, der auf einmal seine Fassung verloren zu haben schien.

„Das ist sie", stimmte Miri liebenswürdig zu. „Sie ist aber auch ein Mädchen."

„Das ist nicht mein Problem", zischte er. „Ich bringe ihr alles bei, was sie übers Drachendasein wissen muss. Für den Rest bist du verantwortlich."

Ein gewaltiges Tosen erfüllte die Luft, silberfarbene Funken wirbelten, und sie waren wieder allein.

„Das war auch wieder ein bühnenreifer Abgang."

„Ach, das war noch gar nichts. Da solltest du mal Lance sehen, wenn er eine seiner Launen hat."

„Wissen wir jetzt mehr über seine Wächteraufgabe?"

„Wir wissen genug fürs Erste", erwiderte Miri mit einem zufriedenen Lächeln.

„Ach ja? Und was ist das?"

„Dass er mir, also uns …", sie warf ihrem Mann einen zögernden Seitenblick zu.

„Uns ist schon richtig", bestätigte Matt.

„… dass er uns unsere Tochter nicht wegnehmen wird."

„Davor hattest du Angst?"

„Ja, was glaubst du denn?"

Behutsam, als wäre er nicht sicher, ob sie die Berührung zulassen würde, nach alldem, was geschehen war, legte er seine Hand auf ihre.

Die Wärme seiner Hand durchdrang ihre Haut. Mit einem Mal fühlte sie sich besser. Als würde die Eiseskälte, die in ihrem Herzen und offensichtlich in ihren Knochen Platz genommen hatte, von dieser simplen Geste aufgetaut.

„Weißt du denn nicht, dass ich Luna-Maie mit meinem Leben beschützen würde?"

Miri konnte ihn nur anstarren, so wild war sein Ausdruck. Wie ein Raubtier, bereit zum Sprung.

„Kein Drache der Welt kann mir meine Tochter nehmen."

„Ich glaube, das solltest du auch noch jemand anderem sagen", meinte sie schließlich.

Er lächelte schief. „Ja, das sollte ich wohl tatsächlich. Mach ich gleich morgen, versprochen."

Miri biss sich auf die Unterlippe.

„Was ist denn? Keine gute Idee?", fragte Matt, der die Anzeichen von Sorge klar erkannte.

„Doch. Es ist nur …"

„Was?"

„Ich hoffe, sie ist morgen schon bereit, es zu hören."

„Keine Angst. Ich weiß, dass ich einiges wiedergutzumachen habe. Wenn sie mir morgen nicht glaubt, dann sag ich es ihr übermorgen nochmal. Und den Tag danach. So lange es eben dauert."

Miri schloss die Augen und lehnte sich in ihrem Stuhl nach vorn, um ihre Stirn an die seine zu legen. „Dann ist ja gut."

Anstelle einer Antwort drückte Matt sie fest. Er hoffte ebenfalls, dass alles gut werden würde. Er würde es sich nie verzeihen, wenn er mit einer unbedachten Bemerkung, Schock hin oder her, die Beziehung zu seinem Kind unwiderruflich zerstört hätte.

Immerhin war der erste Schritt zurück in den Schoß seiner Familie geschafft. Er hatte sich mit Miri versöhnt. Gemeinsam würden sie es bestimmt schaffen, Luna-Maie wieder zu besänftigen. Und was die Drachen anging … Patchwork-Familien lagen ja gerade groß im Trend.

Kapitel 15

Am nächsten Morgen stand Matt in aller Frühe auf, um seine Tochter zu wecken. Wie früher. Seit sie in die Oberstufe ging, stand sie normalerweise selber auf, mit der Hilfe ihres unmöglichen Weckers in Form eines Hahns. Der Weckerton war ein passendes Krähen. Er konnte sich nicht mehr erinnern, wie sie zu dem Wecker gekommen war. Vermutlich hatte ihn ihr Sierra geschenkt. Das würde zum Humor seiner Schwester passen, dachte er und lächelte. Dem Wecker zum Trotz stieg er die Treppe zu ihrem Zimmer hinauf, erpicht darauf, den Graben, der sich durch seine Schuld zwischen ihnen aufgetan hatte, so bald wie möglich zu überbrücken.

Vorsichtig trat er in ihr Zimmer. Verspätet fiel ihm ein, dass Miri gestern erwähnt hatte, dass die Drachen sie im Schlaf bewachen würden. Hastig griff er in seine Hosentasche und fasste nach dem Fragment des Drachensteins. Nicht dass er noch aus Versehen einem dieser Ungeheuer auf die Zehen trat.

Tatsächlich. Neben ihr auf dem Kopfkissen, nicht größer als eine Katze, lag Maxi in ihre Halskuhle gekuschelt. Ramiro hatte es sich am Fußende des Bettes bequem gemacht. Er lag auf dem Rücken und schnarchte leise vor sich hin. Auch er war kleiner, als Matt ihn in Erinnerung hatte, nahm aber deutlich mehr Platz ein als die violette Drachin. Die beiden machten ihm keine

Sorgen. Anders sah es mit dem einzigen wachen Exemplar im Raum aus.

Lance stand in voller Größe am Fenster und warf ihm einen bösen Blick zu.

„Was willst du hier?"

Matt hielt sich den Zeigefinger vor den Mund, bevor er flüsternd antwortete: „Nach was sieht's denn aus? Meine Tochter wecken, was sonst."

„Um ihr einen schlechten Start in den Tag zu verschaffen?"

„Natürlich nicht." Was bildete sich dieser blaue Kerl eigentlich ein? Luna-Maie war schließlich seine Tochter. Er brauchte niemanden, der seinen Umgang mit ihr kritisierte, regte er sich auf.

„Na ja, gestern hättest du's ja beinahe geschafft, dass wir sie verlieren. Das hat bis jetzt keiner von uns *Monstern* hingekriegt."

Ernüchtert ließ sich Matt auf die Bettkante sinken. Damit hatte Lance leider recht.

„Glaub mir, ich weiß das."

„Aha", antwortete Lance, wenig überzeugt.

„Es tut mir unendlich leid." Er wandte sich seiner schlafenden Tochter zu. „Und macht mir auch Angst. Deshalb bin ich hier. Um es wieder gut zu machen."

Vorsichtig strich er ihr eine Strähne aus dem Gesicht.

„Luna-Maie?", fragte er behutsam und rüttelte sie sanft an der Schulter.

Schläfrig öffnete sie ihre Augen und lächelte, als sie ihren Vater neben sich sitzen sah. Das hatte er früher oft gemacht. Sie streckte sich und verscheuchte die letzten Traumfetzen aus ihrem Kopf. Früher …

Matt schöpfte Mut aus ihrer Begrüßung. Vielleicht würde es nicht so schwierig werden …

Abrupt setzte sich Luna-Maie auf und starrte ihn mit weit aufgerissenen Augen an. Was machte ihr Vater hier? Er redete doch nicht mehr mit ihr? Oder sie mit ihm? So früh am Morgen wusste sie nicht so recht, wie die korrekte Antwort lautete. In ihrer Verwirrung rief sie ein wenig Drachenmagie zu Hilfe. Leider hatte sie vergessen, dass die neue Version sehr viel kraftvoller war. Das Resultat war, dass sie sich in einem Wirbel von rosafarbenen Funken verwandelte. In dem Prozess landete der Knochen ihres linken Flügels in der Gegend von Matts Rippen.

„Uff!“, stieß er aus und landete mit einem kräftigen Plumps am Boden. Der ganze Tumult weckte natürlich die beiden anderen Drachen auf. Noch nicht ganz wach, aber eindeutig kampfbereit, erhob sich Ramiro in die Luft. Kleine Flammen züngelten aus seinem halb geöffneten Maul.

Maxi erfasste die Situation schneller und streckte sich erst einmal, bevor sie sich erhob und neben Lance stellte, der dem Schauspiel interessiert zuschaute. Drachen liebten jegliche Art von Aufregung.

Luna-Maie hingegen war über die Ereignisse ziemlich erschrocken. Hatte sie wirklich gerade ihren Vater in die Rippen geboxt? Natürlich unabsichtlich. Trotzdem.

Eilig passte sie ihre Größe an die Gegebenheiten des Zimmers an und spähte vorsichtig über die Bettkante.

Ihr Vater lag halb aufgerichtet neben dem Bett und hielt sich die Seite. Oje, dachte sie bange. Das hatte sie nicht gewollt.

„Ein wenig Vorwarnung wäre ganz nett!“

Augenblicklich war sie nicht mehr besorgt, sondern wütend. Was machte er überhaupt hier? Sie stand seit ewigen Zeiten selber auf.

„Dasselbe könnte ich sagen“, konterte sie. „Was machst du um diese Zeit in meinem Zimmer?“

Matt schielte zu ihr oder besser gesagt zu dem Drachenmädchen auf dem Bett. Sein Gehirn weigerte sich immer noch zu glauben, dass es sich bei Luna-Maie und dem glitzernden, schuppigen Wesen auf dem Bett um ein und dieselbe Person handelte.

„Ich wollte mit dir reden", grunzte er und versuchte, tief Luft zu holen. Autsch.

Das Drachenmädchen legte den Kopf schräg.

„Über …?"

„Na", er machte eine Geste, die den ganzen Raum einschloss, „über alles."

„Ich höre?", antwortete Luna-Maie nicht sehr freundlich. Sie freute sich zwar insgeheim, dass ihr Vater sich anscheinend erinnert hatte, dass er eine Tochter hatte. Das hieß aber noch lange nicht, dass sie ihm verziehen hatte.

Matt warf einen Blick auf ihr Publikum. Eigentlich wollte er gerne mit Luna-Maie allein sprechen.

„Könntest du dich vielleicht zurückverwandeln?", bat er sie. Am Frühstückstisch ließe sich bestimmt besser reden, dachte er sich. Möglicherweise sogar ohne Drachenpublikum.

Luna-Maie schaute an sich herunter. Anschließend hob sie den Kopf wieder. Der Ausdruck in ihren silberblauen Drachenaugen war hart und unnachgiebig.

„Noch immer kein Drachenfreund? Ach doch, ich vergaß … Lance und die anderen sind ja seit Neuestem deine Trinkbuddys. Nur mit deiner Tochter hast du ein Problem." Es war keine Frage, sondern eine Feststellung.

Lance schaute betreten zu Boden. Ramiro hingegen, der gerade kein schlechtes Gewissen hatte, beobachtete interessiert die Szene. Maxi rang besorgt die Pranken und wünschte sich die Zeit zurück, als Matt noch keine Ahnung hatte. Sie fand es ziemlich anstrengend, auf einmal einen Mann in ihre Interaktionen mit einzubeziehen. Sie waren so … langsam. Oder vielleicht war schwerfällig das bessere Wort. Geistig natürlich. Ein tiefer Seufzer entschlüpfte ihr und brachte ihre Flügel zum Wackeln.

„Luna-Maie …“ Er schloss die Augen und fasste sich an die Nasenwurzel. So hatte er das doch nicht gemeint. Zumindest nicht absichtlich, dachte er schuldbewusst.

Sie wandte ihm ihren Rücken zu.

„Ich muss mich fertigmachen für die Schule“, sagte sie, ohne sich umzudrehen.

Hilflos warf Matt einen Blick zu den Drachen, in der Hoffnung, dass einer von denen vielleicht eine Idee hatte, wie er zu seiner Tochter durchdringen konnte. Lance wich seinem Blick aus, Maxi starrte ihn vorwurfsvoll an und Ramiro warf ihm einen Blick zu, der klar besagte, dass er auf sich allein gestellt war. Na toll. Da hatte man magische Geschöpfe an seiner Seite und wenn es darauf ankam, waren sie genauso wenig hilfreich wie die nicht-magischen. Er machte ein finsteres Gesicht.

„Dann sehen wir uns unten?“ Er hasste es, dass es wie eine Frage klang. Aber leider war es genau das.

„Vielleicht.“

Damit musste er sich erst mal zufriedengeben, nahm er an. Immerhin war ein Vielleicht besser als ein kategorisches Nein.

*

Luna-Maies silberne Schuppen am Rücken prickelten, bis ihr Vater das Zimmer verlassen hatte. Als die Tür hinter ihm zuschnappte, fiel sie in sich zusammen. Vehement presste sie die Lider zusammen. Sie würde auf keinen Fall schon wieder weinen. Aber es tat so weh … Sie nahm einen tiefen, wackligen Atemzug.

Was sie gesagt hatte, war nicht gelogen. Sie musste sich tatsächlich fertigmachen. Nachdem sie ihre Ausreißer-Pläne fürs Erste auf Eis gelegt hatte, musste sie wohl oder übel weiter in die Schule. Sie warf einen Blick auf ihren geliebten Wecker, den

Hahn. Was? Schon so spät? In ihrer morgendlichen Zeitrechnung war keine Zeit für Familiendramen, dachte sie grummelnd und verwandelte sich schleunigst zurück. Wieder war sie überrascht von der Schnelligkeit und der Power ihrer Magie. Wenn sie das gewusst hätte, hätte sie sich schon vor Jahren tätowieren lassen.

„Dann bin ich ja froh, dass du das nicht gewusst hast", sagte Maxi mit einem kleinen Lächeln, als sie neben ihr im Badezimmer auftauchte.

Luna-Maie verdrehte die Augen, auch wenn sie wusste, dass es kindisch war.

Maxi beobachtete sie im Spiegel.

„Bist du nervös? Traurig?"

„Weißt du das nicht?", fragte Luna-Maie erstaunt, den Mund voller Zahnpasta.

Wehmütig lächelte Maxi. „Entgegen Lance' Behauptung sind wir Drachen nicht allwissend. Und auch nicht perfekt." Sie strich sich die Schuppen am Hals glatt. „Genau wie Menschen."

„Was willst du damit sagen?", fragte Luna-Maie misstrauisch.

„Nur, dass du vielleicht die Zeit finden solltest, mit deinem Vater zu frühstücken. Ich gehe davon aus, dass du vorhattest, das ausfallen zu lassen."

Schuldbewusst schaute Luna-Maie zur Seite und konzentrierte sich aufs Zähneputzen. Wenn Maxi noch mehr solcher Ratschläge in petto hatte, waren ihre Zähne bald genug sauber, um in einem Werbespot mitzuspielen. Manchmal war es ganz schön lästig, wenn ein Drache einen so gut kannte.

Maxi lächelte sie verschmitzt an.

„Alternativ könntest du natürlich auch mit Quincy frühstücken?"

Luna-Maie riss die Augen auf und spuckte die Zahnpasta aus. Verdammt. Den Wächterdrachen hatte sie erfolgreich verdrängt. Wieso konnte das Leben denn nie einfach sein? Eine Pause von all der Aufregung wäre ganz nett.

„Wie geht es dir denn nun wirklich?“, insistierte Maxi, offensichtlich ernsthaft besorgt.

„Gut genug, dass ich heute Abend wieder nach Hause komme“, murmelte sie, während sie das Gesicht unters kalte Wasser hielt. Sie richtete sich auf und trocknete sich das Gesicht ab. „Und sonst …“, sie blinzelte und spürte in sich hinein. „Wahrscheinlich von allem etwas. Dass du nicht weißt, wie's mir geht, liegt vermutlich weniger an deinen nicht-perfekten Drachenfähigkeiten, sondern mehr daran, dass ich es selber nicht weiß.“

Und das stimmte, stellte sie überrascht fest. Nachdem gestern und vorgestern ein extremes Gefühl das andere gejagt hatte, fühlte sie sich heute seltsam taub. Sie zuckte unbewusst mit den Schultern. Das war vielleicht nicht das Schlechteste.

„Frühstück?“

„Sieht ganz so aus. Mit Papa. Quincy kann meinetwegen warten, bis er schwarz wird.“

„In Anbetracht seiner Farbe dauert das vermutlich nicht so lange, wie du vielleicht hoffst“, entgegnete Maxi in dem für sie typischen, trockenen Humor.

„Auch wieder wahr. Passt ja … Wäre ja ganz was Neues, wenn ich mal Glück hätte.“ Es war ihr egal, wenn sie undankbar klang. Ihr Leben ging ihr aktuell nun mal auf die Nerven.

Maxi biss sich auf die Zunge und riss sich zusammen, bevor sie etwas Unüberlegtes tat. Bei dieser Bemerkung hätte sie das Mädchen am liebsten gepackt und geschüttelt, bis sie verstand, wie glücklich sie tatsächlich war. Doch sie wusste, dass Luna-Maie momentan dringender eine Verbündete brauchte als eine Standpauke. Manchmal war es ganz schön anstrengend, so weise zu sein.

*

Das Pflichtfrühstück mit ihrem Papa, das Maxi Luna-Maie aufgebrummt hatte, war erwartungsgemäß eine recht steife Angelegenheit gewesen. Er hatte krampfhaft versucht, an Gesprächsthemen anzuknüpfen, über die sie vor ihrer Entdeckung gesprochen hatte. Doch da sie noch nicht bereit war, ihm zu verzeihen, guter Wille von seiner Seite hin oder her, hatte sie nur einsilbig geantwortet. Insgeheim musste sie aber zugeben, dass seine Bemühungen sich auf dem klaffenden Loch in ihrem Herzen wie Balsam anfühlten.

Entdeckung war ein doofes Wort, überlegte sie. Eigentlich war es fast wie ein Coming-out gewesen. Sie stieß einen freudlosen Lacher aus. So wie sie ihren Vater kannte, wäre ihm eine lesbische Tochter lieber gewesen als ein Drachenkind. Damit hätte er sicher kein Problem gehabt.

Jetzt war sie in ihrer Drachengestalt unterwegs zur Schule. Fliegend. Das hatte sie bis jetzt immer vermieden. Es gab nun einmal in der Nähe keinen geeigneten Landeplatz, wo sie sich ungesehen verwandeln konnte. Bis jetzt war das eine absolute Notwendigkeit gewesen, nachdem sie sich nach der Wandlung immer im Evakostüm wiedergefunden hatte. Nicht auszudenken, wenn einer ihrer Schulkollegen sie entdeckt hätte. Dank ihres Drachenmagie-Updates, wie sie es insgeheim nannte, war das ja kein Problem mehr. Unerwartet glücklich drehte sie übermütig einen Purzelbaum in der Luft.

Immer noch beschäftigt mit Kindereien, wie ich sehe, mischte sich Quincys missbilligende Stimme in ihre Gedanken.

Überrascht wandte sie den Kopf. Tatsächlich. Da war er. Sie musste zugeben, dass er ein beeindruckendes Bild abgab, wie er so über den morgendlichen Himmel flog. Eigentlich sollte sie sich über seine Anwesenheit ärgern, doch ihre gute Laune verhinderte, dass echter Ärger aufkam.

Musst du dich nicht um andere, wichtigere Dinge kümmern?, erkundigte sie sich milde.

Würde ich ja gerne. Aber dank deiner Aktionen hab ich dich am Hals, knurrte er.

Anscheinend war ihre gute Laune nicht ansteckend. Pech für ihn. Mit einem Schulterzucken wandte sie sich von Quincy ab und konzentrierte sich wieder auf die Flugroute.

Willst du mich nicht endlich als deinen Drachen anerkennen?, fragte er irritiert. *Man sollte meinen, mit diesem ganzen Drachenaufgebot, mit dem du aufgewachsen bist, wüsstest du, wie die Sache läuft.*

Luna-Maie grinste. Klar wusste sie Bescheid. Genau deshalb war es so leicht, Quincy zur Weißglut zu bringen. Langsam begann ihr die Sache Spaß zu machen.

Ich bin sicher, du wirst mich bald aufklären. Nach diesem letzten Satz faltete sie ihre Flügel eng an den Körper und ging in den Sturzflug.

Quincys Augen weiteten sich erschreckt. Was machte sie nur? Wollte sie sich etwa umbringen? Das würde er nicht zulassen. Er hatte einen Auftrag und den würde er ausführen. Koste es, was es wolle. Also biss er seine Zähne zusammen und machte sich daran, seinem zukünftigen Schützling zu folgen.

Er versuchte es zumindest. Zu dem Zeitpunkt, als er damit fertig war, sie zu verfluchen, und sich selber in den Sinkflug begab, war von ihr keine Spur mehr zu sehen. Besorgt durchkämmte er mit scharfem Blick die Umgebung unter ihm. Doch es war schwierig in dem dichten Wald, den er gerade überflog, etwas zu erkennen. Zudem kannte er die Gegend noch nicht so gut. Wenn er nicht mit vollem Karacho in einen unerwartet dastehenden Baum prallen wollte, war er gezwungen, langsam zu fliegen. Ganz im Gegenteil zu Luna-Maie, die diese Wälder unsicher machte, seit sie fliegen konnte.

Na warte, dachte er. Luna-Maie konnte sich auf etwas gefasst machen, wenn er sie zwischen die Krallen bekam. Dafür musste sie ihre eigenen halsbrecherischen Flugkünste erst einmal überleben, dachte er, besorgter, als ihm lieb war.

*

„Und? Bist du Quincy losgeworden?"

Luna-Maie lachte und machte einen doppelten Salto in der Luft. Ein vorbeifliegender Bussard warf ihr einen bösen Blick zu, als er hektisch seine Flugbahn anpasste, um einen Zusammenstoß zu vermeiden.

„Na, klar. Was dachtest du denn? Das schaffe ich mit verbundenen Augen und einem auf den Rücken gebundenen Flügel."

„Das glaub ich gern", meinte Ramiro und schenkte ihr einen anerkennenden Blick. „Hattest ja auch den besten Lehrer der Welt", fügte er mit einem selbstgefälligen Lächeln hinzu.

Luna-Maie schnaubte nur und blies ihm Rauch ins Gesicht.

„Klar. Das ist alles nur dein Verdienst."

Der grüne Drache ignorierte ihren Sarkasmus.

„Ich muss dich allerdings warnen", meinte er, mit für ihn völlig untypischer, ernster Miene. „Ich glaube nicht, dass du ihn lange an der Nase herumführen kannst. Wächterdrachen sind vielleicht mühsame Zeitgenossen, aber dumm sind sie nicht. Aus irgendeinem Grund wurden sie als Wächterdrachen ausgewählt."

Luna-Maie rümpfte die Nase.

„Das werden wir ja noch sehen", meinte sie großspurig. „Bis jetzt macht er mir keinen besonders hellen oder schnellen Eindruck. Los, wer als Erster beim Rheinfall ist", forderte sie ihn heraus und flog davon.

Ramiro seufzte, als er die Verfolgung aufnahm. War das schön, wenn man jung war. Als ihm bewusst wurde, was er da eben gedacht hatte, schnitt er eine Grimasse. Wann war denn das passiert, dass er zu einem vernünftigen, verantwortungsbewussten Drachen mutiert war? Wenn er nicht aufpasste, würde er bald so spießig sein wie Lance. Ein Schauder überlief ihn und brachte seine Schuppen zum Vibrieren.

*

Ben stand vor dem Schulhaus, die Hände in den Hosentaschen vergraben und starrte auf den Eingang. Wieder ein Tag in der Mühle. Er konnte es nicht erwarten, dass er endlich fertig war. Andererseits war es immer noch besser als zu Hause bei seiner Mutter herumzuhängen und darauf zu warten, bis sie betrunken genug war, dass sie vergaß, ihn als Ausgeburt des Teufels zu bezeichnen. Wenn er erst einmal seinen Abschluss hatte, würde er abhauen. Und nie zurück schauen. Die Gewissensbisse, die ihn dabei sofort plagten, stopfte er in den hintersten Winkel seines Gehirns.

Rastlos kickte er gegen ein paar Kieselsteine vor seinen Füßen. Das Einzige, das seinen Tag besser machen würde, wäre eine erneute Begegnung mit Luna-Maie. Seit ihrem Zusammentreffen war sie ihm nicht mehr aus dem Kopf gegangen. Ob das an ihr lag? Oder nur an ihrer Drachenmagie? Er wünschte sich, die Antwort darauf zu kennen. Ohne sie wieder zu sehen, würde es ihm allerdings kaum gelingen, das herauszufinden. Nachdem er sie gestern im ganzen Schulhaus nirgends entdecken konnte, hatte er das unweigerliche Gefühl gehabt, dass sie nie wieder zurückkommen würde. Was natürlich völliger Blödsinn war. Natürlich würde sie das. Schließlich ging sie hier in die Schule. Wahrscheinlich hatte sie Grippe. Oder ihre Tage. Andererseits hatte sie vorher einen sehr gesunden Eindruck gemacht.

Er warf einen Blick auf sein Handy. Gleich würde es zum zweiten Mal läuten. Er sollte wirklich reingehen. Einen weiteren Eintrag konnte er sich eigentlich nicht leisten. Seine Noten waren gut. Sehr gut sogar. Sein Betragen weniger. Die Lehrer konnten es vermutlich genauso wenig erwarten, ihn loszuwerden wie er sie. Er wollte sich eben in Bewegung setzen, als er aus dem Augenwinkel eine Bewegung wahrnahm.

„Was zum ..." Jedes weitere Wort erstarb auf seinen Lippen, als er den prächtigen rosafarbenen Drachen auf der Wiese hinter dem Schülergarten landen sah. War Luna-Maie jetzt komplett durchgedreht? Gleich würde sie splitterfasernackt im Blickfeld der gesamten ... welche Klasse war überhaupt oberhalb des Gartens? Er stöhnte, als ihm aufging, dass das ausgerechnet sein Klassenzimmer war. Also konnte er sich seine ursprüngliche Idee, sie heroisch vor den lüsternen Blicken seiner Klassenkameraden zu retten, gleich abschminken. Bei seinem Glück würde der Lehrer als Einziger hinunterschauen.

Das Schimmern rund um die Drachin wurde stärker und verriet, dass ihre Wandlung kurz bevorstand. Es war fast so, als würde man einem unvermeidlichen Unfall zusehen. Man wusste genau, was geschehen würde, konnte aber nichts machen, um den Ausgang abzuwenden.

Ben kniff die Augen zusammen, um sie besser sehen zu können. Was war das für ein silbergrauer Streifen, der ihren Rücken entlang lief? Der war vorgestern noch nicht da gewesen, da war er sich ganz sicher. Er war so darin vertieft, diese unerwartete Entdeckung mit dem Bild zu vergleichen, das er in seinem Kopf unwiderruflich abgespeichert hatte, dass er den exakten Moment verpasste, wo sie sich verwandelte. Auf einmal stand sie da, in engen Jeans und einem lottrigen, vermutlich schon mehrere Generationen alten T-Shirt einer bekannten deutschen Punkband. Er grinste über die Tatsache, dass sie offenbar einen ähnlichen Musikgeschmack hatten. Aber halt. Hatte er den wichtigsten Teil verpasst? Den Teil, wo sie nackt ihre Kleider einfing. Er blinzelte. Unmöglich. Das hätte er doch gesehen. Oder?

Kapitel 16

Luna-Maie rückte ihre Tasche auf der Schulter zurecht. Leider hatte sie in all dem Chaos noch keine Zeit gehabt, einen drachenformtauglichen Rucksack zu erfinden, sodass sie gezwungen gewesen war, mit einer Umhängetasche vorlieb zu nehmen. Sie musste sich beeilen, dachte sie und wrang ihre tropfnassen Haare aus. Der Abstecher zum Rheinfall war fantastisch gewesen. Sie hatte mit Ramiro im Wassernebel der herunterstürzenden Fluten Fangen gespielt. Ein nasses Vergnügen, aber das war es definitiv wert gewesen. Immerhin hatten ihre Kleider den Unsinn trocken überstanden. Die Wunder der Magie, dachte sie und grinste. Leider erstreckte sich das Wunder nicht auf ungeduldige Lehrer. Sie verfiel in Laufschritt.

In Gedanken schon bei ihrer bevorstehenden Geschichtsstunde murmelte sie nur ein kurzes Danke zu dem anderen Spätankömmling, der ihr netterweise die Tür aufhielt. Beinahe wäre sie weitergelaufen, als ihr plötzlich ein bekannter Duft in die Nase stieg. Ein sehr angenehmer, würziger und vor allem männlicher Geruch. Ben, schoss es ihr durch den Kopf. Sie schaute auf, direkt in seine grünen Augen. Wie schon bei ihrer letzten Begegnung hatte sie das unangenehme Gefühl, dass er mehr sah als alle anderen. Wie ein Wildfeuer breitete sich Verlegenheit in ihr aus.

„Was machst du denn hier?"

„Zu spät kommen? Genau wie du", antwortete er belustigt.

Eigentlich hatte er erwartet, dass sie sich freuen würde, ihn zu sehen. So, wie er sich freute, dass sie sich zufälligerweise getroffen hatten. Aber er stellte fest, dass ihm ihr offensichtliches Misstrauen noch besser gefiel. Es war so erfrischend, nach all den Mädchen, die ihm praktisch vor die Füße fielen. Das zeigte nur, dass sie nicht auf den Kopf gefallen war. Es war tatsächlich schwer zu glauben, dass sie sich innerhalb von drei Tagen zweimal über den Weg laufen würden. Auch wenn es beim ersten Mal tatsächlich Zufall gewesen war.

„Wirklich", meinte sie schließlich. Der Unglaube in ihrer Stimme war deutlich hörbar. „Na, dann will ich dich nicht aufhalten."

„Warte", platzte er heraus und trat einen Schritt näher. Er konnte die nervöse Energie spüren, die sie ausstrahlte. Gerne hätte er sie angefasst; die Aussicht, ihre ganz eigene Magie zu spüren war fast übermächtig. Doch er erinnerte sich nur zu gut daran, wie sie beim letzten Mal ihre Hand erschrocken weggezogen hatte.

Luna-Maie runzelte die Stirn. Natürlich hatte sie insgeheim gehofft, ihn wieder zu sehen. Aber doch nicht jetzt, wo sie schon fünf Minuten zu spät war. Dafür hatte sie nun wirklich keine Zeit. Ganz egal, wie schön es sich anfühlte, so dicht bei ihm zu stehen. So dicht bei ihm zu stehen? Sie schielte an sich hinunter. Tatsächlich. Ihre Körper berührten sich beinahe. Vorsichtig hob sie den Kopf, bis ihr Blick an seinen Lippen hängen blieb. Die Lippen, mit denen er sie geküsst hatte. Ihr Herzschlag beschleunigte sich. Abrupt trat sie einen Schritt zurück. Besser, sie brachte etwas Abstand zwischen sich und ihn. Bevor sie dem seltsamen Drang nachgab und ihn küsste. Natürlich nur, um ein Experiment durchzuführen: Sie wollte unbedingt wissen, ob sich ein zweiter Kuss genauso gut anfühlen würde wie der erste. Unbewusst fasste sie mit den Fingerspitzen an ihre Lippen.

Fasziniert starrte Ben auf ihren Mund. Nur noch einen Schritt näher …

„Was“, antwortete sie verspätet.

Er schreckte aus seiner Träumerei auf und fragte abrupt: „Isst du mit mir zu Mittag?“

Verblüfft starrte sie ihn an. „Mittagessen? Du mit mir? Aber ich bin nicht, ich bin kein …“

Hilflos gestikulierte sie mit den Händen, während sie vergeblich nach den richtigen Worten suchte.

„Du bist nicht was?“ Kein Mensch? Das wusste er bereits. Aber er bezweifelte stark, dass es das war, was ihr Sorgen bereitete. Geschweige denn, dass sie ihm davon erzählen wollte.

„Kein Mitglied von deinem Fanclub“, stieß sie beinahe trotzig hervor. Und auch keins der populären Mädchen, doch das erwähnte sie nicht. Gewisse Dinge waren zu offensichtlich, als dass man sie laut aussprechen musste. Klar, sie hatte Freunde, Kollegen und all das. Sie wusste auch, dass sie ziemlich gut aussah. Aber zu den beliebtesten Schülern gehörte sie definitiv nicht. Dafür war sie zu direkt, zu eigensinnig, zu verträumt, zu, zu … drachenmäßig war vermutlich das passendste Wort, dachte sie hilflos.

Ben hob eine Augenbraue.

Auf einmal glich er dermaßen Ramiro, dass sich Luna-Maie auf die Zunge beißen musste, um nicht zu kichern.

„Das ist offensichtlich“, stellte er schließlich fest. „Aber ich zu deinem, wie es scheint. Um zwölf beim Brunnen?“ Ohne eine Antwort abzuwarten, drehte er sich um und ging.

Luna-Maie starrte ihm mit offenem Mund hinterher. Hatte diese Unterhaltung tatsächlich stattgefunden? Sie gab sich einen Ruck und eilte zu ihrer Klasse. Hoffnungslos zu spät, wie ihr ein Blick auf die altertümliche Uhr an der Wand verriet. Aber gewisse Dinge waren es wert, eine Viertelstunde zu spät zu sein.

*

Quincy hatte Luna-Maies Spur bis vor die Schule verfolgt. Erleichtert sah er, wie sie auf das Gebäude zuging. Wenigstens konnte sie sich für die nächsten paar Stunden nicht in Schwierigkeiten bringen. Vielleicht beruhigten sich seine Nerven in der Zwischenzeit. Das ganze harte Wächtertraining hatte ihn nicht auf die Aufregung vorbereitet, die die Aufgabe, einen außer Rand und Band geratenen weiblichen Jungdrachen zu beaufsichtigen, beinhaltete. Er erlaubte sich, sich ein wenig zu entspannen.

An die Wand eines Ziegelsteingebäudes gegenüber der Schule gelehnt beobachtete er, wie Luna-Maie die Treppe hochstieg. Fast, fast war sie drinnen. Erwartungsvoll hielt er den Atem an. Als sie innehielt und mit der anderen Person an der Tür sprach, runzelte er die Stirn. Sie war sowieso schon zu spät. Was dachte sie sich dabei, jetzt ein Schwätzchen zu halten? Er musterte die andere Person. Ein Junge. Auch das noch. Das hätte er sich ja denken können. Hoffentlich verschonte ihn die Drachengöttin wenigstens vor pubertärem Liebeskummer. Er glaubte nicht, dass er so einer Situation gewachsen wäre. Apropos Drachen … An diesem jungen Mann war irgendetwas seltsam. Darauf bedacht, seine Anwesenheit vor Luna-Maie zu verbergen, machte er sich unsichtbar und flog näher.

Er ließ den Jungen nicht aus den Augen. Doch selbst als er keine zwei Meter mehr von den beiden entfernt war, konnte er nicht mit Sicherheit sagen, was es genau war, das ihn irritierte. Er wusste nur, dass es sich verdächtig nach Drachenmagie anfühlte, wenn auch nur schwach. So ähnlich wie ein Echo, das langsam verhallte. Nur dass das unmöglich war. Drachenkinder waren weiblich. Immer. Zumindest laut der Überlieferungen. Aber was, wenn sie falsch waren? Als er als Drachenwächter angefangen hatte, war die Aufgabe, als Wächter von Drachenkindern tätig zu werden, ganz zuunterst auf der Liste der möglichen Verpflichtungen gestanden. Unter „nicht sehr wahrscheinlich". Und wo befand er sich jetzt?

Mit diesen beunruhigenden Gedanken im Hinterkopf materialisierte er sich im Lehrerzimmer. Zu dieser Zeit war es leer. So konnte er sich ungestört an der Kaffeemaschine und, noch viel wichtiger, an der Zuckerdose bedienen. Schließlich gab es keinen Grund, die Vorteile seines augenblicklichen Auftrags nicht zu nutzen. Zudem musste er sicherstellen, dass die seltsamen Schwingungen, die er bei dem Jungen wahrgenommen hatte, nicht nur das Grollen seines Magens waren. Dass Drachen eigentlich keine feste Nahrung brauchten, hielt er für ein Gerücht. Genüsslich biss er in ein Croissant, welches er aus dem Korb, der in der Mitte des Tisches stand, geklaut hatte.

*

Die vier Schulstunden am Morgen schienen heute noch länger zu dauern als sonst, stellte Luna-Maie fest, während sie sich auf ihre Französisch-Vokabeln zu konzentrieren versuchte. Immer wieder schielte sie auf die Uhr an der Wand. Das bevorstehende Treffen mit Ben stellte seltsame Dinge mit ihrem Magen an. Sie wusste nicht so recht, ob sie sich freuen sollte. Oder würde sie nur enttäuscht werden? Was wollte er überhaupt von ihr? Diese Frage beschäftigte sie am meisten.

Als die Lehrerin sie mahnend ansah, senkte sie ihren Blick wieder auf die Worte auf dem Papier. Wen, um Himmels willen, interessierte schon, was Igel auf Französisch hieß? Sie war sich ziemlich sicher, dass sie auch durchs Leben kam, ohne das zu wissen. Selbst in Frankreich.

Endlich ertönte das lang ersehnte Klingeln der letzten Stunde. Erleichtert warf sie ihren Stift zurück in ihr Etui, zog den Reißverschluss zu und schob es zusammen mit dem Vokabelheft in ihre Tasche. In ihrer Hast aufzustehen stieß sie sich prompt die Hüfte an der Tischplatte. Nur knapp unterdrückte sie ein Aufjaulen.

„Was ist denn mit dir los?", fragte ihre Sitznachbarin. „Heißes Date?"

Luna-Maie schoss das Blut ins Gesicht. Die Bemerkung kam der Wahrheit zu nahe.

„Sei nicht albern. Ausgerechnet ich?", murmelte sie.

Ihre Schulkollegin lachte. „Stimmt. Na dann, guten Appetit."

Froh, endlich dem Schulzimmer zu entkommen, bahnte sie sich ihren Weg nach draußen. Es waren viele Schüler unterwegs. Die einen in die Mensa; andere, wie sie, hatten sich etwas zu essen mitgebracht. Sie trat aus der Tür und hielt einen Moment inne, während sie den Pausenplatz mit den Augen absuchte. War er überhaupt schon da?

Da stand er. Wie versprochen wartete er beim Brunnen auf sie. Er hatte sie noch nicht entdeckt, weshalb sie sich ein breites Lächeln erlaubte. Yes! Sie, das seltsame Drachenmädchen, hatte ein Lunchdate mit dem bis dato einzigen Jungen, bei dessen Berührung sie sich nicht unwohl fühlte. Sie fühlte durchaus etwas, wenn er in der Nähe war. Eine ganze Menge sogar. Vielleicht zu viel. Sie hatte keine Ahnung. Lachen breitete sich in ihrer Brust aus und bahnte sich einen Weg an die Oberfläche. Mit einem tiefen Atemzug versuchte sie, sich zu beruhigen. Es ging gar nicht, dass sie wie eine grinsende Idiotin bei ihm auftauchte.

Ihre Gesichtszüge wieder unter Kontrolle schlenderte sie in Richtung Brunnen, als hätte sie alle Zeit der Welt.

Als er sie erblickte, hob er eine Augenbraue und lächelte sie schief an.

Bei diesem Lächeln konnte sie gar nicht anders als zurückzulächeln. Sie stöhnte innerlich. So viel zu ihrem Plan, cool und abgeklärt zu wirken. Das hat ja wunderbar funktioniert, dachte sie selbstironisch.

Kaum war Luna-Maie in seiner Reichweite, streckte Ben seine Hand aus und hielt sie ihr hin, gespannt, ob sie sie nehmen würde.

Luna-Maie zögerte. Sollte sie es wagen, ihn zu berühren? Ihre Sinne waren sowieso schon in Aufruhr. Ihr Magen schlug Purzelbäume, das Herz klopfte ihr bis zum Hals und ihre Kehle war ganz trocken.

„Ich beiße nicht“, versicherte Ben ihr.

„Aber ich vielleicht“, murmelte Luna-Maie.

„Wie?“, fragte Ben überrascht.

Luna-Maie starrte zu Boden und hoffte, dass sich der Boden unter ihren Füßen auftun würde. Ein Prickeln in ihrem Nacken veranlasste sie, einen Blick über die Schulter zu werfen. Im Schatten des Eingangs sah sie die Silhouette eines Drachen. Quincy, dachte sie erbost. Hatte er tatsächlich das Gefühl, er müsste sicherstellen, dass sie in der Schule war? Oder spionierte er ihr einfach aus Prinzip nach? Na warte, dachte sie. Dem würde sie etwas erzählen.

„Warte kurz hier“, ließ sie Ben wissen. Entschlossen marschierte sie in Richtung Quincy.

Verwundert starrte Ben ihr hinterher. Was machte sie nur? Sie war wirklich ganz schön anstrengend für sein Selbstbewusstsein. Erst wollte sie seine Hand nicht nehmen und dann ließ sie ihn einfach stehen. Er kniff die Augen zusammen und schaute weiter nach vorn, zu dem Punkt, auf den Luna-Maie zuging. Was zum Teufel … War das etwa noch einmal ein Drache? Achtzehn Jahre war er keinem einzigen dieser Viecher begegnet und plötzlich stolperte er bei jedem Schritt über eines? Die Haare in seinem Nacken stellten sich auf. Zum ersten Mal fragte er sich, in was er da hineingeraten war. Vielleicht war es besser, Abstand zu Luna-Maie zu halten? Doch am Ende sorgten seine Neugier und die Erinnerung an Luna-Maies Lippen auf seinen dafür, dass er blieb und abwartete.

Was machst du hier?, fragte Luna-Maie den Wächterdrachen telepathisch und fuchsteufelswild. Sie hatte das wichtigste Date in ihrem Leben. Da wollte sie sicher kein Publikum.

Auf dich aufpassen natürlich. Weshalb bist du nicht beim Mittagessen?, verlangte er zu wissen. Eine seiner krallenbesetzten Pranken klopfte ungeduldig auf den Boden.

Wäre ich ja, wenn du mich nicht dabei stören würdest. Die Zeiten, wo ich beim Essen Hilfe gebraucht habe, sind seit circa elf Jahren vorbei!

Quincy ignorierte den zweiten Teil des Satzes. Er starrte in Bens Richtung.

Luna-Maie folgte seinem Blick. Ben stand immer noch beim Brunnen und wartete geduldig. Der einzige Indikator, dass er an der ganzen Situation etwas seltsam fand, waren seine Arme, die er in der Zwischenzeit vor der Brust verschränkt hatte. Na toll. Da schwand ihre Chance, mit ihm Händchen zu halten. Sie wusste zwar immer noch nicht, ob das eine gute Idee gewesen wäre. Doch spätestens jetzt, wo sie die Option nicht mehr hatte, wusste sie, dass sie gerne die Gelegenheit ergriffen hätte, das herauszufinden. Da sie nicht wusste, was sie sonst machen sollte, winkte sie ihm zu. Und fühlte sich prompt wie eine Idiotin. Sie war ja keine Königin, die huldvoll ihren Untertanen winkte.

Ben schüttelte amüsiert den Kopf.

Luna-Maie zog leicht den Kopf ein, als hätte er sie bei etwas ertappt.

Etwa mit ihm?, unterbrach Quincy ihre nonverbale Kommunikation mit Ben.

Wütend wandte sie sich wieder ihrer aktuellen Nemesis zu.

Ben, der mitbekam, dass Luna-Maie sich wieder mit dem Drachen unterhielt, runzelte die Stirn. Was machte sie nur mit diesem stahlgrauen Ungetüm? Natürlich hatte sie keine Ahnung, dass er den Drachen auch sehen konnte. Er war schon gespannt, was sie ihm für eine Geschichte auftischen würde. An und für sich hatte er nicht vorgehabt, heute das Thema Drachen anzuschneiden. Nachdem sich ihm jedoch so eine gute Gelegenheit bot, kam sein Entschluss ins Wanken. Noch einmal studierte er den grauen Drachen. Versuchsweise öffnete er all seine Sinne und rief nach seiner Drachenmagie, die er einmal gehabt hatte. Aber da war nichts. Kein verheißungsvolles Prickeln, kein Summen, nichts. Frustriert ballte er die Hände zu Fäusten. So sehr er sich von Luna-Maie angezogen fühlte, konnte er doch nicht verhindern, dass er neidisch war, dass sie ihre Wandlungsfähigkeiten noch nicht verloren hatte. Er scheuchte das grünäugige Monster wieder in sein Unterbewusstsein und fragte sich, was ihn an dem anderen Drachen so störte. Leider ohne Erfolg.

Das geht dich gar nichts an. Luna-Maie tippte Quincy mit dem ausgestreckten Finger gegen die Brust. Mit ein wenig Magie dahinter, sodass er es auch spürte. Als er sich keinen Millimeter bewegte, brannte sie ihm ein Bannzeichen auf den Pelz, das sie von Mémé gelernt hatte.

Immerhin zuckte Quincy ein wenig zusammen. Leider verdarb er die Wirkung dadurch, dass er laut loslachte und einen Schritt auf sie zumachte. Zumindest hörte es sich in Luna-Maies Kopf so an. Ungläubig starrte sie ihn an. Wieso war er nicht bewegungsunfähig, wie die anderen?

Da musst du schon schwereres Geschütz auffahren, meine Liebe. Ver-

giss nicht, ich bin ein Wächterdrache. Wir sind äußerst widerstandsfähig, mein kleiner Schützling.

Aber wie ist das möglich? Und überhaupt. Ich bin nicht dein Schützling!, protestierte sie.

Ja, ja, winkte er ihren Einwand beiseite. *Das ist doch nur eine Frage der Zeit, Luna-Maie!* Er betonte ihren Namen extra süßlich, in der Hoffnung sie zu einer unbedachten Antwort zu provozieren. Zu seinem Erstaunen klappte es sogar.

Das meinst auch nur du, fauchte sie und fügte, ihn nachäffend, hinzu: *Quincy!*

Quincy lächelte sein bestes, uraltes Drachenlächeln.

Luna-Maie schlug sich entsetzt die Hand vor den Mund und riss die Augen auf.

Habe ich gerade …

Hast du, bestätigte er mit einem hoheitsvollen Kopfnicken.

Ich glaube, mir wird schlecht.

Quincy rollte effektvoll mit seinen gelben Augen. *So viel Drama.*

Wütend blitzte Luna-Maie ihn an. *Du magst ja jetzt mein Drache sein, doch lass dir etwas gesagt sein. Wenn du mich jetzt nicht in Ruhe und vor allem ohne deinen feurigen Atem im Nacken mit Ben zu Mittag essen lässt, mach ich dir das Leben zur Hölle. Und glaub mir, das kann ich gut.*

Aber ich muss dich vor Ben warnen, er ist …, wandte Quincy ein.

Es interessiert mich nicht. Sie hielt sich die Ohren zu und begann laut zu singen, während sie zurück zu Ben ging. „Lalala."

Frustriert sah ihr Quincy nach. Natürlich konnte er ihr einfach auf den Fersen bleiben. Das war theoretisch kein Problem für ihn. Nur war auch ihm klar, dass er in diesem Moment die Grundlage für ihre zukünftige Zusammenarbeit legte. Nachdem er keine Lust hatte, mit seinem Schützling um jeden Millimeter zu kämpfen, blieb ihm nichts anderes übrig, als sich erst mal ihren Wünschen zu fügen. Es gefiel ihm überhaupt nicht, doch das Risiko, sie mit Ben allein zu lassen, musste er offensichtlich eingehen. Heute zumindest.

Kapitel 17

„Singst du?“, wollte Ben wissen, als sie wieder bei ihm war. Sein Gesicht war ein einziges, großes Fragezeichen.

Kein Wunder. Vermutlich bereute er seine Einladung bereits. Sie konnte es ihm nicht verdenken. So hatte er sich ihr Mittagessen bestimmt nicht vorgestellt. Ein Mädchen, das in den ersten Minuten des Dates weglief, um Selbstgespräche zu führen, war vermutlich nicht die beste Kandidatin für eine Freundin. Freundin? Griff sie da nicht etwas vor? Sie redete erst zum dritten Mal mit ihm und sie begann, Herzchen in ihr Heft zu zeichnen? Was war nur mit ihr los?

Frustriert mit sich selbst, der Situation und ihrem Leben räusperte sie sich übertrieben.

„Nein, natürlich singe ich nicht. Ich hatte nur etwas im Hals. Eine Fliege verschluckt oder so.“

„Klang mehr wie eine Nachtigall“, murmelte er todernst.

Trotz ihrer Verlegenheit entschlüpfte Luna-Maie ein Lachen. „Nachtigall ist ein sehr schmeichelhafter Vergleich. Für mich. Ich bezweifle, dass die Nachtigall darüber sehr erfreut wäre“, meinte sie trocken.

Er hob unbekümmert die Schultern und ließ sie wieder fallen. „Man tut, was man kann“, meinte er mit einem schelmischen Lächeln.

In diesem Moment meldete sich ihr Magen lautstark. Er warf ihr einen Blick zu.

„Hungrig?"

Immer noch oder schon wieder verlegen, nickte sie. Er deutete auf die Steintreppe am Rande des Pausenplatzes. Die großen Steinquader aus Granit luden zum Verweilen ein. Luna-Maie liebte es, dort ihre Mittagspause zu verbringen. Sie nickte. In einträchtigem Schweigen legten sie den kurzen Weg zurück. Allerdings griff er nicht wieder nach ihrer Hand. Schade. Vielleicht hätte sie sich diesmal getraut, sie festzuhalten.

Nachdem sie sich hingesetzt hatten, packten sie ihre Lunchpakete aus.

Luna-Maie konzentrierte sich auf ihr belegtes Brot, als wäre es das erste seiner Art, das sie je gesehen hatte. Gerne hätte sie irgendein unverfängliches Thema aufgegriffen, doch ihre Gedanken kreisten ständig um die Tatsache, dass sie Ben einfach stehen gelassen hatte. Nachdem sie darüber jedoch auf keinen Fall reden wollte, war sie lieber ruhig. Was sollte sie auch sagen? Ich musste mit meinem Drachen reden? Eben. Etwas anderes wollte ihr beim besten Willen nicht einfallen.

Ben hingegen debattierte mit sich selber, ob er den Drachen bereits jetzt oder lieber erst zu einem anderen Zeitpunkt, wenn sie sich hoffentlich besser kannten, erwähnen sollte. Er schielte zu Luna-Maie hinüber, die ihr belegtes Brot studierte, als ob es ein Heilmittel für sämtliche Leiden der Welt beinhalten würde. Er ertappte sich dabei, dass er auf ihr Mittagessen eifersüchtig war. Gerne wäre er der Empfänger all dieser fokussierten Aufmerksamkeit gewesen. Hm. Das Drachenthema war ein todsicherer Weg, ihre Aufmerksamkeit zu erlangen. Allerdings bestand natürlich das Risiko, dass sie lieber flüchtete, als ihm zuzuhören.

War er überhaupt bereit, über seine eigene Verbindung zur

Drachenwelt zu sprechen? Jahrelang hatte er alles in seiner Macht stehende getan, um seine Fähigkeiten geheim zu halten. Überrascht stellte er fest, dass er es kaum erwarten konnte, mit Luna-Maie über seine Vergangenheit zu reden. Noch nie hatte er dieses Bedürfnis gehabt. Wieder studierte er das Mädchen mit den blonden Haaren. Allerdings hatte er auch noch nie jemanden gekannt, der verstand, was er erlebt hatte. Doch jetzt war da Luna-Maie. Sie würde genau wissen, wovon er sprach. Also holte er tief Luft und stürzte sich kopfüber in die furchterregendste Unterhaltung, die er in seinem Leben je geführt hatte.

„War das ein Freund von dir?"

Luna-Maie, die völlig in die Inspektion der Zutaten ihres Lunchs vertieft gewesen war, antwortete, ohne nachzudenken.

„Quincy?"

Ben war sprachlos. Nie hätte er gedacht, dass sie seine Frage ohne Ausweichmanöver beantworten würde. Einfach so.

Als ihr anstelle einer Antwort nur Stille entgegen schlug, hielt sie inne. Hatte sie etwas Falsches gesagt? Sie ließ sich seine Frage noch einmal durch den Kopf gehen. Und ihre Antwort. Oh, nein! Ihr loses Mundwerk würde irgendwann ihr Untergang sein. Wann würde sie endlich lernen, ihr Hirn zwischenzuschalten? Erst Quincy und jetzt Ben. Wann war sie so unachtsam geworden? Zögerlich hob sie den Kopf und begegnete Bens eindringlichem Blick. Ein Schauder überlief sie. Fast schien es, als könnte er direkt in ihre Seele sehen. Dort, wo sich alle Dinge, die sie als Drache und als Mensch ausmachten, versteckten. Moment mal. Sie runzelte die Stirn. Wieso hatte er Quincy überhaupt sehen können? War er zufällig in den Besitz eines Drachensteins gekommen?

Ben hatte sich inzwischen wieder einigermaßen erholt.

„Quincy? Ist das sein Name?"

Luna-Maie studierte ihn, als wäre er ein seltenes Insekt. Ben musste sich zusammenreißen, dass er sich unter ihrem Blick nicht zu winden begann. Das wäre ja noch schöner, wenn er sich von einem Mädchen einschüchtern lassen würde. Zugegeben, sie war kein gewöhnliches Mädchen. Trotzdem.

„Wen meinst du denn genau?“, fragte sie gedehnt.

„Na, du hast doch vorhin mit jemandem gesprochen“, versuchte er Zeit zu schinden. Jetzt, wo der Zeitpunkt gekommen war, tat er sich trotzdem schwer, das Wort ‚Drache' in den Mund zu nehmen. Was, wenn er sich irrte? Was, wenn das alles nur eine Ausgeburt seiner seltsamen Fantasie war? Diese Angst trug er schon lange mit sich herum. Auf eine gewisse Art war es eine Erleichterung gewesen, als seine Fähigkeit, sich in einen Drachen zu verwandeln, plötzlich weg gewesen war. Klar, er vermisste das Gefühl der Magie, die sein Blut zum Singen brachte, die unbändige Kraft und natürlich das Fliegen. Andererseits war er sich nie ganz sicher gewesen, ob er nicht einfach an besonders lebhaften Halluzinationen litt. Diese Sorge war er seither los gewesen. Bis vorgestern zumindest.

„Selbstgespräche“, erwiderte sie schnell. Bedauernd hob sie die Schultern. „Ich weiß, peinlich, nicht? Aber leider wahr.“

Ben kaute auf seiner Unterlippe, während er seine Möglichkeiten abwog. Der einfachste Weg wäre, ihr einfach zuzustimmen, eine friedliche Mittagspause zu genießen und vielleicht noch einen Kuss zu klauen. Nicht die schlechteste Variante. Doch dann dachte er daran, wie prachtvoll sie in ihrer Drachengestalt ausgesehen hatte und wie sehr er sich danach sehnte, sich jemandem anzuvertrauen.

„Selbstgespräche, hm?“

Luna-Maie nickte gewichtig und versuchte, ihre Gesichtszüge so zu sortieren, dass sie Bedauern, aber auch komplette Ehrlichkeit ausdrückten. Vermutlich sah es letzten Endes eher aus, als hätte sie nicht alle Tassen im Schrank, aber sie konnte sich nicht um alles kümmern. Sie hatte viel zu viel damit zu tun, ihre Nerven nicht zu verlieren. Keine einfache Aufgabe.

Ben setzte sich aufrechter hin und zog die Knie an die Brust. Den Blick hatte er in die Ferne gerichtet.

Für einen Augenblick von ihren eigenen Sorgen abgelenkt, beobachtete Luna-Maie fasziniert sein Profil. Er war nicht im klassischen Sinne schön. Dafür war seine Nase etwas zu groß, zu arrogant, seine Augenbrauen zu dicht und seine Kinnlinie zu kantig. Doch er strahlte etwas Wildes, Ungezähmtes aus, das sie in den Bann zog. Ganz anders und definitiv besser und interessanter als die glatten, perfekt frisierten Justin Bieber-Verschnitte oder wie die alle hießen. Nur zu schade, dass er nach Quincy gefragt hatte. Sie würde gerne glauben, dass er nur einen Schatten gesehen hatte oder auch gar nichts, doch sie glaubte nicht so recht daran. Das machte ihn potenziell gefährlich. Sie wusste nicht, woher sie das wusste. Es war kein Thema, über das sie sich mit ihrer Mutter, den Drachenschwestern oder den Drachen je unterhalten hätte. Irgendwie waren sie alle davon ausgegangen, dass die Drachen nur Frauen und auch nur Frauen aus ihrer Familie betrafen. Doch dann hatte Papa die Wahrheit über sie herausgefunden. Und jetzt war Ben ihrem Geheimnis auf der Spur. Vermutlich stand es morgen in der Zeitung. Sie schnaubte. Vielleicht würde sie dann wenigstens reich werden, wenn sie ihre Story verkaufen könnte.

„Darf ich dir eine Geschichte erzählen?“, fragte Ben abrupt.

Verwundert sah sie ihn an. Als er nichts weiter erklärte, zuckte sie mit den Schultern.

„Ja, klar.“

„Es war einmal ein Junge. Der hatte …“, er zögerte und schien nach den richtigen Worten zu suchen. „… Träume. Träume, die so intensiv waren, dass er sie für echt hielt. Er hielt sie für so echt, dass seine Mutter", er räusperte sich und fuhr fort, „seine Mutter auch zu der Überzeugung kam, dass mit ihrem Kind etwas nicht stimmte."

Gebannt hörte Luna-Maie ihm zu. Als er nichts mehr sagte, berührte sie ihn sacht am Arm. Nur kurz. Doch es reichte, dass ein leichtes Prickeln über ihre Haut wanderte. Sie nahm all ihren Mut zusammen und ließ ihre Hand liegen.

„Ben?"

Er schüttelte leicht den Kopf, als müsse er die Gedanken, die ihn zu überwältigen drohten, abschütteln.

„Wo war ich?"

„Lebhafte Träume? Die Mutter?"

„Genau." Sein Adamsapfel bewegte sich ruckartig, als er schluckte.

Luna-Maie schaute zur Seite. Die Stimmung zwischen ihnen war seltsam intim. Sie wünschte sich, er würde mit seiner Geschichte fortfahren.

„Da der Junge nicht wollte, dass seine Mutter ihn seltsam fand, erzählte er ihr nichts mehr von den Träumen."

„Was waren es für Träume?"

Ben wandte den Kopf und fixierte sie mit seinem Blick. Seine Augen glühten richtiggehend, so viel Intensität steckte in seinem Ausdruck.

„Träume von uralten Legenden, Magie und unbändiger Kraft. Von grenzenloser Freiheit und …", seine Stimme brach und er seufzte schwer. „Und vom Fliegen."

Vor Luna-Maies Auge tauchte das Bild eines meergrünen Drachen auf, der mit dem Sturm um die Wette flog. Auf einmal wusste sie mit absoluter Sicherheit, dass Ben dieser Drache gewesen war. Ihr stockte der Atem. Hastig wollte sie ihre Hand von seinem Arm ziehen, doch er hielt sie mit seiner anderen Hand fest.

„Bleib." Als er ihre Zerrissenheit spürte, fügte er hinzu: „Bitte."

Das schien zu wirken. Luna-Maie entspannte sich ein wenig und machte keine Anstalten mehr, zu flüchten.

„Dein Traum", flüsterte sie, überwältigt von all den Bildern und Emotionen, die durch die körperliche Verbindung auf sie einprasselten.

„Was ist mit ihm?"

„Er ist wunderbar."

Sein Herz machte einen hoffnungsvollen Satz, als er das hörte. Doch immer noch gab er seine Vorsicht nicht auf. Zu lange war der einzige Kommentar zu seiner Drachennatur ein Fluch gewesen.

„Das ist wohl Ansichtssache. Dem Jungen wurde gesagt, dass seine Träume des Teufels waren. Abgrundtief böse." Seine Stimme hatte einen hölzernen Klang.

Luna-Maie zögerte. Eine Frage brannte ihr auf der Zunge. Sie war sich nur nicht sicher, ob sie bereit war, die Antwort zu hören.

„Und du? Was meinst du zu dem Traum des Jungen?" Sie versuchte, ihrer Stimme einen möglichst neutralen Klang zu verleihen. Trotzdem war es ihrer Stimme deutlich anzuhören, dass sie vermutete, dass er der Junge mit dem Traum war. Aber ehrlich. Was erwartete er von ihr? Dass sie sich dumm stellte? Das lag definitiv nicht in ihrer Natur, sei es als Drache oder als Mädchen. Doch sie kam nicht umhin, Mitgefühl zu empfinden. Mitgefühl mit dem kleinen Jungen, der anscheinend nicht das Glück gehabt hatte, in eine Drachenfamilie hineingeboren zu werden. Tränen stiegen ihr in die Augen. Unauffällig wischte sie sie weg. Sie glaubte nicht, dass er es schätzen würde, wenn sie wegen seiner Geschichte weinte.

Natürlich waren ihm ihre verräterisch glänzenden Augen und die darauf folgende verstohlene Bewegung nicht entgangen.

Ein Kloß bildete sich in seiner Kehle. Auf keinen Fall wollte er, dass sie Mitleid mit ihm hatte. Aber falls es sich um Mitgefühl handelte … Das wäre auf überraschende Weise schön, stellte er erstaunt fest.

Bevor er das Unvorstellbare tat und auch noch anfing zu weinen, das hatte er schließlich bereits vor über zehn Jahren aufgehört, konzentrierte er sich auf Luna-Maies letzte Frage. Erinnerungen überfluteten ihn. Das Gefühl des Windes, der durch seine Schuppen fuhr, seine Versuche, Sternschnuppen nachzujagen, die unbändige Kraft, wenn er sich verwandelte … die Liste war schier endlos.

Ein breites, glückliches Grinsen erhellte sein Gesicht. Luna-Maie konnte nicht anders als zurück zu grinsen. Wenn sie mit ihren Vermutungen richtig lag und er das Drachendasein tatsächlich irgendwann einmal erlebt hatte, konnte sie ihn nur zu gut verstehen.

„So gut?“, fragte sie deshalb nur.

„So gut.“

Zum ersten Mal seit Langem zufrieden mit sich und der Welt, löste er den Griff um seine Knie und ließ sich auf seine Hände zurückfallen, um sich auf dem Stein hinter sich abzustützen. Dadurch wurde die Verbindung zwischen ihnen unterbrochen. Luna-Maie fühlte sich seltsam verlassen. Blödsinn, schalt sie sich. Sie war die letzten fünfzehn Jahre ohne Ben klargekommen. Das würde auch weiterhin klappen, versuchte sie sich zu überzeugen.

Wollte ich auch grad sagen, mischte sich Quincy mit einem verächtlichen Schnauben in die Unterhaltung ein.

Luna-Maies Kopf schnellte hoch. Ihre Augen flitzten von links nach rechts, während sie die Umgebung nach einem verräterischen Glänzen der stahlgrauen Schuppen absuchte.

Spionierst du mir etwa nach?

Natürlich nicht, entgegnete der Drache entrüstet. *Ich wollte nur sichergehen, dass du auch pünktlich wieder im Schulzimmer bist. Dabei kam ich nicht umhin, deine letzten Gedanken mit anzuhören.*

Dann schlag ich vor, du verziehst dich wieder. Wir haben noch fünfzehn Minuten Pause. Mehr als genug Zeit!, ließ sie ihn unmissverständlich wissen.

„Ist was?“, fragte Ben besorgt.

Sie setzte das beruhigendste Lächeln auf, das sie auf der Stelle hinbekam.

„Alles gut. Nur eine aufdringliche Wespe.“

Eine Wespe!, entrüstete sich Quincy. *Also wirklich!*

Bist du etwa immer noch hier? Verschwinde!

„Du scheinst heute die Insekten richtig anzuziehen“, bemerkte Ben beiläufig. Er legte den Kopf schief, um sie genauer zu mustern.

„Insekten?“, wiederholte sie verständnislos.

„Erst die Fliege, die du verschluckt hast und jetzt die Wespe?“

Luna-Maie wurde rot. „Ich dachte, wir hätten uns darauf geeinigt, dass es eine Nachtigall war?“, murmelte sie.

„Stimmt.“ Er musste sich schwer beherrschen, um nicht laut loszulachen. Luna-Maie war voller Geheimnisse. Aber er war zuversichtlich, dass er bald mehr erfahren würde.

„Ist er weg?“

„Wer?“ Bens oder Quincys Anwesenheit, wer, das war jetzt halt die Frage des Tages, schien einen schlechten Einfluss auf die Funktionalität ihres Hirns zu haben. Die Hälfte der Zeit wiederholte sie wie ein Papagei die einfachsten Fragen, weil sie der Unterhaltung nicht folgen konnte.

„Na, dein nicht-existenter Gesprächspartner. Du weißt schon, mit dem du die Selbstgespräche führst.“

„Ach du!“ Sie versetzte ihm spielerisch einen Boxhieb.

Er zuckte zusammen.

„Uff. Hinter deinem Schlag steckt ganz schön viel Kraft."

Luna-Maie lachte. „Vielleicht merkst du dir das besser!"

„Guter Tipp!", brummte er. „Sag mal … Hattest du mal einen ähnlichen Traum? Wie der Junge?"

Nicht ganz sicher, ob oder wie sie die Frage beantworten sollte, strich sie sich die langen Haare hinter die Schulter. Dann dachte sie, was soll's … Schließlich redeten sie über Träume und nichts anderes. Oder?

Also nickte sie.

Völlig platt, dass Luna-Maie ihm wenigstens so weit vertraute, ergriff er ihre Hand. Zu seiner Erleichterung ließ sie die vertraute Berührung zu. Ihre Magie sprang auf ihn über und bahnte sich ihren Weg durch seinen Körper. Ein großer Teil schien sich jedoch auf seine Körpermitte zu konzentrieren. Vermutlich nicht nur Magie, die er verspürte, dachte er mit einem Anflug von Humor. Da war auch eine große Portion reiner Lust dabei. Sein Mundwinkel zuckte bei dieser Feststellung. Eigentlich sollte ihn das nicht überraschen. Dass er sich von ihr angezogen fühlte, hatte nichts mit der Tatsache zu tun, dass sie sich in einen Drachen verwandeln konnte. Das Gefühl, endlich angekommen zu sein, eine Seelenverwandte gefunden zu haben, das hingegen schon.

Er beugte sich ein wenig zu ihr hin.

„Würde es dich schrecklich schockieren, wenn ich dir sage, dass ich dieser Junge war?"

Wie gebannt hörte sie ihm zu und schüttelte den Kopf.

„Und wenn ich noch weiter gehen und dir sagen würde, dass das alles kein Traum war? Würdest du mir glauben?"

Luna-Maie entzog ihm ihre Hand und hielt sich erschrocken beide Hände vors Gesicht. Natürlich hatte sie schon die ganze Zeit vermutet, dass das Gespräch zu diesem Punkt führen würde. Doch jetzt, wo es laut ausgesprochen war, überfielen sie

Zweifel. Das war doch nicht möglich. Jeder Drache wusste, dass die seltenen Drachenkinder immer Mädchen waren. Oder etwa nicht?

Als Ben merkte, dass Luna-Maie nicht mit der erwarteten Begeisterung reagierte, verengten sich seine Augen zu Schlitzen.

„Du glaubst mir nicht." Es war keine Frage, sondern eine Feststellung.

„Ähm, also …" Sie wusste wirklich nicht, was sie sagen sollte.

Wie sich herausstellte, war das auch gar nicht nötig. Denn auf einmal war Quincy da. Er kam geflogen und landete in seiner vollen Pracht neben ihnen. Oder besser gesagt, praktisch auf ihnen. Sie konnte gerade noch nach hinten rutschen, um zu verhindern, dass sie die volle Breitseite seines Flügels abbekam.

„Du lügst", brüllte er den armen Ben an. Feuer schoss aus Quincys Maul. Schwarzer Rauch strömte bedrohlich aus seinen Nüstern. Sichtlich wütend umfasste er Bens Kehle mit einer seiner riesigen, krallenbesetzten Pranken.

Luna-Maie starrte die beiden fassungslos an. Quincy hatte offenbar doch gelauscht, was für eine Überraschung, und mitbekommen, dass Ben behauptete, ein Drachenkind zu sein. Genau wie sie, obwohl das unmöglich war. Wenn sie allerdings jetzt Bens Reaktion betrachtete, fragte sie sich, ob an seiner Behauptung nicht vielleicht doch etwas dran war. Zum einen schien er ihren Drachen tatsächlich zu sehen. Sie hoffte nur, dass das nicht gleichbedeutend war wie seine Drachenschwester zu sein. Schwesterlich fühlten sich ihre Gefühle für ihn nun wirklich nicht an. Und zum anderen zeigte er überhaupt keine Angst. Das sprach zwar nicht gerade für einen funktionierenden Verstand – Quincys Anblick war furchterregend – aber sehr dafür, dass er doch irgendwann selber die Erfahrung gemacht hatte, ein Drache zu sein. Oder zumindest ein solches Geschöpf gekannt hatte. Sonst wäre er nie und nimmer bei

Quincys Anblick so ruhig geblieben. Die beiden starrten sich an. Gelbe Drachenaugen gegen grüne Menschenaugen. Keiner gab auch nur einen Millimeter nach.

Schließlich wurde es ihr zu blöd mit den beiden verrückten männlichen Wesen. Sie sprang auf die Füße, stützte die Hände in die Hüften und baute sich vor den beiden auf.

„Himmel noch mal! Was ist denn mit euch beiden los?"

Keiner schenkte ihr auch nur einen winzigen Augenblick Beachtung.

Genervt warf sie die Hände in die Luft. „Was kommt als Nächstes? Wettpinkeln?"

„Gute Idee", fauchte ihr Drache tatsächlich. Auch Ben schien den Vorschlag gar nicht so dumm zu finden.

Arrgh! Männer! Irgendetwas musste bei denen genetisch falsch programmiert sein, offenbar bei Mensch und Drache gleichermaßen.

Nachdem Quincy keinerlei Anstalten machte, von Ben abzulassen und dieser immer blauer im Gesicht wurde, blieb ihr nichts anderes übrig, als sich schleunigst zu verwandeln. Nur so hatte sie den Hauch einer Chance, Quincy Einhalt gebieten zu können.

Wie jedes Mal seit dem Verlust ihrer Kräfte musste sie als Erstes die aufflackernde Panik bekämpfen, dass es diesmal mit der Verwandlung nicht klappen würde. Sie biss die Zähne zusammen, schloss die Augen und langte geistig nach der Magie, die, hoffentlich, durch ihre Adern strömte. Erleichtert registrierte sie das vertraute Summen und Prickeln, das jede Wandlung begleitete. Auf das Zeichen des Drachen war offenbar Verlass.

Immer noch war sie überrascht von der neu erworbenen Schnelle und Leichtigkeit, die mit dem ganzen Prozess einherging. Im Nu stand sie in voller Pracht vor den beiden und fauchte heißen Drachenatem in ihr Gesicht.

Die beiden hielten in ihrem ungleichen Kampf inne und schauten zu ihr. Quincy drehte den Kopf, während Ben, der sich nach wie vor im Würgegriff des Drachen befand, zu ihr hinüber schielte. Immerhin schien Quincy seinen Griff etwas gelockert zu haben. Bens Gesicht nahm langsam wieder eine gesündere Farbe an.

Beide starrten sie an, als wären ihr gerade zwei Hörner gewachsen. Oder besser gesagt Flügel, Schuppen und Klauen, dachte sie lakonisch, was ja auch stimmte.

Ben schnupperte. Es stank nach verbrannten Haaren. Verbrannte Haare? Verdammt. Das konnten nur seine sein, nachdem die einzigen anderen Anwesenden zwei Drachen waren. Angestrengt versuchte er, einen Blick auf seine Augenbrauen und Stirnfransen zu erhaschen. Natürlich ohne Erfolg.

„Du hast meine Haare angesengt“, beschuldigte er Quincy. Zu seinem Bedauern fehlte seiner Stimme die nötige Autorität. Ein lästiges Resultat des Klammergriffs um seinen Hals.

Der stahlgraue Drache schüttelte den Kopf.

„So gerne ich das als meinen Verdienst deklarieren würde, muss ich leider sagen, dass ich damit nichts zu tun habe. Ich achte immer darauf, keine sichtbaren Spuren an meinen Opfern zu hinterlassen“, fügte er überflüssigerweise hinzu.

Ben fragte sich im Stillen, wie ein vom Rest des Körpers getrennter Kopf in die Kategorie spurlos passen würde, so hatte es sich vor ein paar Sekunden nämlich angefühlt, doch dann beschloss er, dass er die Antwort darauf lieber nicht wissen wollte. Er hatte dringlichere Probleme. Zum Beispiel eine zwei Meter große, rosafarbene Drachin. Und sie war fuchsteufelswild. Trotzdem kam er nicht umhin, sie bewundernd anzustarren. Sie war eine großartige Erscheinung. Die Magie der beiden Drachen brachte die Luft zum Vibrieren. Sie legte sich um seine Sinne und berauschte ihn. Er fühlte sich wie ein Blatt während eines Föhnsturms, wild und ungebunden. Was lächerlich war in Anbetracht der Tatsache, dass er immer noch von dem einen Geschöpf festgehalten wurde, dachte er seltsam entrückt. Dann rollten seine Augen nach oben, und er verlor das Bewusstsein.

Kapitel 18

Entsetzt starrte Luna-Maie auf Bens Körper, der plötzlich leblos in Quincys Pranken hing.

Was hast du mit ihm gemacht?, herrschte sie ihn telepathisch an.

Keine Ahnung! Quincy ließ den regungslosen Ben wie eine heiße Kartoffel fallen. Mit einem dumpfen Knall prallte Ben auf den harten Stein.

Pass doch auf! Geistesgegenwärtig ließ Luna-Maie ihren langen Schwanz hervorschnellen und schob ihn unter Bens Kopf, um ihn wenigstens vor einer Gehirnerschütterung zu bewahren.

Fassungslos stand Quincy vor Ben. So etwas war ihm in seinen dreihundertfünfundachtzig Jahren auch noch nie untergekommen. Versuchsweise hakte er eine Kralle in den Stoff von Bens Jeans, hob das Bein hoch und ließ es wieder fallen.

Quincy! Was ist eigentlich mit dir los? Nicht nur, dass du offensichtlich gelauscht hast, aber einfach so über ihn herzufallen geht gar nicht! Ihre Flügel bebten vor unterdrückter Wut. Die Schuppen rasselten metallisch.

Der stahlgraue Drache richtete sich zu seiner vollen Größe auf. Steif sagte er: „Er hat dich angelogen. Das konnte ich nicht zulassen."

Mich angelogen? Das durfte doch nicht wahr sein. Frustriert wegen so viel Drachenstarrsinns warf Luna-Maie ihre Pranken in die Luft. Überraschung! Die meisten Menschen lügen. Die Zeitungen lügen. Willst du die etwa alle umbringen? Sie schüttelte den Kopf. *Dann wünsche ich dir viel Spaß. Wenigstens habe ich dann meine Ruhe. Damit wirst du nämlich lange beschäftigt sein.*

Er hat von Dingen gesprochen, die nicht sein dürfen, beharrte Quincy.

Aha. Jetzt kommen wir der Sache schon näher. Ich gebe ja zu, dass es mir auch schwerfällt, zu glauben, dass er ebenfalls ein Drachenkind ist. Oder war, fügte sie nach einigen Sekunden hinzu. *Aber falls er es war …*

Unmöglich! Eigensinnig reckte der Drache sein Kinn in die Luft.

Luna-Maie war die Diskussionen, was möglich war und was nicht, so leid. Schließlich war sie das beste Beispiel dafür, dass Unmögliches manchmal eben doch möglich wurde. Auch wenn die gesamte Drachenpopulation vom Gegenteil überzeugt war.

Ein Stöhnen drang an ihre Ohren. Ben. Oje, den hatte sie während ihres Disputs fast vergessen. Also nicht ihn. Aber seinen Aufenthaltsort und seinen Zustand, dachte sie mit schlechtem Gewissen.

Das Drachenmädchen ließ sich neben Ben auf die Knie nieder. Behutsam umfasste sie seinen Kopf mit beiden Händen und zog ihren Schwanz unter seinem Kopf hervor. Sanft legte sie ihn auf dem Stein ab, bevor sie sich zurück verwandelte.

Von der intimen Szene unangenehm berührt trat Quincy von einem Bein aufs andere.

Äh, ich geh dann mal, sagte er, sich sichtlich unwohl fühlend mit der Situation.

Ist gut, antwortete sie kurz angebunden, ohne den Blick von Ben abzuwenden. Dieser schien endlich aufzuwachen. Seine Augenlider flatterten und er bewegte sich leicht.

Das Erste, was Ben sah, waren zwei kristallblaue Augen. Wunderschöne Mädchenaugen, dachte er träumerisch. Er ließ seinen

Blick über ihr Gesicht gleiten. Hellblonde Haare umrahmten ein schmales Gesicht. Auf der Höhe ihrer Lippen hielt er in seiner Inspektion inne. Ob er sie wohl küssen sollte? Auf einmal schien er nichts anderes mehr denken zu können als seine Hände in ihren langen Haaren zu vergraben und sie zu sich herunterzuziehen. Mmmmh …

„Ben?“ Sie schüttelte ihn leicht. Was war nur mit ihm los? Als er nicht reagierte, versetzte sie ihm einen Stoß.

„He!“, wehrte er sich und schien endlich aus seinem Tagtraum aufzutauchen.

„Gott sei Dank. Dir geht’s gut“, stieß sie hervor und fiel ihm um den Hals.

Überrascht legte er die Arme um ihren Oberkörper. Das war zwar kein Kuss, aber fürs Erste würde er sich auch mit dem Zweitbesten, also einer Umarmung, zufriedengeben. Wie war er überhaupt auf dem Boden gelandet? Bevor er Zeit hatte, den Gedanken zu Ende zu denken, löste sich Luna-Maie von ihm und zerrte an seiner Hand.

„Steh auf. Wir sind schon wieder zu spät“, stieß sie hervor und grunzte bei der Anstrengung, ihn hochzuhieven.

Ben runzelte die Stirn. Sein Hirn war immer noch seltsam träge.

„Zu spät wofür?“

„Na, für die Schule!“, antwortete sie aufgebracht.

Ben setzte sich auf und rieb sich mit den Handflächen über das Gesicht. Langsam kehrten die verloren gegangenen Erinnerungen zurück. Luna-Maies Geheimnisse, sein eigenes Geständnis und, schmerzlich berührt verzog er das Gesicht, ihr Unglaube. Er konnte ja verstehen, dass es wie eine fantastische Geschichte klang. Aber von jemandem, der dieselben Fähigkeiten hatte, fand er es doch eine ziemlich heuchlerische Reaktion. Es tat richtig weh. Die Tatsache, dass er anschließend beinahe von einem anderen Drachen ins Jenseits befördert worden war, besserte seine Laune auch nicht. Fürs Erste hatte er definitiv genug von Luna-Maies Gesellschaft.

Abrupt stemmte er sich hoch.

„Du hast recht. Die Schule. Also, bis irgendwann einmal." Er hob die Hand zum Gruß und hüpfte die Stufen hinunter.

Luna-Maie sah ihm bedrückt nach. Sie konnte den exakten Moment benennen, als ihm alles wieder eingefallen war. Kein Wunder, dass er es nicht erwarten konnte, von hier und von ihr wegzukommen, dachte sie beklommen.

„Toll, Luna-Maie, wirklich toll gemacht. Dein erstes Date, und du versaust es so gründlich, dass er wahrscheinlich nie wieder mit dir spricht", sagte sie laut. Ihre Augen verengten sich. Das war alles Quincys Schuld. Wenn sie den in die Finger bekam, dann, dann … Ehrlich gesagt wusste sie selber nicht, was dann. Aber auf jeden Fall etwas Schlimmes.

Niedergeschlagen und zum zweiten Mal zu spät kehrte sie in ihre Klasse zurück.

*

Dankenswerterweise glänzte Quincy die nächsten Stunden mit Abwesenheit. Als Luna-Maie nach fünf Uhr nach Hause kam, wartete nur ihre Mutter auf sie.

Miri nahm sie in den Arm und drückte sie fest.

„Ich bin froh, dass du wieder da bist", flüsterte sie in die Haare ihrer Tochter.

Das schlechte Gewissen durchzuckte Luna-Maie wie ein Pfeil. Würde sich ihre Mutter ab jetzt jeden Tag Sorgen machen, ob sie nach Hause kommen würde? Das hatte sie nicht gewollt. Ihre Kehle verengte sich verdächtig. Um die sentimentale Stimmung abzuschütteln, schob sie Miri ein Stück von sich weg.

„Du wirst jetzt aber nicht jeden Tag die Stunden zählen, bis ich wieder da bin?“

Ihre Mutter lachte, verlegen, weil sie sie genau dabei ertappt hatte.

„Natürlich nicht.“ Es klang nicht sehr überzeugend. „Aber du musst zugeben, dass du noch nicht zu Hause wärst, wenn du gestern nicht so ein Pech gehabt hättest.“

Das stimmte leider.

„Du wirst mir doch nicht eine einmalige Fehlentscheidung ewig vorhalten“, ging Luna-Maie in den Angriff über. „Die letzten Jahre bin ich jeden Tag aus der Schule zurückgekehrt. Das sind, lass mich mal überlegen …“ Sie legte die Stirn in Falten und rechnete. Ein Jahr hatte zweiundfünfzig Wochen. Davon waren dreizehn Wochen Ferien. Das Resultat multipliziert mit fünf und der Anzahl Schuljahre … „Das heißt, ich bin tausendsiebenhundertfünfundfünzig Mal zuverlässig nach Hause gekommen.“

„Du meine Güte!“, stellte Miri verblüfft fest. „Diese Zahl rückt auf jeden Fall alles wieder in die richtige Perspektive.“ Nicht dass sie nachgerechnet hatte. Das hatte sie vor langer Zeit aufgegeben. Ihre Tochter war ein Mathe-Genie. „Ich vergesse manchmal, wie clever du bist.“

Luna-Maie, die froh war, dass sie das Gespräch erfolgreich in eine andere Richtung gelenkt hatte, runzelte die Stirn.

„Ist das nicht das Erste, was dir in den Sinn kommen sollte, wenn du an mich denkst?“

Ihre Mutter lachte. Sie lachte tatsächlich. Ungläubig starrte Luna-Maie sie an.

Als sie sich endlich wieder beruhigt hatte, riss sie ein Blatt von der Küchenpapierrolle ab und tupfte sich die Lachtränen vom Gesicht.

„Ich weiß gar nicht, was an meiner Frage so witzig sein sollte“, murmelte Luna-Maie missgestimmt.

„Sagt mein Drachenkind."

Jetzt stimmte auch Luna-Maie in das Gelächter ein. Das Detail, dass sie eine Drachenwandlerin war, hatte sie doch glatt vergessen.

Ramiro schlenderte in die Küche. „Eine Party? Ohne mich?"

„Oh, Ramiro", rief Luna-Maie erfreut aus. „Dich wollte ich sowieso sprechen. Kommst du hoch?"

„In dein Zimmer?"

Sie nickte.

„Wieso denn das? Die Milch ist hier unten." Offensichtlich hatte sein Auftauchen nichts mit dem dringenden Bedürfnis, sie beide zu sehen, zu tun, sondern eher mit seinem knurrenden Magen.

Ungeduldig marschierte Luna-Maie zum Schrank, holte eine Tasse heraus und reichte sie dem überraschten Ramiro. Dann öffnete sie den Kühlschrank, nahm die Milch heraus und füllte den Becher bis zum Rand.

„Zufrieden?", schnauzte sie ihn an.

Ramiro hob eine Augenbraue. „Da hat aber jemand gute Laune."

„Bis gerade eben war sie noch völlig in Ordnung", bemerkte Miri.

„Also ist es jetzt mein Fehler?", fragte Ramiro ungläubig.

Miri zuckte nur mit den Achseln.

Luna-Maie ignorierte das Geplänkel der beiden und warf einen Kontrollblick in die Tasse. Halb leer. Das genügte.

„Komm mit, die Milch kannst du mitnehmen", beschied sie ihm und schnappte sich seine Pranke, um ihn aus dem Zimmer zu ziehen.

Hilflos schickte Ramiro einen fragenden Blick zu Miri, doch die lächelte nur. Sie war einfach froh, dass Luna-Maie wieder da war. Da konnte sie sich seltsam aufführen, solange sie wollte.

*

„Verrätst du mir jetzt endlich, was das soll?“, verlangte Ramiro zu wissen, als sie endlich in Luna-Maies Zimmer waren.

Luna-Maie hielt einen Finger vor den Mund. „Schhhhh!“

„Schhhhh?“ Ramiro verstand nur Bahnhof.

„Ich will nicht, dass mein Drache uns hört.“

„Also ist er jetzt dein Drache? Das ging schneller, als ich dachte.“

„Erinnere mich nicht daran. Er hat mich ausgetrickst.“

„Hoppla!“ Widerwillig zollte Ramiro dem abwesenden Drachen Respekt. Das hätte er dem Alten gar nicht zugetraut.

„Ja, hoppla“, entrüstete sich das Drachenmädchen. „Und weißt du, was er dann gemacht hat?“

Ramiro schüttelte den Kopf. Selbst wenn er gewusst hätte, wovon sie sprach, hätte er sich nichts anmerken lassen. Es war offensichtlich, dass sie etwas loswerden musste.

„Mein Date ruiniert.“

Alarmiert richtete sich Ramiro auf. Ein Date? So mit Küssen und so? Aber mit wem, um Himmels willen? Wieso wusste er nichts davon, dass Luna-Maie verliebt war?

„Was für ein Date?“

„Das ist doch jetzt egal“, antwortete Luna-Maie irritiert.

„Ist es nicht!“, protestierte der grüne Drache. „Bist du nicht noch viel zu jung für so was?“

Luna-Maie schaute ihn an, als hätte er nicht mehr alle Tassen im Schrank. „Hast du bei Quincy ein Spielverderber-Seminar besucht?“

„Spielverderber? Also bitte …“ Ramiro traute seinen Ohren nicht. War seine Kleine immer schon so frech gewesen? Oder waren ihr die Krallen über Nacht gewachsen?

„Dann hör auf, dich wie einer zu benehmen.“

Ramiro beschloss, sich erst einmal die Geschichte anzuhören und nachher auf das Thema Date zurück zu kommen. Obwohl es ihn schon sehr interessierte, ob da Küsse waren oder nicht. Er hoffte nicht.

„Also, erzähl“, forderte er sie deshalb zum Weitersprechen auf.

Luna-Maie hüpfte aufs Bett und nahm eines ihrer vielen Lieblingsstofftiere in den Arm. Dieses hier war eine Katze, die irgendwann im Laufe der Jahre ein Ohr und einen Teil ihres Schwanzes verloren hatte.

„Heute hat mich ein Junge gefragt, ob ich mit ihm die Mittagspause verbringen würde.“

Erleichtert setzte sich Ramiro neben sie auf die Matratze. Ein gemeinsames Mittagessen klang ziemlich harmlos.

„Ben“, hauchte Luna-Maie träumerisch.

Ramiro zog eine Grimasse und äffte sie im Stillen nach. *Ben.*

„Das habe ich gesehen“, ließ sie ihn prompt wissen.

Der Drache setzte eine Unschuldsmiene auf und war wieder ganz Ohr.

„Auf jeden Fall hat er mir dann die seltsamste Geschichte erzählt. Von einem Jungen, der träumte, er wäre ein Drache.“

„Ein Drachentraum? Und das erzählt er ausgerechnet dir? Seltsamer Zufall.“ Ramiro drehte und wendete die neuen Informationen in seinem Kopf. „Kennst du ihn schon lange?“

„Nein, nicht wirklich. Das ist ja das Seltsame. Aber wart’s ab. Es kommt noch besser. Am Ende der Geschichte hat er angedeutet, dass er dieser Junge ist und dass der Traum gar kein Traum war.“

„Unmöglich!“

Luna-Maie zuckte zusammen, als er dieselben Worte wiederholte, die auch Quincy ausgesprochen hatte.

„Ich muss zugeben, dass ich selber mehr als skeptisch war.

Wie ihr mir ja immer erzählt habt, gibt es nur ganz, ganz selten Drachenkinder, und es sind meistens Mädchen."

Ramiro nickte bestätigend.

„Das steht sogar in dem Buch, das du für mich geklaut hast. Allerdings scheinen alle geflissentlich das Wörtchen *meistens* zu überlesen oder zu überhören."

Da hatte Luna-Maie nicht ganz unrecht, dachte Ramiro, während er die Geschichte im Kopf noch einmal durchging.

„Aber das Beste habe ich dir noch gar nicht erzählt!", meinte sie aufgeregt.

„Was denn?"

„Er kann Drachen sehen. Er hat Quincy gesehen."

„Quincy hat mit euch zu Mittag gegessen?", fragte der grüne Drache ungläubig.

„Nein. Natürlich nicht. Zumindest war er nicht eingeladen. Anscheinend war er gerade zufällig in der Gegend", ihre Stimme troff vor ungläubigem Sarkasmus, „und hat Bens Behauptung bezüglich seiner Drachennatur mitgekriegt. Da ist er ausgeflippt, hat sich vor unseren Augen materialisiert und Ben am Kragen gepackt."

„Wow. Dieses Date wird schwer zu toppen sein", stellte Ramiro mit dem für ihn so typischen, trockenen Humor fest.

Heute schätzte Luna-Maie seinen Sinn für Witze weniger. „Ich bin noch nicht fertig mit Erzählen."

„Da kommt noch mehr?"

„Du kannst es dir gar nicht vorstellen …", brummte sie und ließ sich rücklings aufs Bett fallen.

Das konnte er tatsächlich nicht.

„Die beiden haben miteinander gekämpft."

„Das muss aber ein ungleicher Kampf gewesen sein: Junge gegen Drache."

„Genau!“, rief Luna-Maie aus. „Es blieb mir gar nichts anderes übrig, als mich zu verwandeln und einzuschreiten.“

„Du hast was?“, fragte Ramiro schockiert. Ein Außenstehender, der Drachen sehen konnte, und sie hatte nichts Besseres zu tun, als sich vor seinen Augen zu verwandeln? War sie von allen guten Geistern verlassen?

„Was sollte ich denn tun? Bens Gesicht wurde immer blauer oder blasser, vor lauter Sauerstoffmangel. Was weiß ich.“, meinte sie wegwerfend und fuchtelte unbestimmt mit ihrer Hand in der Luft herum. „Auf jeden Fall war klar, dass er die nächsten Minuten nicht überleben würde“, schloss sie dramatisch.

„Und da bist du zu seiner Rettung geeilt.“ Ramiro schnaubte.

„Ja, klar“, antwortete Luna-Maie beleidigt. Etwas kleinlaut fügte sie hinzu: „Es könnte allerdings sein, dass ich in meinen Bemühungen, in aus Quincys Klauen zu befreien, etwas übers Ziel geschossen bin. Ich glaube, ich habe seine Augenbrauen angesengt.“ Sie zog die Nase kraus.

Ramiro hingegen hielt sich den Bauch vor Lachen.

„Seine Haare, hihi … angesengt von seiner neuen Freundin, der Drachin … vorher fast erwürgt von einem anderen, offensichtlich wahnsinnigen Drachen … Was für ein Tag.“ Er machte eine Pause, bevor er hinzufügte: „… und was für ein Date.“ Er warf einen Blick auf Luna-Maie. „Ich bin mir nicht sicher, ob er dich so schnell wieder zum Mittagessen einlädt.“

„Glaubst du, das weiß ich nicht?“, stieß sie frustriert hervor und setzte sich wieder auf. Die lädierte Stoffkatze hatte sie unter den linken Arm geklemmt. „Deshalb brauche ich ja deine Hilfe.“ Sie setzte ihren besten Drachenmädchenblick auf und klimperte mit den Wimpern.

Abwehrend hob Ramiro die Hände.

„Nein, nein, nein. Nicht dieser Blick." Entschlossen, sich nicht von ihr um den Finger wickeln zu lassen, schloss er vorsichtshalber die Augen.

„Jetzt hör mir doch erst einmal zu", bettelte sie.

Ramiro hielt sich die Ohren zu und fing an zu summen.

Als wenn das was nützen würde, schnaubte sie belustigt.

„Einen Versuch war es wert", gab er zurück und öffnete vorsichtig ein Auge.

„Ich würde mich gerne bei Ben entschuldigen."

Ramiro zuckte mit den Achseln. „Von mir aus … Dazu brauchst du mich doch nicht. Ich glaube nicht, dass es einen guten Eindruck macht, wenn du die Entschuldigung vorbringst, während du mit einem dritten Drachen Händchen hältst."

Luna-Maie warf ein Kissen nach ihm. „Natürlich nicht!"

„Ich mein ja nur." Er rollte mit den Augen. Mädchen! Die waren einfach unmöglich zu verstehen. Das galt für die menschliche wie für die Drachenvariante gleichermaßen.

„Ich wollte nicht bis morgen warten, sondern bei ihm zu Hause vorbeischauen."

„Bist du sicher, dass das eine gute Idee ist?"

Luna-Maie warf ihm einen bösen Blick zu. „Nein. Aber in der Schule sind immer so viele Leute. Da kann ich schlecht zu ihm hingehen und mich für das Drachendesaster entschuldigen. Keine gute Idee."

„Und ich soll dich begleiten? Im Verborgenen natürlich?"

„Nein!", antwortete sie mit Nachdruck.

Verwundert schaute Ramiro sie an. „Was dann?", wollte er wissen. Er zog die Tasse, die er irgendwann auf den Nachttisch gestellt hatte, zu sich heran und gönnte sich einen Schluck Milch. Er brauchte eine Stärkung. Dieses Gespräch gestaltete sich als sehr anstrengend.

„Du sollst mir helfen, in die Schule einzubrechen und seine Adresse herauszufinden."

Ramiro sprang jäh auf. „Nein, nein und nochmals nein. Und überhaupt, habt ihr dafür nicht so was wie ein Telefonverzeichnis?"

„Telefonbuch", korrigierte sie ihn. „Aber ich weiß seinen Nachnamen nicht. Das hilft mir also nicht weiter. Also was ist?"

„Nein. Immer noch nein."

„Aber …"

„Nein! Das ist mein letztes Wort!" Und das meinte er auch so. Miri und vermutlich jetzt auch Quincy würden ihn einen Kopf kürzer machen, wenn er Luna-Maie in ihrem Vorhaben unterstützen würde. Da konnte sie ihn noch so lange mit ihrem Hündchenblick bearbeiten. Resolut verschränkte er seine schuppenbesetzten Pranken vor der Brust.

„Bitte", flehte Luna-Maie.

„Nein. Es tut mir leid. Ich kann nicht. Das verstehst du doch?"

Sie studierte ihn mehrere Sekunden lang, bis sie nickte. „Okay, klar. Verstehe ich."

„Puh. Glaub mir, es ist besser so."

Luna-Maie nickte unverbindlich. „Das sagtest du schon."

Misstrauisch musterte der grüne Drache sie. Es war ganz untypisch für Luna-Maie, so schnell aufzugeben. Was sie wohl im Schilde führte? Er überlegte sich, was er an ihrer Stelle jetzt machen würde, und schluckte.

„Dann gehst du einfach allein, stimmt's?"

Überrascht sah sie ihn an. „Ja, klar. Was denn sonst." Sie zuckte mit den Schultern. „Mit dir zusammen hätte ich mich wohler gefühlt. Aber im Prinzip ist es ja egal. Sehen kann mich ohnehin keiner."

Ramiro fluchte in sämtlichen, ihm geläufigen Drachendialekten.

Luna-Maie zuckte leicht zusammen, als sie die farbigen Verwünschungen hörte.

„Das ist die idiotischste Idee seit Langem.“

„Noch idiotischer als mein missglückter Ausreißversuch von gestern?“, fragte sie milde.

Der grüne Drache kratzte sich am Kopf. „Ist das erst gestern gewesen? Kommt mir viel länger vor. Und nein, nicht idiotischer, aber ziemlich gleichauf. Stell dir vor, was deine Mutter dazu sagen würde!“

„Aha. Jetzt versuchst du, mir Schuldgefühle einzuimpfen.“

„Funktioniert es?“, erkundigte er sich hoffnungsvoll.

„Nein.“

Bei ihrer Antwort stieß er einen leidenden Seufzer aus. Langsam war sein Repertoire an Überredungskünsten erschöpft. Die einzigen Optionen, die ihm noch blieben, waren Bestechung oder Erpressung. Irgendwie bezweifelte er, dass er mit diesen Methoden erfolgreich sein würde.

„Also gut“, gab er sich geschlagen. „Ich begleite dich.“

„Ich wusste es“, rief Luna-Maie aus und fiel ihm um den schuppigen Hals. „Du bist der beste Drache der Welt!“

Verlegen tätschelte er ihren Rücken.

„Lass das nur nicht Quincy hören.“

„Keine Angst, mit dem weiß ich schon umzugehen.“

Ramiro räusperte sich. „Ich habe allerdings eine Bedingung.“

„Klar. Alles, was du willst“, gab Luna-Maie enthusiastisch zurück.

„Ich helfe dir. Aber nur, wenn du deine Mutter in dein Vorhaben einweihst.“

„Aber …“

„Das ist nicht verhandelbar. Ich möchte nicht, dass sie mitten in der Nacht nach dir sieht und einen Herzstillstand bekommt, weil du nicht in deinem Bett bist.“

Zähneknirschend, und jetzt tatsächlich mit einem erneuten Anflug schlechten Gewissens, akzeptierte Luna-Maie seine Forderung. Was blieb ihr auch anderes übrig?

Kapitel 19

Vor diesem Tag hatte Miri sich immer gefürchtet, seit sie herausgefunden hatte, dass ihr Kind ein Drachenkind war, dachte sie, während sie sich den wahnwitzigen Plan ihrer Tochter anhörte. Dem Tag, an dem sie schmerzlich feststellen würde, dass sie ihre Tochter nicht davon abhalten konnte, etwas zu tun. Himmel, nicht einmal Einsperren würde funktionieren. Wie sollte man auch einen halbwüchsigen, Feuer speienden Drachen einsperren? Andererseits erging es Müttern von normalen Teenager-Töchtern vielleicht gar nicht viel anders, tröstete sie sich. Oder wie machten die das?

„Wie denkt eigentlich Quincy darüber?", verlangte sie von ihrer Tochter zu wissen. Schließlich war er nicht umsonst ein Wächterdrache. Dann sollte er, verdammt noch mal, auch ihre Tochter bewachen, dachte sie erbost.

„Ähm", druckste Luna-Maie herum. „Der weiß noch gar nichts davon. Ich hielt es für besser, ihn nicht einzuweihen."

Miri hob eine Augenbraue. „Wirklich."

Luna-Maie wich ihrem Blick aus.

„Er ist doch jetzt dein Drache, so wie ich dich verstanden habe."

„Schon …"

Miri ließ sie nicht ausreden. „Dein Wächterdrache."

„Aber Mama …“

„Nichts da. Entweder du gehst mit Quincy oder du bleibst hier“, sagte sie bestimmt, wohl wissend, dass sie nicht wirklich etwas in der Hand hatte, um ihre Forderung durchzusetzen. Sie konnte ihr natürlich ein Bannzeichen auf die Schuppen brennen. Leider beschränkte sich die Wirkung auf ungefähr zehn Minuten, was dieses Vorgehen sehr ineffizient machte . Aber wie hieß es so schön? So tun als ob. Sie hatte die Erfahrung gemacht, dass das in allen Erziehungsfragen ein sehr guter Leitspruch war.

„Quincy wird mich nicht verstehen. Und stell dir vor, wie zurückgesetzt sich Ramiro fühlen wird“, meinte sie mit einer dramatischen Geste in Richtung des grünen Drachen.

Der hatte sich ein herumliegendes Tablet geschnappt und war anscheinend in irgendein Computerspiel vertieft. Bei seinem Anblick musste Miri lächeln. Gewisse Dinge änderten sich zum Glück nie. Zudem hatte er in den letzten Jahren, auch dank seines unermüdlichen Engagements für Luna-Maie, einiges an Weisheit gewonnen und gelernt, Verantwortung zu übernehmen. Jetzt hatte er offensichtlich begriffen, dass es schlauer war, sich aus der Diskussion rauszuhalten.

„Ach, weißt du, ich glaube, Ramiro verkraftet das gut.“

Ramiro, der natürlich mit halbem Ohr zuhörte, fuchste es schon ein wenig, dass er Luna-Maie nicht begleiten durfte. Seinen Hang zum Abenteuer hatte er nie ganz abgelegt. Zudem verstand er sich hervorragend mit seinem Quasi-Patenkind. Sie hätten sich bestimmt blendend amüsiert. Aber er wusste es besser, als sich zwischen einen Drachen und seinen Schützling zu stellen. Sein eigener Schützling war Sierra. Er hätte das niemals toleriert, wenn jemand versucht hätte, seinen Platz in Sierras Leben einzunehmen.

Wenn er seinen Status als Patenonkel behalten wollte, tat er gut daran, Quincy nicht in die Quere zu kommen, auch wenn es ihm schwerfiel, sich rauszuhalten.

Als Luna-Maie klar wurde, dass aus Ramiros Richtung keine Unterstützung zu erwarten war, warf sie ergeben die Hände in die Luft.

„Also gut! Dann gebe ich ihm eben Bescheid.“

*

Eine Stunde später war ein missmutiger Quincy mit einer nicht viel besser gelaunten Luna-Maie auf dem Weg zur Schule. Es war eine mondhelle Nacht. Die Sterne funkelten am dunkelblauen Himmel wie achtlos hingestreute Diamanten. Doch keiner der beiden hatte ein Auge für die Schönheit, die sie umgab. Stattdessen stritten sie sich unablässig über den Sinn beziehungsweise Unsinn ihres Unternehmens.

Quincy hatte erst kategorisch abgelehnt. Beim Anblick von Luna-Maies rebellischem Gesichtsausdruck hatte er sich jedoch hastig umentschieden. Besser die Tatsache, dass sie ihn eingeweiht und um Hilfe gebeten hatte, als Erfolg zu verbuchen, als gleich den nächsten Streit vom Zaun zu brechen. Diplomatie war leider nie seine Stärke gewesen. Aber das hatte selbst er eingesehen. Vielleicht, hoffentlich, würde sie mit der Zeit vernünftiger werden. Das konnte allerdings noch ein paar Jahre dauern, vermutete er.

„Dir ist schon klar, dass wir vielleicht nicht fündig werden?“

„Wieso sollten wir nicht fündig werden?“, fragte Luna-Maie, während sie elegant einen Kirchturm umflog.

„Der, wie sagt ihr zu diesen Plastikdingern, die alle Antworten haben?“

„Du meinst Computer?“

„Genau. Vielleicht ist der Computer verschlossen. Oder ausgeschaltet.“

„Einschalten ist kein Problem. Und das Passwort kannst du ruhig mir überlassen.“ Sie hatte schon ein paar Mal im Sekretariat ausgeholfen und wusste genau, wo die Liste mit den verschiedenen Passwörtern war.

„Oh.“ Er klang überrascht.

Konnte es tatsächlich sein, dass der sonst so allwissende Drache keine Ahnung von Technik hatte?, wunderte sie sich. Selber mit Computern aufgewachsen, konnte sie sich das gar nicht vorstellen. Aber vermutlich wurde es nach ein paar hundert Jahren einfach zu schwierig, auf dem Laufenden zu bleiben, was die technische Entwicklung anging. Dreihundertfünfundachtzig Jahre waren eine lange Zeit.

„Und wie willst du reinkommen?“, erkundigte er sich gerade.

„Vorzugsweise durch die Tür. Allerdings bin ich nicht sehr wählerisch.“

„Und wenn diese geschlossen ist?“

Frustriert verstärkte Luna-Maie die Länge ihrer Flügelschläge. „Was weiß ich. Zur Not kannst du reingehen und mir die Tür von innen aufmachen.“

„Und wieso soll ich als Erster rein?“ Nicht dass er befürchtete, entdeckt zu werden. Die Schule war bestimmt menschenleer.

„Weil du durch Wände gehen kannst und ich nicht.“

„Das kannst du nicht?“, frage Quincy entsetzt.

„Nein. Ich bin davon ausgegangen, dass das einfach etwas ist, was Drachenkinder nicht können. Stimmt das etwa nicht?“

Zum ersten Mal in ihrer kurzen Bekanntschaft klang Luna-Maie interessiert, anstatt, wie sonst, ablehnend.

Während sie Seite an Seite in den Sinkflug übergingen, musterte Quincy seinen Schützling. Anscheinend gab es einiges in ihrem Drachenwesen, worüber sie nichts wusste. Sehr gut. Wenn er sie in die tieferen Geheimnisse des Drachendaseins einweihte, wäre sie ihm vielleicht wohlgesonnener.

„Natürlich können Drachenkinder das auch. In deiner Drachengestalt kannst du alles, was ich auch kann."

Luna-Maie legte den Kopf schräg und feixte. „Alles?"

„Na ja. Vielleicht nicht ganz alles. Zumindest nicht so gut wie ich", verbesserte er sich eilig. „Das versteht sich ja von selbst."

„Dann bin ich ja beruhigt", murmelte Luna-Maie in ihre Mähne. „Du hättest mein gesamtes Weltbild ins Wanken gebracht, wenn du tatsächlich behauptet hättest, ich Drachenmädchen, genauer gesagt Halbling, wäre gleich gut wie du, der du ein Drachenwächter bist." Doch sie klang hauptsächlich vergnügt, nicht verärgert.

Quincy räusperte sich. „Also, es ist so … Wenn du Lust hast, können wir üben. Gemeinsam, meine ich."

„Du meinst, du würdest mir das tatsächlich zeigen?" Schockiert sah sie ihren unfreiwilligen Komplizen an. „Wie ein Training?"

„Genau. Ein Training." Das Wort gefiel ihm und erinnerte ihn an seine Zeit an der Drachenakademie, wo er zum Wächter ausgebildet worden war. Dort hatte es ihm ausgesprochen gut gefallen. Die Regeln und die starre Struktur hatten ihm sehr entsprochen. Die verschiedenen Einsätze hatten jegliches Aufkommen von Langeweile verhindert. Ähnlich wie die heimliche Unternehmung heute, auch wenn er das nie zugegeben hätte.

Lautlos glitten sie vor der Schule zu Boden.

Quincy war gespannt, wie Luna-Maie vorgehen würde.

Diese drehte sich jedoch um und schaute ihn erwartungsvoll an. „Was jetzt?", fragte sie.

Er deutete mit einer Kralle auf seine eigene Brust. „Das fragst du mich?" stutzte er. „Ist doch dein Plan."

Bevor sie antwortete, verwandelte sie sich zurück. Dann zählte sie mit ruhiger Stimme und der Hilfe ihrer Finger sämtliche Gründe auf, weshalb er zuerst ins Schulhaus gehen sollte.

„Schon. Aber am leichtesten ist es, wenn du vorgehst und mich durchs Fenster reinlässt. Wir wissen ja beide, dass die Türen abgeschlossen sind. Natürlich könnte ich eine Scheibe einschlagen, doch das würde ich lieber vermeiden und, wie ich vermute, du auch. Außerdem brauche ich einen Beschützer“, fügte sie listig hinzu. „Also? Was ist?“

Verwundert betrachtete Quincy das Mädchen mit den hellblonden Haaren und der untrüglichen Logik. Im Sternenlicht sah sie richtig ätherisch aus. Wie konnte es sein, dass sie ihn so einfach um den Finger wickeln konnte? Oder zumindest von ihren Ideen überzeugen konnte? Er hatte keine Ahnung, ob zwischen den beiden Dingen ein Unterschied bestand. Das zweite hörte sich definitiv besser an. Nicht ganz so … zahm. Zahm? Das wäre ja fürchterlich! Drachen waren viele Dinge. Aber auf keinen Fall zahm. Brrr. Er schüttelte sich, dass die Funken flogen.

Vor sich hin grummelnd dematerialisierte er sich. Zufrieden betrachtete Luna-Maie, wie kurz darauf die ersten Funken hinter dem Fenster im ersten Stock des Schulhauses aufblitzten. Hervorragend. Er war drin.

Super, lobte sie ihn. *Jetzt einfach zur Tür raus, den Flur entlang und die Treppe runter.*

Vielleicht willst du mir noch eine Karte zeichnen? Um sicherzugehen, dass ich den Weg auch finde?, kam die trockene Antwort. Was dachte sich das Kind? Dass er seinen Abschluss an der Drachenakademie nur wegen seines Charmes und guten Aussehens geschafft hatte?

Ups. Jetzt hatte sie wohl seine Eitelkeit verletzt. Das war nicht ihre Absicht gewesen. Eigentlich wusste sie es besser. Drachenegos waren eine heikle Angelegenheit. Doch während einer wichtigen Mission wie dieser konnte sie sich nicht um alles kümmern. Also setzte sie ihre Anweisungen ungerührt fort.

Ein Fenster im ersten Stock nützt mir nichts, außer du willst, dass ich mich noch ein paar Mal hin und her verwandle.

Wenn du eine vernünftige Drachenausbildung hättest, wäre das alles gar nicht nötig, kam die unfreundliche Antwort.

Wahrscheinlich müsste sie beleidigt sein. Doch die Aussicht, bald am Ziel zu sein und Bens Adresse in den Händen zu halten, versetzte sie in eine milde Stimmung. Zudem hatte er ja nicht ganz unrecht, auch wenn sie keine Schuld an dieser Tatsache trug.

Das wird alles besser, jetzt, da ich dich habe, gab sie gutmütig zurück. Schmeicheleien kamen bei Drachen, vor allem bei den männlichen Exemplaren, immer gut an.

Hmpf.

Während sie darauf wartete, dass sich im Erdgeschoss endlich ein Fenster öffnete, fuhr ein Auto auf den verlassenen Parkplatz. Mist. Was jetzt? Instinktiv zog sie sich in den Schatten der umstehenden Bäume zurück.

Houston, wir haben ein Problem.

Houston? Wer zum Teufel ist Houston?, fragte Quincy irritiert.

Luna-Maie seufzte. Ganz offensichtlich hatte Quincys Ausbildung keine Filmklassiker aus den 90er-Jahren beinhaltet.

Sorry, Namen verwechselt, antwortete sie deshalb hastig, während sie das Auto im Auge behielt. Wenn sie Glück hatten, war es nur ein Liebespärchen, das einen verlassenen Parkplatz suchte.

Quincy, der verspätet den zweiten Teil ihrer dringlichen Nachricht registriert hatte, fragte: *Und das Problem? Existiert das? Oder war das auch eine Verwechslung?*

Da sich in diesem Moment die Tür des Autos öffnete und eine ihr leider nur allzu bekannte Lehrerin ausstieg, zog sie eine Grimasse.

Das war leider keine Verwechslung, sondern eine Tatsache. Wir haben Gesellschaft.

Sie versuchte die Zeit abzuschätzen, die seit ihrem Aufbruch vergangen war. Es war bestimmt schon fast neun Uhr abends.

Wenn sie Bens Adresse nicht in den nächsten fünf Minuten fand, konnte sie die ganze Übung gleich abbrechen.

Übung abbrechen? Klingt gut, kommentierte Quincy ihre Gedanken.

Hör nicht immer mit, das ist unhöflich, murmelte sie ihm zu.

Dann schirme deine Gedanken besser ab, gab er unbeeindruckt zurück. *Ansonsten komm ich nicht umhin, mitzuhören. Ich bin schließlich dein persönlicher Drache. Nicht irgendwer*, gab er prompt zurück.

Luna-Maie verdrehte die Augen und biss gleichzeitig die Zähne zusammen. Manchmal war sie fast nicht zum Aushalten, seine Wichtigtuerei. Aber das war ein Thema, das eine ausführliche Besprechung verdiente. Jetzt war weder die Zeit noch der Ort dafür.

Abbrechen werden wir auf keinen Fall. Wir müssen nur auf Plan B zurückgreifen, improvisierte sie.

Wir haben einen Plan B?, fragte er überrascht.

Jetzt schon, dachte sie im Stillen, diesmal sorgsam darauf bedacht, ihre Gedanken für sich zu behalten. Sie beobachtete, wie ihre ehemalige Lateinlehrerin endlich alle nötigen Unterlagen aus dem Auto gehievt hatte und schwer beladen in Richtung Eingangstür ging.

Vergiss das Fenster. Wir treffen uns drinnen, ließ sie Quincy wissen. Sorgsam darauf bedacht, sich im Schatten zu halten, schlich sie auf leisen Sohlen an der Mauer des Schulhauses entlang zum Eingang. Die schwere Eingangstür schloss sich nur langsam. Im letzten Moment stemmte sich Luna-Maie gegen die Tür, durch die die nächtliche Besucherin eben verschwunden war. Sie stieß sie einen Spalt weiter auf und spähte den Flur entlang. Die Lehrerin hatte das Licht angemacht und den Weg zu ihrem Klassenzimmer eingeschlagen. Puh. Immerhin schien es nicht, als wollte sie sich im Sekretariat installieren, das auf der anderen Seite des Gebäudes lag. Das war das Wichtigste.

Quincy, rief sie ihren geflügelten Gefährten. *Komm.*

Bin ich ein Hund?, meinte sie zu hören, doch sie ignorierte seine schlechte Laune. Jetzt galt es, keine Zeit zu verlieren. Das Risiko, entdeckt zu werden, hatte sich durch die Anwesenheit der Lehrerin um einiges erhöht. Wenn sie Bens Adresse nicht so dringend gebraucht hätte, wäre sie bei ihrer Ankunft auf der Stelle umgekehrt.

Sie bückte sich und zog sich die ausgetretenen Turnschuhe von den Füßen. Aus Erfahrung wusste sie, dass die Sohlen auf dem glatten Steinboden quietschten. Es war besser, kein Risiko einzugehen.

Endlich tauchte Quincy auf. Neidisch sah sie ihm zu, wie er in verkleinerter Form neben ihr herglitt.

Das ist ja mal eine lautlose Form der Fortbewegung, stellte sie fest.

Quincy sah sie an, als wäre sie nicht ganz dicht. *Dann flieg doch auch. So bist du nicht nur schneller und leiser, sondern auch noch unsichtbar. Ich habe sowieso nicht verstanden, wieso du dich zurück verwandelt hast.*

Seiner Meinung nach war einem Leben als Drachen immer und in jedem Fall der Vorzug zu geben.

Und wie soll ich den Computer bedienen? Mit der Kralle? Glaub mir, elektronische Dinge vertragen aktive Drachenenergie ganz schlecht.

Ach, du meinst, das ist der Grund, weshalb Miris Autoradio den Geist aufgegeben hat?, fragte er interessiert.

Luna-Maie hob eine Augenbraue. *Du warst das? Sie hatte schon Kaja im Verdacht. Der passiert das nämlich auch öfter.*

Verschwörerisch hielt Quincy einen krallenbesetzten Finger vor sein riesiges Maul. *Psst. Nicht verraten.*

Luna-Maie verbiss sich das Lachen. *Keine Angst. Ich schweige wie ein Grab.*

Und? Was ist mit fliegen?

Wir sind ja gleich da, wich sie ihm aus. Sie hatte so lange mit der Angst gelebt, ihre Kräfte zu verlieren, dass sie angefangen hatte, ihr Verwandlungstalent nur sehr sparsam einzusetzen. Aus irgendeinem Grund hatte sie die – vielleicht falsche – Vorstellung entwickelt, dass es so länger dauern würde, bis ihre Magie aufgebraucht war. Als wenn sie nur eine bestimmte Anzahl Verwandlungen zur Verfügung hätte.

*

Endlich waren sie im Sekretariat. Luna-Maie war sehr dankbar, dass sich niemand darum gekümmert hatte, das Sekretariat abzuschließen. Sie bezweifelte, dass sie durch eins der schmalen Fenster gepasst hätte, die oben an der Wand entlang liefen. Dann hätte sie wieder nach draußen gehen und Quincys Fensteröffnungsservice in Anspruch nehmen müssen. Das hätte viel zu lange gedauert. Ganz zu schweigen von der Gefahr, entdeckt zu werden.

Fliegend wärst du schnell wie der Blitz gewesen und entdeckt worden wärst du auch nicht, korrigierte sie ihr Drache prompt.

Da sie keine Lust hatte einzugestehen, dass er mit seinem Vorschlag recht hatte, wischte sie seinen Einwand beiseite.

Das spielt jetzt keine Rolle. Wir sind drin. Mit Schwung ließ sie sich auf den Bürostuhl plumpsen und bückte sich, um den Computer einzustellen. Quincy beugte sich runter und streckte eine Kralle nach dem orange leuchtenden Knopf aus.

Hier?, fragte er.

Nicht!, rief Luna-Maie entsetzt aus und fasste sich erschrocken ans Herz.

Beleidigt zog Quincy seine Pranke zurück. *Ist ja gut. Ich hätte schon nichts gemacht.*

Sorry, murmelte Luna-Maie. Ihr war klar, dass sie überreagiert hatte. *Es wäre nur so ärgerlich, wenn wir das Computersystem zum Abstürzen bringen,* erklärte sie ihm. Sie musste schon ihre eigene

Drachenenergie fest unter Kontrolle halten. Kaja war nicht die Einzige, die dafür bekannt war, elektronische Geräte zu schrotten. Nicht auszudenken, wenn jetzt noch ihr vor Magie berstender Wächterdrache dazwischenfunkte. Vermutlich würden sie die Schule in die Luft jagen. So verlockend dieser Gedanke war, hatte sie doch Wichtigeres zu tun.

Endlich erwachte der Bildschirm zum Leben. Jetzt musste sie nur noch die Schülerdaten finden. Ihre Handflächen waren ganz feucht vor Aufregung, als sie die entsprechenden Suchbegriffe eingab.

Quincy, der gemerkt hatte, dass Luna-Maies Nerven ziemlich angespannt waren und deshalb davon abgesehen hatte, mit seinen Belehrungen fortzufahren, spürte, wie die freudige Erwartung seines Schützlings auf ihn übergriff. Gespannt beugte er sich ein wenig vor. Ob diese seltsame Maschine tatsächlich Bens Adresse ausspucken würde?

„Yes!", rief Luna-Maie laut aus und reckte die Faust in die Luft.

„Fündig geworden?"

„Genau."

Sie drückte ein paar Tasten. Sekunden später erwachte der Drucker an der anderen Wand wie durch Zauberhand zum Leben.

„Und da gibt es Menschen, die die Existenz von Magie infrage stellen", bemerkte Quincy beeindruckt.

„Zwei völlig verschiedene Dinge", vermutete Luna-Maie. Verstehen konnte sie es selber nicht. Sie stand auf und war in wenigen Schritten beim Drucker. Gerade als sie nach dem Papier griff, hörte sie draußen vor der Tür Schritte.

Es kommt jemand, zischte Quincy und wechselte wieder auf den Telepathie-Kanal.

Tatsächlich, meinte sie trocken.

Los, wir müssen weg hier, drängte er sie.

Nur mit der Ruhe! Immer diese ungeduldigen Drachen!

Sie schnappte sich das Papier, faltete es zusammen und steckte es in die Gesäßtasche ihrer Hose. Leider erwies sich ausgerechnet diesmal die Ungeduld ihres Drachen als berechtigt, denn in diesem Moment öffnete sich die Tür. Reflexartig ließ sich Luna-Maie auf den Bauch fallen, sodass sie großteils hinter dem großen Schreibtisch zu liegen kam. Wenn die Lehrerin nicht nach unten schaute, war alles bestens. Tat sie es wider Erwarten doch, steckte sie definitiv in der Klemme, denn ihr wollte partout kein triftiger Grund einfallen, wieso sie um diese Tageszeit auf dem Boden des Schulsekretariats herumlag.

Worauf wartest du noch? Lass uns gehen.

Ähm, falls du's noch nicht gemerkt hast, wir haben ein Problem. Die Lateinlehrerin ist hier.

Bei allen heiligen Drachenschwänzen, du hast immer noch nicht gelernt, wie ein Drache zu denken, stieß Quincy frustriert hervor.

Ich glaube kaum, dass das Grund genug ist, so zu fluchen, murmelte Luna-Maie verstimmt. Sie war nun mal nicht nur ein Drache. Da war es doch kein Wunder, wenn sie in menschlichen Dimensionen dachte.

Jetzt nimm schon endlich deine Drachengestalt an und komm, wies er sie ungeduldig an.

Verwandeln? Wie – jetzt? Am Boden liegend?

Das spielt doch alles keine Rolle. Wie, wo, wann? Völlig nebensächliche Fragen! Langsam aber sicher verlor er die Geduld mit seinem Schützling.

Irgendwie hatte er recht. Schon wieder. Aber da sein Vorschlag sie diesmal aus einer sehr prekären Situation retten würde, wollte sie mal nicht so sein.

Sie schloss die Augen und griff nach ihrer Drachenmagie. Sekunden später stand sie in ihrer ganzen Pracht vor Quincy.

Na endlich. Können wir jetzt endlich los?

Der Computer, fiel es Luna-Maie siedend heiß ein.

Was ist mit ihm? Schaltet der nicht automatisch ab?

Keine Ahnung. Aber der Nächste, der sich dransetzt, wird Bens offene Datei sehen. Ich hatte sie noch nicht wieder geschlossen.

Spielt das eine Rolle?

Unschlüssig kaute Luna-Maie mit ihren scharfen Zähnen auf der Unterlippe. *Ich weiß es nicht*, sagte sie schließlich. *Für mich wahrscheinlich nicht. Dazu müssten sie schon die Fingerabdrücke bemühen. Aber für ihn? Ich möchte ungern verantwortlich dafür sein, dass er Probleme bekommt.* Sie rang ihre Pranken und ließ die langen Ohren hängen.

Quincy, weiß Gott nicht sehr bewandert in Technikfragen, schritt resolut zum Computer und zog den Stecker aus der Steckdose. Mit einem Summen erstarb die Maschine.

Überrascht schaute die Lateinlehrerin von den Akten auf, die sie aus einem der Schränke geholt hatte. Nachdem sie aber nichts Ungewöhnliches entdecken konnte, zuckte sie schließlich mit den Schultern und wandte sich wieder ihrer Lektüre zu.

Jetzt besser?

Äh … Ja, antwortete sie, völlig überwältigt von Quincys pragmatischer Lösung. *Ich glaube schon.* Bei einem Neustart würden alle Programme geschlossen sein. Und über ein loses Kabel würde sich niemand Gedanken machen. Das geschah immer wieder einmal, wenn die Putzfrau ihren Job etwas zu enthusiastisch erledigte.

Na, endlich.

Mit diesen Worten öffnete Quincy für Luna-Maie die Tür. Wie der Blitz flog sie an ihm vorbei. Es wurde höchste Zeit, dass sie lernte, sich von einem Ort zum anderen zu zaubern. Es war nicht wirklich Zauberei, sondern viel mehr Drachenphysik, doch er bezweifelte, dass sie sich für diese Details interessieren würde.

Kapitel 20

Als sie ein wenig später vor dem heruntergekommenen Wohnblock stand, der sich an der angegebenen Adresse befand, war sich Luna-Maie auf einmal nicht mehr so sicher, ob es eine gute Idee war, unangemeldet bei Ben aufzukreuzen. Vielleicht sollte sie doch besser bis morgen warten? Sie zuckte zusammen, als aus einem der Fenster betrunkenes Gelächter ertönte. Es stank unangenehm nach altem Abfall und Urin. Angewidert zog sie die Nase kraus.

Quincy, der ihre Unentschlossenheit spürte, legte ihr eine Pranke auf den Rücken.

„Nichts da. Jetzt wird nicht gekniffen. Wir riskieren doch nicht für nichts und wieder nichts deine Schuppen. Ich dachte, du hättest Ben etwas Wichtiges mitzuteilen?"

Ja. Sie war sich ziemlich sicher, dass sie das hatte. Nur blöd, dass sie sich jetzt, wo sie da war, an kein Wort erinnern konnte. Ihr Kopf war leer. Plötzlich sehr unsicher drehte sie sich um und versuchte, an dem grauen Drachen vorbei zu schlüpfen.

„Ähm … Vielleicht …"

Nicht unfreundlich, aber sehr bestimmt, fasste Quincy sie an den Schultern und drehte sie um, bis sie wieder dem Klingelbrett mit den vielen Namen darauf gegenüberstand.

Luna-Maie trat unruhig von einem Bein aufs andere, während ihre Hand über dem Namen Neves schwebte.

„Was, wenn er mich nicht sehen will?"

„Dann statten wir ihm uneingeladen einen Besuch ab. Wir sind schließlich keine Vampire, die eine Einladung brauchen."

„Auf keinen Fall!", protestierte sie. „Das wäre eine massive Verletzung seiner Privatsphäre. Das können wir nicht machen!"

Quincy rollte mit den Augen. Die Skrupel der Menschen hatte er noch nie verstanden. Privatsphäre. Pffft.

Luna-Maie, die befürchtete, dass Quincy seine Geduld verlieren und zu unkonventionellen Lösungsansätzen greifen würde, holte tief Luft und drückte auf die Klingel. Nervös wartete sie vor der Gegensprechanlage. Und wartete. Nach einer gefühlten halben Ewigkeit knisterte es endlich im Lautsprecher.

„Ja?", kam die unfreundliche Frage.

Ben! Er klang zwar nicht besonders gastfreundlich, doch um diese Uhrzeit war das auch kein Wunder.

„Ben, ich bin's, Luna-Maie."

Stille.

Dann folgte ein ungläubiges: „Luna-Maie? Was zum Teufel machst du hier?"

„Äh … Dich besuchen?" War das nicht offensichtlich?

„Wieso?"

„Um mit dir zu reden. Und mich zu entschuldigen", fügte sie nach einem Moment des Überlegens hinzu. „Kann ich reinkommen?"

„Was? Nein!", drang Bens alarmierte Stimme durch die Gegensprechanlage.

Oookay … Sie blinzelte. Das war deutlich. Na, dann eben nicht. Nicht sicher, was sie jetzt tun sollte, warf sie Quincy einen fragenden Blick zu. Der zuckte mit den Flügeln und lehnte sich an die Hauswand. Aus dieser Richtung war offensichtlich keine Hilfe zu erwarten.

*

Oben in der Wohnung stand Ben vor der Tür und überlegte, was er jetzt machen sollte. Eigentlich war er nicht gut auf Luna-Maie zu sprechen, nachdem sie ihm heute nicht geglaubt hatte. Der Angriff ihres Wachhundes, äh … -drachen hatte auch nicht geholfen. Schlucken war immer noch ziemlich schmerzhaft. Trotzdem war sein Puls beim Klang ihrer Stimme spontan in die Höhe geschnellt. Aber sie zu sich einzuladen kam nicht in Frage. Er warf einen nervösen Blick in Richtung Wohnzimmer.

Prompt lallte seine Mutter: „Wer ist es denn? Hast du etwa eine kleine Freundin?“ Sie kicherte, als wäre ihre Bemerkung das Witzigste überhaupt. Im Wohnzimmer raschelte etwas. Offensichtlich hatte sie sich aufgerafft und versuchte, auf die Füße zu kommen.

Ben lehnte die Stirn an die Wand und stöhnte. Wieso musste sein Leben so beschissen sein?

„Lad sie doch ein“, forderte ihn seine Mutter auf.

Entsetzt starrte er sie an, wie sie in ihrem verschlissenen Morgenmantel vor ihm stand. Der Lippenstift, den sie vermutlich in einem ihrer wenigen hellen Momente irgendwann im Laufe des Tages aufgetragen hatte, war über ihre Wange verschmiert. An den Füßen trug sie billige Hausschuhe mit Blümchenmuster.

Als er bemerkte, wie hoffnungsvoll sie ihn anschaute, gab etwas in ihm nach. Es war nicht fair und brachte auch nichts, auf sie wütend zu sein. Seine Mutter war bipolar und vertrug die Medikamente schlecht. Ihre Lösung dafür war, die Nebeneffekte in möglichst viel Alkohol zu ertränken. Er liebte seine Mutter trotz all ihrer Fehler. Dennoch wünschte er sich manchmal, eine ganz normale Familie zu haben.

Gerade jetzt schien sie sich ehrlich für ihn zu freuen, dass Besuch da war. Kein Wunder. In der Regel achtete er peinlich genau darauf, dass niemand wusste, wo er wohnte. Er runzelte die Stirn. Woher hatte eigentlich Luna-Maie diese Information?

„Ich geh nochmal raus“, sagte er zu seiner Mutter.

„Jetzt?“, fragte sie enttäuscht. „Aber es ist bereits dunkel.“

Er ignorierte sie und nahm seine Jacke vom Haken.

„Lass mich nicht allein“, jammerte sie und umklammerte seinen Arm.

Abrupt machte er sich von ihr los und verschwand durch die Tür, ohne dem Heulen dahinter Beachtung zu schenken. Leider konnte er seine Ohren nicht verschließen. Jeder klägliche Laut erinnerte ihn an ein gefangenes Tier und traf ihn mitten ins Herz.

*

Luna-Maie starrte unschlüssig auf den Eingang. Sollte sie noch einmal klingeln? Andererseits waren Bens Worte klar und unmissverständlich gewesen. Es erschien ihr nur so ungerecht. Nach all dem Aufwand, den sie betrieben hatte, war sie ziemlich enttäuscht, nicht einmal die Gelegenheit zu bekommen, zu sagen, was sie zu sagen hatte.

Ein Dröhnen in den Ohren riss sie aus ihren Gedanken. Um das Geräusch, das ihre fein getunten Drachenohren hörten, besser einordnen zu können, legte sie den Kopf schief. Es klang, als würde jemand in großen Sätzen die Treppe hinunterspringen. War das etwa Ben? Wie auf Kommando begann ihr Herz, heftig zu schlagen.

Ben riss die Tür auf und hielt mitten in der Bewegung inne. Es war tatsächlich Luna-Maie, die vor seiner Tür stand. Der stahlgraue Drache war auch da. Gut getarnt durch seine Farbe, war er im Schatten der Mauer fast nicht zu erkennen. Nur seine bernsteinfarbenen Augen leuchteten bedrohlich. Was wollten die beiden hier?

„Woher hast du meine Adresse?“, war seine erste Frage. Seine grünen Augen blitzten Unheil versprechend.

Unwillkürlich trat Luna-Maie einen Schritt zurück.

„Das ist eine lange Geschichte. Wollen wir uns irgendwo hinsetzen?“ Unsicher schielte sie von links nach rechts. Die Gegend lud nicht direkt zu einem gemütlichen Schwatz im Sternenlicht ein.

Ben verschränkte die Arme vor der Brust und schaute sie böse an.

„Ich denke nicht. Wir gehen nirgendwo hin, bevor du nicht meine Frage beantwortet hast. Ist ja wohl nicht zuviel verlangt. Ich habe dir meine Adresse bestimmt nicht gegeben. Das wüsste ich.“

Was war denn sein Problem?, dachte Luna-Maie irritiert. Sie hatte viel dringendere Themen zu besprechen. Das desaströse Mittagessen zum Beispiel.

Quincy, der die Situation als das erkannte, was es war, nämlich ein Patt, warf gereizt die Pranken in die Luft.

„Sie ist in die Schule eingebrochen und hat das Schülerverzeichnis geknackt. Zufrieden?“

„Quincy“, zischte Luna-Maie empört. Auf welcher Seite stand ihr Drache eigentlich?

Ben hingegen war wider Willen beeindruckt.

„Eingebrochen? Nur um mich zu sehen?“, fragte er verwundert. Er kam nicht umhin, sich geschmeichelt zu fühlen, auch wenn er nach wie vor nicht verstand, was so dringend war, dass es nicht bis morgen warten konnte.

Luna-Maie wand sich unter seinem eindringlichen Blick und nickte verlegen.

Immer noch sprachlos fuhr sich Ben durch die Stirnfransen und strich sie nach hinten. Was sollte er jetzt tun? Er konnte Luna-Maie schlecht nach Hause schicken, bevor er ihr zugehört hatte. Nicht nach all dem Aufwand, den sie betrieben hatte, um ihn zu sehen. Aber sie in seine Wohnung einzuladen war keine Option. Unwillkürlich schauderte er beim Gedanken, sie seiner Mutter vorzustellen.

Um Zeit zu gewinnen, sagte er: „Tja. Muss wichtig sein."

Er schaute nach links und dann nach rechts, um sicherzugehen, dass sie immer noch allein waren. Seine Nachbarn hatten die Angewohnheit, zu den unpassendsten Gelegenheiten aufzutauchen und sich in sein Leben einzumischen. Plötzlich hatte er eine Idee.

„Lass uns an den Rhein gehen. Es ist nicht weit. Vielleicht zehn Minuten."

Luna-Maie nickte und erlaubte sich ein zaghaftes Lächeln. Es war also doch nicht alles umsonst gewesen. Und vielleicht … vielleicht küsste er sie ja sogar noch einmal.

Kein Küssen in meiner Anwesenheit, erinnerte Quincy sie affektiert.

Dann mach die Augen zu, alter Mann, gab sie salopp zurück. Das hatte er verdient, nachdem er schon wieder gelauscht hatte.

Bei ihrer frechen Bemerkung weiteten sich die Augen des Drachen entsetzt.

Ben grinste still in sich hinein, während er das ausdrucksvolle Mienenspiel der beiden beobachtete. Luna-Maie und der Drache waren ein witziges Paar. Zu gerne hätte er gewusst, über was sich die beiden unterhielten. Zumindest vermutete er, dass sie auf irgendeine Art und Weise miteinander kommunizierten. Anders ließen sich die ausdrucksvollen Gesichtsausdrücke von Mädchen und Drache nicht erklären. Überrascht stellte er fest, dass sein Ärger gegenüber Luna-Maie verflogen war. Ihre Gegenwart hatte etwas an sich, das eine ihm bisher unbekannte Sehnsucht stillte. Da war es verdammt schwer, schlecht gelaunt zu bleiben.

Schließlich räusperte er sich.

„Oh", rief Luna-Maie. „Du wartest", stellte sie fest.

Amüsiert streckte Ben seine Hand aus. Nach einem kurzen Zögern ergriff Luna-Maie sie. Beide ignorierten das überdeutliche Stirnrunzeln des Drachen. Ben schielte zu Luna-Maie hinüber und ertappte sie dabei, wie sie dasselbe machte.

„Wir sind schon zwei", lachte er und fühlte sich plötzlich viel leichter. Fast frei. Frei von Sorgen um seine Mutter. Frei von schlechtem Gewissen, weil er so schnell wie möglich von zu Hause weg wollte. Möglichst für immer. Es zählte nur der Moment, die Nacht, das Sternenlicht, die Magie des Augenblicks und natürlich das Mädchen an seiner Seite.

Luna-Maie konnte es nicht fassen, dass sie tatsächlich Hand in Hand mit Ben spazieren ging. Nach dem desaströsen Lunch und dem unfreundlichen Empfang hatte sie nicht erwartet, dass er so … ja, wie eigentlich? So liebevoll und offen sein würde. Apropos offen. Es war an der Zeit, dass sie das loswurde, weswegen sie gekommen war.

„Ich wollte mich …"

„Schsch …", sagte Ben und brachte sie damit zum Verstummen. Er wusste, dass sie etwas auf dem Herzen hatte. Himmel, sie war in die Schule eingebrochen, nur um ihn zu sehen. Doch es widerstrebte ihm, das Thema anzuschneiden. Wenn es einmal gesagt war, hatte er keinen Grund mehr, sie bei sich zu behalten. Doch nachdem ihre Anwesenheit plötzlich wie das Einzige schien, das den Abend erträglich machte, brachte er es nicht über sich, sie schon so bald wieder gehen zu lassen.

„Aber …", protestierte Luna-Maie gerade.

„Lass uns sprechen, wenn wir am Rhein sind", bat er sie. „Jetzt möchte ich einfach den Spaziergang genießen."

Ein warmes Gefühl breitete sich in Luna-Maie aus. Es startete irgendwo in ihrer Bauchgegend und breitete sich bis in ihre Fingerspitzen aus. Wie die Drachenmagie. Nur anders.

Unbewusst warf sie Quincy einen fragenden Blick zu.

Der schüttelte nur mit einem wissenden Halblächeln auf den Lippen den Kopf. Das würde sein Schützling schon selber rausfinden müssen. Von junger Liebe hatte er keine Ahnung, ganz egal, ob die Betroffenen Drachen oder Menschen waren.

Als ihr klar wurde, dass von ihrem Drachen keine Hilfe zu erwarten war, rollte sie mit den Augen und konzentrierte sich wieder auf den jungen Mann neben sich. Konnte es wirklich sein, dass sie ihn erst vor zwei Tagen kennen gelernt hatte? Es war in dieser kurzen Zeit so viel passiert, dass es sich eher wie ein ganzes Leben anfühlte.

Als sie am Fußweg beim Rhein ankamen, führte Ben sie zum Geländer, sodass sie in die schnell vorbeiziehenden Fluten schauen konnten. Ein paar Minuten lang schauten beide wie hypnotisiert in das lebendige Wasser, tief in die eigenen Gedanken versunken. Quincy hatte es sich auf einer Holzbank ein Stück entfernt bequem gemacht.

Schließlich stieß sich Luna-Maie vom Geländer ab und fixierte ihn mit entschlossenem Blick.

Es machte ganz den Eindruck, als wäre seine Gnadenfrist vorbei, dachte Ben resigniert.

„Es tut mir leid“, platzte Luna-Maie heraus.

Überrascht schaute Ben sie an. „Du meinst, der Angriff deines Beschützerdrachen hier?“

„Nein. Also doch.“ Frustriert fasste sie ihre langen Haare mit einer Hand zu einem Pferdeschwanz zusammen und strich nervös die langen Strähnen glatt. „Das natürlich auch.“ Peinlich berührt verbarg sie ihr Gesicht hinter den Händen.

„Hey“, sagte Ben sanft und zog die Hände von ihrem Gesicht. Er hielt es nicht aus, sie so beschämt zu sehen. „Es war vielleicht nicht die angenehmste Erfahrung, aber ich werde es überleben.“

Luna-Maie warf ihm unter ihren gesenkten Wimpern hervor einen Blick zu.

„Ich bin froh, das zu hören. Aber was ich eigentlich meinte, war etwas anderes.“ Sie holte tief Luft. „Es tut mir leid, dass ich dir nicht geglaubt habe.“ Als er sie nur verständnislos anschaute, seufzte sie. Anscheinend musste sie es ausbuchstabieren. Mädchen waren da einfacher. Die wussten auch mit halben Sätzen Bescheid. Aber Ben war offensichtlich kein Mädchen.

Ich hätte gedacht, dass du über diese Tatsache froh wärst?, mischte sich Quincy überrascht ein.

Fast hätte Luna-Maie laut losgeprustet. Auch wieder wahr. Alles nur eine Frage der Betrachtungsweise. Trotzdem wäre sie froh gewesen, wenn sie Ben nicht alles in aller Deutlichkeit hätte erklären müssen.

„Was ist so witzig?“, wollte Ben wissen. So langsam begann er, sich ein wenig ausgeschlossen zu fühlen.

„Nichts. Gar nichts“, winkte sie ab. „Wo waren wir stehen geblieben?“

„Keine Ahnung. Du wolltest dich für Verschiedenes entschuldigen? Aber nicht für meinen lädierten Hals?“ Er griff sich an die Kehle und machte eine Show daraus, krampfhaft zu schlucken.

Luna-Maie verdrehte die Augen. Jungs! Vielleicht sollte sie sich nochmals überlegen, ob sie nicht doch auf Mädchen stand? Das würde einiges vereinfachen.

Quincy prustete, dass die Funken nur so flogen.

Luna-Maie ignorierte ihn demonstrativ. Mit einem Schulterzucken folgte Ben, der das Spektakel auch bemerkt hatte, ihrem Beispiel.

„Erzähl mir von deiner Erfahrung als Drache“, sagte sie schließlich. Entschuldigt hatte sie sich jetzt genug.

„Jetzt glaubst du mir also plötzlich?“, fragte Ben erstaunt und lehnte sich mit dem Rücken ans Geländer.

„Sagen wir's mal so – ich versuche es zumindest."

„Oh."

„Du musst verstehen, dass ich mein Leben lang gehört habe, dass es ausschließlich weibliche Drachenkinder gibt."

„Von wem gehört?"

„Na, von den Drachen. Den Vollblutdrachen. Den Nur-Drachen." Sie gestikulierte in Quincys Richtung, der sich bemühte, bei ihren Bemühungen, eine akkurate Beschreibung für die Drachen zu finden, nicht in lautes Lachen auszubrechen.

„Du meinst, du hast dein ganzes Leben lang mit Drachen zusammengelebt?", fragte er ungläubig.

Luna-Maie nickte.

Neidisch schaute Ben von Luna-Maie zu Quincy und wieder zurück. Wie das wohl sein mochte, wenn man immer jemanden an der Seite hatte, der einem all die dringenden Drachenfragen beantworten konnte?

„Also Quincy hier nicht. Er ist eine eher neue Errungenschaft", stellte Luna-Maie klar.

„Tatsächlich?" Das konnte er sich kaum vorstellen. Die beiden schienen ein so eingespieltes Team zu sein. „Das heißt, es gibt noch mehr von der Sorte?"

Sie nickte.

„Und du kennst sie alle?"

„Natürlich kenne ich nicht alle Drachen. Aber ich kenne die drei Begleiter der Drachenschwestern."

Drachenschwestern? Noch so ein seltsames Wort, unter dem er sich nichts vorstellen konnte. Egal. Er war immer noch völlig überwältigt von der Tatsache, dass praktisch in unmittelbarer Nähe mehrere Drachen hausten.

„Aber genug von mir. Erzähl von deinem Drachenleben."

„Was gibt es da schon zu erzählen", antwortete er bitter. „Außer, dass es anscheinend für immer vorbei ist."

Luna-Maie trat näher zu ihm hin, bis sich ihre Nasenspitzen fast berührten, und fasste nach seiner Hand. Er spürte, wie ihr Atem wie eine Feder über seine Wange strich. Das Gefühl erhitzte sein Blut und brachte es buchstäblich zum Kochen. Nur mit äußerster Willenskraft schaffte er es, sich davon abzuhalten, über sie herzufallen. Deshalb hätte er auch beinahe Luna-Maies letzte Bemerkung verpasst.

„Nicht unbedingt", sagte sie vorsichtig.

Ben stutzte. „Was meinst du mit nicht unbedingt?", fragte er scharf.

„Ich nehme an, dass du von der Tatsache sprichst, dass du deine Kräfte verloren hast, stimmt's?"

„Richtig. Was ist damit?", fragte er misstrauisch. Zu hoffen wagte er nicht.

„Ich hatte meine Kräfte auch verloren."

„Ach ja? Wann denn das? Heute?"

„Nein. Gestern."

Abrupt machte sich Ben von ihr los. Das war doch gar nicht möglich. Zauberkräfte innerhalb eines Tages zu verlieren und wieder zu gewinnen? Aber falls doch … Vehement stopfte er die aufkeimende Hoffnung in das Loch zurück, aus dem sie gekrochen war.

„Ich glaube dir nicht", sagte er kalt.

Luna-Maies Herz zog sich schmerzhaft zusammen, als sie seine Worte hörte. Irgendwie ironisch, dass der Spieß jetzt umgedreht war. Da ihr auf einmal kalt war, rieb sie sich die Oberarme.

„Du musst mir auch nicht glauben", sagte sie und bemühte sich um einen leichten Tonfall. „Ich kann dir ja einfach eine Geschichte erzählen."

Ben lächelte schief, als er seine eigenen Worte vernahm. Diesen Seitenhieb hatte er vermutlich verdient.

„Ich bin ganz Ohr", ließ er sie wissen und zog sie zu sich

heran. Das mit dem Abstand war eine blöde Idee gewesen. Er vermisste den Kontakt und ihre Nähe bereits.

Bereitwillig lehnte sich Luna-Maie an ihn.

„Gestern war ich unterwegs. Ziemlich weit weg von zu Hause sogar. Ich wusste zwar, dass mich meine Kräfte irgendwann verlassen würden, aber ich hatte einfach gehofft, dass es noch nicht so bald sein würde."

„Du wusstest das?"

„Klar. Die Drachen haben es mir gesagt. Alle Drachenkinder verlieren im Laufe der Pubertät ihre Kräfte."

„Hat dir das nicht Angst gemacht?"

„Doch. Aber ich habe es einfach verdrängt." Sie zuckte mit den Schultern. „Was hätte ich sonst tun sollen?"

Ben setzte an, etwas zu sagen, doch schließlich klappte er den Mund wieder zu.

Ein wehmütiges Lächeln umspielte ihre Lippen, als sie beobachtete, wie er wie ein Fisch nach Luft schnappte.

„In etwa so habe ich mich auch gefühlt. Zumindest, seit ich älter war. Als Kind ist die Pubertät ja ähnlich weit weg wie das Erwachsensein."

Ben grinste. „Ewig."

„Genau. Als ich zwölf wurde, fing ich an, mir Sorgen zu machen und habe verzweifelt nach Möglichkeiten gesucht, wie ich diesem Schicksal entgehen könnte."

„Wie bist du da vorgegangen?"

„Ich habe sämtliche Drachenbücher gelesen, derer ich habhaft werden konnte." Sie warf einen verstohlenen Blick in Quincys Richtung. Der Drache schien ein Nickerchen zu machen.

„Vor allem Bücher aus der Drachenbibliothek. Ein Freund von mir hat sie besorgt. Aber … pssst." Sie hielt den Zeigefinger an die Lippen.

Ben schnitt eine Grimasse. Wem sollte er diese Dinge schon

erzählen. Seine Freunde, die wenigen, die er hatte, würden ihn für verrückt erklären.

„Und dort drin hast du die Lösung gefunden?"

„Nur indirekt. Im letzten Buch, das ich gelesen habe, war vom Zeichen des Drachen die Rede. Nur leider hatte ich kein solches Zeichen, dafür gerade meine Kräfte verloren und befand mich ziemlich weit weg von zu Hause. Als ich dann kurze Zeit später an einem Tattoo-Laden vorbeigekommen bin, habe ich mich spontan entschieden, mir selber ein Zeichen des Drachen zu verpassen."

Ben fielen fast die Augen aus dem Kopf. „Du hast ein Tattoo???"

„Ja. Was dagegen?", antwortete Luna-Maie defensiv und verschränkte die Arme vor der Brust.

„Ähm, nein?", antwortete Ben und versuchte krampfhaft, den nicht ganz jugendfreien Bildern von Luna-Maies Körper und den möglichen Stellen, an denen sie ihre Tätowierung haben könnte, Herr zu werden.

Luna-Maie wurde durch und durch heiß, als sie den leidenschaftlichen Blick in seinen Augen sah. Unwillkürlich trat sie noch einen Schritt zurück. Sie versetzte ihm einen freundschaftlichen Stoß vor die Brust.

„Pass jetzt auf, das ist wichtig."

Ben grinste spitzbübisch. „Okay, versprochen. Aber komm wieder her. Du fühlst dich gut an in meinem Arm."

Dieser Aufforderung folgte Luna-Maie nur zu gern. An Ben gekuschelt, setzte sie ihre Geschichte fort.

„Ich bin also aus diesem Laden gekommen und habe aus lauter Gewohnheit nach meiner Drachenmagie gerufen, obwohl ich eigentlich wusste, dass sie weg war."

Ben wusste nur zu gut, wie sich das anfühlte. Der Reflex und der darauffolgende Frust.

„Und dann?“, fragte er gespannt.

„Und dann, Bamm! War sie wieder da. Besser als je zuvor.“

„Echt?“

Luna-Maie nickte.

Er runzelte die Stirn. „Und du meinst, es liegt an der Tätowierung“, fasste er ihre Erzählung schließlich zusammen.

„Ja. Was sonst. Willst du sie sehen?“

Ja, ja, ja, unbedingt, dachte Ben. Laut sagte er nur: „Wenn du willst …“

Luna-Maie löste sich von ihm und drehte ihm den Rücken zu. Langsam schob sie ihren Pullover hoch. Um besser sehen zu können, schob Ben sie näher zu einer der Straßenlaternen hin, die entlang des Spazierwegs am Rhein aufgestellt waren.

„Wow“, entfuhr es ihm ehrfürchtig, als er die elegante, aber doch sehr große Tätowierung an Luna-Maies Rückgrat sah. „Das ist ja Wahnsinn.“ Vorsichtig fuhr er über die kunstvollen Zeichnungen. Prompt zuckte sie unter seinen Fingerspitzen zusammen. Hastig zog er die Hand zurück. „Sorry!“

„Kein Problem. Sie ist nur noch sehr frisch. In ein paar Tagen sollte alles abgeheilt sein.“

„Okay“, gab er schließlich zu, als sie, leider wieder komplett angezogen, vor ihm stand. „Jetzt kann ich mir schon eher vorstellen, dass zwischen dem Tattoo und der Rückkehr deiner Kräfte ein Zusammenhang besteht.“

„Was hattest du dir denn vorgestellt?“

Verlegen zuckte Ben mit den Schultern. „Keine Ahnung. Herzchen? Sternchen?“

„Ich sehe schon, du traust mir nicht besonders viel zu“, stellte sie trocken fest.

„Das ändert sich von Minute zu Minute, glaub mir.“

Kapitel 21

Die nächsten Wochen vergingen wie im Fluge. Luna-Maie ging zur Schule und schrieb die obligatorischen Prüfungen, sogar einigermaßen gut, obwohl sie keine Ahnung hatte, wie das zustande kam, nachdem sie jede freie Minute entweder mit Quincy oder mit Ben oder gleich beiden zusammen verbrachte.

Es war ganz schön entspannt, einen Freund zu haben, der nichts dagegen hatte, wenn sie sich von Zeit zu Zeit in einen Drachen verwandelte. Er bestand sogar darauf, bei ihren Übungssessions mit Quincy anwesend zu sein. Als sie zum dritten Mal volle Kanne gegen die Wand knallte, anstatt sich elegant in Luft aufzulösen und sich auf der anderen Seite wieder zu materialisieren, blieb sie benommen am Boden liegen und rieb sich den schmerzenden Drachenschädel. Ihre Flügel waren schon ganz zerknittert, nachdem sie mehr Zeit auf dem Rücken liegend als in der Luft verbrachte. Das konnte ja nicht gesund sein.

Bens Gesicht erschien in seinem Blickfeld. Ein Lächeln blitzte in seinem Gesicht auf.

„Ich sehe schon, du bist sehr besorgt um mich“, grummelte sie.

„Sehr“, bestätigte er und verbiss sich den nächsten Lacher.

„Weshalb genau musst du unbedingt dabei sein, während ich mit Quincy trainiere? Um zu sehen, wie ich mich zum Affen mache?“

„Das ist nur ein angenehmer Nebeneffekt. Aber stell dir vor, vielleicht kehren meine Kräfte ja auch irgendwann zurück. Dann weiß ich schon alles und muss nicht bei Null anfangen."

Diesem Argument konnte sie schlecht etwas entgegensetzen, vor allem, da sie ihn schon seit Tagen bearbeitete, sich endlich tätowieren zu lassen. Doch Ben war sich nicht sicher, ob er das Experiment wagen sollte.

Luna-Maie rappelte sich hoch und strich ihre glänzenden Schuppen glatt.

„Was hält dich denn davon ab, mit mir ins Tattoo-Studio zu fahren?", wiederholte sie die Frage, die sie ihm schon öfter gestellt, aber auf die sie immer noch keine richtige Antwort erhalten hatte.

Ben schien innerlich mit sich zu kämpfen. Schließlich rief er laut: „Quincy?"

Der stahlgraue Drache glitt vom Dach des Pächterhäuschens, das als ihr Übungsobjekt herhalten musste.

„Was ist?", fragte er unfreundlich.

Es passte ihm gar nicht, dass er auf die Rufe eines daher gelaufenen Menschen, noch dazu eines Jungen, antworten musste. Doch sein Schützling hatte ihm erklärt, dass das unter Freunden so üblich sei. Und er wolle doch bestimmt mit ihren Freunden befreundet sein?, hatte sie gefragt und ihn aus ihren kristallblauen, großen Augen angeblinzelt. Sie war sehr clever, seine Kleine. Natürlich war ihm nichts anderes übrig geblieben als ja zu sagen. Das hieß allerdings nicht, dass er dabei vor Freude Luftsprünge machen musste, dachte er bockig.

Ben nahm das nicht persönlich. Das Verhältnis zwischen Quincy und ihm war von Anfang an von Konkurrenz geprägt gewesen. Das war nur logisch, dachte er, nachdem sie beide, jeder auf seine Weise, an Luna-Maie interessiert waren. Dass sich ihrer beiden Interessen ab und an zuwiderliefen, war zu erwarten.

„Können wir eine Pause einlegen?"

Quincy zog eine Augenbraue hoch. „Ihr wollt aber nicht knutschen, oder?“

Luna-Maie lief knallrot an.

„Wollen schon“, murmelte Ben, worauf sie ihm einen Ellenbogen in die Rippen rammte. „Uff.“

Laut meinte er: „Natürlich nicht. Ich wollte Luna-Maie nur eine Geschichte erzählen.“ Er hielt einen Moment inne. „Von mir aus kannst du dich sogar dazusetzen. Vielleicht kannst du ein wenig Licht in die Sache bringen. Ich habe nämlich keine Ahnung, wie das alles gekommen ist.“

Besänftigt von diesem Angebot nickte Quincy huldvoll.

„Klar. Ich helfe gerne. Ich bin nicht umsonst ein Wächterdrache. Wir wissen alles.“

Bei dieser Behauptung brach Luna-Maie in lautes Gelächter aus.

Mit einem bedeutungsvollen Blick auf seinen Schützling meinte er: „Wächterdrachen brauchen übrigens regelmäßig eine Stärkung.“

Luna-Maie rollte mit den Augen. „Danke für den Wink mit dem Zaunpfahl.“

„Tja, so wenig wie möglich, so viel wie nötig“, murmelte Quincy und versuchte, nicht allzu selbstgefällig dreinzuschauen. Das misslang ihm allerdings gründlich.

„Das stimmt vielleicht bei Pferden und Hunden. Aber bei Mädchen?“, meinte sie zweifelnd.

„Hunde, Mädchen, Pferde“, winkte er ab, „das ist einerlei.“

„Also gut“, gab sie nach. „Dann lass uns reingehen. Ich mach uns einen Tee.“

Quincy verzog das Gesicht, als hätte sie angedroht, ihn zu vergiften.

„Nicht für dich natürlich“, sagte sie deshalb schnell. „Deinen Schnaps gibt’s auch.“

„Besteht eine Chance, dass ich meinen Tee auch gegen einen Schnaps eintauschen kann?“, fragte Ben hoffnungsvoll. Für das bevorstehende Gespräch wäre Schnaps eine große Hilfe.

Leider runzelte Luna-Maie nur die Stirn und schüttelte den Kopf. „Sicher nicht! Meine Mutter würde mir den Kopf abreißen, wenn ich anfange, mich am Holunderschnaps der Drachen zu vergreifen.“

Ben seufzte enttäuscht. Dann eben nicht. Irgendwie würde er die Reise in die Vergangenheit auch ohne Alkohol überstehen. Hoffte er zumindest.

Endlich saßen sie gemütlich zusammen in der Küche. Quincy hielt eine Tasse heißer Milch mit Schuss in den Händen, während Ben und Luna-Maie einen Chai-Tee vor sich stehen hatten.

Ben wandte sich an Quincy. „Luna-Maie ist der Meinung, dass ihre Tätowierung der Grund für die Rückkehr ihrer Kräfte ist“

Quincy nickte. „Ich weiß, und ich muss ihr Recht geben. Es deckt sich mit den Informationen, die wir in verschiedenen, uralten Drachenchroniken gefunden haben. Alle sprechen vom Zeichen des Drachen.“ Er war höchstpersönlich in die Drachendimension zurückgekehrt und hatte die Bibliothek auf den Kopf gestellt. „Es ist nirgends klar formuliert, dass damit eine Tätowierung gemeint ist, doch die Resultate sprechen für sich.“

„Genau. Deshalb hat sie vorgeschlagen, dass ich mir ebenfalls eine Tätowierung machen lassen soll.“

„Du hast was?“, brüllte der Drache entsetzt in Luna-Maies Richtung.

Diese wich überrascht seinem heißen, ziemlich unangenehm riechenden Drachenatem aus.

„Na klar. Wenn wir recht haben, kriegt er seine Drachenkräfte wieder“, erinnerte sie ihn ungerührt.

Quincy schluckte. Das war ein Desaster. Soweit er wusste, war Ben nicht als Drachenkind registriert. Wie auch. Er war ja ein Junge. Also war auch kein Wächterdrache ernannt worden. Ein wild gewordener, nicht überwachter männlicher Jungdrache konnte ganz schön viel Unheil anrichten. Zudem gab es keinen einzigen Präzedenzfall für ein männliches Drachenkind. Zumindest hatte er nichts darüber gefunden. Das müsste das bestgehütete Geheimnis aller Zeit sein. Allerdings waren Drachen seit jeher Hüter von Geheimnissen. Aargh! Was für ein Durcheinander. Wie schaffte er es nur, den beiden die Idee wieder auszureden?, überlegte er fieberhaft.

„Es gibt keine Garantie dafür, dass es tatsächlich auch nützt. Dein Fall“, er deutete mit einer Kralle auf Luna-Maies Brust, „war schließlich insofern speziell, als dass du innerhalb von wenigen Stunden nach dem Verlust deiner Kräfte deine Tätowierung hast machen lassen. Ich kann mir kaum vorstellen, dass das ein paar Jahre später ebenso gut funktioniert.“

„Aber …“

Quincy ließ sie nicht ausreden. Langsam begann er, sich für das Thema zu erwärmen.

„Zudem besteht das Risiko, dass er seine Kräfte nur teilweise zurück erhält. Stell dir vor, er könnte sich nur zur Hälfte verwandeln? Oder er wird ein flügelloser Drache? Oder …“ Fieberhaft suchte er nach weiteren schrecklichen Beispielen.

„Ich finde trotzdem, dass er es tun sollte. Stell dir vor, es klappt! Was dann?“

Quincy stützte seinen Kopf auf die Pranken. „Lieber nicht“, murmelte er.

Die Reaktion ihres Drachen verwirrte Luna-Maie ziemlich. Wieso war er so dagegen, dass Ben seine Drachenmagie wieder fand? War er etwa eifersüchtig?

„Bist du etwa eifersüchtig?“, platzte sie hinaus.

„Ich? Eifersüchtig? Pah!“ Der Drache betrachtete eingehend sein Krallen. Er und eifersüchtig. Das war ja lächerlich. Und noch dazu auf einen halbwüchsigen Menschen.

Ein halbwüchsiger Mensch mit Drachenpotenzial, erinnerte ihn Luna-Maie süffisant.

Quincy erschrak, als er ihre Stimme so plötzlich in seinem Kopf vernahm.

Jetzt weißt du mal, wie das ist, setzte sie den einseitigen Dialog schadenfroh fort.

Unglaublich. So eine Frechheit! Impertinentes Gör!

Luna-Maie bekam die Flut von aneinandergereihten Schimpfwörtern natürlich mit. Als sie gleichzeitig die ersten Unheil versprechenden Rauchwolken aus seinen Nüstern strömen sah, beschloss sie, dass es höchste Zeit für einen Themenwechsel war. Demonstrativ wandte sie sich von Quincy ab und Ben zu.

„Jetzt haben wir ja alle Einwände gehört, die von Drachenseite gegen den Versuch sprechen."

„Das waren längst nicht alle", grummelte Quincy verstimmt.

Luna-Maie ignorierte ihn.

„Was mich jedoch viel mehr interessiert, sind deine Vorbehalte gegen die Sache."

Ben wand sich unruhig auf seinem Stuhl und strich sich nervös die zu langen Stirnfransen aus dem Gesicht.

„Du weißt ja, dass meine Geschichte nicht so rosig ist wie deine. Meine Mutter …" Er wandte den Blick ab und schluckte. „Sie ist nicht ganz gesund. Ich weiß nicht, ob sie immer schon so war, oder …"

„Oder was?", hakte Luna-Maie sanft nach und griff über den Tisch nach seiner Hand.

Dankbar drückte Ben sie.

„… oder ob ihre Probleme ihren Ursprung in meiner Geburt haben."

Die Pein in seinen Augen war fast greifbar. Es brachte Luna-Maie beinahe um zu sehen, wie er sich selber die Schuld an der

Krankheit seiner Mutter gab. Sie hatte das dringende Bedürfnis, ihn zu trösten, doch was konnte sie ihm schon anbieten, außer einem ermutigenden Händedruck? Sie hatte keine Ahnung, was für einen Einfluss es auf die menschliche Psyche haben konnte, wenn Magie im Spiel war.

Überraschend meldete sich Quincy zu Wort. „Dich trifft auf keinen Fall eine Schuld", beruhigte er Ben erstaunlich freundlich. „Es ist offensichtlich, dass während der Schwangerschaft deiner Mutter irgendetwas schief gelaufen ist."

„Wie meinst du das?"

„Abgesehen von der Tatsache, dass es dich eigentlich gar nicht geben sollte?", meinte der Drache amüsiert.

Ben starrte ihn nur an. Ihm war nicht nach Scherzen zumute. Luna-Maie gab Quincy mit ihrer Miene deutlich zu verstehen, dass er doch bitte beim Thema bleiben sollte.

„Ist ja gut. Ich wollte nur die Stimmung ein wenig auflockern, herrje!" Er kratzte sich am Kopf. „Wo war ich stehen geblieben? Ach, ja. Deine Mutter müsste eigentlich einen persönlichen Drachen gehabt haben."

„Wie Maxi bei Luna-Maie", vermutete Ben richtig. Er hatte inzwischen alle Drachen kennen gelernt. Zu Maxi hatte er die engste Bindung. Sie war auch die Einzige, die ihn vorbehaltslos akzeptierte. Lance und Ramiro begegneten ihm mit offenem Misstrauen. Sie wussten beide nicht so recht, wie sie ihn einordnen sollten. Ben war das egal. Mit Maxi, die einfach nur nett war, und Quincy, nun, Quincy war eben Quincy, und Luna-Maie, hatte er mehr Drachen in seinem Leben, als er sich je erträumt hatte. Da konnten der blaue und der grüne Drache gerne bleiben, wo der Pfeffer wächst.

„Genau", bestätigte Quincy mit einem Kopfnicken. „Sie hatte bestimmt auch einen, sonst hättest du dich nicht zum Drachenkind entwickelt." Er runzelte die Stirn. „Darüber müssten eigentlich noch Aufzeichnungen vorhanden sein. Über den Drachen, der deiner Mutter zugeteilt worden war. Und natürlich dich. Obwohl …“ Ein männliches Drachenkind wäre das Gespräch des Jahrhunderts gewesen. Und er hatte nichts davon gehört. Gar nichts. Kein Fauchen. Das war eigentlich nicht möglich. Irgendetwas passte hier nicht zusammen.

Luna-Maie, die aufmerksam zugehört und sich ihre eigenen Gedanken gemacht hatte, meinte langsam: „Was, wenn sie den Drachen nicht an sich gebunden hat?“

„Wie meinst du?“, fragten Quincy und Ben gleichzeitig.

„Nun, ein Drache wird seinem Schützling zugeteilt. Doch ob Frau oder Drache, wir haben immer noch einen freien Willen. Nimm mich als Beispiel. Ich habe mich tagelang geweigert, Quincy als meinen Drachen anzuerkennen.“

„Es waren höchstens eineinhalb Tage“, korrigierte Quincy sofort. „Und es kommt praktisch nicht vor, dass sich jemand dauerhaft weigert.“

„Aber nur, weil du mich ausgetrickst hast.“ Sie war immer noch schlecht gelaunt, wenn sie daran dachte.

Quincy grinste selbstgefällig und lehnte sich in seinem Stuhl zurück. Seine Konturen schienen sich immer wieder aufzulösen und neu zusammenzusetzen, sodass der Eindruck entstand, als würden Wellen über seine Schuppen laufen.

„Was beinhaltet denn dieses Anerkennen?“, erkundigte sich Ben. Er stellte sich irgendein komplexes Ritual vor.

Luna-Maie schaute ihn an. „Du musst ihn bei seinem Namen nennen.“

„Das ist alles?“, fragte er ungläubig.

„Das ist alles. Ich glaube, Sierra hat Ramiro zwei Wochen warten lassen.“ Sie grinste, als sie sich vorstellte, wie frustriert ihr grüner, schuppiger Freund damals gewesen sein musste.

„Ich verstehe“, sagte Ben, obwohl er eigentlich nur Bahnhof

verstand. Er beschloss, die vielen Informationen, die von beiden Seiten auf ihn einprasselten, einfach mal so zur Kenntnis zu nehmen. Herausfinden, was davon zutraf, konnte er später immer noch. „Das erklärt aber nicht, weshalb sie ihn nicht als ihren Drachen anerkannt hat."

„Vielleicht war sie damals schon krank", vermutete Luna-Maie. Ben hatte ihr einiges über seine Mutter erzählt. „Vielleicht dachte sie, er sei ein Dämon? Oder dass sie Stimmen hört?" Sie warf die Hände in die Luft. „Ich weiß doch auch nicht."

Ben nickte langsam mit dem Kopf, als er ihre Worte mit dem wenigen, was er über diese Zeit von seiner Mutter wusste, abglich. „Es ist sehr gut möglich, dass genau das passiert ist. Stell dir ihren Schock einige Monate später vor, als ich mich zum ersten Mal verwandelt habe."

„Ihre Albträume wurden quasi zum Leben erweckt", mutmaßte Luna-Maie leise.

„Genau. Und das hat sie mich nie vergessen lassen", schloss Ben bitter. „Du siehst also, dass für mich meine Drachenexistenz immer ein zweischneidiges Schwert war."

Betroffen schwieg Luna-Maie.

Erschöpft rieb sich Ben mit der Hand übers Gesicht.

„Seit ich alt genug war, um den Wandlungsprozess zu beherrschen, habe ich darauf geachtet, dass sie mich nie mehr als Drache sehen musste. Doch das war nicht genug. Immer wenn es ihr schlecht geht, fällt es ihr wieder ein. Zum Glück ist das alles bald vorbei."

Alarmiert setzte sich Luna-Maie auf. „Wie meinst du das?"

Auch Quincy studierte ihn aufmerksam.

„Sobald ich die Schule fertig habe, bin ich weg."

„Weg? Wie weg? Ganz weg?" Wollte er sich etwa umbringen?

Als Ben aufging, was Luna-Maie sich zusammengereimt hatte, musste er lachen.

„Keine Angst. Ich hatte keine so endgültige Lösung im Kopf. Ich würde mich wohl kaum um einen ordentlichen Schulabschluss bemühen, wenn ich vorhätte, mich umzubringen."

„Oh. Stimmt." Verlegen senkte Luna-Maie den Blick auf die Tischplatte. Das hatte sie ja wieder einmal sauber hingekriegt.

„Ich meinte viel mehr, dass ich dann arbeiten gehen werde. Oder zur Uni und nebenher jobben. Einfach so, dass ich mir eine eigene Wohnung leisten kann. Vielleicht ist es undankbar. Meine Mutter braucht eigentlich jemanden, der auf sie schaut." Er schloss gequält die Augen. „Aber dieser Jemand kann nicht länger ich sein."

Luna-Maies Herz zog sich schmerzhaft zusammen, als sie sich den kleinen Jungen vorstellte, der von seiner Mutter nur beschimpft wurde. Und trotzdem hatte er sich entschieden, ihr so gut es ging zu helfen. Bewundernswert. Sie konnte sich gut vorstellen, dass ihn diese große Verantwortung, die er seit Jahren auf seinen Schultern trug, langsam aber sicher zugrunde richtete.

„Verständlich", erwiderte sie deshalb. Sie machte eine Pause, bevor sie sagte: „Aber wäre es dann nicht nützlich, wenn du deine Drachenkräfte wieder hättest? Stell dir nur vor, wie gut du den Feierabendverkehr umgehen könntest."

Quincy knurrte. „Was für ein hirnrissiger Grund für den Einsatz von Magie."

„Sagt der Drache, der weder Wasserkocher noch Streichhölzer benutzt."

„Das ist ganz was anderes. Ich bin ja auch ein ganzer Drache."

„Ach ja? Und ich ein Halbling oder was?"

Quincy zog schuldbewusst den Kopf ein. „Nein, natürlich nicht."

„Eben."

Ben hörte dem Geplänkel nur mit halbem Ohr zu. Jetzt, wo er sich alles von der Seele geredet hatte, war ihm leichter ums Herz. Auf einmal schienen seine Vorbehalte gegen die Tätowierung nicht mehr so fürchterlich relevant. Wahrscheinlich würde es sowieso nicht funktionieren. Aber falls doch – er erlaubte sich ein Lächeln – falls doch, dann wäre das wundervoll.

Er warf Luna-Maie einen Seitenblick zu. Wieder einmal verzauberte ihn das Funkeln ihrer Augen, ihre ausdrucksvollen Gesichtszüge – im Moment sah sie aus, als würde sie gleich ihren Drachen erwürgen – und natürlich die ihr eigene Magie, die sie ausstrahlte. Er seufzte. Ob sie wohl für ihn ähnliche Gefühle hegte? Er hoffte es, war sich aber nicht sicher. Sie hatten sich noch ein paar Mal geküsst. Doch da jedes Mal innerhalb kürzester Zeit Quincy aufgetaucht war, hatte sich nie die Gelegenheit für mehr ergeben. Leider.

Noch ein Grund mehr, den Versuch mit der Tätowierung zu wagen, stellte er fest. Solange er nicht mit ihr um die Wette fliegen konnte, schienen ihm ihre Zukunftsaussichten nicht sehr rosig. Er konnte ihr ja schlecht mit dem Rennrad hinterher rasen, wenn sie mit dem Wind um die Wette flog.

„Weißt du was", sagte er spontan zu Luna-Maie.

„Was?!", fragte sie ungeduldig. Sie hatte jetzt keine Zeit. Quincy musste begreifen, dass er sich nicht alles erlauben konnte.

„Ich hab's mir überlegt mit der Tätowierung."

„Schön", murmelte sie und konzentrierte sich wieder auf ihren grauen Gefährten. Spannenderweise war er plötzlich verstummt. Hatten ihn Bens Worte zum Schweigen gebracht? Was war es nochmals, was Ben gesagt hatte?

Ben wartete geduldig, bis seine Worte auch tatsächlich in ihrem Hirn ankamen. Endlich schnellte ihr Kopf herum.

„Was sagtest du? Tätowieren?"

„Ja. Lass uns gehen."

„Jetzt?"

„Jetzt." Ein wenig leiser fügte er hinzu: „Bevor mich der Mut wieder verlässt."

Quincy hörte seine Bemerkung natürlich trotzdem. „Angst vor Nadeln?", höhnte er.

Ben richtete sich zu seiner vollen Größe auf. „Natürlich nicht."

Luna-Maies Mundwinkel zuckten. Doch sie beschloss, lieber ruhig zu sein, bevor er es sich tatsächlich noch anders überlegte.

Kapitel 22

„Autsch!“, jaulte Ben mit zusammengebissenen Zähnen. „Wer hatte die idiotische Idee, Nadeln wären die Lösung?“

Luna-Maie tätschelte fürsorglich seinen Arm und bemühte sich, sich das Lachen zu verbeißen.

Quincy, der, natürlich unsichtbar für den Tätowierer, in verkleinerter Form neben Ben auf der Behandlungsliege Platz genommen hatte, strengte sich gar nicht erst an. Er lachte, dass sein ganzer Körper wackelte. Die Bewegung brachte seine metallischen Schuppen zum Klingen.

„Immerhin hast du es bald hinter dir“, meinte Luna-Maie, als sie sich wieder einigermaßen unter Kontrolle hatte.

Es hatte sich herausgestellt, dass gute Tattoo-Studios in Schaffhausen noch um einiges teurer waren als in Chur. Ben hatte vorgeschlagen, zu einem der wenig vertrauenerweckenden Läden zu gehen, doch Luna-Maie hatte sich geweigert. Zu präsent waren ihr Moiras Horrorstorys über infizierte Tätowierungen, die durch nicht vorschriftsmäßig sterilisiertes Equipment verursacht worden waren. Deshalb waren sie bei Marc gelandet. Diesen Namen hatte Moira ihr mitgegeben, für den Fall, dass unerwartet doch Probleme auftauchen würden.

„Er ist ein hervorragender Künstler, der sich peinlich genau an alle Hygienebestimmungen hält. Wenn was ist oder du dir ein weiteres Tattoo stechen lassen willst, geh zu ihm. Ich nehme an, dass du nicht jedes Mal Zeit und Lust für einen Ausflug nach Chur haben wirst.“

„Ich glaube kaum, dass deine Drachenmagie zurückkehrt, wenn du unansehnliche oder vernarbte Drachenschuppen auf dem Rücken hast“, hatte Luna-Maie argumentiert.

Leider fehlte Ben das Geld, um sich die ganze Länge des Rückgrats tätowieren zu lassen. Luna-Maie hatte angeboten, ihm welches zu leihen. Das hätte allerdings erfordert, dass sie sich selber was von ihren Eltern hätte erbetteln müssen. Ihr Erspartes befand sich ja an ihrem eigenen Rücken. Doch Ben hatte vehement abgelehnt. Er wolle und brauche ihr Geld nicht, hatte er beharrt. Fast hätten sie sich gestritten, wenn Quincy sich nicht ungewöhnlich diskret ins Gespräch gemischt hätte.

Luna-Maie, lass ihn!, hatte er ihr telepathisch geraten.

Was? Das sagst du doch nur, weil du gegen den Versuch bist, hatte sie hitzig erwidert.

Das ist zugegebenermaßen ein verlockender Nebeneffekt, hatte er zugegeben und ihr zugezwinkert. *Aber jetzt mal im Ernst, der Junge hat seinen Stolz. Lass ihm den. Er wird schon einen Weg finden, das Geld aufzutreiben.*

Na, hoffentlich ist es nichts Illegales. Ungebeten tauchten Bilder von Drogendeals auf dem Schulhof in ihrem Kopf auf.

Hab ein wenig Vertrauen in den armen Kerl, hatte Quincy ihren Freund überraschenderweise verteidigt.

Sie hatte innerlich über den plötzlichen Loyalitätswechsel die Augen verdreht, schließlich sollte Ben nicht merken, dass sie nebenbei eine Unterhaltung mit ihrem Drachen führte, und nachgegeben. *Also gut. Aber wenn er jetzt alles hinschmeißt, gebe ich dir die Schuld.*

Das war ja klar, hatte er geantwortet und abgrundtief geseufzt.

Am Ende hatte Ben die geniale Idee, die Tätowierung auf drei Schuppen an seinem Nacken zu beschränken. Gewissermaßen der Anfang des ganzen Schuppenstreifens.

„Dann kann ich nach und nach weitere Schuppen hinzufügen, richtig?“ Diese Frage hatte er an den Tätowierer gerichtet. Dieser hatte bestätigend genickt, weshalb Ben jetzt jammernd auf der Liege lag.

Luna-Maie war nicht überzeugt davon, dass drei Schuppen ausreichend sein würden. Andererseits hatte sie keine Ahnung, wenn sie ehrlich war. Dass es bei ihr diese Auswirkungen haben würde, war ihr ja nicht bewusst gewesen, als sie sich für das Tattoo entschieden hatte. Von daher blieb ihnen nichts anderes übrig als abzuwarten. Sie beugte sich ein wenig vor und legte den Kopf schräg, um Ben ins Gesicht zu sehen.

„Spürst du schon was?“, murmelte sie, darauf bedacht, dass Marc ihre Frage nicht hörte.

„Eine ganze Menge“, versicherte er ihr. „Zum Beispiel das unbändige Bedürfnis, Marc zu erwürgen. Mein Rücken brennt wie Feuer. Ich bin sicher, er macht irgendetwas falsch. Wie du das ausgehalten hast, das ganze Rückgrat zu machen, ist mir ein Rätsel.“

Luna-Maie lächelte stolz. „Mädchen sind tougher, das weißt du doch“, feixte sie. „Wie du weißt, sind wir auch diejenigen, die irgendwann die Kinder gebären.“

„Haha. Ich war auf jeden Fall noch nie so froh wie heute, dass ich keine Kohle habe. Nicht auszudenken, wenn diese Folter noch länger andauern würde.“

Luna-Maie inspizierte Marcs Arbeit. Die Außenlinien waren bereits fertig. Jetzt war er gerade dabei, Farben und Schattierungen aufzubringen. Ben hatte sich für einen meergrünen Farbton entschieden. Ob das wohl die Farbe seiner Schuppen war?, fragte sie sich im Stillen.

Ben versuchte, den andauernden Schmerz auszublenden, indem er sich die Fantasie erlaubte, wieder ein Drache zu sein. Ob es wohl klappen würde? Bis jetzt war das vertraute Kribbeln seiner eigenen Magie verdächtig abwesend. Allerdings ging er davon aus, dass im Moment sämtliche Empfindungen vom Stechen und dem darauffolgenden Brennen der verfluchten Tattoo-Nadel überdeckt wurden. Unwillkürlich griff er nach Luna-Maies Hand. Der Tag, an dem er sie entdeckt hatte, war definitiv sein Glückstag gewesen.

„Ich will ja kein Spielverderber sein", meldete sich Quincy zu Wort. „Aber solltest du dich nicht langsam auf den Heimweg machen, Kleine?"

Luna-Maie zog ihr Handy aus der Tasche und erschrak. Schon nach sechs Uhr. Eigentlich sollte sie schon zu Hause sein. Nachdem sie weder ihre Mutter in erneute Sorge stürzen noch den wackligen Waffenstillstand mit ihrem Vater gefährden wollte, musste sie tatsächlich dringend los.

„Treffen wir uns morgen in der Schule?", fragte sie Ben.

„Klar. Wie immer?"

Wie immer bedeutete, dass sie sich vor dem großen Brunnen auf dem Pausenplatz treffen würden.

„Genau."

Sie freute sich jetzt schon, obwohl sie sich noch nicht einmal verabschiedet hatte. Spontan beugte sie sich vor und drückte ihm einen scheuen Kuss auf die Wange.

Ben lächelte und drückte ihr zum Abschied die Hand. Mehr bewegen konnte er sich momentan schlecht. Marc schien in seine künstlerische Trance vertieft und sah offenbar keine Veranlassung, seine Arbeit für einen Kuss zu unterbrechen. War vielleicht auch besser so. Sonst wäre ihm die Trennung nur wieder schwergefallen. Jeden Abend graute es ihn davor, nach Hause zu gehen. Zum Glück rettete ihn Marc, der mit ungebremstem Enthusiasmus seinen Rücken attackierte, vor den düsteren Gedanken. Es war einfach nicht möglich, an irgendetwas anderes zu denken. Zumindest Ben konnte es nicht.

*

„Kannst du nicht schon mal vorfliegen und Bescheid geben, dass ich gleich nachkomme?", bat Luna-Maie ihren Drachen, als sie sich draußen vor dem Studio bereit zum Abflug machten.

„Was bin ich denn? Dein persönlicher Telegrammbote?", grummelte er.

„Du bist mein multitalentierter Drache, der sich von einem Ort an den anderen zaubern kann", schmeichelte sie ihm.

Geschmeichelt strich er sich über seinen Kamm mit den großen, eckigen Zacken.

„Ich kann sogar was anderes, nämlich telepathisch Bescheid geben, dass wir kommen." Er machte eine Pause und warf ihr einen bedeutungsvollen Blick zu. „Aber wenn mich nicht alles täuscht, kannst du das ebenfalls."

Luna-Maie, inzwischen auch wieder in Drachenform, ließ ihre silberglänzende Mähne ins Gesicht fallen.

„Kann sein", murmelte sie.

„Ich vermute, dass du einfach ein paar Minuten für dich sein willst, hab ich recht?"

Luna-Maie nickte verlegen und spuckte ein paar Funken aus.

„Also gut. Dann geh ich schon mal vor und du kommst so schnell wie möglich. Keine Umwege", sagte er streng.

Luna-Maie nickte. „Versprochen."

Er musterte sie noch einmal prüfend. Anscheinend zufrieden mit dem, was er sah, löste er sich in einem glitzernden Funkelwirbel auf und war weg.

Erleichtert atmete Luna-Maie auf. So toll es war, einen eigenen Drachen zu haben, und so glücklich sie mit Ben war, bedeutete es doch, dass sie fast keine Zeit mehr für sich allein hatte. Und die brauchte sie einfach ab und zu. Sie öffnete ihre Schwingen und erhob sich in den bereits dunklen Nachthimmel.

*

Mit reichlich Verspätung ließ sie sich auf ihren Stuhl am Küchentisch plumpsen.

„Tut mir leid wegen der Verspätung", murmelte sie. Begeistert stellte sie fest, dass Miri eines ihrer Lieblingsessen gekocht hatte: Melanzane alla parmigiana, ein aufwendiger Auflauf aus Auberginen, hausgemachter Tomatensoße, Büffelmozzarella und Parmesan. Mit Heißhunger fiel sie darüber her. In solchen Momenten war sie echt froh, dass ihr Ausreißversuch nur von kurzer Dauer gewesen war. Die gute Küche ihrer Mutter hätte ihr echt gefehlt. Miri selbst natürlich auch, aber das verstand sich ja von selbst.

Matt, der eigentlich gehofft hatte, heute Abend mit seiner Tochter ein wenig Zeit zu verbringen, war nicht sehr erfreut über ihr spätes Auftauchen. Sollte sie nicht wenigstens den Anschein erwecken, als hätte sie ein schlechtes Gewissen?, dachte er irritiert. Seit sie ihren Freund hatte, sah er sie genau noch zum Frühstück und zum Abendessen. Anschließend verschwand sie in ihrem Zimmer. Angeblich um zu lernen. Pah. Wer's glaubte. Es war per se schon eine schwer zu verdauende Tatsache, dass sein kleines Mädchen einen Freund hatte. Wie hatte das nur passieren können? Er kratzte seinen Teller leer und schob ihn von sich.

„Wo hast du heute Abend gesteckt? Bei, wie heißt er? Bob?"

Luna-Maie schaute auf und warf ihm einen genervten Blick zu.

„Er heißt Ben, wie du genau weißt. Und nein, wir waren nicht bei ihm zu Hause. Er …", sie zögerte, mehr zu erzählen. Doch irgendetwas musste sie ja sagen. Schließlich entschied sie sich für: „Seine Mutter mag keinen Besuch."

„Ist das so", antwortete Matt. Das war natürlich kompletter Unsinn, was Luna-Maie da erzählte.

Miri schüttelte den Kopf und seufzte. Jetzt war Matt nicht nur auf die Drachen eifersüchtig, sondern auch noch auf Ben. Das konnte ja heiter werden. Wenn er die Kluft, die sich zwischen ihm und seiner Tochter aufgetan hatte, wirklich überwinden wollte, musste er dringend an seiner eigenen Einstellung arbeiten. Nur nützte es leider nichts, wenn sie ihm das sagte. Das musste er schon selber herausfinden. Sie bezweifelte nicht, dass er seine Tochter liebte und umgekehrt. Aber es schien, als hätten die beiden noch einen längeren Weg vor sich. Vermutlich würden sie noch einige Male aneinandergeraten, bis die Pubertät vorbei war und Matt sich damit abgefunden hatte, dass sein kleines Mädchen erwachsen wurde.

In zehn Jahren lachst du darüber, beruhigte Maxi sie und tätschelte ihr die Hand.

Sie stützte das Kinn auf die Hand und wartete, dass die explosive Mischung an ihrem Küchentisch detonierte. *Leider deckt sich deine zeitliche Einschätzung mit meiner*, seufzte sie. *Ich hatte gehofft, ich würde übertreiben.*

Vielleicht lässt sich der Prozess ja etwas beschleunigen?, meinte Maxi. Doch es klang eher zweifelnd. Mehr wie eine Frage als eine Feststellung.

Na, großartig, dachte Miri, die keine große Lust hatte, die nächsten Jahre den Job als Friedensstifter inne zu haben.

Maxi lachte leise, was ihr einen verwunderten Blick von Luna-Maie einbrachte. Schnell brachte sie ihre erheiterten Gesichtszüge unter Kontrolle. Nicht dass das Kind noch den Eindruck bekam, sie würde sich zusammen mit der Mama über sie lustig machen. Da konnte sie gleich Öl ins Feuer gießen. Oder Sprit in den Drachenhals. Beides sehr ungesund für die nähere Umgebung.

Luna-Maie wandte ihre Aufmerksamkeit wieder ihrem Vater zu.

„Ja, das ist so", antwortete sie. „Sonst würde ich es ja nicht sagen."

„Ach, komm. Das glaub ich nicht."

Als ihn Luna-Maie nur merkwürdig ansah, hatte er das Gefühl, noch etwas sagen zu müssen. Vielleicht schaffte er es ja, dass sie ihn ins Vertrauen zog, wenn er Verständnis für ihre Situation zeigte?

„Es ist schon okay, wenn du mir nicht alles erzählen willst." Er lachte jovial. Mit einem Augenzwinkern fügte er hinzu: „Ich war ja schließlich auch einmal jung."

Angewidert schob Luna-Maie ihren Stuhl zurück. War ihr Vater von Aliens ausgetauscht worden? Oder wer war diese peinliche Figur? Auf keinen Fall wollte sie etwas über seine Jugend hören. Sie schüttelte sich.

„Das ist genau das Problem. Ich erzähl dir, wie es ist, und du glaubst mir nicht. Wann bist du denn zu dem Schluss gekommen, dass deine Tochter eine notorische Lügnerin ist?"

Sie war fuchsteufelswild. Ihr war die Wahrheit immer sehr wichtig gewesen. Nachdem sie schon ein so großes Geheimnis wie ihre Drachennatur für sich hatte behalten müssen, war sie sehr darauf bedacht gewesen, bei allen anderen Gelegenheiten bei der Wahrheit zu bleiben. Das war auch nicht weiter schwierig gewesen. Ihre Mutter wie auch ihr Vater hatten ihr immer das Gefühl vermittelt, dass sie ihnen alles sagen konnte. Bis jetzt.

Solchermaßen in die Ecke gedrängt fasste Matt nach dem Drachenstein in seiner Hosentasche. Er hatte es immer noch nicht geschafft, sich daraus einen Anhänger zu machen. Was eigentlich ein Witz war, in Anbetracht der Tatsache, dass er selber Handwerker war und das dafür nötige Werkzeug in seinem Schuppen hatte. Wenn er die Gründe dafür genauer unter die Lupe genommen hätte, hätte er wahrscheinlich entdeckt, dass er noch nicht bereit war, den Drachen permanent zu begegnen. Doch das war eine unangenehme Erkenntnis, weshalb er lieber darauf verzichtete.

Kaum berührten seine nackten Fingerspitzen den Stein, entdeckte er Maxi, die gemütlich auf dem Stuhl zu Miris Linken saß und mit seiner Frau ein kameradschaftliches Lächeln austauschte. Unterhielten sich die beiden etwa über ihn? Der grüne und der blaue Drache waren nirgends zu sehen. Nur dieser neue, anthrazitfarbene Drache stand mit verschränkten Pranken vor dem Ofen und betrachtete ihn missbilligend. Matt beschloss, seine Unheil versprechende Miene zu ignorieren. Er hatte gerade Wichtigeres zu tun als schlecht gelaunte Drachen zu bespaßen.

Mit einer großen Handbewegung deutete er auf die Drachen in der Runde. „Vielleicht, weil ich über zehn Jahre lang nichts davon wusste?"

„Du bist echt das Letzte", brach es aus Luna-Maie hervor. „Du weißt genau, dass das nicht allein meine Entscheidung war. Genau genommen hatte ich mit dieser Entscheidung gar nichts zu tun. Ich durfte nicht einmal entscheiden, ob ich überhaupt ein Drache sein will. Aber klar, um das zu realisieren, müsstest du dich ja tatsächlich mit wichtigen Fragen beschäftigen. Da ist es viel einfacher, sich nur auf die missratene Tochter zu konzentrieren."

Das Gefühl, abermals verraten worden zu sein, die Sehnsucht nach ihrem Vater, so, wie er vorher gewesen war, und ihr Stolz bildeten eine toxische Mischung, die ihr den Magen umdrehte. Nicht einmal ihre geliebten Auberginen brachte sie herunter.

Angewidert warf sie ihr Besteck neben den Teller und verwandelte sich an Ort und Stelle, ohne Rücksicht auf den vorhanden Platz. Da sie trotz der vielen Übungsstunden noch nicht gelernt hatte, sich nur feinstofflich zu materialisieren, krachte sie in den Tisch und brachte zwei Stühle zum Umfallen. Maxi rettete netterweise Miri aus der Gefahrenzone und setzte sie unkompliziert auf die Küchenzeile. Quincy beobachtete das ganze ungerührt und dachte nicht daran, Matt zu Hilfe zu eilen. Der verdiente es definitiv, zwischen Tisch und Wand eingeklemmt zu sein.

Luna-Maie fiel das gar nicht auf. Sie beugte sich in ihrer imposanten Größe über den Tisch und blies ihrem Vater absichtlich einen Strom feuriger Luft ins Gesicht. Aus der Art, wie er angeekelt das Gesicht verzog und wegzuckte, schloss sie, dass ihr Drachenatem nicht unbedingt nach Rosen duftete. Zumindest hoffte sie, dass das der Grund war und nicht immer noch die Tatsache, dass sie ein Drache war. Aber im Moment war ihr selbst das egal.

„Ich dachte, du hättest dich langsam an den Gedanken gewöhnt, dass ich auch eine Drachin bin. Aber ich sehe schon, dass das eine falsche Hoffnung war. Aber keine Angst, du musst nicht mein Vater sein. Ich bin sicher, dass ich auch ohne dich bestens zurechtkomme!"

Zufrieden nahm sie das verletzte Aufblitzen in Matts Augen zur Kenntnis. Gut. Sollte er ruhig mal spüren, wie sich das anfühlte. Sie hatte die Nase voll davon, die einzige Traurige in der Familie zu sein.

Sie drehte sich zu ihrem Wächterdrachen um. „Quincy? Ich geh schlafen. Kommst du mit hoch?"

Ein anerkennendes Leuchten in den Augen, neigte dieser bejahend den riesigen Schädel. Sie ließ sich nicht alles gefallen, seine Kleine. Eine hervorragende Eigenschaft für ein Drachenmädchen.

„Stets zu Diensten!"

Luna-Maie hätte fast gelächelt. Aber nur fast. Zu frisch waren noch die Verletzungen, die sie aus dieser erneuten Konfrontation mit ihrem Vater davon getragen hatte.

*

Endlich verstummte das nervenaufreibende Geräusch der Tätowiernadel. Der Klang der Maschine war durchaus vergleichbar mit dem Bohrer des Zahnarztes, fand Ben. Ob sie wohl endlich fertig waren? Schon zweimal hatte er geirrt.

„So. Wir sind fertig", erlöste ihn Marc.

Ben lächelte schief. „Darüber bin ich nicht unglücklich."

Nach einigen letzten Pflegeinstruktionen von Marc beglich Ben die Rechnung und verließ das Tattoo-Studio. Draußen streckte er sich erst einmal vorsichtig in alle Richtungen. Die Haut brannte noch ein wenig. Ansonsten spürte er herzlich wenig von der Tätowierung. Erstaunlich eigentlich, nachdem er während der letzten halben Stunde in Marcs Händen sicher gewesen war, in Bälde sterben zu müssen. Jetzt war er sein ganzes Geld los. Geld, das ihm eigentlich in den nächsten Wochen sein Mittagessen hätte bezahlen sollen. Ob es sich wenigstens gelohnt hatte? Er hatte richtig Hemmungen, nachzuspüren, ob sich etwas geändert hatte. Noch fühlte er sich wie immer. Also normal. Magielos. Wie enttäuschend. Doch dann fiel ihm ein, dass Luna-Maie erwähnt hatte, dass ihr das auch so ergangen war. Dann blieb ihm wohl nichts anderes übrig, als die Probe aufs Exempel zu machen.

Er holte tief Luft und kratzte seinen ganzen Mut zusammen. Seine Hände zitterten. Offenbar bedeutete ihm sein Drachendasein doch mehr, als er sich die letzten zwei Jahre vorgemacht hatte. Ungeduldig mit sich selbst, wischte er die feuchten Handflächen an seinen Jeans ab und langte tief in seinem Inneren nach der Drachenenergie.

Als er das erste vertraute Prickeln spürte, zuckte er überrascht zurück, als hätte er sich verbrannt. Konnte es tatsächlich sein …? Wilde Freude stieg in ihm auf. Diesmal entschlossener, rief er abermals nach der Drachenenergie. Ein lautes Tosen erklang in seinem Inneren, Funken wirbelten in den verschiedensten Farben, bis die Wirbel mehrheitlich grün waren. Grün wie seine Augen. Zufrieden grinsend breitete er seine Schwingen aus und erhob sich in die Lüfte.

Mehrere Stunden später landete er auf dem Kiesplatz hinter dem Mietshaus. Er war viel zu lange weggeblieben, dachte er mit schlechtem Gewissen. Andererseits gab es nicht viele solcher wahrlich magischer Momente im Leben. Einzig Luna-Maies Anwesenheit hätte den Augenblick noch perfekter machen können. Überhaupt hatte er diese Stunden mehr als verdient. Wenn es seiner Mutter nicht passte, konnte er ihr auch nicht helfen. Sie war sowieso immer schwieriger zufriedenzustellen. Der Arzt hatte ihm beim letzten Mal gesagt, dass es mit dem Fortschreiten ihrer Krankheit zu tun habe. Doch das war manchmal nur ein schwacher Trost. Im Gegenteil. Manchmal machte es alles nur noch schlimmer. So gestattete er sich nicht einmal, wirklich wütend auf sie zu sein. Zumindest nicht ohne große Schuldgefühle. Sobald er sich dabei ertappte, erschien der aktuelle Krankheitsbericht vor seinem inneren Auge, und er fühlte sich wie der schlechteste Sohn auf Erden. Aber sollte es eigentlich nicht umgekehrt sein? Dass die Eltern für das Kind sorgten?

Aber solche Gedanken führten nirgendwo hin, wie er aus Erfahrung wusste. Also verwandelte er sich zurück und ging quer über den Platz zum Hintereingang des Hauses. Seine Mutter, die auf dem Balkon stand und eine Zigarette rauchte, sah er nicht.

*

So leise wie möglich öffnete er die Haustür und schlüpfte hinein. Alles ruhig. Vielleicht hatte er Glück und seine Mutter war schon zu Bett gegangen? Wahrscheinlicher war, dass sie auf dem Sofa betrunken eingenickt war. Unwillkürlich zuckte er mit den Schultern. Bett. Sofa. Egal.

Vermutlich war es tragisch, dass er hoffte, dass sie betrunken war. Noch ein Minuspunkt in seiner Eignung als Sohn, dachte er selbstironisch.

Doch er hatte sich zu früh gefreut. Er war kaum aus seinen Schuhen geschlüpft, als seine Mutter wie eine Furie aus dem Wohnzimmer gestürzt kam, eine Bratpfanne in der Hand, die sie über ihrem Kopf wie eine Waffe schwang.

„Was zum …"

„Geh mir aus den Augen, du Teufelskind!", schrie sie ihm entgegen und ließ die Pfanne in Richtung seines Schädels sausen.

Im letzten Moment duckte er sich und wich ihr aus. Prompt verlor sie das Gleichgewicht und stürzte mitsamt ihres Küchengeräts in die Vitrine bei der Eingangstür. Das Glas barst unter großem Geklirr und flog in alle Richtungen.

Ben stand wie erstarrt da. Ohne wirklich etwas zu sehen, nahm er das schreckliche Bild in sich auf. Überall lagen Glassplitter herum. Seine Mutter lag ausgestreckt halb in, halb außerhalb der Vitrine. Ein Regalbrett war gebrochen. Das ganze Möbel stand gefährlich schief. Aus mehreren Schnitten im Gesicht und an den Händen sickerte Blut. Erst als sie, überraschend laut, aufstöhnte, tauchte er aus seiner Lähmung auf.

Mit raschen Schritten ging er zu ihr hin. Glas knirschte unter seinen Füßen. Bei ihr angekommen bückte er sich und half ihr behutsam auf die Füße.

Verwirrt schaute sie ihn an. „Ben?"

„Ja, Mama. Ich bin's. Lass uns ins Badezimmer gehen. Diese Schnitte müssen verarztet werden."

„Was ist denn passiert?", murmelte sie verwirrt. Erleichtert stellte er fest, dass der Schock sie anscheinend hatte vergessen lassen, dass sie ihn eben noch für die Inkarnation des Teufels gehalten hatte. Ihm sollte es recht sein, machte es doch die ihm bevorstehende Aufgabe sehr viel leichter.

Er deutete auf den Badewannenrand und bat sie, sich hinzusetzen. Während sie unablässig unverständliches Zeugs murmelte, nahm er eine Pinzette aus dem Spiegelschrank und machte sich an die Arbeit.

Zwei Stunden später ließ er sich erschöpft auf sein Bett fallen. Was für ein Tag. Nachdem er seine Mutter sicher im Bett verstaut hatte, hatte er anschließend noch das Chaos im Flur beseitigt. Jetzt war er fix und fertig. Eigentlich hatte er noch zur Kontrolle ins Krankenhaus fahren wollen, doch sie hatte sich standhaft geweigert. Es war ihm schon klar, warum sie nicht dahin wollte, dachte er grimmig. Im Krankenhaus waren sie nicht sehr freigiebig mit Alkohol. Das wusste seine Mutter genau.

Mit einem müden Seufzer griff er nach seinem Handy. Zwei neue Nachrichten. Luna-Maie.

Mein Vater ist immer noch anti Drachen – zum Kotzen!

Oh. Das tat ihm leid zu hören. Er wusste nur zu gut, wie das war.

Die nächste Nachricht brachte ihn zum Lachen.

Und? Selber? Wieder Drache oder was?

Oder was? Glaubte sie vielleicht, er hätte sich in eine Kröte verwandelt? So eine Art umgekehrter Froschkönig? Amüsiert schüttelte er den Kopf.

Leider war die Ablenkung nur von kurzer Dauer. So sehr er sich gewünscht hätte, den Abend mit dem Austausch von Textnachrichten und dem Feiern seiner wiedergefundenen Magie zu verbringen, hatte er dringendere Angelegenheiten, um die er sich kümmern musste.

Nämlich seine Zukunft.

Kapitel 23

Zu Hause konnte er auf keinen Fall bleiben. So viel war Ben nach dem Desaster des gestrigen Abends klar geworden. Blieb also die Frage: was nun? Auch nachdem er sich die ganze Nacht schlaflos von einer Seite seines Bettes auf die andere gewälzt hatte, war ihm keine schlaue Antwort eingefallen. Um halb fünf Uhr morgens hatte er kapituliert und eingesehen, dass er heute nicht mehr schlafen würde. In seiner Drachengestalt hatte er sich auf das Flachdach des Hauses gesetzt und auf das Morgengrauen gewartet. Die rosafarbenen Streifen am Horizont, unterbrochen von einigen grauen Schleierwolken, hatten ihn an Luna-Maies glänzende Schuppen und ihre flatternde Mähne erinnert.

Jetzt war er aus purer Gewohnheit im Sattel seines Rennrads auf dem Weg zur Schule. Sein ganz persönliches Drachenmädchen würde wahrscheinlich fliegen, aber er selbst war noch nicht so weit. Zu tief saß die Angst, entdeckt zu werden.

Ein bittersüßer Schmerz breitete sich in ihm aus, als er an Luna-Maie dachte. Ihm war bewusst, dass sich ihre Wege wahrscheinlich bald trennen würden. Groll stieg in ihm hoch. War ja klar. Einmal in seinem Leben war er richtig glücklich, und was geschah? Seine Mutter machte es kaputt. Aggressiv überholte er einen Bus, fuhr über eine dunkelorange, okay, rote Ampel und zeigte dem hinter ihm hupenden Autofahrer den Mittelfinger. Vage war ihm bewusst, dass er sich sehr leichtsinnig verhielt, doch es war ihm egal. Irgendwie musste er die in ihm stetig wachsende Frustration loswerden. Es gab wenig, was sich dazu besser eignete als der morgendliche Berufsverkehr.

Am Ende war er selbst fast ein wenig erstaunt, dass er es unversehrt bis in die Schule geschafft hatte. Müde bis auf die Knochen schloss er sein Fahrrad ab, steckte den Schlüssel ins Schloss und ging die Stufen zum Schulhaus hoch. Er hatte erst die Hälfte der Stufen geschafft, als die vertrauten Umrisse eines Drachen am Himmel auftauchten. Resigniert blieb er stehen und wartete. Ihm wäre es lieber gewesen, wenn er sein Gespräch mit seiner Klassenlehrerin bereits hinter sich gehabt hätte. Doch jetzt, wo sie ihn gesehen hatte, konnte er schlecht einfach im Schulhaus verschwinden.

Er sah ihr zu, wie sie immer näher kam. Amüsiert über die Stofftasche um ihren Hals schmunzelte er. Es war schon ein wenig ein Stilbruch. Vor ein paar Tagen hatte sie sich einen wasserfesten Filzstift geschnappt und quer über die Tasche das Wort *Drachenkram* geschrieben. Wie sie erzählt hatte, waren alle ihre Klassenkameradinnen begeistert davon. Wenn die wüssten, wie sehr die Worte der Wahrheit entsprachen, würden sie sich wahrscheinlich in die Hosen machen. Es war ja schön und gut, für Einhörner und Co. zu schwärmen. Stand man dann plötzlich Auge in Auge einem solchen Wesen gegenüber, das es eigentlich nicht geben sollte, sah die Sache schon ganz anders aus.

Endlich landete sie vor ihm auf der Treppe. Besorgnis sprach aus ihren kristallblauen Drachenaugen. Das überraschte ihn nicht, hatte er doch gestern auf keine ihrer Nachrichten reagiert. Nicht gerade die feine Art, das war ihm sehr wohl bewusst. Aber er hatte weder die Energie gehabt, Nettigkeiten auszutauschen, noch sich danach gefühlt, die ganze elende Story von seiner

Mutter zu erzählen. Also hatte er am Ende einfach gar nicht geschrieben.

„Geht's dir gut?", fragte sie.

Ben nickte.

Für einen Moment schien sie nicht zu wissen, was sie mit seiner wortlosen Antwort anfangen sollte. Schließlich hielt sie es aber nicht mehr aus:

„Hat es geklappt? Ist deine Magie …" Sie beendete den Satz nicht. Was, wenn es nicht geklappt hatte? Sie vermutete stark, dass das der Fall war. Sonst hätte er sich bestimmt gestern Abend gemeldet. Oder etwa nicht? Unsicher warf sie ihm unter ihren langen Drachenwimpern einen Blick zu. Oh. Vielleicht sollte sie sich zurückverwandeln? Allerdings würde das jetzt schwierig werden. Immer mehr Schüler kamen die Treppe hoch. Nicht ideal, um einfach so aus dem Nichts aufzutauchen.

„Alles bestens mit meiner Magie", beruhigte Ben sie.

Überrascht wandte sie sich ihm zu. „Bist du sicher?"

„Natürlich bin ich sicher. Was denkst du denn?"

Ihre schönen Drachenaugen verengten sich zu schmalen Schlitzen. Ihre gespaltene Zunge schnellte hervor, als sie fauchte.

„Was ich denke? Na, dass mein Freund mir bei so guten Neuigkeiten vielleicht wenigstens einen kurzen Text schickt?"

Flammen züngelten aus ihrem Maul. Ben wich diskret einen Schritt zurück. Er hatte nicht die Absicht, sich schon wieder die Augenbrauen versengen zu lassen.

„Ich erklär dir alles am Mittag. Jetzt muss ich da rein." Er deutete mit dem Kinn auf die Eingangstüre.

„Aber …"

Er schenkte ihr einen eindringlichen Blick. „Bitte."

Erst sah es aus, als wollte sie Protest einlegen, doch dann nickte sie zögerlich. „Also gut. Bis zum Mittag."

Erleichtert schenkte er ihr ein schiefes Lächeln. „Danke."

Schmerz und Unverständnis blitzten in ihren Drachenaugen auf und ließen ihn unmerklich zusammenzucken. Das Wort klang selbst in seinen Ohren völlig unzulänglich dafür, was sie miteinander verband. Doch mehr hatte er in diesem Moment einfach nicht zu geben.

Nachdem es keinen Grund mehr gab, die unangenehme Aufgabe, die vor ihm lag, aufzuschieben, warf er einen kurzen Rundumblick in die Umgebung. Alle waren mit ihren Handys beschäftigt oder starrten auf den Boden. Also hob er die Hand und strich Luna-Maie kurz über ihre silberne Mähne. Dann drehte er sich um und sprang die Treppe hinauf, immer zwei Stufen auf einmal nehmend.

*

Was war nur in Ben gefahren, fragte sich Luna-Maie, während sie ihm zusah, wie er im Schulhaus verschwand. So distanziert hatte sie ihn seit Wochen nicht mehr erlebt. Auf einmal war sie sich nicht mehr so sicher, ob es eine gute Idee gewesen war, ihm einen Weg zu zeigen, wie er seine Drachenkräfte zurück erlangen konnte. Andererseits hätte das sonst immer zwischen ihnen gestanden. Sie seufzte und schüttelte ihre Flügel aus. Beziehungen waren verdammt kompliziert. Manchmal hatte die Vorstellung eines einsamen Drachenhorstes hoch in den Bergen durchaus seinen Reiz. Keine Väter, Freunde … Sie stutzte. Moment mal … Vielleicht sollte sie einfach die Männer in ihrem Leben in die Berge ausquartieren? Oder in die Wüste schicken? Offensichtlich lag bei denen das Problem. Kein Wunder, dass es die Drachen vorzogen, nur weibliche Schützlinge zu begleiten.

Quincy, der ihren Koller mitbekommen hatte, verschluckte sich fast vor Lachen. Als Folge davon quoll ihm schwarzer Rauch aus den Ohren.

Ja, ist doch wahr!, behauptete sie stur.

Weil ihr ja so einfach zu handhaben seid, spottete er.

Ich bin sicher, dass Maxi keine Beschwerden hat. Am besten wäre es wohl, wenn sich ausschließlich Drachinnen um uns kümmern würden, antwortete sie hochmütig.

Ausnahmsweise sprachlos starrte Quincy ihr hinterher, als sie hinters Schulhaus flog, um sich zu verwandeln.

Das meinst du nicht so!, rief er ihr nach.

Und ob!

Quincy verdrehte die Augen und setzte sich auf die Mauer. Frauen. Mädchen.

Sei nur vorsichtig, was du dir wünschst, konnte er sich nicht verkneifen, hinzuzufügen. Darauf wusste Luna-Maie nichts mehr zu erwidern, stellte er befriedigt fest. Zumindest zog er es vor, diesen Schluss zu ziehen. Drachen mussten, wenn möglich, immer das letzte Wort haben. Das war quasi schon fast eine Frage der Ehre. Die andere Möglichkeit, dass sie es schlicht vorzog, ihn zu ignorieren, zog er gar nicht in Erwägung.

Wenn Luna-Maie gewusst hätte, wie recht Quincy mit seiner Aussage hatte, hätte sie ihm vielleicht mehr Aufmerksamkeit geschenkt. Andererseits hätte das auch nichts geändert.

*

Beklommen stand Ben vor der Tür zum Lehrerzimmer. Schon seltsam. Die ganze Zeit hatte er es nicht erwarten können, mit der Schule fertig zu sein. Jetzt, wo der Zeitpunkt über ein Jahr früher da war, zögerte er, den endgültigen Schritt zu machen. Es war natürlich auch etwas anderes, mit der Matura in der Tasche abzuschließen als einfach abzubrechen. Ein Schulabbrecher, das war es, was die anderen in Zukunft in ihm sehen würden. Auch wenn es ihm ziemlich egal war, was andere über ihn dachten, war er doch nicht so naiv zu glauben, dass es keine Rolle spielen würde. Potenzielle Arbeitgeber interessierten sich nicht für tragische Einzelschicksale. Da draußen zählten nur harte Fakten.

Am Ende wurde ihm die Entscheidung zu klopfen abgenommen. Die Tür öffnete sich, und ein Lehrer trat heraus.

Frau Häberlin, seine Klassenlehrerin, saß mit einer Tasse Kaffee in der Hand am Tisch und sah ihn auf der Türschwelle stehen. Bei seinem Anblick stand sie sofort auf und winkte ihn zu sich heran.

Verlegen in Richtung der anderen anwesenden Lehrer nickend, bahnte er sich seinen Weg zu ihr an den Tisch.

„Ben", begrüßte sie ihn. „Hast du mich gesucht?"

Stumm nickte er.

Die Lehrerin nahm den angespannten Zug um seinen Mund und die dunklen Schatten unter seinen Augen wahr.

„Kann ich dir irgendwie helfen?", fragte sie forsch, ganz richtig davon ausgehend, dass er einen nüchternen Ansatz mehr zu schätzen wissen würde als alles andere.

Mulmig warf Ben einen Blick in die Runde.

„Können wir vielleicht unter vier Augen miteinander reden?", brachte er schließlich heraus.

„Klar. Komm." Sie zeigte in Richtung des Kopierraums, der ans Lehrerzimmer anschloss. „Das Zimmer ist nicht sehr groß, aber für uns beide sollte es reichen", versuchte sie die Stimmung ein wenig aufzulockern.

Ben lächelte nur schwach. Als sie seine wenig enthusiastische Reaktion sah, wurde sie sofort wieder ernst.

„Also los. Raus mit der Sprache. Sonst bist du auch nicht so zurückhaltend, wenn es darum geht, deine Meinung kundzutun. Dieses Verhalten ist dermaßen untypisch, dass ich versucht bin, einen Arzt zu rufen."

Als sie seinen entsetzten Gesichtsausdruck sah, beruhigte sie ihn.

„Keine Angst. Das werde ich nicht tun. Noch nicht. Hast du Drogenprobleme?“, kam sie direkt auf den Punkt.

Das wurde ja immer besser, dachte Ben und fuhr sich verzweifelt mit der flachen Hand übers Gesicht. Erst hielt sie ihn für krank und jetzt für einen Junkie. Na großartig. Das Gespräch konnte ja nur noch besser werden.

„Nein. Ich nehme keine Drogen.“ Er hatte aus erster Hand mitbekommen, was Alkohol und Pillen mit einem Menschen anrichteten. Nein danke. Darauf verzichtete er gerne.

„Ich kann dir gar nicht sagen, wie sehr mich das freut, zu hören. Aber was ist dann dein Problem? Ich nehme an, du hast ein Problem?“

„Ich möchte die Schule abbrechen. Familiäre Probleme“, antwortete er brüsk, bestrebt, diese unangenehme Unterhaltung zu einem schnellen Ende zu bringen.

Sichtlich überrascht starrte ihn Frau Häberlin an. Damit hatte sie offenbar überhaupt nicht gerechnet. Wieso auch? So sehr er sein Image als unnahbarer Bad-Boy kultivierte, so gut waren seine Noten. Er hatte schließlich immer vorgehabt, zur Uni zu gehen. Noch ein Traum, den seine Mutter erfolgreich zerstört hatte. Er biss die Zähne zusammen.

„Hast du dir das auch gut überlegt? Ist das wirklich das, was du willst?“ Impulsiv trat sie einen Schritt vor und legte ihm die Hand auf die Schulter.

Im letzten Moment zuckte er zurück. Er mochte es nicht, wenn fremde Leute ihn anfassten. Hatte er noch nie ausstehen können. Wenn er es sich recht überlegte, waren Luna-Maies Berührungen die einzigen, die sich für ihn angenehm anfühlten. Schnell schob er die Sehnsucht, die bei diesem Gedanken in ihm aufstieg, zur Seite.

Betroffen ließ Frau Häberlin ihre Hand, die etwas verloren in der Luft hing, wieder fallen. Verlegen steckte sie beide Hände in die Hosentaschen und nahm wieder eine geschäftsmäßige Haltung ein.

„Gut. Du willst also die Schule abbrechen. Nachdem du bereits in der 11. Klasse bist, kann ich dich schlecht davon abhalten. Was sagen denn deine Eltern dazu? Deine Mutter, richtig?“ Sie hatte eine vage Erinnerung an eine fahrige Frau, die einmal an einem Besuchstag für zehn Minuten aufgetaucht war.

Bevor er die Worte zurückhalten konnte, platzte er heraus: „Sie ist der Grund dafür, dass ich aufhören muss.“

Frau Häberlin legte den Kopf schräg. „Wieso das?“

„Sie und ich, wir können nicht länger zusammenleben. Also muss ich ausziehen. Das kostet Geld. Sprich, ich brauche einen Job.“

„Aber du bist noch nicht volljährig“, protestierte sie. Bewusst versuchte sie nicht, die genaue Natur der Probleme mit seiner Mutter zu ergründen. Instinktiv spürte sie, dass sie dabei auf Granit beißen würde. So oder so spielte es keine Rolle. Wenn Ben der Meinung war, nicht mehr bei seiner Mutter leben so können, würde sie ihn kaum vom Gegenteil überzeugen können.

„In ein paar Wochen bin ich achtzehn.“

Frau Häberlin begann, in dem kleinen Raum auf und ab zu gehen. Es sprach gegen alle ihre Prinzipien, einen so vielversprechenden, jungen Menschen kampflos aufzugeben. In ihrem Hirn spielte sie alle möglichen Szenarien durch. Sie hatte bereits eine Idee. Ob sich diese verwirklichen lassen würde, wusste sie nicht. Leider konnte sie nicht zaubern.

„Ich nehme deine Aussage vorläufig so zur Kenntnis.“ Sie dachte kurz nach. „Kannst du mir etwas Zeit geben, nach einer Alternative zu suchen?“

„Was für eine Alternative?“, fragte Ben misstrauisch. „Und wie viel Zeit?“

Fieberhaft überlegte sie. Erst musste sie ihre Idee den anderen Lehrern schmackhaft machen und anschließend das nötige Geld auftreiben.

„Zwei Tage“, sagte sie schließlich.

Ben überlegte. Zwei Tage. Die konnte er zur Not auch draußen verbringen. Irgendwie. Andere überlebten schließlich auch auf der Straße.

Widerwillig nickte er.

„Sehr gut. Ich gebe mein Bestes. Ach, und noch was.“

„Ja?“

„Wieso kannst du nicht mehr mit deiner Mutter zusammenleben? Ich brauche keine Details. Aber irgendein Grund wäre hilfreich.“

Er zögerte. Es ging ihm gegen den Strich, private Dinge mit fremden Leuten zu teilen. Andererseits wollte Frau Häberlin ihm helfen. Zu verlieren hatte er nichts mehr.

„Meine Mutter ist seit Jahren psychisch krank und Alkoholikerin. In den letzten Tagen ist die Situation eskaliert.“ Stolz stellte er fest, dass seine Stimme fest geblieben war.

Betroffen öffnete Frau Häberlin den Mund, um etwas zu sagen, schloss ihn dann jedoch wieder.

Der Grund, wieso er es vorzog, nicht über seine Probleme zu reden, dachte er selbstironisch.

Schließlich schien sie sich wieder gefangen zu haben. „Gut. Das wär's fürs Erste. Ich sehe dich morgen um sechzehn Uhr, nach der letzten Stunde.“

Erleichtert wandte sich Ben zur Tür. Kurz bevor er ins Lehrerzimmer trat, drehte er sich nochmals zu seiner Klassenlehrerin um.

„Danke.“ Er griff nach der Türklinke. Bevor er sie herunter drückte, zögerte er. „Sie müssten das nicht tun.“

„Nein. Müsste ich nicht. Doch ich bin nicht umsonst Lehrerin geworden.“

Ben nickte und entfloh durchs Lehrerzimmer, vorbei an den neugierigen Blicken der anderen Lehrpersonen, in die relative Sicherheit des Schulhausflurs. Dort lehnte er sich erst einmal an die Wand und versuchte, seinen rasenden Puls zu beruhigen. Hoffnung und Angst vor der Zukunft kämpften in seinem Inneren miteinander. Schlecht war ihm auch. Erschöpft schloss er die Augen.

Auf einmal spürte er Luna-Maies Anwesenheit neben sich. Das Prickeln ihrer Magie strich wie ein Flüstern über seine Sinne. Vorsichtig öffnete er die Augen, nicht sicher, in welcher Stimmung sie sein würde. Er konnte es ihr nicht verdenken, falls sie wütend auf ihn war.

Doch sie hielt ihm nur wortlos einen Plastikbecher mit dampfend heißem Kaffee vor die Nase und drückte ihm ein Croissant in die Hand.

Obwohl sie noch viel zu früh dran gewesen war, war Luna-Maie zuerst wütend zu ihrem Klassenzimmer gestapft. Zu dem Zeitpunkt, als sie bei ihrem Ziel angekommen war, hatte sie angefangen nachzudenken. Bens Verhalten war völlig untypisch für ihn. Irgendetwas musste geschehen sein. Nachdem er ihr erzählt hatte, wie seine Mutter in der Vergangenheit reagiert hatte, konnte sie nur darauf schließen, dass das gestern nicht anders gewesen war. Sie hatte zwar keine Ahnung, wie seine Mutter so schnell herausgefunden hatte, dass ihr Sohn nicht mehr nur Sohn, sondern auch Drache war, doch Mütter hatten da ihre eigenen Mittel und Wege. Dieses Phänomen kannte sie von ihrer eigenen nur zu gut.

Also hatte sie beschlossen, dass Ben viel mehr einen Kaffee und etwas zu essen brauchte als eine Freundin, die ihm die kalte Schulter zeigte. Nach einem kurzen Umweg zur Mensa und dank eines hilfreichen Tipps von Quincy hatte sie ihn schließlich ausfindig gemacht. Was um alles in der Welt machte er vor dem Lehrerzimmer? Hatte er etwas ausgefressen? Sie platzte fast vor Neugier. Doch ihr war klar, dass diese Fragen warten mussten.

Dankbar griff Ben nach beidem. In kameradschaftlichem Schweigen standen sie nebeneinander an der Wand.

Schließlich schaute sie auf das Display ihres Handys.

„Ich muss los. Am Mittag beim Brunnen?"

Er nickte wortlos, völlig hin und weg von dem wortlosen Beistand, den sie ihm eben geboten hatte. Und das, ohne zu wissen, was eigentlich los war. „Womit habe ich dich verdient?", platzte er heraus.

Luna-Maie lächelte. „Gar nicht."

Sie stellte sich auf die Zehenspitzen und küsste ihn auf die Wange.

Von Neuem bezaubert schaute er ihr nach, bis sie über die Treppe in den ersten Stock verschwand. Es kam ihm vor, als hätte er eine Galgenfrist gesetzt bekommen. Ein Aufschub von achtundvierzig Stunden, während dem er nichts entscheiden musste. Also würde er jetzt in seine Klasse zurückkehren, zu spät, wie immer, und Lateinvokabeln büffeln. Oder was sonst gerade Weltbewegendes auf dem Stundenplan stand. Er schob sich den Rucksack auf die Schulter und machte sich auf den Weg.

Kapitel 24

„Über wen willst du diskutieren? Über diesen Unruhestifter Neves?“, brummte Herr Koller, der Lateinlehrer der fünften Klasse, und runzelte die Stirn.

„Neves ist richtig, Unruhestifter stimmt nicht.“ Frau Häberlin warf ihm über den Rand ihrer Lesebrille einen Blick zu. „Zumindest in meiner Klasse nicht“, fügte sie spitz hinzu. Man musste den Unterricht schon interessant gestalten, wenn man die Aufmerksamkeit der jungen Leute fesseln wollte, dachte sie selbstgefällig.

„Der Junge braucht einen Haarschnitt und anständige Kleider“, brummte Koller. „Immer diese unmögliche Lederjacke.“

Winters, der Geografielehrer, sprach, während er gleichzeitig mit riesen Bissen sein Brötchen vertilgte: „Was gibt's denn da zu diskutieren? Wirklichen Ärger macht er meines Wissens tatsächlich nicht, und in knapp zwei Jahren sind wir die Klasse sowieso los.“

„Danke für das Stichwort, Guido“, meinte Frau Häberlin, die mit dem Kollegen per Du war.

Als sie sich einigermaßen sicher war, dass sie die Aufmerksamkeit der anderen hatte, schob sie sich die Brille auf die Nase.

„Neves war heute Morgen bei mir.“

„Hat er sich wieder über seine Noten beschwert?“, giftete

Cordula Roth, die Chemielehrerin, die schon öfter das Vergnügen gehabt hatte, mit Ben über seine Note zu diskutieren. Immer wieder fand er etwas an ihrem Punktesystem auszusetzen.

„Nein. Er hatte ein persönliches Anliegen. Er sagt, er müsse aus privaten Gründen die Schule abbrechen."

Auf einmal waren alle hellwach und setzten sich aufrechter hin.

„Die Schule abbrechen? Aber warum? Da schmeißt er ja seine ganze Zukunft weg." Koller verstand die Welt nicht mehr. Ben war ein typischer Halbstarker, der zuweilen unter dem alters- und geschlechterbedingten Leiden von zu vielen Hormonen und zu wenig aktivem Hirn litt, doch er war ein intelligenter Bursche. Der würde seinen Weg schon machen. Zumindest, wenn er jetzt nicht so idiotisch war und tatsächlich die Schule abbrach.

Frau Häberlin zuckte mit den Schultern.

„So ganz ist mir das auch nicht klar. Offenbar kann er nicht mehr länger zu Hause wohnen bleiben. Und für eine eigene Wohnung braucht er Geld, sprich einen Job."

„Ach, der soll sich zusammenreißen. Sind ja nur noch zwei Jahre. Wenn seine Eltern Schwierigkeiten machen, soll er halt mehr Zeit in der Schule verbringen."

„Ich glaube nicht, dass das eine Option ist", ließ sich der Kunstlehrer Karlson vernehmen. Normalerweise hörte man in den Pausen nie etwas von ihm. Die meiste Zeit saß er brütend vor einer kalt gewordenen Tasse Kaffee und bewegte sich erst wieder, wenn es läutete und er zurück in die Klasse musste.

Entsprechend erstaunt richteten sich sämtliche Augen auf ihn.

Unangenehm berührt von der ganzen unerwarteten Aufmerksamkeit rutschte Karlson auf seinem Stuhl hin und her.

„Ich weiß auch nicht viel mehr. Aber er hat einmal erzählt, dass es seiner Mutter nicht so gut geht. Sie hat wohl psychische

Probleme. Einen Vater gibt's nicht. Das heißt, der Junge kümmert sich seit Jahren um seine Mutter anstatt umgekehrt. Wenn er also meint, dass es nicht mehr geht, dann geht es nicht mehr."

Verblüfft darüber, dass sich ausgerechnet der stille Karlson als ein wahrer Quell von Informationen erweisen sollte, starrten ihn die anderen nur an.

„Was!", rief er schließlich defensiv aus, als er es nicht mehr aushielt. „Beim Malen kommen oft heikle Themen zur Sprache. Nicht umsonst gibt es Maltherapie", murmelte er abschließend.

Frau Häberlin fing sich als Erste wieder.

„Das wirft natürlich ein ganz neues Licht auf die Sache." Sie schien einen Augenblick zu überlegen. „Aber es ändert nichts an der Lösung, die ich gefunden habe."

„Du hast eine Lösung für seine familiären Probleme gefunden?", fragte Guido zweifelnd.

„Das nicht direkt. Aber dazu wird mir auch noch was einfallen." Sie winkte wegwerfend, als wäre dies das kleinste ihrer Probleme. „Meine Lösung bezieht sich auf Bens Bedürfnis, von zu Hause wegzugehen."

„Und die wäre?", fragte Frau Roth spitz.

„Ein Austauschjahr", verkündete Frau Häberlin. „Wir schicken Ben für ein Jahr ins Ausland. Wenn er zurückkommt, sieht die Welt vielleicht schon wieder anders aus. Zumindest hat er dann ein Schuljahr und eine Erfahrung mehr in der Tasche."

„Wie soll denn das gehen? Ich dachte, du hättest eben gesagt, er hätte kein Geld?", fragte Frau Roth, die keine Lust hatte, zuzugeben, dass sie den Vorschlag gut fand.

Frau Häberlin, die diese Frage erwartet hatte, griff in ihre Schultertasche, zog ein paar Papiere hervor und schwenkte diese triumphierend in der Luft.

„Für genau solche Fälle …"

„… welche Fälle?", unterbrach sie Koller barsch.

„… vielversprechende, junge Menschen, die nicht die nötigen Mittel haben, gibt es den Stipendienfond des Kantons."

Koller winkte ab. „Das dauert immer ewig, bis die die Anträge bearbeiten. Bis dahin hat der Neves bereits seine Matura in der Tasche. Oder einen Vertrag auf dem Bau." Er lachte über seinen eigenen Witz. Dass keiner der anderen mitlachte, schien ihn nicht zu stören.

„Nein, nicht in diesem Fall. Ich kenne jemanden, der im Gremium sitzt. Er hat mir zugestimmt, dass das ein Notfall ist, und eine Sondersitzung einberufen."

„Vitamin B", kommentierte Frau Roth missbilligend.

Dem sonst so ruhigen Karlson brannte eine Sicherung durch. „Jetzt halt doch mal die Klappe. Es geht hier um einen jungen Menschen, der sein ganzes Leben noch vor sich hat. Man sollte meinen, dass es für jede Lehrperson eine Herzensangelegenheit ist, ihre Schüler bis ans Ende der Schulzeit zu unterstützen und begleiten." Völlig verausgabt von seinem Ausbruch ließ er sich erschöpft wieder in den Stuhl zurückfallen und tat sein Bestes, um mit der Tapete zu verschmelzen.

Frau Häberlin schaute in die Runde. „Dann habe ich also von allen die Unterstützung? Ein Austauschjahr für Ben Neves?"

Am Ende waren alle Hände in der Luft. Der eine Arm erhob sich vielleicht etwas zögerlicher als der andere, doch das spielte keine Rolle.

„Sehr gut", schloss sie zufrieden. „Dann werde ich alles Nötige in die Wege leiten."

„Hat sich schon irgendwer die Mühe gemacht, Neves zu fragen, ob er das überhaupt will?", erkundigte sich Frau Bernette, eine junge Lehrerin, die Französisch unterrichtete.

Frau Häberlin biss sich auf die Unterlippe. „Nein", gestand sie. „Aber ich bin mir sicher, dass ich ihn davon überzeugen kann, wenn die Finanzierung steht."

„Na dann, viel Glück“, meinte sie und erhob sich von ihrem Stuhl.

Das schien das allgemeine Zeichen für den Aufbruch zu sein. Stühle wurden zurückgeschoben, Plastikbecher zerknüllt und weggeworfen, bis Frau Häberlin ganz allein im Lehrerzimmer war.

Jetzt lag es ganz allein an ihr, dachte sie. Die Vorstellung erschreckte sie ein wenig. Doch sie war fest entschlossen, das Projekt zum Erfolg zu bringen.

*

Ben und Luna-Maie lagen auf den großen Steinblöcken neben dem Brunnen und genossen die Sonne. Sie hatten sich Kopf an Kopf gelegt. Oder genauer gesagt, sich gegenseitig den Kopf auf die Schulter gelegt.

Luna-Maie drehte den Kopf ein wenig und studierte Bens Profil. Seine langen Wimpern warfen Schatten auf seine Wangenknochen. Wie er wohl als Drache aussah? Um die gute Stimmung nicht zu verderben hatte sie bis jetzt darauf verzichtet, Fragen zu stellen, auch wenn das Warten sie fast umbrachte.

Ich wusste gar nicht, dass du so eine Engelsgeduld hast, mischte sich Quincy in ihre Gedanken.

Ben zuckte zusammen. Hatte da eben ein Drache in seinem Hirn gesprochen? Vorsichtig drehte er den Kopf. Luna-Maie schien ganz konzentriert zu sein, wenn er ihren Gesichtsausdruck und ihre gekrauste Nase richtig deutete. Sprach sie etwa telepathisch mit Quincy? War so etwas überhaupt möglich? Er musste nicht lange auf die Antwort warten. Luna-Maie schnaubte in seinem Kopf, dass es einem wütenden Rhino Ehre gemacht hätte. Gleich im Anschluss hörte er ihre Stimme.

Pah. Geduld wird völlig überbewertet. Aber sogar ich weiß, dass man nicht ungestraft drängelt. Er wird schon reden, wenn er reden will.

Ob er das wohl auch konnte?, wunderte er sich. Am besten, er probierte es einfach mal aus. Er legte sich seinen Kommentar zurecht und stellte sich dann einfach vor, er würde zu Quincy und Luna-Maie sprechen. Er hatte keine Ahnung, ob es so funktionierte. Aber das würde er ja gleich herausfinden.

Oh! Wow. Luna-Maie drehte sich zu ihm um und schenkte ihm einen bösen Blick. „Schrei doch nicht so. Und nein. Wir haben keine Geheimnisse vor dir. Zumindest keine großen", korrigierte sie ihre Aussage hastig, als Quincy ungläubig eine Augenbraue hochzog. „Gewisse Dinge zwischen Drache und Schützling sind privat", erklärte sie entschuldigend.

Ben wandte sich an Quincy.

„So ist das also. Aber ich verstehe das", meinte er großzügig. Dann drehte er sich zu Luna-Maie um, stützte sich auf dem Ellenbogen ab und senkte den Kopf, um sie zu küssen. Nur eine Haaresbreite von ihren Lippen entfernt, murmelte er: „So, wie gewisse Dinge zwischen einem Jungen und seinem Mädchen privat sind."

Luna-Maie nickte enthusiastisch.

Quincy hielt sich die Pranke vor die Augen.

„Halt. Hört auf, bevor ich erblinde. Ich bin ja schon weg."

Das war er tatsächlich. Ohne einen einzigen herumfliegenden Funken zu versprühen, war er weg.

„Das hat ja gut funktioniert", murmelte Ben.

Sein warmer Atem strich über Luna-Maies Lippen. Doch noch immer küsste er sie nicht. Jetzt riss Luna-Maie endgültig der Geduldsfaden. Entschlossen streckte sie den Arm aus, schlang ihn um Bens Nacken und küsste ihn.

Das nahm die nächsten Minuten Luna-Maies ganze Aufmerksamkeit in Anspruch. Erst, als Ben den Kopf hob, um auf sie hinunter zu lächeln, fielen ihr all die Fragen, die sie sich aufgespart hatte, ein. Widerwillig schob sie Ben noch ein wenig mehr von sich weg. Wenn er ihr so nahe war, konnte sie einfach nicht klar denken.

„Erzählst du mir jetzt, wie's gestern weitergegangen ist, nachdem ich gegangen bin?"

Ben schenkte ihr ein träges Lächeln und ließ sie los.

„Ich habe einen besseren Vorschlag."

Luna-Maies Pulsschlag beschleunigte sich. „Und der wäre?"

Ben sprang auf die Füße und streckte ihr eine Hand hin, um ihr aufzuhelfen.

„Lass uns fliegen gehen."

*

Es war ein wenig unheimlich und gleichzeitig seltsam berauschend, zuzusehen, wie sich Ben vor ihren Augen in einen wilden, riesigen Drachen verwandelte. Die Verwandlung fand fließend statt. Bens Konturen schienen sich aufzulösen und in einem meergrünen Funkenwirbel zu verschwinden. Aus diesem funkelnden Nebel bildeten sich wieder feste Umrisse, bis der große, schuppige Kopf, die scharfen Zähne und der schlanke Körper mit seinen gewaltigen Flügeln, dem langen Schwanz und den Pranken sichtbar wurden. Ein kleines bisschen konnte sie ihren Vater verstehen, dass ihm das unheimlich war. Aber nur ein kleines bisschen. Schließlich hatte er jetzt schon Zeit gehabt, sich an den Gedanken zu gewöhnen.

Neugierig studierte sie das großartige Geschöpf vor sich. Wie sie es sich bereits gedacht hatte, machte Ben auch als Drache eine gute Figur. Seine Schuppen schimmerten in sämtlichen Grüntönen. Nur am Nacken, an der Stelle, wo die Tätowierung saß, waren die Schuppen schwarz. Seine Mähne am Hals war kurz und seidig. Gewaltige Muskeln zeichneten sich unter der Haut ab. Wenn er sich bewegte, liefen kleine Wellen über seinen Körper.

Konnte man sich zweimal verlieben? Einmal in den Jungen und dann gleich nochmal in den Drachen? Falls ja, befürchtete sie, dass genau das gerade geschah. Sie spürte praktisch, wie ihr das Herz aus der Brust sprang und dem grünen Drachen vor die Füße kullerte. Und die Zunge sollte sie vielleicht auch wieder einrollen. Das war ja peinlich, wenn sie ihn so anschmachtete. Er sah aber auch verdammt gut aus. Zum Anbeißen halt, dachte sie und grinste.

„Bist du bereit?“, fragte er ungeduldig. Zu lange hatte er auf diesen Zeitpunkt gewartet. Endlich fühlte er sich ihr ebenbürtig. In jeder Hinsicht. Angespannt ließ er seinen Schwanz von links nach rechts peitschen.

Eilig sprang Luna-Maie in die Luft, um den scharfen Zacken auszuweichen. Trotz seiner Anwesenheit während Quincys Unterrichtsstunden war sie sich nicht so sicher, dass er die Herausforderungen der Feinstofflichkeit schon gemeistert hatte. Sie selber hatte zumindest nach wie vor Mühe mit dieser Übung und knallte regelmäßig gegen Wände, Türen, Bäume – einfach gegen alles, was nicht mobil war, so sehr sie sich auch anstrengte.

„Klar“, rief sie ihm aus der Luft zu. Bevor er begriff, was sie vorhatte, flog sie los.

Wer zuerst beim Rhein ist?, forderte sie ihn telepathisch zum Wettfliegen heraus.

Ben ließ sich das nicht zweimal sagen und erhob sich in die Luft. Er war zuversichtlich, das Rennen zu gewinnen. Schließlich war er zu Fuß deutlich schneller als sie. Das würde beim Fliegen nicht anders sein.

Zehn Minuten später musste er einsehen, dass er Luna-Maie unterschätzt hatte. Sie war ihm buchstäblich um die Ohren geflogen, hatte Saltos und Sturzflüge eingelegt und war trotzdem noch schneller gewesen.

„Wie machst du das nur?", brummte er kopfschüttelnd, als er sich neben sie auf den nassen Felsen mitten im Rheinfall setzte. Links und rechts von ihnen donnerten die Wassermassen über die Felsen. Ein feiner Sprühnebel legte sich über ihre Schuppen.

„An deiner Stelle würde ich mir keine Sorgen machen", tröstete Luna-Maie ihn, während sie ihre Hinterbeine über den Abgrund baumeln ließ. „Du hast ja gerade erst angefangen mit Fliegen."

Bens grüne Drachenaugen verengten sich zu Schlitzen.

„Gerade erst angefangen? Machst du Witze? Bis auf die letzten zwei Jahre bin ich mein ganzes Leben lang geflogen. Da sollte ich doch wohl noch in der Lage sein, ein Mädchen wie dich einzuholen", fauchte er herablassend.

Luna-Maie stemmte ihre Pranken in die Hüften und stieß verächtlich schnaubend dunkelgraue Rauchwolken aus. Ihre eben noch überbordende Verliebtheit wich rasant akutem Ärger über den unsensiblen Drachen neben sich. Offenbar übernahmen die Jungs nicht nur die Gestalt der männlichen Drachen, sondern auch deren arrogante Sichtweise aufs Leben.

„Ach ja? Sieht ganz so aus, als müsstest du noch ein wenig üben, nicht wahr?"

Mit einem Grollen stürzte sich Ben auf sie. Auweia. Der schien ja tatsächlich ein Problem mit seinem Temperament zu haben.

Er hatte sie fast erreicht, als ein schwarzer Schatten wie der Blitz dazwischen fuhr und den grünen Drachen platt auf den Boden warf.

„Ach, so ist das? Sobald du Zähne und Klauen hast, gehst du auf Mädchen los?", knurrte Quincy, eine Hinterpfote auf Bens Hals.

Ben fauchte. Wieso fand er sich eigentlich ständig auf dem Rücken wieder? Das hatte er gründlich satt. Das Rauschen in seinen Ohren wurde stärker.

Quincy beobachtete besorgt, wie die Augen des Jungdrachen den Fokus verloren. Energisch ohrfeigte er ihn. Klatsch. Klatsch. Klatsch.

Ben schüttelte benommen den Kopf. Was fiel diesem arroganten Mistkerl eigentlich ein? Was dachte er denn, wer er war? Erbost und von neuer Wut erfüllt begann er sich ernsthaft zu wehren.

Luna-Maie beobachtete das Geschehen geschockt. Was war nur in die beiden gefahren? Sie war sich bewusst, dass Ben sich gerade auf sie stürzen wollte, bevor Quincy aufgetaucht war. Doch das machte ihr keine Angst. Sie wusste sich ausgezeichnet zu wehren. Überhaupt wollte sie ihre Probleme selber lösen.

„Hey“, rief sie deshalb und wurde prompt ignoriert. Wütend stützte sie die Pranken in die Hüften und fletschte die Zähne. Orangerote Flammen schossen aus ihrem Maul und umhüllten die beiden Drachen. Leider hatte es nicht den geringsten Effekt. Ben fuhr fort, mit Quincy zu ringen, auch wenn bald klar war, dass der ältere Drache die Oberhand hatte.

„Mann, Mann, Mann“, murmelte sie. „Oder besser gesagt: Männer!“, verbesserte sie sich angewidert. Ihr Blick fiel auf die tosenden Wasserfluten, die links und rechts von ihnen in die Tiefe stürzten. Hm. Vielleicht würde eine Abkühlung helfen, wenn Feuer offensichtlich keine Wirkung hatte. Mit geübtem Blick schätzte sie die Distanz zwischen sich und den beiden Kämpfern ein, trat einen Schritt zurück und nahm Anlauf. Mit einem gewaltigen Satz sprang sie direkt auf die beiden Hitzköpfe. Ihre starken, mit Krallen besetzten Hinterläufe trafen die Drachen genau an der Hüfte. Immer noch ineinander verschlungen, stürzten die beiden in den Mahlstrom des Wasserfalls.

„Yes!“, rief sie aus und veranstaltete einen kleinen, privaten Freudentanz. Das würde die beiden hoffentlich zur Vernunft bringen. Sorgen um sie machte sie sich keine. Die würden schon überleben. Drachen starben nicht so schnell.

Währenddessen kämpften die beiden Drachen mit den herabstürzenden Wassermassen. Ben hatte schon lange aufgehört, gegen Quincy zu kämpfen und klammerte sich stattdessen krampfhaft an dessen langen Hals fest.

„Wirst du wohl aufhören, mich unter Wasser zu ziehen?“, schimpfte Quincy.

„Das hast du uns eingebrockt“, gab Ben zurück. Seine Zähne klapperten. Er war definitiv ein Feuerdrache. Oder ein Luftdrache. Meinetwegen auch Erde. Aber auf keinen Fall ein Wasserdrache. Wie er vor ein paar Sekunden herausgefunden hatte, konnte er diesem nassen Element in seiner Drachenform so gar nichts abgewinnen. Seine ledernen Flügel fühlten sich an wie zwei Bleigewichte, die drohten, ihn unter Wasser zu ziehen.

Quincys Antwort war ein Knurren. Für eine angemessene Antwort fehlte ihm schlicht und einfach die Energie. Die Liste der Verwünschungen, die ihm in den Sinn kam, passte auf keine Drachenhaut. Mit purer Willenskraft schleppte er sich und Ben ans rettende Ufer. Es war reines Glück, dass Schwimmen zu seiner Ausbildung als Wächterdrache gehört hatte. Damals hatte er das völlig überflüssig gefunden. Doch sein Instruktor hatte darauf beharrt, dass er mal noch froh sein würde. Sah ganz so aus, als wäre dieser Tag gekommen. Nur hätte er nicht gedacht, dass er dieses Talent zur Rettung eines Taugenichts einsetzen würde.

Luna-Maie saß am Boden auf dem Gras und beobachtete vergnügt die Ankunft ihrer zwei tropfnassen und gar nicht mehr gefährlich aussehenden Kollegen. Ihr Ärger war verflogen. Sie wollte nur gerne wissen, was dieses idiotische Verhalten der beiden ausgelöst hatte. So was brauchte sie nicht so bald wieder.

Hustend und spuckend zog sich Ben auf trockenen Grund. Quincy folgte etwas würdevoller. Aber auch er bot ein Bild des Jammers. Wasser perlte von seinen Schuppen ab und tropfte von seinen Ohren und seiner Schnauze zu Boden.

Oh-oh, dachte Luna-Maie. Sie hatte es mit zwei sehr schlecht gelaunten Drachen zu tun. Sie mochten zwar ihre Meinungsverschiedenheiten haben, doch in einem Punkt waren sie sich offenbar einig. Ihre Intervention war gar nicht gut angekommen.

Pech, dachte sie störrisch. *Selber schuld.*

Quincy schenkte ihr einen finsteren Blick.

Uups. Hatte sie etwa laut gedacht?

„Du weißt ganz genau, dass wir zwei dich laut und deutlich hören konnten“, giftete Ben und zog einen kleinen Fisch hinter seinen Ohren hervor. Angewidert warf er ihn ins Wasser.

„Na und? Und überhaupt! Wenn ihr jetzt denkt, dass ihr mir Vorhaltungen machen könnt, nur weil ich euch eine dringend nötige Abkühlung verpasst habe, habt ihr euch geschnitten. Ihr wart kurz davor, einander an die Gurgel zu gehen.“

„Wir hatten uns gegenseitig an der Gurgel“, verbesserte Ben sie mürrisch.

„Sagte ich doch eben“, antwortete sie irritiert.

„Kinder, Kinder“, mischte sich jetzt auch Quincy ein. Wenn er diese Diskussion nicht gleich am Anfang erstickte, würde er die beiden Streithähne eigenhändig zurück ins Wasser werfen. Natürlich während er selbst am Ufer blieb. Wenn es nach ihm ging, würde er so ein Bad frühestens in zehn Jahren wiederholen. Oder in hundert. Brrr. Er schüttelte sich.

Ben und Luna-Maie hielten erstaunlicherweise die Klappe. Quincy beschloss, die günstige Gelegenheit lieber zu nutzen, bevor sie sich wieder in die Haare kriegten.

„Du“, er zeigte mit einer spitzen Kralle auf Ben. „warst kurz davor, die Beherrschung zu verlieren. Das passiert Jungdrachen öfter.“ Er machte eine wegwerfende Handbewegung. „Solange das mit deinen Kumpels passiert, kümmert mich das nicht. Blessuren gehören zum Heranwachsen dazu. Aber“, und dabei machte er einen bedrohlichen Schritt auf den grünen Drachen zu, „bei Luna-Maie nimmst du dich gefälligst zusammen!“

„Das war doch alles ganz harmlos“, verteidigte Luna-Maie ihren Freund. „Wir haben gestritten und gut ist. Das ist doch kein Problem. Überhaupt wäre ich spielend mit ihm fertig geworden. Schließlich hatte ich in Ramiro den besten Lehrer überhaupt“, schloss sie mit einem selbstgefälligen Lächeln.

„War alles ganz harmlos?“, fragte Quincy den Jungdrachen.

Ben wollte die ganze Diskussion mit einem dahin geworfenen „Ja, klar“ beenden. Doch irgendetwas hielt ihn zurück, denn es hatte tatsächlich einen Moment gegeben, wo er nur noch Rot gesehen hatte. Dass es sich bei dem rosafarbenen Drachen um Luna-Maie handelte, war für einen Moment völlig in den Hintergrund getreten. Deshalb hatte er sich überhaupt so auf sie gestürzt. Er hatte keine Ahnung, was er sich dabei gedacht hatte. Er schlug keine Mädchen. Auch keine Drachenmädchen. Und es wäre definitiv ein Kampf geworden. Kein freundschaftliches Gerangel.

Das alles machte ihm Angst. Deshalb antwortete er ehrlich: „Ich bin mir nicht sicher. Im einen Moment hatten wir Spaß, haben rumgeblödelt, dann habe ich das Wettfliegen verloren …“

„Und dann?“, hakte Quincy unerwartet sanft nach.

Frustriert plusterte Ben seine Schuppen auf, nur um sie gleich darauf resigniert flach an seinen Körper zu drücken.

„Ich weiß auch nicht. Plötzlich ging es nur noch darum, wer schneller und stärker ist.“ Hilflos zuckte er mit den Flügeln.

Luna-Maie, die die Unterhaltung gespannt mitverfolgt hatte, hielt es nicht mehr aus. Ganz offensichtlich ging es um mehr als um ein Gebalge zwischen zwei Drachen.

„Was ist denn das Problem?“

Quincy holte tief Luft, während er sich die Worte in seinem Kopf zurechtlegte. Diplomatie war nicht gerade sein Lieblingsfach an der Akademie gewesen. Das rächte sich jetzt.

„Du bist unter Drachen aufgewachsen“, meinte er an Luna-Maie gewandt. „Du musstest früh lernen, dich unterzuordnen, ob's dir gepasst hat oder nicht.“ Er deutete mit dem Kinn auf Ben. „Während er nur für sich selbst zuständig war. Solange er keinen Kontakt hatte zu anderen Drachen oder Menschen, spielte das keine Rolle. Doch jetzt sind seine Kräfte zurück. Und das ausgerechnet zu einer Zeit, wo seine Hormone verrücktspielen.“

„Kommen Drachen auch in die Pubertät?“, fragte sich Luna-Maie verwundert. Das erschien ihr die sicherste Frage. Über alles andere wollte sie lieber nicht zu genau nachdenken.

Quincy lachte. „Aber klar. Bei uns ist es noch viel schlimmer. Nachdem wir so viel älter werden, dauert sie auch länger.“

„Oje.“

„Das ist ungefähr richtig. Oje. Männliche Jungdrachen neigen dazu, über die Stränge zu schlagen. In jeder Hinsicht. Nachdem ich auf keinerlei Erfahrungen mit männlichen Drachenkindern zurückgreifen kann, bleibt mir nichts anderes übrig, als davon auszugehen, dass sie sich nicht sehr von den Vollblut-Drachen unterscheiden.“

„Und was jetzt?“, fragte Ben bedrückt. „Geld zusammenkratzen und die Tätowierung mit einem Laser entfernen lassen?“ Obwohl, beim Gedanken daran, seine Drachenmagie wieder aufzugeben, drehte sich ihm der Magen um.

„Du meine Güte! Nichts so Drastisches. Aber ich denke, es wäre ganz gut, wenn du einen Drachenwächter an deiner Seite hättest.“

Luna-Maie ließ sich zurück ins Gras fallen und stöhnte.

„Na toll! Dann haben wir nicht nur einen, sondern zwei Drachen, die als Anstandsdamen fungieren."

Wenn das so weiter ging, wäre sie die einzige jungfräuliche Greisin im Altersheim. Nicht dass sie es eilig hatte, Sex zu haben. Schließlich hatte sie vor ein paar Wochen erst ihren ersten Kuss bekommen. Einen Schritt nach dem anderen. Aber nachdem sie nicht davon ausgehen konnte, Quincy bald wieder los zu werden … Besser, sie dachte gar nicht darüber nach. Oder sie fragte mal Sierra um Rat. Die musste ja auch ab und zu Ramiro loswerden.

Ben zog die Lefzen hoch und lächelte sein Drachenlächeln.

„Keine Sorge. Irgendwann schlafen auch Drachen." Verschmitzt zwinkerte er ihr zu, als hätte er eben ihre Gedanken gelesen.

Luna-Maie spürte, wie ihre Wangen heiß wurden. Konnten Drachen rot werden? Sie hoffte nicht. Sie musste unbedingt daran denken, ihre innerlichen Dialoge vor Ben abzuschirmen. Dieses Telepathie-Dings war ja ganz praktisch – wenn man sich tatsächlich unterhalten wollte. Doch gewisse Dinge waren privat. Um von ihrer Verlegenheit abzulenken, stürzte sie sich auf Bens Problem.

„Und wie besorgen wir Ben einen Drachenwächter? Soweit ich weiß, kann man die nicht einfach online bestellen und frei Haus liefern lassen."

Quincy lachte schallend. „Nein, kann man definitiv nicht. Aber ich kann einen Antrag stellen. Vielleicht muss ich dafür ein paar Tage in die Drachendimension. Ich lasse euch momentan nur ungern allein."

„Du hoffst ja nur, dass ich irgendwann zu deiner persönlichen, Höhlen putzenden Jungfrau mutiere", murmelte Luna-Maie.

„Das wäre großartig", sagte Ben schnell. „Was das andere betrifft: ich bin ziemlich sicher, dass mir der Schreck – und das anschließende Bad …“, er warf Luna-Maie einen vorwurfsvollen Blick zu, die diesen ungerührt mit einem frechen Lächeln erwiderte, „noch eine ganze Weile in den Knochen sitzen. Zudem habe ich eigentlich ganz andere Probleme.“ Wo er heute Abend schlafen würde zum Beispiel. Oder welche Richtung sein Leben morgen einschlagen würde. Er hatte keinen blassen Schimmer, was Frau Häberlin sich einfallen lassen wollte.

Quincy musterte ihn prüfend. Offenbar zufrieden mit dem, was er in den grünen Augen las, nickte er.

„Also gut. Dann mache ich mich gleich auf den Weg. Sobald ich Antworten habe, komme ich wieder.“

Die beiden sahen dem Drachen nach, wie er sich mit seinen immer noch nassen Schwingen etwas mühselig in die Luft erhob und davonflog.

„Ob das Wasser irgendeinen Einfluss darauf hat, sich unsichtbar zu machen?“, wunderte sich Luna-Maie.

Ben schnaubte. „Bestimmt. Drachen sind keine Wassertiere. Zumindest nicht dieser Drache.“ Er deutete auf sich.

Sie konnte sich ein Kichern nicht verkneifen. „Kein Wasserdrache, was?“

Ben gab auf und fand sich damit seufzend damit ab, dass seine Freundin sein unfreiwilliges Bad im Rhein äußerst amüsant fand.

Kapitel 25

Erst als Luna-Maie spät in der Nacht hellwach im Bett lag und ein Gedanke den anderen jagte, fiel ihr auf, dass Ben nie ihre Frage beantwortet hatte. Sie wusste immer noch nicht, was gestern mit ihm los gewesen war. Auch sein Besuch im Lehrerzimmer war nach wie vor ein großes Mysterium. Ob diese telepathische Kommunikation auch auf Distanz funktionierte?

Zögerlich streckte sie ihre mentalen Fühler aus und rief seinen Namen.

Ben?

Keine Reaktion. Sie versuchte es noch einmal. Diesmal ein wenig eindringlicher.

Ben!

Immer noch keine Antwort. Bedeutete das etwa, dass es nicht funktionierte? Oder wollte er schlicht nicht mit ihr reden? So wie gestern? Frustriert griff sie zu ihrem Mobiltelefon. Vielleicht reagierte er ja auf eine Textnachricht. Unentschlossen schwebten ihre Finger über dem Bildschirm. Am Ende ließ sie es wieder auf die Matratze fallen, ohne ihm eine Nachricht geschickt zu haben. Sie hatte keine große Lust, wieder vergeblich auf eine Antwort zu warten. Morgen. Sie würde ihn morgen alles fragen.

Ruhelos wälzte sie sich von einer Seite zur anderen. Entweder war ihr zu heiß, dann wieder zu kalt, ihr Kissen zu hart und die Decke zu, zu … ach, zu irgendwas halt, dachte sie verdrossen.

Zurzeit schien ihr Leben sowieso ausschließlich aus Gegensätzen zu bestehen. Manchmal sehnte sie sich danach, ihrem Vater etwas zu erzählen, nur um festzustellen, dass sie sich immer noch unglaublich über ihn ärgerte, wenn sie ihn dann sah. In der Folge hatte sie überhaupt keine Lust mehr, mit ihm zu sprechen. Oder Quincy. Dieser unerwünschte Familienzuwachs, den sie auf keinen Fall brauchte, war ihr ganz entgegen ihrer Erwartungen ans Herz gewachsen. Jetzt, wo er weg war, wünschte sie sich plötzlich seine Gesellschaft. Wer hätte das vor ein paar Tagen gedacht. Es war aber auch so viel geschehen.

Sie lächelte, als Bens Drachengestalt vor ihrem inneren Auge auftauchte. Er war wirklich ein prächtiger Drache. All die geschmeidigen Muskeln unter seinen glänzenden Schuppen und sein wilder Blick, dachte sie träumerisch. Zusammen auf dem Wind zu reiten und miteinander um die Wette zu fliegen war eine unglaubliche Erfahrung gewesen. Klar. Sie hatte das schon unzählige Male mit den anderen Drachen gemacht. Doch irgendwie veränderte das Wissen, dass Ben so war wie sie, alles. Mit ihm konnte sie beide Welten genießen. Nie hätte sie zu hoffen gewagt, dass sie so jemanden finden würde. Vor allem, da es Drachenjungs eigentlich gar nicht gab. Sie lächelte. Das zeigte wieder einmal, dass der Drachenrat nicht so allwissend war, wie er immer tat.

Mit diesen angenehmen Gedanken schlief sie ein.

Nur wenig später trat Miri, begleitet von Maxi, ins Zimmer. Die violett schimmernde Drachin saß ganz klein auf Miris Schulter. Ihr langer Schwanz kringelte sich langsam in der Luft. Gemeinsam spähten sie auf das schlafende Kind hinunter.

Sie werden so schnell groß.

Das ist wohl wahr.

Trotz ihrer melancholischen Stimmung zuckten Miris Mundwinkel. *Was, keine weisen Sprüche?*

Ungerührt zuckte Maxi mit den Flügeln. *Was gibt's dazu schon zu sagen. Das ist eine Tatsache. Wir können nur dafür sorgen, dass sie einen möglichst guten Start ins Leben hat. Fliegen muss sie selbst.*

Miri setzte sich auf die Bettkante und strich ihrer schlafenden Tochter das Haar aus dem Gesicht.

Wo steckt eigentlich Quincy?, fragte sie plötzlich.

Auf einer dringenden Mission, wie ich von Lance gehört habe. Mehr weiß ich allerdings auch nicht.

Ich werde morgen Luna-Maie fragen. Sie weiß wahrscheinlich am besten Bescheid, was der Wächterdrache vorhat, meinte Maxi, begleitet von einem Nasenrümpfen.

Jetzt hab dich nicht so. Quincy ist ganz in Ordnung, wenn er einmal sein wichtigtuerisches Gehabe vergisst.

Maxi schielte zu ihr hoch. Ihr Blick besagte deutlich, dass das ja wohl erst passieren würde, wenn die Hölle zufror.

Nein wirklich, beharrte Miri. *Ich glaube nicht, dass Luna-Maie sich so schnell mit ihm angefreundet hätte, wenn er ständig so steif und unnahbar wäre.*

Ja, wenn eine das schafft, Quincy aus der Reserve zu locken, dann unsere Kleine.

*

Am nächsten Morgen überließ Luna-Maie nichts dem Zufall. Ihre Fragen an Ben konnten nicht mehr warten. Sie hatte keine Ahnung, weshalb es so dringend war, dass sie mit ihm redete. Doch nachdem sie praktisch die ganze Nacht erfolglos damit verbracht hatte, sich selbst davon zu überzeugen, sich in Geduld zu üben, hatte sie beschlossen, ihn vor der Schule abzupassen.

Also stand sie extra eine Viertelstunde früher auf, stürzte eine Tasse heißen Kakao hinunter und verschlang eine Schüssel Müsli, da sie wusste, dass ihre Mutter sie auf keinen Fall ohne Frühstück aus dem Haus lassen würde.

„Was ist denn mit dir los?“, wunderte sich Miri prompt. „Du bist doch sonst nicht so früh unterwegs.“ Sie beobachtete, wie ihre Tochter in der Küche umherflitzte. „Vor allem nicht so energiegeladen.“

Luna-Maie, die keine Lust hatte, ihre Beweggründe mit ihrer Mutter zu erörtern, murmelte etwas von Ben-noch-vor-der-Schule-sehen.

Zu ihrer Überraschung fragte ihre Mutter nicht weiter nach. Sie lächelte nur und meinte: „Muss junge Liebe schön sein.“

Die angemessene Teenager-Antwort auf so eine Aussage war ein übertriebenes Augenrollen, was Luna-Maie auch zuverlässig machte.

Dann hängte sie sich ihre Tasche über die Schulter und stürzte aus dem Haus.

Natürlich war sie viel zu früh. Von Ben war keine Spur zu sehen. Um sich die Zeit zu vertreiben, umflog sie das Schulhaus ein paar Mal in ihrer Drachengestalt. Aus purer Neugier spähte sie ins Lehrerzimmer. Zu ihrer Überraschung waren die Lehrer nicht nur ruhig am Kaffeetrinken, sondern ganz offensichtlich in eine lebhafte Unterhaltung vertieft. Über was die wohl alle sprachen? Und war das nicht Frau Häberlin, Bens Englischlehrerin? Und war sie nicht gleichzeitig sogar seine Klassenlehrerin? Fasziniert ließ sie sich auf dem Fensterbrett nieder. Zu gern würde sie jetzt Mäuschen spielen, dachte sie und fuhr mit einer ihrer hellrosa Krallen dem Fensterrahmen entlang. Vergnügt stellte sie sich die entsetzten Gesichter der Lehrerschaft vor, wenn plötzlich ein Drache mitten unter ihnen sitzen würde. Sie grinste. Das war natürlich Blödsinn. Die Lehrer konnten gar keine Drachen sehen. Aber falls doch …

Sie war so in ihre Überlegungen vertieft, dass sie gar nicht merkte, wie ihre Pranke auf einmal durchs Glas glitt. Erst als sie auf einmal die Stimmen der Lehrer klar und deutlich verstand, merkte sie, dass sie sich bereits zur Hälfte im Lehrerzimmer befand. Geschockt zog sie sich zurück. Uff. Das war knapp gewesen. Wenn sie in Panik geraten und sich wieder komplett und vor allem körperlich manifestiert hätte, während sie halb drinnen, halb draußen war, wäre die betroffene Fensterscheibe zersprungen. Andererseits hätte sie sich besser in die andere Richtung in Sicherheit gebracht. Dann wäre sie jetzt drinnen und nicht draußen. Verärgert über die verpasste Gelegenheit ließ sie ihren langen, mit scharfen Schuppen besetzten Schwanz von links nach rechts peitschen. Sie bemühte ihr außerordentlich feines Gehör und spitzte die Ohren. Aber offenbar waren die Fenster entweder zu gut abgedichtet oder die Lehrer sprachen zu leise. Wahrscheinlich Letzteres. Die meisten nuschelten fürchterlich. Irgendeine Lehrerin hatte ihr einmal erklärt, das sei Absicht. Dann müssten die Schüler besser zuhören. Ha! Sie glaubte kein Wort davon. Die waren einfach alle nur faul. Die einzige Wirkung dieser Taktik war, dass es einfacher war, noch eine Weile weiterzuschlafen. Sie wollte sich gerade abwenden und eine weitere Erkundungsrunde ums Schulhaus drehen, als die Stimmen lauter wurden.

„Amerika!“, hörte sie. Und: „Du bist verrückt!“ Die folgende Antwort ging leider in der allgemeinen Aufregung unter.

Hoppla. Jetzt schien es richtig spannend zu werden. Sie beäugte die Fensterscheibe. Sollte sie es wagen? Was, wenn es nicht klappte und sie stecken blieb? Sie holte tief Luft und pustete sie in Form von kleinen Rauchwölkchen wieder aus. Andererseits … Das Schlimmste, was tatsächlich passieren konnte, war ein Haufen geschockter Lehrer und eine aus unerklärlichen Gründen geborstene Fensterscheibe. Sehen konnten sie sie nicht und ihre Schuppen würden sie zuverlässig vor den Glasscherben schützen. Sie zog die Magie in ihrem Inneren enger um sich, genau, wie Quincy ihr es unzählige Male erklärt hatte. Aber halt, stoppte sie sich mittendrin. Vorhin hatte sie sich gar nicht konzentriert, sondern war viel mehr versehentlich ins Zimmer gedriftet. Vielleicht sollte sie es wieder so versuchen? Quincy würde sich die Schuppen raufen, wenn er von ihrem unkonventionellen Ansatz hörte. Aber solange es das gewünschte Resultat erbrachte, konnte ihr das ja egal sein. Zudem war er nicht hier, dachte sie und fügte in Gedanken ein Ätsch hinzu.

Luna-Maie legte eine Pranke vorsichtig ans Glas und wünschte sich ins Lehrerzimmer. Die Luft um sie herum verdichtete sich, glitzernde, pinkfarbene Funken wirbelten um sie herum und voilà, sie befand sich im Lehrerzimmer. Nach den unzähligen, vergeblichen Übungsstunden überraschte sie ihr Erfolg so sehr, dass sie sich als Erstes hinsetzen musste. Unelegant ließ sie sich aufs Fensterbrett plumpsen und versuchte, den verschiedenen Gesprächsfetzen zu folgen. Im Gegensatz zu vorher, wo nur Frau Häberlin gesprochen hatte, redeten jetzt alle durcheinander.

Endlich hatte sie genügend Informationen, um sich einen Reim auf das Gehörte zu machen. Sie wollten einen Schüler verspätet ins Austauschjahr schicken. Normalerweise dauerten die Auslandaufenthalte von den einen Sommerferien bis zu den nächsten. Jetzt war der Herbst schon fast vorbei und Weihnachten näherte sich mit riesen Schritten. Irgendein Notfall in der Familie. Der Schüler oder die Schülerin tat ihr leid, als sie das hörte. Zudem war eigentlich kein Geld vorhanden, doch Frau Häberlin hatte es geschafft, ein Stipendium für das Austauschjahr und das Abschlussjahr zu organisieren.

Luna-Maie fand, dass Frau Häberlins Idee sehr gut klang, ganz egal, was die anderen dazu meinten. Um des betroffenen Schülers willen hoffte sie, dass der Plan der Englischlehrerin aufgehen würde. Sie hatte genug gehört. Wenn sie es noch schaffen wollte, Ben abzufangen, musste sie sich auf den Weg machen. Hoffentlich funktionierte der Durch-Wände-driften-Trick auf dem Rückweg ebenso gut.

Eine Hand am Glas, erstarrte sie, als der Lateinlehrer das Wort ergriff.

„Ausgerechnet Ben Neves willst du nach Amerika schicken. Das ist eine Verschwendung des Stipendiums!“, ereiferte er sich.

„Das ist einzig deine Meinung, Kollege Koller“, mischte sich Winters ein.

Luna-Maies Kopf flog herum, als sie versuchte, die Stimme einem Gesicht zuzuordnen. Herr Winters. Der unterrichtete Geografie, wenn sie sich richtig erinnerte. Ein sehr netter Lehrer. Sie hatte ihn immer gerne gemocht, wenn er bei ihnen jeweils Vertretung gemacht hatte. Gespannt wartete sie darauf, was er noch zu sagen hatte. Schließlich ging es hier um Ben! Ihren Ben! Und der sollte nach Amerika? Ihre Kehle wurde eng, als sie daran dachte, wie es wäre, für ein ganzes Jahr von ihm getrennt zu sein. Das musste doch irgendwie zu verhindern sein, schoss es ihr durch den Kopf. Kaum hatte sie diesen hässlichen Gedanken zu Ende gedacht, zog sie beschämt den Kopf ein. Sie klang ja schon wie der unmögliche Lateinlehrer. Hatte sie nicht eben noch der betroffenen Person Glück gewünscht? Jetzt auf einmal gegenteiliger Meinung zu sein, nur weil es sie persönlich betraf, war ziemlich egoistisch von ihr, wie sie zerknirscht feststellen musste. Keine sehr angenehme Erkenntnis.

Benommen von diesen unerwarteten Informationen saß sie einfach nur da und wartete, bis es läutete. Dann trottete sie gedankenversunken hinter den Lehrern aus dem Lehrerzimmer, schlüpfte in eine der Toiletten, um sich in ein Mädchen zurück zu verwandeln, und eilte in ihr Klassenzimmer.

Wieder einmal zu spät natürlich. Aber sie konnte sich nicht um alles kümmern.

*

Ben war fast erleichtert, als er Luna-Maie vor der Schule nirgends entdecken konnte. Sicher war ihr inzwischen auch aufgefallen, dass er ihre Frage gestern nicht beantwortet hatte. Er würde ihr gern alles erzählen. Allerdings lieber erst dann, wenn er selber wusste, wie sein Leben weitergehen würde. Solange alles so in der Schwebe war, wäre jedes Gespräch reine Spekulation. Das würde ihn fertigmachen. Vor allem nach der Nacht auf der Luftmatratze in dem kleinen, muffigen Kellerabteil, das zur Wohnung gehörte. Er hatte eigentlich noch ein paar Sachen aus der Wohnung holen wollen. Doch seine Mutter musste die Tür verbarrikadiert haben. Es war ihm nicht gelungen, sie zu öffnen. Er war kurz versucht gewesen, die Scheißtür einfach mit ein bisschen Feueratem abzufackeln. Doch am Ende hatte sein gesunder Menschenverstand gesiegt. Vielleicht waren es auch Quincys Ermahnungen über sein unberechenbares Temperament gewesen, die ihn davon abgehalten hatten.

Auf jeden Fall war das der Grund, weshalb er immer noch die Kleider vom Vortrag trug. Er grinste schief, während er sich an seinen Platz in der hintersten Reihe setzte. Immerhin hatte er gestern ein Bad genommen. So gesehen musste er Luna-Maie direkt dankbar sein.

Während der Geografiestunde, kurz vor der langen Mittagspause, kam Herr Winters an sein Pult und schob ihm wortlos ein zusammengefaltetes Blatt Papier hin.

Ben klappte es auf und las den Text. Es war eine Aufforderung, sich nach der letzten Lektion im Lehrerzimmer einzufinden. Unterschrieben war es mit Häberlin.

Sein Herz klopfte aufgeregt, als ihm klar wurde, dass er trotz aller negativen Vorzeichen darauf hoffte, dass seine Lehrerin eine Lösung gefunden hatte. Das Problem war nur, dass ihm auch in der letzten, schlaflosen Nacht keine machbare Alternative eingefallen war.

Er hob den Kopf und schaute Herrn Winters an. Verblüfft sah er, wie der Lehrer ihm zuzwinkerte. Was zum Teufel wollte er damit sagen? Das hatte er noch nie gemacht. Dank seines Auftritts in Lederjacke und Bikerstiefeln gingen die Lehrer normalerweise auf Abstand, was ihm sehr recht war. Um auf Nummer sicher zu gehen tat er so, als wäre ihm die vertrauliche Geste gar nicht aufgefallen. So konzentriert wie selten beugte er sich über die Gesteinsproben, die er vor sich stehen hatte, und versuchte, diese zu klassifizieren. So verging immerhin die Zeit schneller.

*

Eine Stunde später wanderte er scheinbar ziellos auf dem Pausenplatz herum. Das entsprach so nicht ganz den Tatsachen. Er wollte dringend Luna-Maie treffen, die hoffentlich bei den Felsblöcken neben dem Brunnen auf ihn wartete. Gleichzeitig brauchte er noch ein paar Minuten, um die unglaublichen Neuigkeiten wenigstens ansatzweise zu verdauen.

Ein Austauschjahr. Frau Häberlin wollte ihn nach Amerika schicken. Und zwar für ein halbes Jahr. Anschließend könnte wieder an diese Schule zurückkehren und seinen Abschluss machen. Wahrscheinlich müsste er neben der Schule noch ein wenig jobben, um über die Runden zu kommen. Doch für den Großteil der Kosten würde ein Stipendium aufkommen. Er und ein Stipendium. Die Vorstellung war so unwirklich, dass er es kaum glauben konnte. Es widerstrebte ihm zwar, Geld von anderen anzunehmen. Doch Frau Häberlin hatte zu Recht angemerkt, dass er selber zu diesen Stipendien beitragen würde, sobald er einem Beruf nachging. Umso wichtiger, einen guten Abschluss zu machen, hatte sie gemeint. Dieser Logik hatte auch er nichts entgegenzusetzen gewusst.

Ben war noch nie in seinem Leben so froh gewesen, gute Noten zu haben. Auch wenn er oft kein sehr zuverlässiger Schüler war und sehr bewusst sein Bad-Boy-Image pflegte, schrieb er immer gute Klausuren. In den einen Fächern, weil es ihm leicht fiel und in ein paar anderen, weil er wie verrückt lernte. Zum ersten Mal in seinem Leben hatte er das Gefühl, dass sich die vielen Stunden Plackerei gelohnt hatten.

Wie Luna-Maie die Neuigkeiten wohl aufnehmen würde? Es versetzte ihm einen Stich in der Herzgegend, wenn er daran dachte, sie bis zum Sommer nicht mehr zu sehen. Andererseits war das eine Chance, die er sich nicht entgehen lassen durfte. Himmel, bis jetzt war er gerade mal eine Woche in Italien gewesen. Eine Woche Strandurlaub, als er zehn gewesen war. Und jetzt nach Amerika.

*

Luna-Maie beobachtete Ben von Weitem, wie er über den Platz schlenderte. Seinem perplexen Gesichtsausdruck nach zu schließen hatte er die guten Neuigkeiten bereits vernommen, stellte sie mit einer Spur Wehmut fest. Sie rang immer noch mit dem egoistischen Biest, das offenbar in ihrer Brust hauste. Doch im Großen und Ganzen hatte sie sich mit der Tatsache abgefunden, dass Ben bald fort sein würde. Gott sei Dank hatte sie das Gespräch im Lehrerzimmer mit angehört. Sie wusste ehrlich nicht, wie sie reagiert hätte, wenn sie es zuerst von Ben direkt erfahren hätte. Zumindest hätte sie ihre spontane Reaktion nicht verbergen können.

„Hey“, sagte sie leise, als er sich neben ihr auf die Steine fallen ließ.

„Selber hey“, sagte er und küsste sie auf die Wange.

Luna-Maie lächelte. Seine Küsse hatten immer diesen Effekt auf sie. Nicht nur diesen, aber diesen immer. Und jetzt sollte sie bis im Sommer darauf verzichten?

„Ich habe großartige Neuigkeiten!“

„Was denn?“, sagte sie gespannt. Vielleicht war alles nur ein großes Missverständnis gewesen.

Ben grinste. Er sah richtig befreit und jungenhaft aus. Nicht so brütend und verschlossen wie sonst, stellte Luna-Maie erstaunt fest. Erst in diesem Augenblick ging ihr auf, wie sehr er tatsächlich unter seiner Situation gelitten hatte.

„Ich gehe nach Amerika.“

Tja. Das war ziemlich eindeutig und machte jegliche Hoffnung, dass sie heute Morgen eventuell etwas falsch verstanden haben könnte, zunichte.

„Wow“, zwang sie sich zu sagen. „Das ist ja fantastisch.“ Sie bemühte sich wirklich. Trotzdem konnte sie nicht vermeiden, dass ihre Stimme seltsam flach klang.

Ben strich sich die dunklen Haare, die ihm immer ins Gesicht fielen, aus der Stirn. Er war so euphorisch, dass ihm Luna-Maies verhaltene Reaktion gar nicht auffiel.

„Ja. Fantastisch ist das richtige Wort. Ich hätte es nicht besser sagen können. Die meisten gehen ja von Sommer zu Sommer. Aber offenbar hat Frau Häberlin für mich eine Ausnahmebewilligung organisiert. Wenn alles klappt, bin ich in zwei Wochen schon weg. So lange dauert es wohl, bis das erforderliche Visum da ist.“

„In zwei Wochen schon?", entschlüpfte es Luna-Maie entsetzt. Das war noch vor Weihnachten!

Erst jetzt fiel Ben auf, dass Luna-Maie ihm zwar tapfer zuhörte, ihr Gesicht jedoch traurig war. Er hob die Hand und legte sie an ihre Wange.

„He", sagte er sanft. „Nicht traurig sein. Ich komme ja wieder."

Luna-Maie schluckte und schaute zur Seite.

„Ich bin nicht traurig", behauptete sie trotzig. „Natürlich freue ich mich für dich!"

Nicht ganz überzeugt von ihrer Darbietung schaute Ben sie nur unverwandt an.

„Erzähl mir lieber, wie es dazu gekommen ist", sagte sie deshalb hastig. Wenn er sie noch länger so liebevoll anschaute, würde sie tatsächlich noch zusammenbrechen. Das wollte sie unbedingt vermeiden. Zudem wusste sie wirklich nicht genau, was eigentlich los war.

„Stimmt. Das weißt du noch gar nicht", antwortete er. Er ließ die Hand fallen, zog die Knie an seine Brust und erzählte ihr die ganze schreckliche Geschichte. Wie er an besagtem Abend nach dem Tätowieren nach Hause gekommen war, wie seine Mutter bereits auf ihn gewartet und ihn attackiert hatte. Er ließ nichts aus. Nicht, wie er sich gewehrt hatte, nicht, wie er sie verarztet hatte oder wie sich seine Mutter geweigert hatte, sich in Behandlung zu begeben.

Betroffen lauschte Luna-Maie seinen Erzählungen. Als er zu dem Teil kam, wo er sich entschlossen hatte, mit der Schule aufzuhören, um einen Job zu suchen, begann sie langsam, die Tragweite der Ereignisse zu verstehen. Ganz egal, wie sie dazu stand. Für ihn war es die Chance seines Lebens, nach Amerika zu gehen.

Als er fertig war, schaute Ben sie um Verständnis bittend an.

„Verstehst du jetzt, weshalb ich mir die Gelegenheit, nach Amerika zu gehen, nicht entgehen lassen darf?"

Mit einer Willensstärke, die Luna-Maie sich selber gar nicht zugetraut hätte, drängte sie ihre Tränen zurück und zwang sich zu einem Lächeln.

„Du musst auf jeden Fall gehen", sagte sie, diesmal mit Überzeugung in der Stimme.

„Sicher?"

„Sicher." Das war sie sich auch. Ob es ihr gefiel, stand auf einem anderen Blatt. Aber das brauchte er nicht zu wissen.

„Und was ist mit uns?", hakte er noch einmal nach.

„Wie du schon sagtest. Ich werde auch hier sein, wenn du zurück bist. Und wer weiß schon, was nächsten Sommer ist. Bis dahin hast du mich bestimmt schon vergessen. In einem halben Jahr kann viel passieren." Sie machte eine wegwerfende Handbewegung. „Es ist ja nicht so, dass wir verheiratet wären."

Perplex lehnte sich Ben an den Stein in seinem Rücken. Natürlich freute er sich über ihre Unterstützung. Ehrlich. Er hatte schon ein riesen Drama befürchtet. Doch dass sie die Sache so locker sehen würde, hatte er nicht erwartet. Er kam nicht umhin zu merken, dass ihn das wurmte. War er so leicht zu vergessen?

„Nein", stimmte er ihr schließlich zögerlich zu.

„Weißt du schon, wo du heute Nacht schlafen wirst?", wechselte Luna-Maie das Thema. Mit jeder Minute, die sie länger über sein Amerika-Abenteuer nachdachte, drohten die Tränen sie zu überwältigen.

„Nein", gab Ben zu.

„Dann komm doch zu uns. Du kannst die nächsten zwei Wochen bei uns wohnen." Die Vorstellung, dass er bis zu seiner Abreise auf einer schimmligen Matratze im Keller hauste, war ihr zuwider. Zudem konnte sie so wenigstens jede freie Minute mit ihm verbringen.

„Bei dir?“, fragte Ben ungläubig. Er hatte Luna-Maies Eltern zwar bereits kennen gelernt und hatte sich mit beiden gut verstanden. Trotzdem glaubte er nicht, dass sie ihn einfach so bei ihnen einziehen lassen würden. Obwohl zwei Wochen in Luna-Maies Armen natürlich ein wahrgewordener Traum wären. Er konnte nicht verhindern, dass seine Gedanken bei der Kombination von Luna-Maie und Bett in dunklere Regionen drifteten. Seine Nasenflügel blähten sich, als er mit seinen feinen Drachensinnen Luna-Maies Duft in sich einsog. Sie roch nach Salbei, Orangenblüten und etwas anderem, einem ganz persönlichen Luna-Maie-Anteil. Bilder von ihrer alabasterfarbenen, schlanken Gestalt im Bett, das hellblonde Haar wie ein Fächer auf dem Kissen ausgebreitet, stiegen vor seinem inneren Auge auf und brachten sein Blut zum Kochen. Impulsiv lehnte er sich vor und umfasste Luna-Maies Gesicht mit beiden Händen. Mit dem linken Daumen strich er über ihre Unterlippe.

Luna-Maie wurde heiß. Sie hatten sich schon öfter geküsst. Es gab also keinen Grund, so aufgeregt zu sein. Doch irgendetwas war heute anders. Um ihre Verlegenheit zu überspielen, antwortete sie: „Vielleicht nicht bei mir. Aber bei uns auf dem Hof. Ich bin sicher, Kaja oder Sierra haben ein freies Gästezimmer. Du hast ja nichts gegen Hunde, oder? Auch der eine oder andere Drache wird dir über den Weg laufen.“ Himmel, was für Stuss gab sie da eigentlich von sich? Das wusste Ben bereits alles. Anscheinend hatte sich ihr Hirn bei seiner Berührung abgemeldet. Nervös fuhr sie sich mit der Zunge über die Lippen.

Bens Mundwinkel zuckten, als er ihrem für sie so untypischen Geplapper zuhörte. Als er ihre Zungenspitze hervorschnellen sah, war es mit seiner Selbstbeherrschung allerdings vorbei. Mit einem Stöhnen senkte Ben den Kopf und stürzte sich buchstäblich auf sie.

Luna-Maies Welt schien in Flammen aufzugehen. Das Gefühl von Bens hartem Körper unter ihren Händen, seinen Lippen auf ihren und der Zunge in ihrem Mund überwältigte ihre Sinne. Sie vergaß alles um sich herum. Zeit, Ort, alles war plötzlich irrelevant.

Ben schaffte es kaum, seinen Hunger nach ihr im Zaum zu halten. Er sehnte sich nach mehr. Das Bedürfnis, ihre Verbindung noch mehr zu festigen, stieg ins Unermessliche. Fast hatte es etwas Verzweifeltes an sich. Während seine Zukunft so glänzend aussah wie noch nie, hatte er das untrügliche Gefühl, dass ihm dabei das Wichtigste in seinem Leben durch die Finger glitt.

War das der Preis, den er zahlen musste?

Kapitel 26

Für Luna-Maie waren die nächsten zwei Wochen eine bittersüße Zeit. Sie und Ben flogen gemeinsam zur Schule, studierten die fast täglich eintreffenden Infos zu seinem Auslandaufenthalt oder besuchten Flohmärkte und Secondhandshops, um möglichst günstig Dinge wie einen Koffer und noch fehlende Kleidung zu ergattern. Das Einzige, das noch fehlte, war eine genaue Angabe, wohin er reisen würde. Anscheinend arbeitete Frau Häberlin zusammen mit der Austauschorganisation fieberhaft daran, eine passende Gastfamilie zu finden. Doch bis jetzt hatten sie noch keine definitive Lösung gefunden.

Luna-Maie hätte die ewige Ungewissheit schon längst in den Wahnsinn getrieben. Doch Ben behauptete, es sei ihm egal, ob er in Florida oder in Montana landete, Hauptsache weg. Sie versuchte, diese Aussage nicht persönlich zu nehmen. Rational war ihr völlig klar, was er damit meinte. Ihr Herz war da nicht ganz so kooperativ und weigerte sich stur, irgendwelche logischen Erklärungen zu akzeptieren. Aus diesem Grund war sie mal mehr, mal weniger erfolgreich. Je nachdem, wer gerade die Oberhand hatte, ihr Hirn oder ihre Gefühle.

Als Luna-Maie sah, wie haushälterisch Ben mit dem wenigen Geld umging, das ihm zur Verfügung stand, wurde ihr erneut bewusst, welchem Leben er hier entfliehen würde. Sie war gewiss kein verwöhntes Kind. Aber wenn sie etwas wirklich brauchte, bekam sie es. Bis jetzt hatte sie sich nie viele Gedanken darüber gemacht, wie viel etwas kostete oder woher das Geld dazu stammte. Jetzt wurde sie von einer stillen Dankbarkeit erfüllt, dass sie zwei liebende Eltern hatte, die sich so gut um sie kümmerten.

Diese Erkenntnis ließ sie auch ihrem Vater gegenüber eine freundlichere Haltung einnehmen. Beide schätzten den zerbrechlichen Frieden gleichermaßen und bemühten sich, nichts zu sagen oder zu tun, dass das empfindliche Gleichgewicht stören würde. Sprich, sie begegnete ihm nur als Mädchen und er fragte sie nicht nach ihrem Drachenleben. Eigentlich wie früher. Nur, dass sie wusste, dass er Bescheid wusste und umgekehrt. Was das Ganze in Luna-Maies Augen ziemlich absurd machte. Aber wenn ihr Vater fest entschlossen war, einen Vogel Strauß zu imitieren, konnte sie auch nichts machen.

Allerdings ertappte sie sich immer öfter dabei, wie sie richtiggehend wütend auf Ben wurde. Sie haderte mit der Ungerechtigkeit seiner Lebenssituation, aber auch mit ihrer eigenen. Es war einfach nicht fair, dass sie so lange auf ihn verzichten musste. Zum Glück ließ ihr Stolz nicht zu, dass sie ihm von ihrem Ärger oder ihren Ängsten erzählte. Auf keinen Fall wollte sie ihn mit ihren Gefühlen belasten. Sie sah selbst, dass ihm eine riesengroße Last von den Schultern gefallen war, seit er wusste, dass er seine ganzen Sorgen für mindestens sechs Monate hinter sich lassen konnte.

Luna-Maie meisterte diese Aufgabe so gut, dass Ben nicht umhin kam, sich zu fragen, ob sie ihn überhaupt vermissen würde. Wahrscheinlicher war, dass sie gar nicht merken würde, dass er weg war, dachte er verdrossen. Er selbst wusste noch nicht, wie er die Zeit ohne sie überstehen sollte. Vor allem nach diesen gemeinsamen Wochen. Auch wenn er sich nicht getraut hatte, sich in der Nacht in ihr Zimmer zu schleichen, die Warnung Ramiros, der gesagt hatte, er würde ihm jede Schuppe einzeln ausreißen und anschließend bei lebendigem Leib über offenem Feuer rösten, hatte er ziemlich ernst genommen, verbrachten sie doch jede freie Minute miteinander. Jeden Abend trafen sie sich vor dem Zubettgehen und streiften für eine Stunde durch die kalten Nächte. Manchmal fliegend, aber meistens zu Fuß. Einfach ein Junge und ein Mädchen, die spürten, dass die gemeinsame Zeit ablief. Zumindest erging ihm das so.

Zwei Tage vor seiner Abreise nach New York, das als sein erster temporärer Zwischenstopp benannt worden war, tauchte endlich Quincy wieder auf. Luna-Maie machte gerade ihre Hausaufgaben, während Ben neben ihr auf dem Sofa saß und einfach die gemeinsame Zeit genoss, als der silberfarbene Drache plötzlich im Zimmer stand.

Luna-Maie schaute von ihren Französischvokabeln auf.

„Was ist denn mit dir passiert? Du siehst fürchterlich aus."

„Dir auch einen schönen Tag", gab Quincy steif zurück. Wenn er so aussah, wie er sich fühlte, dann sah er tatsächlich schrecklich aus. Das war allerdings noch lange kein Grund, einen Kommentar dazu abzugeben.

Ben verbiss sich ein Lachen und begrüßte den Drachen förmlich. „Hattest du eine gute Reise? Und war deine Suche erfolgreich?"

„Nein und nein", gab dieser schlecht gelaunt zurück.

Luna-Maie zog die Augenbrauen hoch, schob ihre Unterlagen zur Seite und verließ mit einem „Oh-oh", eilig den Raum.

Quincy runzelte missbilligend die Stirn.

„Wo will sie denn hin?"

Amüsiert schüttelte Ben den Kopf. „Ich weiß es nicht. Doch ich vermute, wir werden es gleich herausfinden."

„Kannst du etwa noch immer nicht ihre Gedanken lesen?", nörgelte Quincy.

„Doch. Ich habe nur die Erfahrung gemacht, dass das bei meiner Freundin nicht sonderlich gut ankommt. Also verzichte ich meist darauf, außer es ist dringend nötig."

„Pah. Skrupel. Ein völlig unpraktisches Prinzip."

Ben zuckte mit den Schultern. „Das mag sein. Aber eine zufriedene Luna-Maie ist sehr viel angenehmer, als eine wütende Luna-Maie."

„Hmpf."

Schwerfällig ließ sich Quincy in den Lehnsessel fallen.

In diesem Moment kehrte Luna-Maie zurück. In der Hand trug sie eine Schale Milch. Unter dem Arm klemmte eine Flasche Holunderschnaps. Sie reichte ihrem Wächterdrachen die Schale und fügte einen großzügigen Schluck des alkoholischen Getränks hinzu.

Genüsslich tauchte Quincy seine Schnauze in das dampfende Getränk. Nach ein paar großen Schlucken setzte er die Schale ab und lehnte sich mit einem Seufzer zurück. „Aah. Das hat jetzt gut getan. Du bist ein Schatz."

„Ach, plötzlich", murmelte Luna-Maie.

„Außer wenn du frech bist, natürlich", schränkte Quincy prompt seine Aussage ein.

Luna-Maie verdrehte die Augen, behielt die Antwort, die ihr auf der Zunge lag, aber für sich. Sie war zu gespannt auf seine Erzählungen. Ob er wohl einen Wächterdrachen für Ben gefunden hatte? Ihr wäre das mehr als recht. Dann wäre wenigstens einer da, der auf ihn aufpasste, während er auf der anderen Seite der Welt war.

Ben schien ähnliche Gedanken zu hegen.

„Und? Was ist jetzt mit meinem Drachen?", wollte er ungeduldig wissen.

Der Drache seufzte, sodass sämtliche Schuppen metallisch klingend zitterten.

„Tut mir leid. Es gibt keinen Drachen für dich. Wenn es nach dem großen Drachenrat geht, gibt es nicht einmal dich."

Verblüfft starten ihn die beiden jungen Menschen an.

„Wie, es gibt mich nicht", durchbrach Ben schließlich das Schweigen.

„Mir wurde von oberster Stelle nahe gelegt, doch mit den Märchen aufzuhören. Wenn ich mich schon wichtig machen wolle, solle ich mich doch ans Kristallsehen halten. Dort gäbe es bestimmt irgendeine Art Wettbewerb, wo ich mich wichtig machen könnte."

„Was für ein Wettbewerb?", wunderte sich Luna-Maie.

„Kristallsehen?", wiederholte Ben verwirrt.

Quincy verdrehte die Augen. „Kristallsehen ist das Drachenäquivalent zu eurem Fernseher. Und mit Wettbewerb hat er einer dieser idiotischen Übungen gemeint, wo ein paar Drachen in verschiedenen Disziplinen gegeneinander antreten. Durchs Feuer fliegen, möglichst viele Jungfrauen rauben, gespielt natürlich von willigen Schauspielerinnen, ein abgekartetes Spiel also."

Luna-Maie schnaubte. „Ein Dschungel-Camp für Drachen. Ich glaub's ja nicht."

„Und was hat das mit mir zu tun?" Ben verstand nur Bahnhof.

„Mir dir? Gar nichts. Diese Bemerkung hat nur darauf abgezielt, mich lächerlich zu machen."

„Das tut mir leid", meinte Ben betroffen.

Quincy winkte müde ab. „Vergiss es. Das ist nicht wichtig. Du hast meiner Meinung nach jetzt völlig andere Sorgen."

„Weil er keinen eigenen Wächterdrachen hat?", mutmaßte Luna-Maie.

Quincy nickte grimmig. „Das bringt es so ziemlich auf den Punkt. Ich vermute nämlich, dass der Drachenrat alles daran setzen wird, ihre Worte wahr werden zu lassen.“

Luna-Maie erbleichte.

„Du meinst …“ Sie schluckte.

Bens Kopf schnellte von links nach rechts, während er versuchte, dem Gespräch zu folgen. Schließlich verlor er die Geduld. Immerhin ging es hier um ihn. Also konnten die anderen beiden verdammt noch mal mit ihm direkt reden. „Könnt ihr vielleicht mal Klartext reden?“

Ein bernsteinfarbenes und ein kristallblaues Augenpaar wandten sich ihm zu.

„Was Quincy meint, ist, dass der Drachenrat dich umbringen will. Und nachdem du keinen Drachenwächter hast, der dich beschützen kann, ist die Chance relativ hoch, dass ihnen das auch gelingt.“

Die Aussage war so absurd, dass es einen Moment dauerte, bis Ben ihre Bedeutung so richtig erfasste. Er war so lange ruhig, dass Luna-Maie begann, sich Sorgen zu machen. Ob er wohl in eine Art Schockstarre verfallen war? Besorgt beobachtete sie ihn.

Ben wusste tatsächlich nicht, wie er reagieren sollte. Am liebsten hätte er einfach laut losgelacht. Doch gleichzeitig war ihm sehr bewusst, dass Quincy nicht zu Scherzen neigte.

Schließlich entschied er sich für die pragmatische Variante. „Na, dann ist es ja gut, dass ich nach Amerika gehe. Oder reicht die Macht des Drachenrats auch über den Atlantik?“

Quincy blinzelte. „Amerika? Wann? Und vor allem: wieso?“

„Das ist eine lange Geschichte“, unterbrach Luna-Maie seine unnötigen Fragen ungeduldig. „Viel wichtiger ist jetzt doch, ob Ben dort in Sicherheit sein wird.“

„Äh.“ Quincy kämpfte damit, alle neuen Informationen

entsprechend ihrer Wichtigkeit zu verarbeiten und auf ihre Bedeutung zu überprüfen. Als er das Gefühl hatte, das Gehörte einigermaßen im Griff zu haben, nickte er. „Das könnte tatsächlich helfen. Soviel mir bekannt ist, beschränkt sich die Macht des Drachenrats ausschließlich auf die alte Welt."

„Damit meint er Europa", erklärte Luna-Maie.

Ben zog eine Augenbraue hoch. „Tatsächlich."

„Oh. Das wusstest du."

Er nickte amüsiert.

Mit einem Räuspern unterbrach Quincy ihr Geplänkel.

„Es geht sogar noch weiter. Soweit mir bekannt ist, gibt es in Amerika keine Drachen." Quincy rieb sich die Pranken. „Was für ein glücklicher Zufall."

Schade, dachte Ben. Andererseits war das vielleicht auch besser so.

„Na, dann ist ja alles gut. In einem halben Jahr haben sie vielleicht bereits vergessen, dass ich existiere. Vielleicht kannst du ja bei Gelegenheit fallen lassen, dass du falsch informiert wurdest?"

Quincy neigte zustimmend den Kopf. „Ungern, aber ja. Das kann ich selbstverständlich machen."

„Bestens. Dann reicht es, wenn wir uns im Sommer wieder Sorgen machen. In der Zwischenzeit sollte ich sicher sein." Er hob den Kopf und wechselte abrupt das Thema, als hätten sie nicht gerade eben über einen möglichen Anschlag auf sein Leben diskutiert. „Luna-Maie, bist du fertig?"

Überrascht schaute sie zu ihm hinüber.

„Fertig? Mit meinen Aufgaben?" Wollte er jetzt tatsächlich spazieren gehen, einfach so? Trotz dieser Bombe, die Quincy gerade hatte platzen lassen?

„Ja."

Oookay. Anscheinend wollte er genau das. Oje. Sie hoffte

nur, dass ihr das auch gelingen würde. Sie nickte Ben zu und wandte sich entschuldigend an Quincy.

„Es ist unser vorletzter Abend. Wir wollten spazieren gehen."

Gerührt, dass Luna-Maie ihn überhaupt um seine Meinung gefragt hatte, nickte der stahlgraue Drache. Um seine Gefühlsaufwallung zu verbergen, wedelte er mit seiner Pranke abrupt in Richtung Tür.

„Klar. Ab mit euch. Verschwindet."

*

Viel zu schnell vergingen die letzten vierundzwanzig Stunden. Vor einer Weile hatten sie das Gepäck auf dem Bahnhof aufgegeben. Hoffentlich würde es zeitgleich mit Ben in New York eintreffen. Luna-Maie misstraute der Logistik von Bahn und Fluglinie. Ben hatte nur gelacht und gemeint, er hätte ja immer noch seine Schuppen und könne gut für ein paar Tage ohne frische Kleider auskommen.

Luna-Maie hatte sich geschüttelt und gefragt, wie er das seiner temporären Gastfamilie erklären wolle. Daraufhin war er ziemlich still geworden. Offenbar hatte er sich noch nicht überlegt, dass eine Sache gleich bleiben würde. Nämlich, dass er weiterhin gewissermaßen ein Doppelleben führen würde. Einzig mit dem Unterschied, dass er, wie früher, wieder allein sein würde.

Ben hatte sich über diesen Reality-Check, nun, nicht gerade gefreut. Aber dass seine euphorische Stimmung einen kleinen Dämpfer bekam, fand Luna-Maie nur gerecht. Sie gab sich große Mühe, sich nichts von ihrer Traurigkeit anmerken zu lassen. Doch es war schwer. Sehr schwer. Dass Ben es nicht erwarten konnte, zu seinem großen Abenteuer aufzubrechen, tat ihr weh.

Quincy, der sie eines Nachts dabei ertappt hatte, wie sie auf dem Fensterbrett saß und in die Nacht hinaus starrte, war unruhig von einem Fuß auf den anderen getreten und hatte nuschelnd gefragt, ob er etwas für sie tun könne.

Nachdem sie genau gemerkt hatte, wie unangenehm dem großen Drachen die Situation war, hatte sie nur den Kopf geschüttelt und gewartet, bis er sich erleichtert und mit einer unglaublichen Geschwindigkeit zurückgezogen hatte.

Jetzt saßen sie gemeinsam im Pächterhäuschen beim letzten gemeinsamen Abendessen. Luna-Maie und Ben waren beide außergewöhnlich ruhig, wie Miri besorgt feststellte. Es brach ihr das Herz, untätige danebenzustehen und mit anzusehen, wie tapfer sich ihre Tochter verhielt, obwohl sie mit Sicherheit gerade unter dem ersten Liebeskummer ihres Lebens litt.

„Soll ich euch morgen zum Flughafen bringen?“, fragte sie deshalb in dem Versuch, ein oberflächliches Gespräch in Gang zu bringen. Vielleicht würde das Luna-Maie wenigstens ein bisschen von der bevorstehenden Trennung ablenken.

„Mama“, antwortete Frau Tochter jedoch genervt. „Wir fliegen doch zum Flughafen. Das habe ich dir bereits gesagt.“

Ah, ja. Das hatte sie tatsächlich. Miri graute vor der Vorstellung, dass die drei Drachen den Flugraum rund um den Zürcher Flughafen unsicher machten. Doch Quincy hatte ihr versichert, dass er seinen Job als Lotse sehr ernst nehmen würde.

„Ach so. Und das Gepäck?“ Sicher war das Gepäck ein akzeptables Gesprächsthema. Das war ähnlich unverfänglich wie das Wetter. Sie seufzte. Mutter sein war manchmal ganz schön anstrengend. Matt war auch keine Hilfe. Der war nur froh, dass Ben bald weg war. Nicht dass er den jungen Mann nicht mochte. Er wollte ihn nur nicht in der Nähe seines kleinen Mädchens haben. Sein Standpunkt war, dass er gerne in Luna-Maie verliebt sein durfte – aus der Ferne. Sie hatte ihn nur knapp davon abhalten können, seine neuen Kumpels, die

Drachen, auf Ben zu hetzen. Schon spannend, wann Drachen plötzlich akzeptabel waren, überlegte sie amüsiert.

„Haben wir bereits am Bahnhof aufgegeben“, kam es kurz angebunden von Luna-Maie.

Ben sandte einen entschuldigenden Blick in Miris Richtung. Ihm war Luna-Maies kratzbürstiges Verhalten unangenehm. Gleichzeitig war er selber so mit seiner Reise und der bevorstehenden Trennung von Luna-Maie beschäftigt, dass er keinerlei Kapazitäten übrig hatte, um das Gespräch am Laufen zu halten. Er wollte nur noch weg, mit Luna-Maie ein letztes Mal im Sternenlicht durch die Wolken jagen.

Stumm schaufelte er das Essen in sich hinein. Es war sicher wie immer köstlich. Seine Nervosität hielt ihn auch nicht davon ab, zu essen. Hungrig war er immer und er hatte selten so gut und so ausreichend gegessen, wie während seines Aufenthalts hier. Heute schmeckte allerdings alles gleich. Um sich zu beruhigen, griff er nach seiner Magie. Seit er sie wieder hatte, war das für ihn zu einem Reflex in allen möglichen Situationen geworden. In diesen Momenten ging es ihm nicht darum, seine Magie zu nutzen. Er wollte nur ihr Flüstern und Prickeln spüren, das wie eine Verheißung über seine Haut strich. Auch diesmal wollte er sich nur vergewissern, dass sie noch da war. So ganz konnte er es immer noch nicht glauben.

Erleichtert spürte er das vertraute Summen. Doch dann geschah das Unvorstellbare. Anstatt, wie sonst, zu einem Strom anzuschwellen, der immer mächtiger wurde und bewusst wieder zurückgedrängt werden musste, damit er sich nicht an Ort und Stelle verwandelte, flackerte die Magie nur schwach auf und erstarb sofort wieder. Panik stieg in ihm auf. Verzweifelt suchte er in seinem Inneren nach irgendeinem Anzeichen, einer Spur des magischen Gefühls, das ihn mit seinem Drachensein verband. Nichts. Das einzige, was immer größere

Ausmaße annahm, war seine Panik. Abrupt ließ er sein Besteck in den Teller fallen und stieß seinen Stuhl vom Tisch zurück. Er musste hier weg.

„Danke fürs Essen. Für alles eigentlich. Aber ich muss noch … letzte Dinge erledigen“, brachte er noch knapp hervor, bevor er aus der Küche floh.

Alarmiert starrte Luna-Maie ihre Eltern mit großen Augen an. Dann ließ sie ihren fragenden Blick zu den Drachen gleiten, die überall im Raum verteilt herumlümmelten. Diese schauten genauso ratlos in die Welt, wie sie sich fühlte. Aus dieser Richtung war also keine Hilfe zu erwarten.

„Tut mir leid, aber ich muss wissen, was da los ist.“

„Lass ihn doch“, versuchte Miri sie zu beruhigen. „Vielleicht ist ihm gerade erst bewusst geworden, dass er morgen tatsächlich abreist.“

„Das glaube ich nicht“, murmelte Luna-Maie. Sie stand auf, schnappte sich ihre Jacke vom Haken und eilte aus dem Haus. Nepomuk sprang auf und folgte ihr bis zur Tür. Als ihn die kalte Luft von draußen traf, schauderte er und kehrte an seinen Platz neben dem Ofen zurück. Früher hätte er seine junge Herrin begleitet und vor allen Widrigkeiten beschützt. Doch das war früher gewesen. Heute zog er die Gemütlichkeit der warmen Küche vor. Sollten doch die Drachen seinen Job übernehmen, dachte sich der Chihuahua und rollte sich zusammen.

Matt berührte den Drachenstein in seiner Hosentasche und schaute sich suchend nach Quincy um. Als er ihn erblickte, warf er ihm einen bösen Blick zu.

„Worauf wartest du? Ich dachte, du seist ihr Bewacher!“

Der stahlgraue Drache hob eine Augenbraue.

„Und ich dachte, du glaubst nicht an Drachen“, erwiderte er ausdruckslos.

Matt zuckte unmerklich zusammen. Der Hieb hatte gesessen. Trotzdem begegnete er weiterhin unverwandt Quincys Blick.

„Es reicht, wenn meine Tochter daran glaubt. Sie ist schließlich der Drache.“

Die darauf folgende Stille war fast mit den Händen greifbar. Es war ja auch ein monumentaler Augenblick. Zum ersten Mal hatte Matt die Tatsache, dass seine Tochter mehr war, als ein gewöhnliches Mädchen, nicht nur anerkannt, sondern auch laut und deutlich ausgesprochen.

Quincy fing sich als Erster wieder. „Ich bin dann mal weg“, versicherte er eilig und verschwand in einem silbern glänzenden Funkenregen.

„Hast du eine Ahnung, was das Problem ist?“, wandte sich Matt besorgt an Miri.

„Nein. Ich habe keinen blassen Schimmer.“

Kapitel 27

Luna-Maie traf Ben in Sierras Gästezimmer oberhalb des Stalls an. Hier hatte er die letzten Tage gewohnt. Sierra, die mit Nancy neben sich auf dem Sofa saß und einen Krimi las, hatte ihr verraten, wo sie ihren Freund finden würde. Als sie leise eintrat, tigerte er gerade wie ein gefangenes Tier in seinem Zimmer umher. Zum Fenster und wieder zurück.

Sie schaute ihm für ungefähr drei Runden zu, bis sie es schließlich nicht mehr aushielt.

„Was ist los? Du siehst aus, als hättest du einen Geist gesehen."

Der wilde Blick, mit dem Ben sie bedachte, als er sich endlich umdrehte, ließ sie unwillkürlich einen Schritt zurückweichen.

Als Ben das sah, lachte er freudlos auf. „Keine Angst. Ich werde dir nichts tun. Ich könnte nicht einmal, wenn ich wollte."

„Wovon sprichst du?", fragte sie. Sein seltsames Verhalten jagte ihr Angst ein. Sie hatte keine Angst vor ihm, sondern um ihn.

„Meine Magie?"

„Was ist mit ihr?"

„Gar nichts ist mit ihr", antwortete er bitter. „Sie ist weg. Da ist nichts mehr. Nada." Erschöpft lehnte er sich an die Wand.

Luna-Maie traute ihren Ohren nicht. „Weg?“, wiederholte sie fassungslos. Kein Wunder, dass Ben so aus dem Häuschen war. „Aber wie kann das sein? Bei mir ist alles beim Alten.“

„Schön für dich“, antwortete er unfreundlich und starrte in die dunkle Nacht hinaus.

„Immer mit der Ruhe“, ertönte eine vertraute Stimme. Quincy materialisiert sich in dem kleinen Zimmer. „Kein Grund, Luna-Maie den Kopf abzureißen“, mahnte er Ben.

„Stimmt. Sorry“, murmelte er, doch es war ihm anzuhören, dass er mit dem Kopf nicht bei der Sache war.

Quincy betrachtete den jungen Mann genauer. Irgendetwas war anders als sonst. Seine Energie war ganz schwach. Er spürte zwar noch eine Spur der alten Drachenmagie, aber es war nur noch ein blasser Nachhall. Eigentlich ganz ähnlich wie dort, als er ihn kennen gelernt hatte.

„Deine Magie ist weg.“ Es war eine Feststellung. Keine Frage.

Aus diesem Grund verzichtete Ben auf eine Antwort. Was wollte er auch sagen. Es gab nichts zu sagen. Punkt. Erschöpft fuhr er sich mit der Hand über den Mund. Er hatte es so satt, in seinem Leben immer gegen Windmühlen anzurennen. Sogar jetzt, wo er das Gefühl gehabt hatte, dass es endlich aufwärts ging, musste etwas dazwischen kommen. Zugegeben, die meisten Leute meisterten ihr Leben ausgezeichnet, auch ohne Drachenmagie. Aber die Vorstellung, morgen die Reise ins Unbekannte anzutreten – Himmel, er hatte noch nicht einmal eine endgültige Gastfamilie! – ohne Zugang zu seiner Magie zu haben, ließ ihm das Blut in den Adern gefrieren. Zudem hatte Luna-Maie noch viel weniger Grund, auf ihn zu warten, wenn er nur ein normaler Mensch war.

Luna-Maie, die nichts mehr gesagt hatte, seit er sie so unfreundlich angefahren hatte, räusperte sich.

„Was?!“, fragte er müde.

Luna-Maie biss sich auf die Zunge und verkniff sich einen scharfen Kommentar. Er war verständlicherweise angespannt. Sie erinnerte sich nur zu gut an das Grauen, das sie beim Verlust ihrer eigenen Kräfte verspürt hatte. Trotzdem wünschte sie sich, er würde den ganzen Stress nicht an ihr auslassen. Sie wollte doch nur helfen.

„Ich habe mich nur gefragt, woran es liegen könnte. Wenn das ein verbreitetes Problem wäre, müsste ich doch auch davon betroffen sein. Immerhin ist es bei mir schon länger her, dass ich die Tätowierung habe machen lassen.“

„Tja“, antwortete Ben lapidar. „Offenbar hast du Schwein gehabt.“

„Jetzt hör endlich auf, dich wie ein verzogenes Kind zu benehmen, dem gerade das Lieblingsspielzeug gestohlen wurde“, unterbrach Quincy ihn ungeduldig. „Luna-Maie hat recht. Wieso verhält sich das mit der Magie unterschiedlich?“

„Vielleicht, weil ich ein Mann bin? Ihr erzählt mir ja andauernd, dass es mich gar nicht geben dürfte.“

„Hm.“ Quincy studierte ihn unter gesenkten Augenlidern. „Möglich. Doch ich glaube nicht, dass das der Grund ist.“

„Die Tätowierung“, platzte Luna-Maie heraus.

Misstrauisch warf Ben ihr einen Blick zu. „Was ist mit meiner Tätowierung?“

„Sie ist nicht fertig. Vielleicht ist die Wirkung erst dauerhaft, wenn das ganze Symbol vollendet ist.“

Quincy ließ sich das durch den Kopf gehen. Es war gut möglich, dass Luna-Maie auf der richtigen Spur war. In der Drachenwelt galt es als unabdingbar, dass angefangene Dinge zu Ende geführt wurden. So gesehen machte es durchaus Sinn, dass es auch hier einen Zusammenhang gab.

„Lass es uns ausprobieren“, sagte er deshalb abrupt.

„Was ausprobieren?"

„Na, deine Tätowierung zu erweitern", erklärte Luna-Maie.

„Du meinst, ich soll mich nochmals Marc und seinen Nadeln ausliefern?", fragte Ben skeptisch.

Quincy und Luna-Maie nickten eifrig.

Leise Hoffnung regte sich in ihm. Zumindest, bis ihm einfiel, dass er weder Geld, noch einen Termin bei Marc hatte.

Luna-Maie ließ seine Einwände nicht gelten.

„Den Termin organisiere ich dir, genau wie das nötige Geld. Betrachte es als eine Art Abschiedsgeschenk. Oder zahl es mir irgendwann zurück. Mir egal. Aber das versuchen wir jetzt."

Ben öffnete den Mund zum Protest, doch ein vernichtender Blick von Quincy brachte ihn zum Schweigen.

*

Zehn Minuten später hatte sie Marc zu einem Termin nach Ladenschluss überredet und ihr Sparschwein geplündert. Zum Glück hatte sie ihr neues Taschengeld pflichtbewusst gespart, dachte sie, als sie das nötige Geld abzählte.

Solchermaßen mit positiven Neuigkeiten und dem nötigen Kleingeld ausgestattet, eilte sie zurück in Sierras Wohnung. Anstatt sich zu freuen, wandte Ben sich jedoch mürrisch ab.

„Danke. Aber es nützt alles nichts. Wir sind hier oben auf dem Randen. In einer halben Stunde müssten wir in Marcs Studio in Schaffhausen sein. Das schaffen wir nie. Fliegen kann ich ja nicht, schon vergessen?", erinnerte er sie schlecht gelaunt.

„Dann frag doch jemanden, um Himmels willen", murmelte Luna-Maie, während sie gedanklich fieberhaft nach einer Lösung suchte. Dieses Problem hatte sie tatsächlich nicht bedacht. Sie sah allerdings nicht ein, dass sie sich um alles kümmern musste. Genau genommen war es nicht mal ihr Problem.

Ben war gerade nicht besonders kooperativ, dachte sie genervt. Stellte sich die Frage, weshalb sie ihn nicht einfach seinem Schicksal überließ. Das war schließlich auch eine Option. Aber dafür liebte sie den Dickkopf leider viel zu sehr, dachte sie reumütig. Auch wenn er sich gerade mehr wie ein Stachelschwein als ein Drache verhielt.

Sierra! Die würde ihnen bestimmt helfen. Natürlich könnte sie auch Miri oder Matt fragen, doch Sierra war am nächsten.

Von neuem Tatendrang erfüllt eilte sie ins Wohnzimmer, wo sie Sierra gerade noch gesehen hatte. Jetzt lag jedoch nur noch Nancy auf dem Sofa. Die Malinoishündin freute sich, als sie sie begrüßte. Luna-Maie schaute sich suchend um. Sierra konnte sich doch nicht einfach in Luft aufgelöst haben! Auf dem Küchentisch entdeckte sie einen Zettel.

Sind ins Pub gefahren. Bis später xo

Luna-Maie stöhnte. Na toll. Ausgerechnet heute. Somit war ihr Vater die letzte Lösung.

Sie hatte absolut keine Lust, ihren Vater um Hilfe zu bitten. Sie konnte sich hunderttausend andere Dinge vorstellen, die sie lieber machen würde. Eine Klausur schreiben. Stall ausmisten. Zum Zahnarzt gehen. Okay. Das mit dem Zahnarzt war vielleicht übertrieben. Aber sonst praktisch alles. Sie konnte sich lebhaft vorstellen, wie er reagieren würde, wenn sie ihn um einen Gefallen bat, der mit Drachenangelegenheiten zu tun hatte. Dass der Gefallen noch dazu ein Tattoo-Studio beinhaltete, würde die Sache nicht einfacher machen.

Quincy! Hilfst du mir mal?

Der Drache streckte den Kopf ins Wohnzimmer. *Was brauchst du denn?*

Ich könnte etwas Schützenhilfe gebrauchen. Mein Vater ist unsere einzige Hoffnung, rechtzeitig bei Marc im Studio zu sein.

Auweia.

Genau.

Alles klar. Ich komme. Was sage ich Ben?

Erst mal nur, dass wir gleich zurück sind. Sonst regt er sich nur wieder künstlich auf.

Quincy schmunzelte über Luna-Maies akkurate Einschätzung der Situation.

*

Luna-Maies Herz schlug ihr bis zum Hals, als sie die Hand hob, um an Matts Tür zu klopfen. Lächerlich, diese ganze Aufregung. Schließlich handelte es sich hierbei um ihren Vater, den sie schon ihr ganzes Leben kannte. Wieso hatte sie überhaupt das Gefühl, klopfen zu müssen? Sie erinnerte sich an unzählige Male, wo sie in sein Arbeitszimmer gestürzt und auf seinen Schoß geklettert war, um ihm von ihren Abenteuern mit den Hunden oder den Pferden zu erzählen. Nur das mit den Drachen hatte sie natürlich weggelassen. Auf jeden Fall hatte Matt immer Zeit für sie gehabt.

Sie senkte ihre Hand und drückte entschlossen die Klinke hinunter.

„Papa?“

Matt schaute auf und nahm die Brille ab, die er seit einiger Zeit zum Lesen brauchte. Ein Lächeln erhellte sein Gesicht, als er seine Tochter erblickte.

„Luna-Maie? Ist alles in Ordnung?“

Luna-Maie rang darum, die richtigen Worte zu finden, bis sie schlussendlich einfach herausplatzte: „Wir brauchen deine Hilfe.“

Alarmiert richtete er sich auf.

„Ist etwas passiert? Geht es Ben gut? Ich hatte mich schon gewundert, als du nicht wieder aufgetaucht bist. Doch deine

Mutter meinte, es sei bestimmt nur das zu erwartende Reisefieber. Aber das stimmt nicht, oder?“

Deshalb also hatten sich die Drachenschwestern einfach so aus dem Staub gemacht, dachte Quincy. Bei den Menschen hatte er ja nichts anderes erwartet. Die waren manchmal etwas stumpf. Doch dass die anderen Drachen so auf dem Schlauch standen, verwunderte ihn jetzt doch. Vermutlich hatten sie einhellig entschieden, dass Luna-Maie und somit auch Ben sein Problem war. Sollte ihm Recht sein.

Luna-Maie grub ihre Schneidezähne in die Unterlippe und schüttelte den Kopf.

Da seine Tochter immer noch Probleme zu haben schien, sich klar auszudrücken, blieb Matt nichts anderes übrig, als zu raten. „Ich nehme an, es hat irgendetwas mit Drachen zu tun?“

Luna-Maie riss die Augen auf und blinzelte überrascht.

„Schau nicht so erstaunt. Das war nicht schwer zu erraten. Normalerweise hast du keine Probleme, mich um Hilfe zu fragen. Also gehe ich davon aus, dass es sich um etwas handelt, von dem du denkst, ich sei dagegen.“ Er umschloss den Stein in seiner Hand fester. „Zudem steht Quincy neben dir und wirft mir böse Blicke zu, als wollte er mich davor warnen, das Falsche zu sagen“, fügte er trocken hinzu. „Also, was ist?“

Seine Tochter nickte beklommen. Zögernd fing sie an zu erzählen. Erst stockend. Dann wurde ihre Stimme immer dringlicher.

„Ihr braucht also ein Taxi bis nach Schaffhausen und, was, eine?, zwei? Stunden später wieder zurück?“ Wie lange brauchte man für eine Tätowierung? Er hatte keine Ahnung.

„Genau.“ Hoffnungsvoll schielte sie zu ihrem Vater.

Der stand auf und schnappte sich seine Jacke und die Autoschlüssel, die auf dem Schreibtisch lagen.

„Also, los! Worauf wartest du noch?“

„Du hilfst uns? Echt?"

Spontan fiel sie ihrem Vater um den Hals. „Danke, danke, danke!"

Sanft strich er ihr übers Haar. „Schon gut. Kannst dich ja das nächste Mal daran erinnern, wenn ich mich wieder wie ein Esel aufführe."

Luna-Maies linker Mundwinkel zuckte. „Esel sind niedlich", antwortete sie diplomatisch.

*

Fast pünktlich trafen sie bei Marcs Tattoo-Studio ein. Ein Gefühl von Déjà-vu erfüllte Luna-Maie, als sie hinter Ben in den kleinen Laden trat. Ihr Vater war ins Pub gegangen, um zu warten. Wenn sie fertig waren, konnte sie ihn anrufen, dann würde er sie abholen. Echt nett.

Jetzt tu doch nicht so erstaunt. Dass dein Vater nett ist, weißt du doch schon lange.

Jaha. Aber du musst zugeben, dass es in letzter Zeit nicht so deutlich spürbar war.

Marc begrüßte sie, als wären sie alte Freunde. „Du konntest es offensichtlich nicht erwarten, mich wieder zu sehen?", zog er Ben auf.

Der lächelte verlegen. „So ähnlich."

„Du willst also nochmals ein paar Schuppen?" Er zeigte mit einem Filzstift in Luna-Maies Richtung. „Das Ziel ist, dass es am Schluss so aussieht wie bei ihr, richtig?"

Ben nickte.

„Ich habe aber leider nicht genug Geld, um alles heute zu machen."

Marc lachte belustigt.

„Keine Angst. Ich habe gar keine Zeit, heute alles zu machen.

Schließlich habe ich noch Pläne heute Abend." Er wackelte vielsagend mit den Augenbrauen. „Aber ich werde so fortfahren, dass wir am Schluss ein ähnliches Design erreichen. Okay?"

Ben nickte und zog seinen Pullover aus.

Luna-Maie schluckte, als sein nackter Oberkörper mit all den sehnigen Muskeln zum Vorschein kam. Es juckte sie in den Fingern, seinen Konturen nachzufahren, die in ihm verborgene Kraft zu spüren. Und morgen … morgen um diese Zeit war er bereits völlig unerreichbar für sie. Sie schluckte und wandte den Blick ab.

Während Ben mehr oder weniger stumm von Marcs geschickten Händen die Schuppen verliehen bekam, wanderte Luna-Maie ziellos im Laden umher. Sie hoffte wirklich, dass dieser Versuch von Erfolg gekrönt war. Der Gedanke, dass Ben irgendwo da draußen ohne seine Drachenkräfte in der Welt umherstreifte, war ihr unerträglich. Das wäre, als ob er irgendwie nur halb existieren würde. Das wünschte sie niemandem. Schon gar nicht Ben.

Endlich verstummte das nervtötende Geräusch der Tätowier-Nadel, und Ben durfte seinen Rücken bewundern.

„Perfekt. Sind wir fertig?"

„Fast. Ich schmiere dir noch eine antiseptische Salbe drauf."

Ungeduldig hielt Ben still, bis auch das gemacht war. Dann murmelte er eine Abschiedsfloskel und rannte buchstäblich aus dem Studio.

Perplex starrte Marc ihm hinterher, bevor er sich Luna-Maie zuwandte.

„Hatte dein Freund es eilig?"

Peinlich berührt nickte sie.

„Das könnte man wohl sagen. Er reist morgen für ein halbes Jahr nach Amerika. Vermutlich Reisefieber."

Marc nickte verständnisvoll. „So was kann einen ganz schön aus der Bahn werfen."

Luna-Maie hielt ihm das Geld hin. Marc nahm die Scheine entgegen und verstaute sie in seiner Hemdtasche.

„Danke nochmals für den Notfalltermin."

Marc zuckte mit den Schultern. „Kein Problem. Ich hatte gerade Zeit. Ich finde es süß, dass er nicht abreisen wollte, ohne wenigstens einen weiteren Teil der Tätowierung fertiggestellt zu haben. Ganz schön romantisch, wenn du mich fragst."

Das war die Ausrede gewesen, die Luna-Maie ihm aufgetischt hatte. Irgendetwas hatte sie ihm ja erzählen müssen, um ihn dazu zu bewegen, nach Ladenschluss zu arbeiten. Obwohl sie wusste, dass die Geschichte reine Fiktion, noch dazu ihre eigene Fiktion, war, errötete sie bis an die Haarwurzel.

„U-hu", antwortete sie unbestimmt. „Bis bald. Spätestens im Sommer sind wir wieder zurück. Oder zumindest Ben."

„Ja. Pass auf dich auf."

*

Ben stand inzwischen auf dem First des höchsten Hauses der Umgebung. Sobald er draußen auf der Straße gestanden war, hatte er nach seiner Magie gerufen. Als sie wie ein D-Zug ankam und ihn zur Verwandlung drängte, hatte er sich nur allzu bereitwillig verwandelt. Wie ein Verrückter war er zwischen den schmalen Häuserschluchten der Altstadt hin und her geflogen.

Ben?, ertönte Luna-Maies Stimme in seinem Kopf.

Oh. Offensichtlich suchte sie ihn bereits. Widerwillig sprang er in die Tiefe und flog zurück zum Studio.

„Haben wir Zeit, eine Runde zu fliegen?", fragte er, begierig, den Wind noch einmal auf seinen Schuppen zu spüren und sich mithilfe seiner Flügel den Elementen zu stellen.

Luna-Maie warf Quincy einen fragenden Blick zu.

Dieser lächelte nachsichtig. Nachsichtig?, fragte er sich entsetzt. Was war nur mit ihm los? Wurde er auf seine alten Tage etwa noch weich? Dem musste er sofort Einhalt gebieten. Oder spätestens morgen. Für den Moment genügte es ihm, zu nicken und seinem Schützling dabei zuzusehen, wie er sich blitzschnell in eine prachtvolle Drachin verwandelte. Sie blinzelte ihm aus ihren mit silbernen Wimpern umrahmten, kristallblauen Augen zu und erhob sich in die Luft.

Ben, der erst verspätet gecheckt hatte, dass Quincy seine Einwilligung gegeben hatte, beeilte sich, ihr hinterher zu kommen. Grüne und goldene Funken stoben auf alle Seiten, als er ihr folgte.

Quincy lächelte. Vielleicht war die Existenz von Drachenjungs nicht nur etwas Schlechtes.

Kapitel 28

Luna-Maie und Ben standen vor der ersten Station der Sicherheitskontrolle. Sobald Ben durch die elektronische Schranke ging, würde er aus ihrem Leben verschwinden. Zumindest für das nächste halbe Jahr. Sozusagen eine Ewigkeit. Eigentlich wollte sie ihm noch so viel sagen. Doch jetzt, wo der Zeitpunkt gekommen war, hatte sie einen Kloß in der Größe des Matterhorns im Hals und brachte keinen Ton heraus.

Ben schien es ähnlich zu gehen. Wortlos griff er nach ihrer Hand. Eine unbehagliche Stille breitete sich zwischen ihnen aus, während rings um sie herum die Hektik des Flughafens tobte.

„Schreib mal“, brachte sie schließlich heraus.

„Klar.“

„Wenigstens, wenn du an deinem finalen Ziel angekommen bist.“

„Mach ich.“

„Na dann …“ Mit einem letzten sehnsüchtigen Blick auf seine Lippen ließ sie zögerlich seine Hand los. „Ich glaube, es wird Zeit.“

Widerwillig schaute Ben auf die digitale Zeitanzeige an der Wand. Tatsächlich. Er konnte es nicht glauben, dass er in weniger als einer Stunde schon hoch über den Wolken sein würde, auf dem Weg nach Amerika. Nach wie vor freute er sich unbändig.

Umso mehr, weil er vor ein paar Tagen informiert worden war, dass sich seine Mutter endlich in Behandlung begeben hatte. So musste er sich nicht ständig Sorgen um sie machen. Das erleichterte ihn sehr.

Luna-Maie zurückzulassen hingegen war das Schwierigste, das er je hatte tun müssen. Würde sie ihn überhaupt vermissen?, kehrte die alte Frage zurück. Er wusste es nicht. Aber er konnte zumindest dafür sorgen, dass sie den Abschied von ihm nicht so leicht vergaß. Bewusst langsam schlang er einen Arm um ihre Taille und zog sie zu sich heran, bis sich ihre Körper berührten. Ihr langes blondes Haar kitzelte seine Nase. Auf ihren Wangen sah er die feinen Sommersprossen, die ihm so gefielen.

Seine Lippen beinahe auf ihren flüsterte er: „Denk an mich."

Luna-Maie wollte etwas sagen, doch im selben Moment senkte Ben den Kopf und küsste sie, sodass ihr schwindlig wurde. Hitze sammelte sich in ihrem Bauch und verteilte sich blitzschnell in den restlichen Körperteilen. Ihre Zehen kribbelten, und ihr Herz machte einen Satz.

Als er sich kurze Zeit später widerwillig von ihr löste, war ihr Blick leicht benommen, wie er zufrieden feststellte. Oh ja. Daran würde sie sich mit Sicherheit erinnern. Er konnte sich auf jeden Fall nicht vorstellen, diesen Kuss je zu vergessen.

Neben ihnen räusperte sich Quincy und zeigte bedeutungsvoll auf seine Pranke, als würde er am Gelenk eine Uhr tragen.

Beide lachten über den wichtigtuerischen Drachen. Ein Teil der Anspannung in Luna-Maies Magen löste sich. Sie hob die Hand und strich Ben über die Wange. Dann rief sie schnell ihre Magie zu Hilfe und verwandelte sich an Ort und Stelle in einen Drachen. Ohne auf Quincy zu warten, erhob sie sich in die Luft und flog davon.

„Sie ist schon was ganz Besonderes, nicht wahr?", fragte Quincy mit fast väterlichem Stolz in der Stimme.

„Das ist sie“, antwortete Ben mit belegter Stimme. „Pass auf sie auf.“

Quincy, der spürte, dass keine weiteren Worte nötig waren, nickte gewichtig, bevor er Luna-Maie aus der Halle folgte.

*

Luna-Maie flog blindlings durch das Zürcher Weinland. Dem schönen Herbsttag schenkte sie ebenso wenig Beachtung wie dem ersten Reif auf den Bäumen. Tränen liefen ihr übers Gesicht. Die verschiedensten Gedanken wirbelten in ihrem Kopf durcheinander. Liebe, Frustration, Angst – wie ein Eisregen prasselten die Gefühle auf sie ein und hinterließen ein schmerzhaftes Brennen. Ohne Pause und ohne einmal zurückzublicken, flog sie nach Hause.

Auf dem Aussichtspunkt neben dem alten Apfelbaum angekommen, ließ sie sich erschöpft ins Gras sinken. In ihrem Schmerz und ihrer Verzweiflung begann sie, mit ihren Krallen große Brocken feuchter Erde aus dem Boden zu zerren und ins Tal zu werfen. Steine, verwittertes Fallobst und Gras folgten.

Quincy, der inzwischen auch angekommen war, beobachtete ihren Wutanfall besorgt. Als sie anfing die Bank zu attackieren, hielt er den Moment für gekommen, einzuschreiten. Nicht unbedingt, um Luna-Maie zu beschützen. In ihrer Drachengestalt konnten ihr solche Aktionen nichts anhaben. Aber um die handgefertigte Holzbank wäre es schade.

Er flog zu ihr hin und schlang von hinten die Pranken und seine Flügel um sie. Erfolglos wehrte sie sich einen Moment gegen die unerwünschte Aufmerksamkeit. Endlich gab sie den Kampf auf und brach weinend in seiner Umarmung zusammen.

Etwas hilflos betrachtete Quincy den rosafarbenen Hinterkopf seines Schützlings, der nicht mehr aufhörte zu schluchzen.

Wo kam nur all diese Flüssigkeit her?, wunderte er sich. Hilfesuchend schaute er sich um. Wo war Maxi, wenn man sie brauchte? Das Trösten weiblicher Drachinnen war in der Akademie nicht behandelt worden.

„Na, na“, murmelte er und wiegte sie sachte hin und her. „Was ist denn los?“

Dumme Frage. Sie vermisste Ben. Das war ja wohl offensichtlich. Aber ihm wollte beim besten Willen keine bessere Frage einfallen.

„Be-en!“, schluchzte sie und, „es ist so unfair …“

Was war unfair? Und: Musste er das unbedingt wissen? Nein, beschloss er eilig und wischte ihr mit einem Zipfel seines Flügels über ihr schuppiges Gesicht.

„… ich bin so ein schlechter Mensch!“

Moment mal. Was war das für ein neues Thema? Er brauchte dringend Hilfe. Telepathisch setzte er einen Hilferuf an Maxi ab.

Minuten später materialisierte sie sich in einer pinkfarbenen Funkenwolke. Das hätte er auch früher machen können, dachte Quincy und überließ nur zu gern der Drachin das Feld.

„Ich geh dann mal“, verabschiedete er sich etwas unbeholfen.

Maxi nickte nur unmerklich. Ihre gesamte Aufmerksamkeit war auf Luna-Maie gerichtet, die, inzwischen wieder als Mädchen, auf Maxis Schoß saß und immer noch weinte.

Erleichtert machte sich Quincy aus dem Staub. Es gab für alles Grenzen. Ganz besonders für weibliche Tränen und Emotionen. Er hatte sein Pensum für den heutigen Tag definitiv erfüllt. Jetzt brauchte er dringend einen Schnaps. Und Schokolade. Oder eine Ziege. Nicht gezwungenermaßen in dieser Reihenfolge, aber auf jeden Fall all diese Nahrungsmittelgruppen.

*

Eine Stunde später saß Luna-Maie unter einer dicken Wolldecke im Wohnzimmer, die Beine seitlich angezogen. In der Hand eine Tasse dampfenden Kamillentees, zu dem Kaja sie genötigt hatte. Lavendelkerzen flackerten auf dem Glastisch in der Mitte und erfüllten den Raum mit ihrem beruhigenden Duft.

Ob Lavendel tatsächlich half?, dachte Luna-Maie düster. Wenn sie nach der Intensität ihrer Gefühle urteilte, brauchte sie mindestens ein Valium oder zwei, bis sie sich wieder beruhigte. Gedankenverloren strich sie Chili über das samtene Fell. Der Kater gähnte und schob seinen Kopf enthusiastisch gegen ihre kraulende Hand. Er hatte die Notfallsituation mit seinem sechsten Katzensinn erfasst und war sofort zu ihr auf den Schoß gesprungen. Nepomuk wollte natürlich nicht zurückstehen und hatte sich zu ihren Füßen zusammengerollt. Melody machte in einer Ecke einem alten Stofftier den Garaus, indem sie ein Loch in den Plüsch gerissen hatte und jetzt fein säuberlich den Inhalt herauszog. Nancy lag daneben und beobachtete das Prozedere interessiert.

Sierra und Kaja waren kurz nach Miri und Maxi aufgetaucht. Als Luna-Maie protestieren wollte, hatte ihr Kaja das Wort abgeschnitten.

„Wir sind schließlich die Drachenschwestern. Drachenschwestern sind füreinander da."

Ganz überwältigt davon, dass Kaja sie auch zum Kreis der Drachenschwestern zählte, hatte Luna-Maie die Klappe gehalten.

„Du ringst also mit dem Widerspruch, dass du einerseits Ben sein Austauschjahr von Herzen gönnst und gleichzeitig wütend bist, dass er diese Möglichkeit bekommen hat und du nicht. Natürlich ganz zu schweigen davon, dass du ihn bereits fürchterlich vermisst", fügte Sierra noch hinzu. „Junge Liebe und so."

Luna-Maie nickte kläglich. Laut ausgesprochen und kurz und bündig auf den Punkt gebracht von Sierra hörte es sich ziemlich jämmerlich an. Und unglaublich egoistisch.

Doch zu ihrer Überraschung nickten alle drei verständnisvoll.

„Ich kann dich gut verstehen“, sagte ihre Mutter gerade. „Im Moment hast du das Gefühl, verlassen worden zu sein, sozusagen stehen gelassen für die Aussicht auf ein neues Abenteuer, während du hier sitzt, im selben Trott gefangen, und darauf wartest, dass dein Held zurückkehrt.“

„Und wenn er dann zurückkehrt, ist er voll von neuen Geschichten und Erlebnissen, die nichts mit dir zu tun haben …“, ergänzte Kaja und Sierra vervollständigte den Satz. „Gleichzeitig denkst du, du hättest ja nichts erlebt, außer das, was er ja sowieso schon kennt. Dein Zuhause, deine Schule, deine Freunde.“

„Genau!“, rief Luna-Maie aus. Sie war überwältigt von der Erkenntnis, wie gut diese drei Frauen sie verstanden. Neue Tränen sammelten sich in ihren Augen. Wütend wischte sie sie weg. „Mir ist schon klar, dass das so nicht ganz stimmt. Natürlich habe ich hier auch ein spannendes Leben“, beeilte sie sich vor allem ihrer Mutter zu versichern. „Aber es ist einfach nicht dasselbe.“

„Ich verstehe dich schon“, beruhigte Miri sie.

Sierra kaute auf ihrer Unterlippe. Sie hatte eine Idee. Nur war sie sich nicht sicher, ob sie diese erst mit Miri absprechen sollte.

„Spuck’s schon aus“, forderte Kaja sie auf. Um sicherzugehen, dass Sierra dem auch Folge leistete, versetzte sie ihr gleichzeitig einen Stoß in die Rippengegend.

„He!“ Sierra bedachte Kaja mit einem bösen Blick.

„Ja, sonst erstickst du ja noch an deiner Idee.“

„Ich wollte erst noch darüber nachdenken.“

„Ha! Bist du krank? Du sagst doch sonst immer, was du denkst.“

„Einige von uns entwickeln sich von Zeit zu Zeit weiter“, antwortete Sierra spitz.

„Alle außer du“, murmelte Kaja gutmütig.

„Kinder, Kinder“, unterbrach Maxi die Streithähne. „Vielleicht könnten wir uns um wichtigere Probleme kümmern?“

„Maxi hat recht. Und Kaja vermutlich auch. Sprich dich aus, Sierra“, sagte Miri und lehnte sich an ihre Tochter.

„Wie wäre es denn, wenn Luna-Maie auch für ein halbes Jahr ins Ausland gehen würde?“

Matt, der gerade nach Hause gekommen war, hörte noch diesen letzten Satz.

„Auf keinen Fall“, mischte er sich direkt ein. „Luna-Maie ist viel zu jung dafür.“

Luna-Maie runzelte die Stirn. Typisch. Erst einmal nein sagen. Sie hatte noch gar keine Zeit gehabt, herauszufinden, wie sie zu diesem Vorschlag stand. Aber allein die Tatsache, dass ihr Vater gleich dagegen war, weckte ihren rebellischen Geist. Ohne lange zu überlegen, stand sie auf und verkündete: „Das ist eine geniale Idee. Ich wollte schon lange nach Amerika.“

„Hast du mich nicht gehört?“, fragte Matt ungläubig.

Trotzig erwiderte Luna-Maie seinen Blick.

„Matt …“, begann Miri, die möglichst eine erneute Konfrontation zwischen Vater und Tochter vermeiden wollte. „Lass uns doch erst einmal Sierras Vorschlag zu Ende hören.“

Unzufrieden presste Matt die Lippen zusammen und lehnte sich an den Türrahmen. Ihm passte die Situation nicht. Doch ihm war auch klar, dass er das Verhältnis zu seiner Tochter, das im besten Fall fragil zu nennen war, nicht überstrapazieren durfte.

„Eine Reitschülerin von mir ist letztes Jahr“, sie überlegte kurz, „oder war es bereits vor zwei Jahren? Egal. Auf jeden Fall ist sie nach Colorado gezogen. Sie hat dort die Hälfte einer

Ranch geerbt. Inzwischen ist sie verheiratet und erwartet ihr erstes Kind.“

„Sprichst du von Lara?“, erkundigte sich Kaja.

„Genau. Ich kann nichts versprechen, aber ich könnte sie zumindest fragen, ob sie Lust hätte, für ein halbes Jahr eine Austauschschülerin aufzunehmen. Vielleicht ist sie ganz froh um ein zusätzliches Paar Hände. Die Ranch und die Wildtierstation, die sie aufgebaut hat, geben bestimmt eine Menge zu tun.“

„Hm. Lara. Die ist eigentlich ganz okay“, gab Matt widerwillig zu.

Siehst du, schien Miris Blick zu sagen, doch netterweise verzichtete sie darauf, es laut zu sagen.

Luna-Maie, durch die Aussicht auf einen möglichen eigenen Auslandsaufenthalt gebührend von ihrem Herzschmerz abgelenkt, hüpfte auf dem Sofa auf und ab. Nepomuk rettete sich auf Miris Schoß, während Chili beleidigt davon stolzierte.

*

Eine Woche nach Weihnachten war es soweit. Luna-Maie würde in Kürze in den Flieger nach Denver steigen. Lara war von der Idee begeistert gewesen. Sie und Luna-Maie hatten sich in einer Skype-Session gegenseitig beschnuppert und sich auf Anhieb sehr gut verstanden.

Jetzt standen Miri und Matt am Flughafen und schauten ihrer Tochter zu, wie sie durch die Sicherheitskontrolle ging. Ein letztes Mal winkte sie ihren Eltern freudestrahlend zu. Dann verschwand sie um die Ecke und war nicht mehr zu sehen.

Matt ließ den Drachenstein, den er umklammert hatte, los und seufzte wehmütig.

„Ich hätte nie gedacht, dass ich das je sage. Aber ich bin extrem froh, dass meine Tochter auf ihrer Reise ins Unbekannte einen persönlichen Wächterdrachen an ihrer Seite hat."

Miri lachte und hakte sich bei Matt ein.

„Komm, Liebling. Lass uns nach Hause gehen. Zu unseren anderen Drachen. Es wird Zeit, dass wir unser Mädchen allein fliegen lassen."

*